L'Arc d'Or

Série en 3 volumes

1. Les écailles de l'âme, la voix des lunes
2. L'arc d'or, le maître sorcier
3. L'arc d'or, l'éveil (sortie 2023)

Éditions Dreelune
6399 avenue Casgrain
H2S 2Z2, Montréal, Canada
email: editionsdreelune@gmail.com

L'arc D'or, tome 2 : le maître sorcier © Editions Dreelune, 2022
Tous droits réservés
Illustration couverture © Mylène Ormerod 2022

Dépôt légal
Bibliothèque et Archives nationales du Québec 2022
Bibliothèque et Archives du Canada 2022

ISBN format imprimé : 978-2-925308-01-0
ISBN format PDF : 978-2-9816536-9-7
ISBN format EPUB : 978-2-925308-00-3

Auteur : Mylène Ormerod
Correction : Sandra Vuissoz

Mylène Ormerod

L'Arc d'Or

Tome 2 : Le Maître Sorcier

Éditions Dreelune

« *La mort n'a jamais eu de plus belle couleur que celle de la vie.* »
Le Cercle

Lexique

Travel : planète autour de laquelle gravitent trois lunes mystérieuses. Elle est peuplée de trois espèces bien distinctes : les humains, les sorciers et les mages. Ces derniers se différencient des deux autres par une certaine complexité. Ils sont regroupés en trois grandes catégories :

Les Ilemens : ce sont des êtres capables d'utiliser et de manipuler les ressources naturelles (eau, air, terre et feu) qui les entourent. Comme ces quatre éléments, ils sont instables. La soif de pouvoir noircit le cœur de certains, qui se transforment alors en mages corrompus. Ils abandonnent leur âme à seule fin d'acquérir toujours plus de puissance. En tuant leur humanité, ils deviennent incontrôlables. Pour en anéantir un, il faut parfois mobiliser toute une armée. Il est en effet très difficile d'en venir à bout, car ils ne ressentent plus rien.

Les Gyramens : ils sont plus robustes que les Ilemens. Les variations des éléments naturels ne les atteignent que très peu. C'est leur inébranlable volonté qui fait leur force. Ils se distinguent au combat au corps-à-corps grâce à des armes qu'ils créent eux-mêmes. Ils invoquent celles qu'ils ont imaginées et sont alors capables de les matérialiser. Cet art nécessite beaucoup d'entraînement ainsi qu'une idée très précise de ce qu'ils veulent réaliser. Les Gyramens ne se laissent pas facilement emporter par leurs cœurs. Ils sont entièrement dévoués à la protection de la loi et bien plus stables que leurs confrères ilemens. Il est très rare qu'un Gyramen abandonne son âme. Ce sont des guerriers redoutables qu'il vaut mieux ne pas provoquer.

LES SUPRÊMES : ce sont les mages les plus puissants de Travel. Très peu nombreux, ils utilisent l'ensemble des éléments et ont eux aussi la capacité d'invoquer leurs propres armes. Ils sont tellement impressionnants que tous les craignent. Ces êtres naissent pour diriger. Les Suprêmes règnent en maîtres incontestés sur le monde de Travel. Devant leur force, tous s'écrasent. Quand l'un d'eux accède au pouvoir, il acquiert l'intégralité des connaissances de ses prédécesseurs. Il ne pensera plus qu'à protéger Travel et peu lui importera alors les moyens qu'il devra mettre en œuvre pour y parvenir.

Prologue

Kecil et les ombres

Ils l'avaient repéré, lui qui ne craignait personne, lui que personne n'approchait. Pour la première fois depuis des décennies, ils avaient découvert son point faible. Pourtant, il s'était toujours montré très prudent. Depuis toutes ces années, il s'était évertué à ne rien dévoiler, à brouiller les pistes, mais il lui semblait que cette fois-ci, il devrait les affronter.

Au cœur d'une nuit opaque où les lunes elles-mêmes se cachaient derrière des nuages dantesques, il courait à perdre haleine, s'égarant dans les rues désertes d'une ville abandonnée. L'enfant se faufilait ici et là entre les bâtisses prêtes à s'effondrer. Son cœur martelait sa poitrine et il devinait dans son dos la présence d'adversaires redoutables. Lui, normalement capable d'ouvrir n'importe quel chemin, se retrouvait bloqué.

À l'affût de chaque bruit, il percevait seulement le souffle angoissant de sa propre respiration. Celle-ci s'échappait en une fine buée blanche et paraissait, chaque fois qu'il exhalait, révéler sa position. Il n'entendait rien, pas un son n'accompagnait ses ennemis. La peur le tenaillait tant et si bien qu'il tremblait. Depuis bien longtemps, ce sentiment n'avait plus fait partie de lui et le voir réapparaître aujourd'hui de la plus violente des façons n'augurait rien de bon.

Il s'arrêta à l'angle d'un mur défraîchi recouvert de mousse et se blottit auprès de ronces tranchantes. L'enfant, agenouillé, observa rapidement le ciel, espérant y distinguer les astres de nuit. Mais à sa grande déception, ceux-ci refusaient toujours de se montrer, cachés derrière un voile de noirceur. L'obscurité s'intensifiait à mesure qu'il avançait, les ténèbres l'encerclaient. Sans ses capacités, jamais il n'aurait pu voir à plus d'un mètre devant lui.

Pourquoi les lunes restaient-elles muettes ? Approuvaient-elles les actions de ses agresseurs ou n'avaient-elles aucune emprise ? Deux des siens avaient déjà péri. Il redoutait de subir un tel sort.

Non, songea-t-il, *je ne disparaîtrai pas !*

Il tenta de reprendre son souffle, d'apaiser les battements précipités de son cœur, ce cœur qui en vérité n'était que l'ombre de lui-même. Ses mains moites tremblaient. Il s'obligea à inspirer et expirer plusieurs fois afin de calmer ce rythme effréné qui le paralysait de l'intérieur. Il s'était trop hâté. Parce que ses semblables s'étaient volatilisés, il paniquait, mais cela ne voulait pas dire qu'il essuierait le même destin. Il avait fait tant d'efforts pour en arriver là, pour détenir un peu d'emprise sur ce monde que s'apercevoir que tout pouvait cesser maintenant l'affolait. Que se passerait-il s'ils l'attrapaient ?

Perdu dans les ténèbres, il se préparait à quitter son refuge improvisé lorsqu'un petit bruit le figea sur place. Encore agenouillé au sol, il eut un temps d'arrêt. Il n'osait pas relever la tête… Il savait ce qui l'attendait.

Le son s'accentua, toujours plus proche de lui.

Tétanisé, mais incapable de résister plus à la curiosité, il leva lentement les yeux vers le ciel et recula de stupeur. Un visage crayeux l'observait à deux doigts du sien. Suspendu par les pieds, un homme le narguait avec une malice à peine voilée. Parce qu'il se tenait au toit effrité sans la moindre peine, l'enfant en apprit énormément sur sa force. Ses vêtements lui amenèrent une grimace. Il comprit sans mal que cet homme était originaire d'un seul et unique endroit. Un endroit auquel il refusait de penser.

Il avait voyagé dans de nombreux pays et connaissait même certaines villes cachées, mais un lieu lui était défendu. Complètement désemparé, la peur le paralysait. Il avait l'impression que ses muscles se chargeaient de plomb et qu'effectuer un mouvement lui demanderait une trop grande dose d'énergie.

Son adversaire bougeait avec une telle précision qu'il n'émettait aucun bruit. Ses prunelles, d'un noir d'encre, le plongeaient dans le néant et ses longs cheveux obscurs pendaient vers le sol, assombrissant davantage encore son expression.

— Je t'ai trouvé ! décréta l'homme avec malveillance.

Il avait parlé avec une certaine fierté, comme s'il venait de gagner à un jeu amusant. Son air enjôleur avait quelque chose de sournois qui ne fit qu'intensifier les craintes du garçon.

L'enfant jeta un coup d'œil aux alentours, sans rien voir, mais il pouvait deviner d'autres présences. Leurs odeurs lui amenèrent maints frissons avant qu'il ne parvienne à se ressaisir. Il pensait tant à fuir que, par réflexe instinctif, son corps tenta de se dissiper dans l'atmosphère. Son adversaire, peu impressionné ni même inquiété par ses capacités, se laissa tomber avec la grâce et la beauté d'un félin. Puis, en un mouvement rapide, presque invisible, il se retrouva à ses côtés.

— Cette technique ne fonctionnera pas ici, susurra-t-il, proche de son oreille.

Il releva le coin de sa bouche en un sourire sarcastique.

— Mais…

À peine le jeune garçon avait-il prononcé un mot, qu'il sentit toute son énergie lui échapper. Devant son désarroi de plus en plus évident, le combattant en face de lui ricana. De son air supérieur, il lui annonçait ainsi clairement ne pas le redouter, le connaître sur le bout des doigts. Il parvenait à le surpasser d'une manière tout à fait inattendue. Que lui voulait-il ? Quel intérêt y avait-il à le détruire, lui qui vivait pacifiquement depuis si longtemps ? Qui était cet ennemi à la peau soyeuse et aux vêtements exotiques ?

— Des cheveux argentés, commenta l'homme en lui tournant autour tel un rapace vorace assoiffé de chair fraîche. Je ne me suis pas trompé, tu en fais bien partie, mais tu es le plus fragile... Quel est ton rôle ? Les autres suivaient les ordres des lunes... Que fais-tu donc, toi, Kecil ?

Comme il gardait le silence, son adversaire grinça des dents.

— Est-ce que cela t'affaiblit d'avoir perdu tes deux moitiés ? Tu sais, je ne fais pas ça contre toi... C'est simplement que tu dois y retourner, tu n'as pas ta place ici !

— C'est faux, ma place est ici. Là-bas, je ne peux rien faire, riposta le jeune garçon, la voix tremblante.

— Mais parce que tu es là, il est malade. Parce que tu es là, il n'ouvrira jamais les yeux. Parce que tu es là, son sommeil durera éternellement, contredit l'homme avec hargne.

Son regard noir s'accentua et Kecil, incapable de parler, finit par fixer le sol.

— Tu es sûrement sa part enfantine, reprit le combattant, le côté doux qui l'habite toujours. Mais tu es si petit ! Un gamin comme je n'en ai jamais vu. Tu me rappelles sa forme au commencement de la vie, sur les tableaux qui en gardent encore sa trace...

— Je ne fais pas partie de lui, je ne sais rien de ce que tu racontes, se récria Kecil, dont les larmes cristallines roulèrent sur ses joues.

Il aurait voulu crier à l'aide. Différent des autres, il ne disposait pas d'endroit défini où s'installer. Il voyageait, suivait la ligne d'énergie de la terre sans jamais s'arrêter. On le nommait Kecil, l'enfant égaré. Son arrivée annonçait souvent des changements positifs. Il n'était pas dans sa nature de se battre, son corps d'ailleurs n'évoluerait jamais.

Son visage, d'une très grande douceur, amenait la compassion et le désir de protection, mais l'homme qui le poursuivait restait insensible à ses charmes. Il l'emprisonnait sans montrer la moindre hésitation, ne lui laissait aucune possibilité de retraite.

Encore une fois, cet ennemi sournois se déplaça si rapidement que le jeune garçon ne le vit pas se positionner dans son dos. Il y avait pourtant peu d'espace entre lui et le mur. Ses mains s'emparèrent de ses épaules en un geste ferme qui lui tira une grimace de douleur.

— Comment te décrit-on ici ? Comme un dieu ? s'enquit le combattant, moqueur.

Kecil, en toute réponse, essaya de se défaire de ses griffes. Il n'arriva à se retourner que lorsque son adversaire desserra son emprise. L'enfant lui envoya son poing à la figure. Bien que plus court, il savait frapper le moment venu.

Comme de la fumée, l'inconnu s'évapora, le surprenant tant et si bien qu'il crut le voir utiliser ses propres capacités. Lui avait-il dérobé ses pouvoirs ?

— Mais...

Kecil recula, effaré. Comprenant le danger que cet homme représentait, tout son être se mit à trembler.

— Tu as saisi, mon tout petit ? Il m'est toutefois difficile de m'attaquer à toi, tu as une forme bien étrange. Tes semblables à l'apparence plus adulte me donnaient moins de remords... Mais toi, tu parais si innocent..., souffla-t-il, le timbre presque affectueux.

Il tendit la main. Du bout des doigts, il effleura doucement le menton du garçon avant de l'attraper plus brutalement.

— Une beauté telle que la tienne ne devrait pas exister. Comme les autres, tu dois le rejoindre. Tu es une aberration !

Sur ces derniers mots, l'enfant terrifié tenta à nouveau de s'éloigner. Il essaya de reculer, seulement quelque chose le maintenait sur place. Des pierres éparpillées tout autour de lui le confinaient. Quand avaient-elles été installées ? Qu'étaient-elles ? Il n'en avait jamais vu de pareilles. Pas un instant il ne s'était douté qu'il se ferait emprisonner avec autant de facilité.

— Non, hurla-t-il. Je t'en conjure, non ! Ne me ramène pas là-bas ! Ici, ma vie à un sens. Je ne fais de mal à personne, je t'en prie... Il y fait si noir, c'est le cauchemar. Je veux vivre, tu comprends ?

Il criait tellement fort que sa voix se brisait et, à force de pleurer, ses yeux le piquaient.

— Ta place n'est pas ici, insista sèchement son adversaire dont le regard tranchant le glaçait de l'intérieur.

Kecil se laissa tomber, désemparé. Il supplia l'être une dernière fois de son air le plus tendre avant de se rendre compte que cela ne servait à rien, son opposant était bien trop préparé et surtout déterminé à l'écraser. Alors il ferma les paupières, peu désireux d'affronter la suite. Ses pieds ancrés dans la terre lui permirent de sentir la divine énergie du monde. Elle le couvait, le rassurait, l'enveloppait de la même manière que les bras d'une mère. Il n'en avait jamais eu, mais savait que son étreinte offrait cette chaleur, cette douceur, cet amour plus grand et fort. Kecil tirait sa vitalité de cette source que tous ignoraient et maltraitaient la plupart du temps.

Il s'abandonna à cette sensation pure. Lentement, une part de lui s'échappa pour se dissimuler profondément dans le sol. Elle prit l'apparence d'une graine avec comme seul objectif de délivrer un message. Il y mit tout ce qu'il put et garda juste de quoi affronter ce terrifiant personnage.

Son adversaire ne paraissait heureusement pas tout connaître de ses capacités, car il ne remarqua pas son tour de passe-passe. L'homme aux longs cheveux sinistres prononça soudain quelques mots antiques des plus redoutables.

— Non ! supplia l'enfant.

Cela sonnerait sa fin. Ce sort qu'on lui jetait était plus puissant qu'il ne l'avait pensé, car c'est son âme même qui en serait directement affectée.

— Adieu, Kecil... Sois sage à présent, va rejoindre ta véritable forme.

Le jeune garçon n'eut pas le temps de riposter qu'il sentit tout son être brûler. Son corps, ses muscles, son esprit se liquéfièrent sous cette force brutale. La douleur fut telle que son hurlement se déforma, sa peau se déchira et brusquement, il ne fut plus que particules de poussière. L'homme sombre prit soin d'en récupérer chaque fragment par le biais d'un sortilège.

Kecil n'existait plus. Il avait disparu dans un rayon de lumière, ne laissant derrière lui qu'un vide immense et l'écho de sa terrible souffrance. Alors, des êtres s'extirpèrent de l'ombre, s'agitèrent, se regroupèrent autour de l'être pâle, puis s'évanouirent à leur tour. Leur besogne était terminée.

Ce ne fut que bien plus tard, quand enfin les lunes réapparurent dans le ciel, dans un craquement curieux, presque sinistre, que le sol se souleva et qu'une fleur à la tige argentée naquit. Sa splendeur la rendait irréelle, si bien que personne n'aurait pu croire en son existence. Elle s'apparentait au rêve, à tout ce que la magie avait de plus étonnant.

Ses pétales translucides et légèrement réfléchissants s'étendirent au cœur de l'épaisse nuit. En son centre, une poudre scintillante s'envola à la première rafale. Beaucoup auraient admiré cette substance cristalline, mais redoutable, car mortelle pour tous ceux qui l'approcheraient. Elle devait délivrer un message pour une seule et unique personne. Cette magie différait grandement de son créateur et personne n'aurait pu soupçonner que Kecil en était à l'origine.

En un souffle puissant, les particules fusèrent avec le vent, telle une nuée d'oiseaux. Le magnifique végétal, à l'éclat irréel, se fana alors, rejoignant la terre.

Il disparut sans laisser de traces.

* * *

Azallu, l'enfant de l'Incomprise Wymi et du redoutable guerrier Azorru, se perdait au cœur de cet espace terriblement noir où ne pénétrait ni lumière ni vie. Elle n'avait pas non plus chaud ni froid, mais tout son corps tremblait de peur. Elle détestait ce lieu dont l'air lui laissait un goût amer dans la bouche et où aucun son ne lui parvenait. Le néant, le vide, c'est ainsi qu'elle le considérait. Il l'étouffait, comme si elle était plongée dans une eau sans fond. Chaque fois qu'elle se retrouvait là, elle ressentait le poids immense de la solitude, intenable, qui la tenaillait au point de l'asphyxier.

La jeune fille ne pensait alors plus qu'à fuir, se réveiller, et son cœur s'emballait sans qu'elle ne puisse ni bouger ni respirer, hurlant de l'intérieur.

Au plus profond de son désarroi, la noirceur du monde l'aspira quand la silhouette d'un homme se dessina. Azallu n'avait jamais vu pareil éclat si bien qu'elle le confondit presque avec l'astre du jour. Aussi chaude que belle, sa lueur irréelle l'empêchait de détailler l'être avec précision. Elle pouvait apercevoir ses longs cheveux blonds se détacher de l'opacité. Elle arrivait à sentir en lui la puissance même de la terre, de la vie. Il y avait toute cette opposition avec la nuit si sombre que c'en était assourdissant. Elle qui voulait faire fuir ce goût amer de sa bouche essaya de l'atteindre. Elle ne supportait plus d'être seule. Cette présence devenait à ses yeux aussi nécessaire que le soleil lui-même, que l'air qui emplissait ses poumons et que tout l'amour du monde qui circulait dans ses veines.

Folle, elle devenait folle de cet homme qu'elle distinguait à peine, de cette silhouette dorée capable de lui donner un souffle. Tout son corps reprenait vie en s'approchant. Elle tendit le bras dans l'espoir de l'attraper. Ses doigts restaient pourtant encore trop loin et s'allongeaient sans jamais réussir à couvrir l'écart qui les séparait.

Malgré tout, elle continua de toutes ses forces à vouloir rejoindre cette créature trop belle pour exister. Elle savait qu'elle pouvait y arriver et qu'atteindre l'être les sauverait tous les deux. Des gouttes de sueur roulaient de son front à sa nuque et terminaient leur course au bas de son dos. L'effort à fournir s'avérait considérable, seul son esprit semblait pouvoir faire la différence. Elle s'acharnait à étirer la main, parvenait presque à le frôler. Son cœur battait furieusement entre ses côtes, ivre d'un désir de plus en plus inexplicable. Et quand enfin elle s'imagina pouvoir le toucher, il se déroba, s'effondra en lâchant un cri suraigu. Azallu le suivit du regard sans comprendre, perdue et effrayée. Aux pieds de l'être, une lumière argentée s'étendit paresseusement comme un feu brûlant qui l'entoura jusqu'à former un cercle parfait.

Des flambeaux disposés à égale distance les uns des autres naquirent autour de l'inconnu, mais plus il y en avait, plus le monde s'obscurcissait. Devenu l'ombre de lui-même, l'être rugissait, hurlait, laissant la nuit la plus sombre s'abattre sur eux jusqu'à étouffer chaque flamme.

Elle crut à nouveau suffoquer, mourir lentement de l'intérieur. Tout son corps s'engourdit, son cœur parut s'arrêter et elle poussa à son tour un sanglot agonisant.

En sueur et tremblante, Azallu s'éveilla. Pendant de longues secondes, elle fut incapable de reconnaître les lieux. Il lui fallut reprendre son souffle pour resituer la réalité.

— Qui es-tu ? songea-t-elle à voix haute, la respiration haletante.

Chapitre 1

L'ultime cadeau

De la tour d'Arow, Azallu contemplait le paysage : des arbres denses d'un côté et le pan de la montagne abrupte de l'autre. De sa chambre située à mi-chemin du dernier étage, le panorama qui s'offrait à elle, même en période de vents violents et de pluie, gardait de magnifiques couleurs.

Toutefois, malgré la beauté du monde, sa mauvaise humeur s'enracinait. Les doux rayons du soleil ne parvenaient pas à lui apporter sa sérénité habituelle. Elle ne cessait de penser à son cauchemar si intense, si vrai, que le sentiment d'avoir perdu un être cher la poursuivait. Elle détestait cette sensation d'étouffer. Qu'incarnait cette figure, ce cri, cette agonie qu'elle avait vue et éprouvée ? Son corps en tremblait encore rien que d'y songer.

Devenait-elle folle ? Elle avait l'impression de l'être tant les réponses lui manquaient. Son rêve était-il prémonitoire ? Cette silhouette représentait-elle quelqu'un qu'elle connaissait ? Azallu y donnait tant d'importance que son cœur endiablé refusait toujours de s'apaiser. Elle se munit d'un cahier pour y noter les détails. Peut-être plus tard en comprendrait-elle le sens.

Elle devait se changer les idées et tâcha d'ignorer cette appréhension tout en sachant, au fond, que quelque chose clochait. Elle se concentra sur le moment présent et essaya d'oublier ce mauvais pressentiment. Elle ne pouvait pas se permettre de s'apitoyer sur son sort, pas avec cette journée qui s'annonçait. Elle se força donc à effacer l'angoisse qui lui tenaillait la poitrine en se focalisant sur celui qu'elle attendait.

Peut-être qu'il se montrera, songea-t-elle, soucieuse.

Azallu soupira de lassitude. Elle aurait aimé, comme avant, pouvoir le trouver, le sentir, jouer avec lui à cet étrange cache-cache qui s'était lentement imposé entre eux. Mais après plus d'un an sans l'avoir aperçu, elle doutait de le revoir un jour.

Il n'a jamais raté un seul de mes anniversaires... Il viendra ! se convainquit-elle.

Azallu passa sa main dans ses longs cheveux châtains. Ils vagabondaient au gré du vent qui ne manquait pas de les emmêler à la moindre occasion.

— Je dois comprendre pourquoi le Cercle me donne tant d'attention, marmonna-t-elle en se mordant la lèvre inférieure.

Aujourd'hui, elle aurait dix-huit ans et obtiendrait ses derniers présents. Pour elle, c'était surtout une raison supplémentaire de se souvenir de son grand-père Mhor et de lui être reconnaissante pour tout ce qu'il lui avait offert. Elle s'était toujours juré de sourire pour lui afin qu'il sache que son sacrifice n'avait pas été vain ; mais cette année, elle craignait que ce soit différent.

Azallu décida de se focaliser sur le bon côté des choses : au moins s'était-elle réveillée tôt. Elle pourrait profiter de cette journée à fond, même si son rêve continuait de la bouleverser. Elle analysa tout ce qui l'entourait en espérant, peut-être avec trop d'entrain, détecter cette étrange fragrance. Grâce à l'odorat développé qu'elle tenait de son père, elle ne doutait pas d'en être capable. Ses pensées ne tournèrent bientôt plus qu'autour du Cercle, du manque qu'elle ressentait lorsqu'il disparaissait des mois durant et de ses sentiments si contradictoires.

Si seulement il pouvait répondre à mes questions, s'agaça-t-elle en son for intérieur.

Elle se souvenait encore de sa douceur, du vent qui caressait son visage, de son odeur particulière...

Pourquoi joue-t-il ainsi avec moi ?

Azallu pivota sur elle-même pour aller se positionner devant le miroir. Ses cheveux lui arrivaient maintenant au milieu du dos, sa peau dorée gardait sa délicatesse et ses lèvres fines s'agrémentaient d'un rose subtil. Elle examina plus attentivement sa bouille ovale, ses pommettes qui ressortaient légèrement même lorsqu'elle ne souriait pas et son petit menton qu'elle effleura du bout des doigts.

Suis-je belle ? s'interrogea-t-elle.

Elle grimaça. Le physique était-il si important ? Chaque jour, elle se forçait à se maquiller alors qu'elle aurait préféré passer son temps à autre chose. Elle était loin de se montrer raffinée ou même coquette, sa vraie nature s'apparentait plus au garçon manqué, attitude fort peu tolérée pour une fille de son âge, surtout d'un statut aussi élevé. Azallu plongea sur le lit, et tandis qu'elle soupirait de lassitude, on frappa à la porte puis on ouvrit sans attendre son autorisation. Elle se redressa, l'air étonné, pour voir que sa mère entrait dans la pièce.

— Azallu, tu n'es pas prête ? s'enquit celle-ci avec de grands yeux surpris.

Wymi marqua un temps d'arrêt devant sa moue renfrognée. Ses cheveux roux ondulaient dans son dos et sur une partie de son buste. Elle apparaissait aux yeux de l'adolescente plus magnifique que jamais parée de sa robe blanche à la broderie délicate que quelques touches dorées embellissaient. Azallu l'admira un instant avant de réaliser combien elles étaient différentes l'une de l'autre. Affalée sur son lit, la tignasse emmêlée, elle lui ressemblait peu. C'est donc un peu honteuse que la jeune fille se redressa.

Wymi, cette mère incroyable, désignée comme la plus puissante Incomprise, ne fit aucun commentaire. Elle dissimulait d'ailleurs bien mal un petit rictus moqueur. Elle s'imaginait sûrement, à la mine bouffie et aux lèvres crispées de sa fille, devoir affronter sa mauvaise humeur au moindre commentaire.

— Je… je réfléchissais, c'est tout, marmonna Azallu en détournant le regard.

Wymi s'approcha doucement, s'assit à ses côtés, puis s'exclama avec toute la bonhomie dont elle était capable :

— Joyeux anniversaire, ma chérie !

Elle l'embrassa sur le front et Azallu finit par sourire réellement. Elle allait pour la remercier, mais Wymi poursuivit :

— Tu as l'air préoccupée, tu penses encore aux paroles de Dumeur ?

La jeune fille grogna. Elle aurait voulu rétorquer que non et lui parler des tourments de son âme, seulement elle n'y arrivait pas. Azallu craignait bien trop de la décevoir. Sa mère, en plus de ne rien comprendre, s'inquiéterait inutilement, ce qu'elle souhaitait éviter à tout prix. Et puis, Dumeur, son grand-père, avait le don d'enrager son père. Il laissait sur lui une empreinte désagréable.

— Pff… Je me fiche complètement de ce qu'il peut dire. Ce n'est pas comme s'il pouvait décider, s'esclaffa la jeune fille, sourcils froncés.

— Hum, se contenta de répondre Wymi.

Elle la transperça de son regard outremer devenu d'un seul coup bien trop profond. Le cœur d'Azallu s'emballa et elle crut que sa mère pouvait lire en elle. Gênée, l'adolescente détourna vivement la tête tandis qu'elle rougissait jusqu'aux oreilles.

Elle repensa aux allégations de son aîné. Il avait abordé son mariage, déclarant qu'elle venait d'atteindre l'âge requis pour s'unir à un homme. D'après la coutume, elle se devait d'accepter les rencontres galantes, mais elle ne s'en préoccupait pas outre mesure, car ses parents ne lui réclameraient jamais une chose pareille. Azallu savait pertinemment que dans toute cette histoire, le plus blessé demeurait Azorru.

— Maman, ne te stresse pas, papa est plus fort que tu ne l'imagines, affirma la jeune fille qui alla la serrer dans ses bras.

Elle en profita pour se rassurer elle-même, car malgré tout, ce genre de propos l'inquiétait beaucoup.

— J'aimerais bien te croire, mais ses paroles le rendent fou… Ton père se met si facilement en colère, on dirait qu'il est prêt à le tuer à chaque instant, murmura Wymi.

— Je sais… Je voudrais bien comprendre ce qu'il y a entre eux. Je dois avouer que Dumeur me fait pitié, souffla Azallu sans oser lever les yeux.

Wymi n'ajouta rien, mais l'adolescente sentit que sa réflexion lui déplaisait à la façon dont elle se raidit imperceptiblement. Azallu avait du mal à penser autrement. Dumeur se tenait toujours à l'écart, lui souriait avec tendresse et usait, chaque fois qu'elle le voyait, de mots réconfortants qui la poussaient à avancer. Il avait été jusqu'à lui proposer de l'entraîner, ce que son père avait refusé sans même écouter. D'ailleurs, Dumeur avait abordé le sujet de son mariage pour la mettre en garde. Les anciens allaient commencer à en parler et s'ils s'imposaient, même Breese ne pourrait agir contre eux. Azallu serra plus fort encore Wymi. Sa chaleur et son odeur de rose apaisèrent son cœur agité. Wymi caressa délicatement la joue de sa fille puis s'attarda sur ses cheveux avant de redescendre vers son nez.

— Tu grandis si vite, remarqua-t-elle, les yeux humides.

— Maman, arrête !

Azallu sauta hors du lit. Sa mère, déçue de ne pouvoir la contempler davantage, se reprit rapidement. Elle se leva à son tour puis se dirigea vers la porte.

— Habille-toi, Breese t'attend.

L'adolescente soupira bruyamment et se détourna vers le précédent cadeau reçu par sa tante : un plastron inutile qui aurait bien mieux convenu à un mage gyramen. Tout neuf, il manquait de toute évidence d'une histoire véritable. Les objets récents l'intéressaient peu, mais sa passion pour les reliques restait méconnue de tous. Breese avait sans doute espéré bien faire, mais elle ignorait ce qui lui plaisait vraiment. Azallu craignait le présent de cette année. Cela ne pourrait pas être pire de toute manière.

— Chaque année, c'est toujours la même chose, bougonna la jeune Incomprise en ouvrant sa penderie.

Wymi se crispa sur le seuil. Elle connaissait très bien sa fille et son tempérament fougueux. Elle redoutait certainement un débordement de colère, vu que dernièrement, il y en avait eu quelques-uns, bien que personne à part ses parents n'en ait été témoin.

— Azallu, j'ignore ce qui te perturbe à ce point, mais ne sois pas désagréable. Breese n'exige pas grand-chose, elle veut t'offrir…

— Oui, je sais, s'impatienta la jeune fille. Excuse-moi, je me prépare et j'y vais.

Azallu attendit que Wymi sorte pour respirer à nouveau. Elle n'avait jamais le droit de s'énerver. Elle se devait sans cesse d'agir avec gentillesse et miséricorde. De temps à autre, elle se retenait de hurler contre tout le monde.

Cette vie, elle la détestait.

Afin qu'on l'accepte, elle se devait d'être irréprochable, aimante et en même temps forte. Breese se débrouillait toujours pour qu'elle soit l'exemple à suivre. Les garçons n'osaient pas l'approcher, trop impressionnés par son image. Les filles, quant à elles, l'imitaient parfois, la jalousaient et montraient leur affection surtout devant sa tante. Finalement, personne ne l'appréciait vraiment.

Par conséquent, elle s'était habituée à faire semblant d'être un peu moins bonne que le meilleur de la classe et faisait de son mieux pour s'effacer. Ainsi, beaucoup d'élèves et de parents se rassuraient de savoir que même si son apparence différait de la leur, leurs pouvoirs demeuraient égaux. Au final, seuls son père et sa mère connaissaient à peu près ses réelles capacités.

Azallu s'habilla en essayant d'oublier tout ce qui l'irritait. Elle frotta alors l'une de ses mains qui la démangeaient depuis trois semaines, comme si un moustique avait décidé de la piquer au cœur de ses paumes. La sensation, désagréable, attisait sa mauvaise humeur. Et puis, même s'il s'agissait d'un jour de fête pour elle, ses cours n'en étaient pas moins obligatoires. L'adolescente s'examina une nouvelle fois dans le miroir et détailla la robe laiteuse que toutes femmes de son âge arboraient dans la tour d'Arow. Parce qu'elle était plus jeune que sa mère, le tissu ne s'agrémentait d'aucune broderie. Heureusement pour elle, ses cheveux restaient sa seule source de distraction. Ils passèrent du châtain au bleu puis au rouge vif et enfin, elle se sentit prête à affronter la journée.

Elle s'engouffra dans le couloir d'un blanc lumineux, presque irréel, pour se diriger vers le centre de la tour où siégeait Breese, la Suprême. Elle emprunta un tunnel ascendant où un vent puissant la propulsa au dernier étage. Le ballottement fut tel que son cœur se souleva et elle regretta de ne pas avoir fait l'effort de monter les marches normalement. Son mal de l'air l'empêcha de se déplacer un moment.

Après s'être remise de ses émotions, Azallu pénétra dans la grande salle par une porte adjacente et trouva Breese assise sur son trône épuré. Son élégance et la force qui se dégageait d'elle l'amenèrent à avancer d'un pas incertain. Sa tante gardait ce petit côté effrayant capable de rendre nerveux n'importe qui. Breese, en la voyant se présenter, étira ses lèvres fines. Son expression énigmatique lui donna l'impression qu'elle connaissait chacune de ses pensées. La femme imposante se leva pour la saluer, une marque de respect qu'elle offrait à peu de monde.

L'adolescente sentit ses joues rosir tandis qu'autour d'elle le silence retombait. Les mages de l'assemblée cessèrent leurs badinages afin de les observer.

— Mon enfant, commença Breese en tendant la main pour lui intimer d'approcher. Aujourd'hui, tu as atteint l'âge adulte… Il me semble que c'était hier que j'assistais à ta naissance.

Azallu devinait, malgré son ton avenant, que Breese n'était pas à son aise, l'inquiétude l'englobait comme une seconde peau. Elle étudia cette femme toujours présente pour la conseiller, la consoler et la mener sur le droit chemin… Plusieurs fois elle avait été tentée de lui parler de ses rêves, mais le statut de Suprême restait une trop grande barrière qu'elle n'osait pas franchir.

— Oui, cela remonte à dix-huit ans, répondit la jeune fille en se raclant la gorge, espérant ainsi la faire passer à autre chose.

Azallu s'écarta quelque peu pour mettre de la distance entre elles.

— Cette année, je t'offrirai le dernier de mes cadeaux…

Breese hésita, comme si elle appréhendait quelque chose, avant de poursuivre :

— Approche-toi !

Pour la première fois de sa vie, la jeune magicienne redouta son aînée, devenue d'un seul coup trop solennelle. La Suprême s'éloigna de son trône puis se positionna devant le bol sacré. Azallu serra les pans de sa robe. Elle aurait bien voulu répliquer qu'elle n'avait besoin de rien, mais la contredire n'était certainement pas envisageable aujourd'hui.

— Ne crains rien, ce n'est pas dangereux, assura la femme en affichant un mystérieux sourire.

Azallu eut du mal à la croire, les mines abasourdies des mages de l'assemblée l'informaient sur l'importance d'un tel acte, et c'était sans compter l'absence de ses parents. Le bol sacré, normalement réservé aux Suprêmes, ne pouvait être touché par personne d'autre sans subir une terrible malédiction. Lorsqu'elle se tint devant sa tante, Azallu fut prise d'une irrésistible envie de fuir, mais Breese la retint par le bras, la forçant ainsi à rester.

— Je vais t'offrir une vision du futur.

CHAPITRE 2

La vision

Azallu se figea de stupeur. Intérieurement, tout son être se rebiffait. Elle désirait s'en aller et son corps entier se figea, certaine que poursuivre ne lui apporterait que malheur, mais Breese, dont la poigne la surprit, ne l'autorisa aucunement à reculer.

— Azallu, tu sais bien que je ne te ferais aucun mal !

La jeune fille se mordit la lèvre inférieure et baissa la tête d'un air coupable. Elle s'en voulut de la craindre autant. Elle connaissait pourtant bien sa tante et en même temps, elle ne cessait de penser que tout cela dérogeait à la règle.

— C'est que papa…

— Tu es assez grande maintenant pour te passer de tes parents, riposta la Suprême d'une voix redoutablement douce.

Le regard aigu qu'elle posa sur sa nièce se tintait d'inquiétude. La magicienne se renfrogna tandis que Breese continuait de la tirer sans se douter que sa réflexion l'énervait terriblement. Depuis bien longtemps, Azallu ne comptait plus sur ses proches pour la défendre et elle n'aimait pas être comparée à une enfant.

— Il est vrai que convaincre ton père d'attendre dehors a été le plus difficile, mais c'est quelque chose que tu dois réaliser seule, trancha-t-elle cette fois-ci avec fermeté.

Azallu dut se contenir afin de garder sa mauvaise humeur à l'intérieur. Elle examina brièvement la grande porte, se disant qu'Azorru devait faire les cent pas derrière. Elle regretta subitement d'être passée par l'entrée adjacente.

La salle sphérique de l'éminent conseil permettait au trône de prendre la place principale. Autour étaient disposés le bol sacré et différents objets antiques appartenant aux précédents Suprêmes. Personne ne pouvait y toucher sans autorisation. La jeune fille observa le vase, les mâchoires crispées.

— Cela fait plus d'un an qu'il m'offre cette vision, expliqua Breese. Ce n'est que récemment que j'ai compris que cela te concernait personnellement. J'ai beaucoup hésité, l'avenir que tu y entreverras bouleversera ta vie. Je sens que le moment approche où tu devras choisir entre deux voies possibles.

— Je croyais que cela t'était réservé, commenta timidement Azallu.

Elle savait bien qu'elle n'aurait pas dû s'exprimer de la sorte, mais elle avait besoin de réponses. Le sourire de Breese vacilla. Elle considéra l'artefact avant de se détourner et de plonger ses yeux dans les siens.

— Oui, ces visions ne sont normalement pour personne d'autre, seulement celle-ci est différente. Elle apparaît sans que j'y fasse appel, et surtout, à la tombée de la nuit... Comme si l'heure avait son importance.

Azallu la dévisagea avec curiosité. Quelqu'un pouvait-il vraiment interférer avec les dieux ? L'inquiétude la gagna, son cœur se resserra. Heureusement, le soleil se levait tout juste. Le plus probable serait qu'aucune image ne l'atteigne et que le bol demeure inactif.

D'un autre côté, peut-être que c'est un message du Cercle, se dit-elle, subitement en proie au doute et de plus en plus intriguée.

— Qu'est-ce que je dois faire ? s'enquit-elle, d'un coup beaucoup moins réfractaire.

Breese s'étonna de ce brusque revirement. Sûrement avait-elle pensé devoir la convaincre d'accepter. Les lèvres pincées, ses paupières se plissèrent. Ainsi, elle ressemblait beaucoup à une femme plus normale, presque abordable avec son visage fin, ses belles pommettes et ses cheveux noirs montés en chignon.

— Tu es bien conciliante tout à coup, remarqua celle-ci.

La Suprême lui lança ce regard inquisiteur, le même que sa mère, durant ce qui lui sembla une éternité avant qu'enfin elle ne se détache, ne lisant rien de particulier sur ses traits. La haute dirigeante se radoucit, comme si elle avait oublié un bref instant à qui elle s'adressait.

— Ai-je réellement le choix ? Autant en finir le plus rapidement possible, marmonna Azallu, une lueur de malice dans les yeux.

Breese n'insista pas plus longtemps, elle craignait sans doute de la voir changer d'avis. Par un mouvement de tête significatif, elle lui indiqua l'artefact.

— Il te suffit d'y tremper un doigt.

La jeune fille observa le récipient posé sur un socle de pierre. D'aspect plutôt simple, quelques inscriptions l'ornaient dans un langage ancien. Elle plissa le nez, car il lui apparaissait vide.

Azallu garda le silence, obéissant à son aînée. Lentement, elle avança sa main. Alors, elle se rendit compte que ce récipient était en réalité rempli à ras bord d'une eau si limpide qu'elle demeurait invisible à l'œil nu. C'est en la faisant déborder qu'elle put la distinguer.

Très impressionnée, lorsqu'elle retira son index et qu'elle releva le visage, tout ce qui l'entourait disparut pour laisser place à une pièce colorée en totale opposition au blanc.

Azallu n'osa tout d'abord pas bouger. Des draperies et tapisseries dans des tons rouges, dorés et argentés décoraient les murs. Le lieu avait les mêmes dispositions que la salle du trône de Breese, mais la lumière du jour provenait ici du plafond, mettant en avant de magnifiques fresques. La magicienne put ainsi observer des interprétations extraordinaires sur les lunes et les dieux.

Assaillie par les détails, la jeune fille tourna sur elle-même. Elle ressentait tout de façon si réelle que c'en était effrayant.

Tandis qu'elle commençait à s'inquiéter, que son cœur s'emballait devant les vives émotions, elle se figea. Une œuvre plus imposante que les autres venait d'attirer son attention. Elle y découvrit un garçon d'environ huit ans dont la tête était couronnée par les lunes et le soleil. Les couleurs se mélangeaient de manière étonnante. Assis sur un trône trop grand pour lui, la puissance de son regard était renversante. Il retranscrivait un savoir et un magnétisme fabuleux qu'on ne pouvait ignorer et qu'on voulait suivre. Ses cheveux d'or lui descendaient jusqu'aux épaules et encadraient son visage d'ange. Il portait des habits d'un rouge sang qui tranchait avec sa peau.

Azallu effectua un pas dans la direction du tableau, mais ses pieds rencontrèrent un obstacle. Elle baissa les yeux, interpellée, et resta un instant sous le choc. Un homme, aux traits magnifiques, dormait sous des couvertures. Il y avait tellement de draps qu'il s'enfonçait légèrement dans le sol comme si celui-ci avait pu être mou sous lui. L'être ne semblait pas l'avoir entendue, car il ne cilla pas alors qu'elle l'avait presque piétiné.

La jeune fille reconnut aussitôt l'enfant de la toile, toutefois, il était plus âgé. À sa vue, son cœur bondit dans sa poitrine. L'essence qui se dégageait de lui, le calme, la beauté innocente le rendaient extrêmement attirant. Elle se pencha pour le toucher quand un grincement ignoble la fit se redresser.

Devant elle, un trône apparut : grand, sombre et paré de gravures effrayantes. Un individu assis en son centre l'observait à travers un voile noir qui masquait son visage. Tout autour de lui, des gardes et des servantes se prosternaient. L'homme endormi se trouvait maintenant à ses pieds et presque écrasé par l'autorité royale. Une peur incontrôlable domina Azallu, qui souhaita de toutes ses forces se réveiller.

L'homme dans les couvertures gardait cette immobilité dérangeante. Azallu fut alors persuadée que son sommeil avait quelque chose d'anormal. Elle ressentait le besoin de le protéger.

— Enfin, te voilà, gronda la voix grave de l'empereur sur son trône ornée de diamants.

Son intonation lui hérissa les fins poils du corps. Azallu se mit à trembler de toutes parts et recula d'un pas. Elle n'était pas de taille contre cet adversaire. Elle perçut avec horreur une poigne ferme la saisir par les épaules, l'obligeant ainsi à rester sur place.

— Non, tonna un garde, vous ne vous échapperez pas !

On s'empara dès lors de ses poignets avec violence, puis on lui passa d'étranges liens, et toutes ses forces l'abandonnèrent. Un homme fait d'ombre ou de fumée la menaça d'une lance impitoyable. Effrayée, elle chercha comment fuir, seulement rien n'aurait pu l'aider. L'empereur brandit alors son arme, longue, tranchante, terriblement coupante et, en un geste vif, transperça sa paume gauche, celle qui la démangeait, puis sa main droite. Elle hurla de douleur, de terreur, tandis que le sang ruisselait.

— Comme lui, tu m'appartiens ! décréta-t-il

On la tira vers le sol jusqu'à ce qu'elle s'écroule. Sa voix se brisa sous la souffrance. Tout son corps appelait sa magie, qui ne venait pas.

Quand elle voulut se redresser, son regard retrouva la salle du trône. Breese, soucieuse, l'étudiait de ses grands yeux inquiets. Affalée sur les marches, Azallu se rendit compte de la pitoyable image qu'elle offrait. Elle sentit bientôt un liquide s'écouler de ses narines.

— Ah, se plaignit-elle en s'efforçant de se remettre sur ses pieds.

Elle tenta de contenir le sang tandis que la Suprême continuait de la fixer d'un air presque effrayé.

— Qu'as-tu vu ? questionna-t-elle précipitamment tout en l'aidant à se relever.

Azallu, le nez bouché d'hémoglobine, ne masqua pas son soulagement lorsqu'on lui tendit une serviette. Elle s'en empara sans même un remerciement, elle était bien trop sonnée. Ses mains, qu'on avait transpercées, tremblaient et la démangeaient maintenant avec horreur. Elle ne comprenait pas ce que signifiait cette vision et vacilla légèrement sur ses jambes tandis que toute l'appréhension accumulée quittait son corps.

— On aurait dit que c'était vrai, lâcha-t-elle, les larmes aux yeux. Est-ce réellement ma destinée ?

Confuse, Breese arquait les sourcils à s'en fendre le front.

— En général, ces visions représentent le futur. Je n'ai encore jamais vu l'une d'elles se modifier... Mais, il faut aussi parvenir à les interpréter !

Le cœur d'Azallu repartit au triple galop. Saisie d'une peur panique, elle déglutit. La douleur endurée avait été immense, elle ne voulait assurément pas essuyer un tel sort. Son avenir se résumerait-il à être emprisonnée comme cet homme endormi ?

La jeune fille effectua un pas en arrière et, après avoir repris son souffle, réussit enfin à se calmer.

— Pourquoi me fais-tu subir ça ? demanda-t-elle d'une voix chevrotante non sans afficher toute son amertume.

Breese continuait obstinément de froncer les sourcils. Elle se mordit la lèvre inférieure d'un air coupable.

— Je suis navrée, mais c'est ainsi que je l'ai senti, tu devais passer cette épreuve aujourd'hui. Pour tout avouer, je n'ai pas eu le choix. Au départ ne se présentaient que quelques images, mais dernièrement, j'en ai été assaillie. Je n'arrivais plus à dormir, elles hantaient tant mon esprit que j'en devenais folle. Et puis, je n'y ai jamais rien décelé d'inquiétant. Je n'ai pas pensé que cela puisse te blesser.

— Mmm...

Alors qu'Azallu maintenait la pression sur son nez sans pour autant décolérer, la Suprême secoua la tête puis s'approcha d'une mine chagrinée.

— Je suis désolée. Il est vrai aussi que dans les scènes que l'on m'offrait tu apparaissais essoufflée et tu regardais souvent derrière toi. Mais ça s'arrêtait toujours là. Tu n'as pas observé la même chose que moi ?

Elle lui lança une œillade pétillante. Malgré cela, Azallu garda le silence. Toute cette histoire la chiffonnait. Breese n'avait eu qu'une vision très édulcorée de la sienne et elle ne trouvait pas cela rassurant du tout.

— Azallu ?

La Suprême ne s'était pas attendue à une telle réaction de sa part. La jeune fille afficha un sourire doucereux pour la tranquilliser.

— Ce n'est rien, je n'ai pas l'habitude, c'est tout. Je dois aller en cours de toute façon, on en reparlera une prochaine fois, marmonna-t-elle en s'éloignant, évitant au maximum son regard.

— N'oublie pas le repas de famille de ce midi, lui rappela sa tante avec une pointe de déception dans la voix.

— Oui, comment pourrai-je l'oublier ? répliqua-t-elle avec ironie, sachant qu'un garde viendrait de toute manière la chercher si jamais elle faisait l'erreur d'être en retard.

Une fois à l'extérieur, Azallu ralentit. Son nez avait quelque peu arrêté de saigner tandis qu'une vive angoisse s'emparait à nouveau de son corps. Elle n'aurait pu expliquer ce qu'elle éprouvait et ne se sentait pas de taille à affronter Breese, qui reviendrait à la charge pour tout connaître dans les moindres détails.

Elle en parlera de toute façon à mes parents et je serai bien obligée de tout raconter, songea l'adolescente, agacée.

Étonnement, Azallu était certaine qu'elle devait garder pour elle cette vision. Qui était donc cet empereur voilé ? Et cet homme endormi ? Aucune raison pourtant ne la poussait à se montrer si suspicieuse. La Suprême ne répéterait pas ses paroles, bien au contraire, elle la protégerait maladivement. Malgré tout, le fait qu'elle n'ait pas vu l'homme et l'empereur l'amenait à mentir.

Et puis, dans la vision, on l'emprisonnait. Pour l'instant, elle préférait que personne ne soit au courant, même si rester dans l'ignorance n'était pas non plus quelque chose qu'elle affectionnait. Azallu se sentit étouffée, comme prise dans un étau.

Chapitre 3

La marque du passé

Sur le chemin, Azallu croisa son père. D'un regard, il l'arrêta dans sa course.

— Que t'a montré ma sœur ? s'enquit-il de sa voix grave et imposante.

Tourner autour du pot ne faisait pas partie de son tempérament et il n'avait pas aimé devoir attendre dehors. Ses cheveux rouges indiquaient nettement sa colère ainsi que ses yeux dorés qui luisaient presque dans la clarté du couloir.

— Ce n'était pas grand-chose, répondit-elle en souriant de son mieux afin d'être la plus convaincante possible.

Azorru, suspicieux, se fit insistant. Il voyait bien le reste de sang séché près de son nez, malgré ses tentatives pour le lui cacher. Évidemment, il ne la croyait pas. Elle observa le sol dans l'espoir d'éviter son regard qui la culpabiliserait.

— Je sais toujours quand tu mens, dit-il plus doucement. Enfin, tu n'es pas obligée de tout me raconter non plus… C'est ta vie et...

— Pourquoi tout le monde se crispe dès qu'il s'agit d'amour ? demanda subitement Azallu, qui préféra changer de sujet complètement.

Elle releva la tête pour le considérer droit dans les yeux. Son père, un peu surpris, ouvrit la bouche puis la referma avant de parvenir à réagir :

— Tu penses encore à ce qu'a dit cet enfoiré ? grogna-t-il dans une sourde colère.

Étonnée, la jeune fille reprit d'un ton apaisant :

— Ce n'est pas ça...

Elle soupira. Lui expliquer ce qu'elle ressentait s'avérerait plus difficile que prévu.

— Te souviens-tu du jour où j'ai annoncé que j'appréciais quelqu'un ? Dumeur avait posé la question et j'ai répondu sans réfléchir... Seulement, Breese s'est tendue, suivie par tout son conseil et toi aussi, avec maman. J'ai l'impression que je n'ai pas le droit d'aimer.

— Ça n'a rien avoir, souffla-t-il, les lèvres pincées. C'est surtout parce qu'on a peur de ce qui pourrait t'arriver.

— Et quoi ? Me faire maudire comme maman ? grogna-t-elle, les poings serrés.

Azorru se raidit, son regard se voila de tristesse et Azallu regretta aussitôt ses propos.

— Ne le mentionne pas devant ta mère, grimaça-t-il. Qui te l'a dit ?

Sa colère devint si palpable qu'à son tour elle s'emporta. Que lui cachait-il ? Que s'était-il passé pour qu'il réagisse aussi violemment ?

— Tout le monde en parle ! Tu crois que je suis sourde ? Vous paniquez pour tout, mais vous ne m'expliquez jamais rien. Je découvre nos secrets de famille quand les gens souhaitent me rabaisser et surtout me blesser ! J'en ai assez de toujours avoir peur, vous m'empêchez de vivre !

Sur ces dernières paroles, elle abandonna son père qui eut un mouvement pour la retenir. Il n'acheva pourtant pas son geste, la laissant s'éloigner à regret. Elle perçut longtemps son regard dans son dos. Azallu eut énormément de mal à contenir ses larmes. Pourquoi ne lui révélaient-ils jamais rien ?

La jeune magicienne inspira plusieurs fois pour se calmer tandis qu'elle approchait de la salle de cours. Mais elle ne voulait pas affronter tous ces hypocrites, elle ne s'en sentait pas capable pour le moment. Les leçons commençaient dans une demi-heure, les élèves discutaient entre eux en petits groupes. Ils ne firent pas vraiment attention à sa présence, ce qui lui permit de se réfugier à la bibliothèque. Il valait mieux pour tout le monde qu'elle soit seule.

L'entrée devait être presque aussi vaste que la pièce du conseil, bien que l'obscurité règne en ce lieu afin que les livres ne s'y abîment pas. Elle pouvait distinguer de somptueuses arabesques sur les murs. La magicienne s'arrêta devant la voûte considérable soutenue par de grandes poutres ornées de sirènes magnifiques aux longs cheveux rendus soyeux par des sortilèges. Leurs queues, pourvues d'écailles aux reflets dorés et bleus, s'enroulaient autour des piliers. Leurs mains tendues vers le ciel paraissaient indiquer une direction. Les visages fixaient avec dévotion l'immensité des cieux.

Azallu aimait depuis toujours cet endroit où la poussière lui chatouillait le nez et où la magie lui semblait encore plus présente qu'ailleurs. Une fois, elle s'était amusée à éclairer les statues… Elle avait alors pu constater combien celles-ci se paraient de couleurs, la laissant admirative des heures durant.

Au départ, elle n'avait pas compris pour quelle raison tous ces visages observaient le plafond, puis elle avait lancé un sort de lumière afin que la coupole lui apparaisse dans sa totalité. À cet instant, ses yeux s'étaient accrochés à l'incroyable représentation de la carte du ciel dont les nuances vous plongeaient dans un rêve. Ici et là brillaient des étoiles perdues au cœur de cette mer de nuages. Elle se demandait souvent pourquoi ces merveilles restaient dissimulées à la vue de tous. Il lui paraissait si important que chacun puisse contempler ces œuvres d'art ! Mais il était vrai aussi qu'elles devenaient plus belles encore lorsqu'elles donnaient la sensation d'offrir quelque chose d'unique, et Azallu adorait cette impression d'être la seule à connaître l'élégance de ce lieu.

La jeune fille se dirigea vers les rangées de livres. Elle tourna au gré de ses envies dans les minces couloirs si longs qu'ils ressemblaient fort à un labyrinthe. Elle aimait se blottir dans un coin où personne ne pouvait la repérer. Elle s'oubliait alors dans ses lectures. Passionnée par l'histoire de Travel, elle épluchait les titres anciens avec l'espoir d'y dénicher quelques secrets.

Aujourd'hui, elle aurait rêvé pouvoir lire, mais se contenta d'errer dans les allées, s'enfonçant toujours plus loin. Après une énième intersection, elle s'arrêta, un peu surprise de découvrir quelqu'un d'autre. C'était si rare à cette heure-ci, surtout à l'approche des cours.

Assise à une modeste table, éclairée par une petite lampe, le dos courbé, une personne consultait un ouvrage. La tête baissée, cachée sous une sombre capuche, l'inconnu ne bougea pas à son approche. Azallu put entendre de faibles murmures comme si l'individu récitait une incantation. Doucement, la magicienne prit place sur la chaise en face de lui.

— C'est la première fois que je vois quelqu'un aussi loin de l'entrée, se présenta-t-elle gentiment.

L'étudiant se redressa brusquement pour la considérer, paupières plissées et sourcils arqués de stupeur. Il referma violemment son bouquin, s'affala dessus afin de le dérober à sa vue et lui lança un regard à glacer le sang avant de la reconnaître.

— Azallu ! Ne me fais pas peur de la sorte, soupira son camarade de classe, lui masquant toujours la nature de son livre.

— Orckar, c'est la première fois que tu viens ici ? Je ne t'ai jamais vu avant.

Il se renfrogna, ses yeux rouges meurtriers la transperçant de part en part.

— C'est un interrogatoire ?

Azallu battit des cils puis déglutit. Son expression en lame de rasoir l'intimidait et ses délicats cheveux laiteux qui le dissimulaient un peu intensifiaient son air revêche.

— Nnn… non, c'était juste…

Orckar se redressa de toute sa hauteur sans prendre la peine de l'écouter. Il était plus grand et parvenait ainsi très bien à l'impressionner. Assise sur sa chaise, Azallu se sentit minuscule à ses côtés. Les lèvres du garçon se retroussèrent en une grimace hargneuse.

— Je n'ai pas de comptes à te rendre, gronda-t-il en emportant son livre sous son bras.

Azallu, sous le choc de sa réaction exagérée, demeura immobile. La magicienne se releva à sa suite. Une journée qui continuait de mal en pis. Si en plus il lui en voulait pour quelque chose d'aussi insignifiant, elle désirait encore moins se présenter en cours. Elle tenta de ne pas y penser et emprunta par réflexe le même chemin que lui pour partir.

Que lisait-il pour se montrer si agressif ? songea-t-elle, de plus en plus curieuse.

Alors qu'elle allait partir sans plus se poser de questions, elle le surprit près d'une allée tandis qu'il replaçait son recueil. Azallu se camoufla et attendit qu'il ait terminé pour s'approcher à son tour.

Bien trop intriguée par ces cachotteries pour faire demi-tour et avec un brin de culpabilité de fouiller dans sa vie, elle observa les bouquins de l'étagère. Elle retrouva aisément lequel Orckar avait consulté, se focalisant sur les endroits où la poussière avait bougé. Elle trouva deux traînées, une en contrebas et une en hauteur.

Azallu tira le volume d'en bas en premier, puis rougit violemment sous le choc de ce qu'elle tenait : un livre érotique. Elle comprit mieux la colère de son camarade et pouffa discrètement. Elle replaça l'œuvre en vérifiant que personne ne la voyait avant de se saisir de l'autre livre.

Cette fois-ci, son corps tout entier se crispa. Elle découvrait un vieil ouvrage en cuir où, gravé sur de l'or, se déchiffrait : « *L'origine du monde* ».

Frustrée par le manque de temps, elle enregistra le numéro de la rangée. Elle tourna malgré tout plusieurs pages et tomba d'emblée sur un petit texte à l'allure de chanson. Il n'y avait qu'un paragraphe, mais c'était bien assez pour l'interpeller :

> *Ô mon amour, mon bel enfant,*
> *Ferme les yeux, que le vent t'emporte,*
> *Laisse-toi guider par les cieux,*
> *Délicatement ton esprit s'échappe,*
> *Lentement ton corps s'engourdit,*
> *Suis les astres, aiguillé par les lunes,*
> *Parcours le monde et répands ta bonne fortune.*

Azallu bien sûr n'en comprenait pas la signification. Quel était le rapport avec l'origine du monde ? Elle soupira. Il fallait sûrement tout lire pour saisir ces paroles énigmatiques, seulement l'aiguille des minutes la rappela à l'ordre. Elle devait se présenter en cours au risque d'affronter le courroux de sa mère. À contrecœur, elle reposa l'ouvrage, ruminant le fait qu'il soit interdit d'en emporter un en dehors de ces murs.

C'est donc les pieds traînants qu'elle s'éloigna.

Azallu avait beau vouloir retarder le moment, quand elle approcha de sa classe, son sourire de façade se plaqua sur ses lèvres. Elle savait très bien qu'au fond, personne ne se souciait véritablement de son bien-être.

Elle poussa la lourde porte en bois et s'arrêta sur le seuil. Breese lui avait appris qu'un redoutable sorcier avait conçu cette grande pièce à l'allure d'amphithéâtre. Plus d'une centaine d'étudiants pouvaient s'y tenir en ne perdant aucune miette de ce que racontait le professeur. D'ordinaire, ils n'étaient jamais aussi nombreux, mais aujourd'hui était une situation particulière.

— Azallu, s'écria Macilia en la voyant entrer. Joyeux anniversaire !

Sa camarade de tous les jours la détourna de ses interrogations et elle décida de ne pas trop s'appesantir sur Orckar, ce sorcier devenu d'un coup très mystérieux. S'il avait lu ce livre érotique, il devait forcément être gêné par son arrivée. Devant ses petites questions innocentes, il avait répliqué avec colère et elle ne l'en blâmait pas. Néanmoins, le second ouvrage parlait de choses complètement différentes. Lequel des deux avait-il tenu entre ses mains ?

— Azallu, viens par ici, l'appela son amie, insistante.

Son cri se répercuta dans toute la salle et la jeune femme se retrouva bientôt au centre de l'attention générale. Elle fit son maximum pour paraître la plus enjouée possible, car après tout, il s'agissait de sa dernière fête. Une fois atteint l'âge adulte, on ne souhaitait plus les anniversaires, considérant ainsi que vous étiez capable de vous procurer votre propre bonheur.

La jeune magicienne se laissa donc guider par la foule d'élèves désireuse de l'impressionner. Elle reçut nombre de présents inattendus, mais aucun ne la toucha réellement.

— Alors, hâte de commencer l'épreuve ? demanda brusquement Macilia, amusée de la voir sursauter. Je trouve ça tellement génial qu'elle se déroule pile le jour de ton anniv.

Ses cheveux châtains, coupés au carré, virevoltaient à chacun de ses mouvements et lui passaient de temps à autre devant les yeux. Dynamique, la magicienne ne tenait jamais en place à toujours triturer en tous sens son collier de pierre précieuse. En raison de sa nature instable, comme on pouvait s'en douter, Macilia excellait en tant que mage ilemen.

Azallu souffla de lassitude en pensant à ce qui l'attendait. Elle n'avait pas envie de se perdre dans la forêt ni de chasser je ne sais quoi. Cette épreuve l'agaçait, de plus elle détestait se mélanger aux autres.

— Bof… J'aurais préféré que ce ne soit pas en même temps. Et puis, ça va être pénible de trouver des gens avec qui faire équipe.

— Mais qu'est-ce que tu racontes ?

Mécontente, Macilia croisa les bras. Son geste fit légèrement ressortir sa forte poitrine. Bien qu'elle soit plus petite, son regard noir restait frappant. Elle tritura de nouveau son collier en un tic nerveux.

— Tous les garçons te dévorent des yeux. Ils vont se battre pour t'avoir. En plus, tu es puissante, ajouta-t-elle un ton plus bas.

Azallu ignorait quoi répondre et pivota à demi vers la fenêtre. Elle savait que Macilia se comparait toujours à elle pour tout et n'importe quoi.

— Hum... Ils ne m'intéressent pas.

Sa condisciple se mordit la lèvre supérieure en esquissant un subtil sourire, peut-être de satisfaction. Elle poussa un faible soupir amusé, puis s'accouda à son tour sur l'encadrement, obligeant Azallu à se décaler pour la laisser accéder à la fenêtre.

— Tu penses encore à ce mystérieux garçon ? Tu ne crois pas qu'il est temps de passer à autre chose ?

Elle avait parlé avec nonchalance comme si ce qu'Azallu ressentait pouvait être balayé d'un revers de main. La magicienne regretta d'avoir un jour osé mentionner le Cercle, bien entendu en masquant son identité. Ainsi, il avait été désigné par « garçon mystérieux », mais intérieurement, elle détestait que son amie aborde le sujet. Les paroles de Macilia la plongèrent au cœur de lourdes réflexions. Sa camarade n'avait aucune idée du magnétisme qu'il dégageait et des questions que sa présence déclenchait.

La jeune fille garda le silence tout en réalisant que passer à autre chose serait impossible. Dès qu'elle le voyait, un mélange de méfiance et d'admiration l'assaillait, et bien qu'il s'agissait de moments rares et courts, les secrets s'amoncelaient.

Pourquoi se présentait-il à elle à chaque anniversaire ? Au début, le Cercle avait su déclencher en elle de vives émotions qu'elle avait prises pour de l'amour, mais maintenant, elle savait que cela n'avait rien à voir. Cet être espérait la manipuler par les sentiments, mais Azallu avait un esprit trop calculateur pour se laisser faire.

Il me parle en charades pour que je ne comprenne jamais rien, songea-t-elle en grinçant des dents.

Subtilement, elle considéra ses paumes qui la démangeaient. C'était toujours ce qu'il touchait en premier, ses mains, et elle avait fini par se douter que sa venue était en lien avec celles-ci.

— Oui, je devrais l'oublier, répondit-elle enfin sans grande conviction.

— Ne t'inquiète pas, je t'aiderai, assura Macilia d'un air espiègle.

Son aplomb lui parut presque disproportionné, si bien qu'Azallu lui sourit pour ne pas la vexer. Elle observa rapidement les nombreux élèves. Ils provenaient de chaque coin des régions défendues au point qu'il était presque inenvisageable de rencontrer tout le monde. Azallu n'avait d'ailleurs développé de liens avec personne, juste le nécessaire quand elle devait intégrer des groupes, ce qui en disait long sur ses relations. La Suprême aimait beaucoup ce principe, car cela obligeait les élèves à se mélanger, bien que ce ne soit pas du tout au goût d'Azallu, dont l'indépendance primait par-dessus tout.

Son regard s'éternisa sur le sorcier albinos. Ils étaient peu à venir d'Antanor, cinq en tout, et si différents des mages : bruyants, incontrôlables, à l'apparence hétéroclite… Elle les enviait et s'attardait souvent afin de les observer de loin. Elle n'avait jamais osé les aborder tant Orckar dégageait un magnétisme impressionnant.

— Tu verras, on va bien s'amuser, surtout quand on retirera ces saloperies blanches, poursuivit son amie en lui désignant, par un mouvement de bras, la robe qu'elle portait.

Azallu ne put retenir un rire franc s'échapper de sa gorge.

— Tu as bien raison, adieu ces affreuses tuniques.

Alors qu'elle s'apprêtait à ajouter autre chose, l'air s'alourdit dans la pièce et une décharge électrique percuta chaque étudiant. Tous les élèves se tournèrent de concert vers le centre de l'amphithéâtre d'où avait été lancée la salve. Le professeur Elkaro les observait avec sévérité. Il tapotait le sol du bout du pied, impatient, et fusillait des yeux quiconque avait le malheur de croiser son regard. Il tortillait sa moustache frisottante de gestes secs, en colère qu'aucun étudiant ne se soit tu à son arrivée. Petit et grassouillet, personne n'osait lui désobéir tant il n'hésitait pas à faire valoir son autorité. Par sa force de caractère et grâce à ses pouvoirs, il savait s'imposer.

— Vous attendez quoi ? tonna-t-il.

Ceux qui n'eurent pas la présence d'esprit de bouger au quart de seconde récoltèrent ce qui ressemblait à un électrochoc de plus ou moins grande intensité. Les élèves s'assirent alors avec une rapidité surprenante, effrayés par les répercussions. Le mage manipulait l'énergie électrique et presque tout le monde avait reçu un choc à un moment donné. Interdiction de discuter durant ses cours ou même de rêvasser. L'enseignant grogna quelques mots avant de parler en articulant chaque syllabe comme il aimait si souvent le faire.

— Ce soir a lieu votre dernière épreuve, celle qui définira votre puissance, commença-t-il en relevant sa tête ronde avec fierté. Beaucoup d'étudiants nous ont rejoints pour l'occasion et certains arrivent de très loin.

Il observa d'un œil dur les sorciers venus d'Antanor avant de reprendre d'une voix inflexible :

— Vous serez testés de différentes manières. Je vous demanderai de garder votre sang-froid en toutes circonstances.

Certains étudiants ronchonnèrent, mais Elkaro ne s'arrêta pas là.

— L'examen est difficile, poursuivit-il, le visage sévère. Certains pourraient y laisser la vie, alors faites attention ! Rappelez-vous ce que vous avez appris, restez méfiants et ne sous-estimez jamais l'adversaire…

Des chuchotements d'appréhension se répandirent dans la salle et Azallu soupira longuement. Elle était sûre que ce ne serait pas si violent, les villes d'Arow et d'Antanor ne pouvaient tout simplement pas se permettre de perdre des combattants dans une vulgaire épreuve.

— Cette année, continua le professeur imperturbable malgré les jérémiades, tous les peuples confondus se mélangeront. Il n'y aura pas non plus de distinction par rapport à votre affinité en tant que mage ilemen, gyramen ou même Suprême.

Un silence choqué accompagna sa déclaration, puis soudain, ce fut l'apothéose de murmures et de discussions.

— Et les humains aussi ? s'enquit une voix par-dessus les autres.

— Les sorciers, les mages… Vous savez bien que les humains n'ont pas de pouvoirs. Je parlais des gens capables de sorcellerie ou de magie, riposta l'enseignant très agacé par le brouhaha qui s'élevait.

— Mais ça ne s'est jamais vu, souffla un élève pas moins stupéfait.

Et le bourdonnement s'intensifia davantage. Elkaro tapota du pied, signe de son impatience.

— Les sorciers sont fourbes, grommela Macilia en les assassinant du regard. Je ne leur fais pas confiance, je ne veux pas faire d'épreuve avec eux et encore moins en compagnie de ces brutes de Gyramens !

Azallu, elle, n'avait d'a priori sur personne. Son grand-père avait été un sorcier remarquable, elle aurait bien aimé se mesurer à l'un d'entre eux.

— Moi, aucun d'eux ne me fait peur, chuchota-t-elle en se baissant légèrement afin que personne ne l'entende.

— Taisez-vous ! s'emporta à nouveau le professeur. Vous bavarderez plus tard !

Sa moustache se gorgea de fins fils électriques, arrêtant net toute discussion. Il foudroya sur place la jeune magicienne qui l'ignora superbement.

— Azallu, au lieu de jacasser, venez donc nous montrer ce dont vous êtes capable, explosa Elkaro comme si elle était la seule à avoir fait des réflexions.

Indifférente à sa colère dont elle se souciait peu, Azallu le dévisagea longuement.

Pourquoi cet enquiquineur en a après moi ? se demanda-t-elle, les sourcils froncés.

— Je vous attends ! s'impatienta Elkaro, toujours aussi inflexible.

Lestement, elle se leva, puis descendit au-devant de la scène. Tous les regards qu'elle sentait sur elle la laissaient de marbre. L'habitude d'être constamment jugée, épiée par les autres l'avait rendue insensible. Le moindre pas de travers apportait nombre de ragots fort déplaisants, qui, pour la plupart, méritaient à peine son attention. Arrivée devant le professeur, la jeune fille garda la tête haute. Elle ne lui donnerait pas le plaisir de la voir perturbée.

Elkaro la considéra en silence alors qu'elle se plaçait devant lui. Le front plissé, il caressa son horrible moustache qui semblait perpétuellement parcourue d'électricité. Il détestait être ainsi défié.

— Puisque cette journée sonne le glas de votre scolarité, pourquoi ne pas fêter ça lors d'un combat singulier ? s'esclaffa-t-il.

À ces mots, la classe hurla de joie à en oublier l'épreuve de ce soir. Azallu se renfrogna avant de croiser les bras sur sa poitrine. Devrait-elle encore faire exprès de perdre ? Se mettre en avant apportait bien trop d'attention indésirable.

La seule personne qui se rendait compte un tant soit peu de son manège devait être son père. Heureusement, il ne lui reprochait jamais rien, se contentant de hausser les épaules et de lui demander de ne blesser personne. Quant à Wymi, elle l'encourageait sans cesse, lui affirmant souvent qu'elle pouvait aussi échouer, mais Azallu ne trouvait de difficultés nulle part. Ses parents, bien que parfois opposés ou de temps à autre complètement à côté de la plaque, restaient les seuls à ne jamais la juger. Elle lâcha un second soupir.

— Orckar, s'égosilla subitement son professeur, tu discutais également et tu as de très bons résultats, même supérieurs à ceux d'Azallu ! J'aimerais voir ce que ça donne dans un affrontement. Je suis certain que ce sera très intéressant…

Le jeune élève se redressa d'un air entendu, son visage brusquement devenu très sérieux. Sourcilleuse à s'en fendre le front, Azallu considéra son adversaire avec un soupçon d'excitation. Elle n'avait jamais eu à le combattre et il affichait le même air froid que dans la bibliothèque.

— Sauf votre respect, monsieur, je ne pense pas être à la hauteur. On sait tous ici qu'Azallu ne dévoile jamais sa force… Ce sera, comme toujours, un affrontement stérile, marmonna-t-il un cran plus bas.

Azallu s'amusa de ces mots qui n'étaient là que pour la provoquer. Elle observa rapidement son professeur puis ses camarades. Il fallait qu'elle se calme et se force à jouer la comédie. Sans grande conviction, dut-elle l'avouer.

— C'est faux ! gronda-t-elle, incapable finalement de se contenir.

Elle décelait dans les prunelles du jeune sorcier un désir farouche de la défier. Son empressement à riposter eut l'air de le satisfaire, comme s'il attendait exactement cela d'elle.

Azallu retint un rictus tandis qu'un silence presque anormal parcourait la salle. Même Elkaro parut surpris. Il est vrai qu'elle ne haussait que très rarement le ton, souriait la plupart du temps comme une imbécile et acceptait de perdre de manière flagrante parfois ; alors la voir répliquer avec vigueur les laissait sans voix.

Orckar leva un sourcil et son expression sarcastique attisa son envie de combattre. Pourquoi s'emportait-elle autant aujourd'hui ? Ses émotions semblaient incontrôlables.

— Si tu y mets toute ta puissance, ce sera peut-être intéressant, je veux bien tenter ! dit-il avec malice sans la quitter des yeux.

— Mmm…

Azallu ne savait plus comment se sortir de cette impasse. Son cœur s'emballa et Elkaro tapota dans ses mains avec délectation.

— Bien, alors c'est décidé, viens la rejoindre ! exigea-t-il.

Chapitre 4

Un affrontement électrique

Orckar ne se fit pas prier et descendit les marches sans se presser, tel un roi entouré de ses courtisans. Tout le monde l'observait en silence avec une curiosité presque déplacée. Une fois le sorcier arrivé à sa hauteur, Azallu sentit son cœur s'emballer. Elle affronta l'expression glaciale de son camarade, la tête droite et les yeux aussi noirs que les siens.

Quels sortilèges utiliserait-il ? Elle craignait de le blesser ; malgré tout, une puissance sans commune mesure se dégageait de lui. Elle n'avait encore jamais ressenti cela chez les autres, à part avec Breese, ses parents ou le Cercle.

— Sais-tu la première chose qu'on m'a dite sur toi ? demanda Orckar d'un air sournois en se penchant au creux de son cou.

Il attendit d'avoir toute son attention avant de continuer, un rictus sur les lèvres.

— Que tu n'avais aucun talent pour rien ! Et à force de te côtoyer, j'ai fini par le croire.

Le poing d'Azallu partit d'un coup, oubliant un instant ce

qu'elle était et la façon dont elle se devait d'agir. Toute sa frustration et sa rage des derniers jours s'exprimaient dans ce geste. Sa main frôla sa joue. Elle vit combien elle l'avait surprise par sa mine étonnée. Orckar n'était d'ailleurs pas le seul, les sourires avaient laissé place à de la stupeur. Azallu ne se préoccupa nullement de leur état d'âme et enchaîna par un autre coup. Ses phalanges rencontrèrent alors une surface dure sur laquelle elle rebondit. La jeune fille fut projetée en arrière violemment. Orckar se défendait et répliquait en usant des éléments à sa disposition, par des sorts, des cercles et des incantations qu'il dissimulait un peu partout sur son corps et ses vêtements.

Il afficha toute sa satisfaction alors qu'Azallu amortissait son envolée. Celle-ci s'élança de nouveau, ses mains la brûlant et sa magie se concentrant dans ses paumes. Elle se sentait prête à tout détruire et bientôt, les lattes du parquet se soulevèrent sous ses pieds, attirées par sa puissance.

Le cri strident d'une élève retentit soudain, ce qui l'arrêta net dans sa course. Les visages s'inclinèrent et la jeune fille comprit rapidement que sa tante venait de faire irruption dans la classe. Elle n'osait pas se retourner et, à dessein de retarder l'affrontement, attendit quelques secondes avant de pivoter vers l'entrée. Breese posait sur elle un regard électrique.

— Monsieur Elkaro, tonna-t-elle sèchement. Que je sache, les combats sont interdits !

Le professeur rentra la tête dans ses épaules. La posture droite et fière de sa supérieure le fit passer pour un enchanteur de seconde zone. Breese était parvenue à saper toute son autorité en à peine quelques secondes sans même se servir de sa magie : sa voix aiguë et ses yeux tranchants avaient suffi.

— Il ne s'agissait là que d'une démonstration, se défendit l'enseignant qui suait toutefois à grosses gouttes.

— Une démonstration que vous ne pouviez plus contrôler, répliqua-t-elle durement.

Son corps raide n'augurait rien de bon. Furibonde, elle se tourna vers les deux adolescents. Les élèves, devenus livides, restaient immobiles. La femme de haut rang insista plus particulièrement sur Azallu qui finit par détourner la tête. La jeune fille vit combien Breese était déçue par son comportement, ce qui l'amena à soupirer. Mais les lattes du sol soulevées dans cet élan la perturbaient davantage. Une chose pareille ne lui était encore jamais arrivée, même énervée.

— Il y aura bien assez de combats dans vos vies pour ne pas en rajouter, persifla la cheffe de la tour d'une voix qui ne souffrait aucun argument. Monsieur Elkaro, reprenez donc votre manuel et donnez-leur la dernière leçon !

— Oui, oui, assura-t-il en s'épongeant le front.

Sa transpiration devenait de plus en plus écœurante et il s'exécuta, non sans renvoyer d'un bref mouvement ses deux disciples à leur place.

— Sauvée par le gong, marmonna tout bas Orckar alors qu'il la frôlait.

Il affichait toujours cette dureté et cette force, comme si sa démonstration ne le perturbait nullement alors que la plupart des élèves avaient pâli. Azallu se sentit coupable, elle n'aurait pas dû répliquer de cette façon. Orckar l'avait touchée avec ses provocations. Elle avait perdu son sang-froid.

— Je... je suis...

Elle tenta de le retenir alors qu'il se dirigeait déjà vers son siège. Il ne l'écouta pas ni ne se retourna, se contentant de secouer la tête de droite à gauche comme si elle n'existait pas.

Sous les mines médusées des différents étudiants, Azallu remonta les marches pour reprendre sa place. Elle avait l'impression d'avoir été la grosse méchante de l'histoire, mais elle ressentait aussi une certaine joie à s'être exprimée librement. Son cœur en palpitait encore et elle avait du mal à réfréner ses ardeurs.

Sa tante continuait de la dévisager, ses yeux lui perçaient la peau comme des couteaux. Elle allait assurément la sermonner ce soir et sa mère en rajouterait. La jeune fille pressentait des heures d'ennuis poindre à l'horizon.

Une fois assise, après d'interminables minutes, Breese finit par s'en retourner. Azallu se détendit dès qu'elle la vit disparaître et pivota vers Macilia qui fixait un point, droit devant elle.

— Ça va ? demanda-t-elle en remarquant combien elle restait crispée.

— C'est la première fois que je te vois te battre réellement, marmonna son amie entre ses dents, toujours sans la regarder. Toutefois, je ne pensais pas que tu te montrerais aussi redoutable.

Azallu perçut à l'inflexion de sa voix qu'il s'agissait de reproches.

— Tu es bien plus forte que moi ou n'importe qui, insista Macilia, qui se tourna enfin vers elle.

La magicienne posa ses mains sur le bureau dans un geste maîtrisé et Azallu haussa les épaules non sans trouver qu'elle avait une drôle de réaction.

— C'était juste un échange sans grand intérêt, souffla-t-elle, espérant ainsi parler d'autre chose.

— Ah, ah, explosa nerveusement Macilia. Tu es vraiment monstrueuse…

Azallu se figea, incapable de quitter des yeux la silhouette immobile de sa voisine de table qui s'était remise à fixer l'enseignant avec vigueur.

C'était la première fois qu'on la traitait de monstre alors qu'elle avait toujours tout fait pour éviter ce genre de remarques. La bouche sèche, les mots restaient bloqués au creux de sa gorge.

Qu'aurait-elle dû faire ? Abandonner ? Ignorer Orckar ? Mais se soumettre lui avait paru impossible.

Elle demeura de longues minutes à attendre que son cœur se calme. Macilia avait-elle jamais été son amie ?

Elle fut soulagée qu'Elkaro ne lui permette pas d'approfondir ses pensées. La soif de tout détruire et de fuir loin l'oppressait. Son sang bouillait si fort dans ses veines qu'elle se contenait avec peine. La voix du professeur s'éleva tel un grondement de tonnerre.

— Puisque notre Suprême l'exige, j'aimerais vous parler de quelque chose qui me tient particulièrement à cœur et que je n'ai pas eu le temps d'aborder avec vous cette année…

Les étudiants, plus silencieux qu'une tombe, l'écoutèrent avec attention.

— Que savez-vous de la création de notre monde ? demanda-t-il après une brève réflexion, toujours en triturant sa moustache.

Azallu tiqua et se remémora le livre de la bibliothèque ainsi que son envie farouche d'aller s'y isoler. Mais son professeur venait de lui offrir une bonne distraction, le sujet l'intéressait tant qu'il l'accapara tout entière.

Il existait tellement de légendes qui entouraient Travel, que personne n'osa répondre. Leur société ne tournait qu'autour du Suprême, rien d'autre n'avait d'importance. De plus, l'émergence de leur planète remontait à si loin qu'il ne pouvait y avoir que des suppositions.

— La Suprême gouverne…, hésita l'un des élèves.

Elkaro pivota vers celui qui avait pris la parole. Pour une fois, il affichait de la bienveillance.

— Et si nous revenions bien avant qu'il n'y ait des Suprêmes ?

— Cela existe-t-il réellement ? demanda un deuxième pour le moins perplexe.

— Il est vrai que bien des générations sont passées sous le règne des Suprêmes, si bien que nous avons oublié. En ces temps anciens, les retranscriptions étaient rares… Pourtant, il vient d'être prouvé que les Suprêmes n'ont pas toujours dirigé !

— Ne serait-ce pas une trahison que de discourir ainsi ? s'inquiéta un jeune magicien.

Il fixait la porte avec hantise. Son regard errait entre le professeur et la sortie. Il craignait que Breese ne surgisse de nouveau.

— Je ne désire pas renverser l'ordre établi, si cela peut vous rassurer… Juste vous apprendre quelque chose de nouveau. La vérité est parfois déplaisante, mais pour autant, on ne doit pas l'ignorer. Un manuscrit a été depuis peu retrouvé après une fouille réalisée dans des ruines, à l'extérieur du territoire protégé. Je suis certain que vous en avez entendu parler puisque c'est Dumeur, notre plus valeureux soldat, qui l'a ramené au prix de gros efforts…

— Dumeur, répéta tout bas Azallu avec une pointe de perplexité dans la voix.

Elkaro se tourna vers elle, les prunelles pétillantes, et la jeune fille regretta d'avoir encore une fois ouvert la bouche.

— Oui, ton grand-père ! Tu dois être la mieux informée. Il s'agit tout de même de notre héros de guerre...

Azallu rougit devant la remontrance. Comment faisait-il à chaque fois pour l'entendre alors qu'elle n'avait fait que murmurer ? Elle baissa les yeux sur son bureau qu'elle étudia avec grande attention.

De toute évidence, cet enquiquineur ne comprendrait jamais que chez elle, Dumeur était un sujet à éviter à tout prix. Quand elle découvrait quelque chose sur lui, c'était toujours dans les journaux et jamais par un membre de sa famille ni même par le principal intéressé. Elle ne pouvait pas vraiment dire non plus qu'elle adorait lui adresser la parole. Elle décelait en lui une perturbante raideur. Au fond, il lui faisait peur surtout au vu des réactions violentes de son père. Azorru se mettait perpétuellement sur ses gardes en sa présence. Le simple fait de le croiser semblait être pour lui un vrai calvaire.

— Quoi qu'il en soit, j'aimerais que chacun se tienne informé des prochaines nouvelles, car je suis persuadé que nous apprendrons beaucoup de choses sur notre passé. Ce manuscrit nous éclairera sur une période sombre de notre histoire.

— Je pensais que vous saviez ce que cachait cette antique relique pour nous en parler ainsi ! s'éleva la voix d'Orckar dans tout l'amphithéâtre.

Azallu se redressa, marquée par sa façon assez provocatrice de s'exprimer : droite, froide et fière. Il ne paraissait jamais rien craindre, lui tout comme les autres rares sorciers venus étudier ici. Mais défier de la sorte Elkaro n'était pas une bonne idée, de son point de vue. Devenu tout rouge, leur professeur fulminait à présent. Le peu de cheveux qu'il gardait sur son crâne se hérissa, annonçant à tous son envie d'exploser.

— Jeune homme, comme dans toute découverte, décrypter un manuscrit prend du temps... Nos historiens y travaillent jour et nuit. La Suprême aurait pu donner un coup de main, mais elle rechigne à la tâche, grommela-t-il plus pour lui-même qu'à l'attention de son élève.

Elkaro tapa du poing sur son pupitre, incapable de contenir sa frustration. Quelques feuilles volèrent avant qu'il ne s'empresse de rapidement changer de sujet.

Ce petit effet n'eut d'autres conséquences que d'intriguer davantage, mais Azallu demeura sur ses gardes. Un monde sans Suprême… Cela pouvait-il réellement exister ? Cela devait-il exister ? Était-ce une bonne idée de se pencher sur la question ?

Lorsque le cours se termina, Macilia s'éclipsa sans mot dire, laissant Azallu seule avec ses réflexions. Elle traîna des pieds d'un air dépité, très peu désireuse de participer à ce repas de famille qu'elle subirait.

Elle aurait largement préféré retourner dans sa chambre plutôt que d'assister à cette insupportable mascarade. Malgré son souhait d'arriver tard, elle parvint devant la porte de la Suprême pile à l'heure. Un garde à l'entrée lui ouvrit et elle pénétra au cœur de la somptueuse résidence.

Somptueux était un faible mot pour décrire la beauté des lieux. Le mystère, les symboles, les objets antiques qui s'accumulaient au fur et à mesure des années ne pouvaient que passionner. Cette pièce évoquait le calme, la sérénité, c'était comme avancer à l'intérieur d'un sanctuaire. Des ondes apaisantes s'en dégageaient.

La jeune fille contempla les murs si différents du reste de la tour. De la couleur, de la nature, des arbres et des feuilles s'y animaient en fonction de la température extérieure.

Azallu trouvait cet endroit tellement plus vivant et agréable que la salle du conseil. Elle pénétra à l'intérieur du salon avant de se figer. Personne ne l'avait accueillie, ce qui était chose rare. Elle se sentait comme une intruse et sans trop savoir pourquoi, se fit très silencieuse.

— Qu'est-ce que tu fais là ? Où est Breese ? résonna soudain la voix d'Azorru.

Azallu se crispa, surprise par son intonation orageuse. Elle crut au début qu'il s'adressait à elle, avant de comprendre qu'il parlait avec quelqu'un.

— Elle a été retenue par le comité. Elle s'inquiétait d'arriver en retard ! Bien sûr, je me suis fait un devoir d'être présent, car après tout, je suis ton père, renchérit Dumeur.

L'adolescente l'avait si facilement reconnu. Elle n'entendait personne d'autre, ce qui signifiait que les deux hommes étaient seuls. Ce devait bien être la première fois que cela se produisait depuis sa naissance et, intérieurement, Azallu n'en fut pas rassurée. Elle voulut se montrer dans l'espoir de détendre l'atmosphère, mais fut vite refroidie en sentant la magie de son père la percuter de plein fouet.

— Je rêve tous les jours de ce moment où je t'exterminerai, gronda Azorru d'une voix déformée par la haine.

— M'exterminer ? répéta Dumeur, peiné. Rien que ça ! J'avais presque oublié que tu gardais cette rancœur contre moi. Tu sais, j'ai compris mes erreurs… Je fais ce que je peux pour me racheter. Ta mère Soméa me laisse à nouveau lui parler. Nous nous sommes même baladés ensemble !

Un silence long de quelques secondes accompagna ses paroles.

— Je te connais par cœur, mon fils. Je sais que l'amour que je t'ai porté t'a blessé bien plus que ta mère ou ta sœur. J'ai changé, je t'ai toujours aimé…

— Tais-toi ! s'écria Azorru.

Dumeur soupira bruyamment. Azallu l'imaginait facilement avec son air de chien battu, celui qu'il affichait tout le temps.

— Si tu veux me tuer, vas-y ! Pourquoi te retiens-tu ? Chaque fois que je te croise, tu me le répètes inlassablement sans rien tenter. Je ne me défendrai pas, si c'est ce qu'il faut pour me faire pardonner. Je n'ai jamais reçu d'amour dans ma vie, je pensais que c'était ainsi qu'on le donnait ! Mais en te voyant avec ta fille, j'ai compris mes torts… Et j'essaie depuis lors de me racheter.

Dumeur usait de ce ton qu'Azallu lui connaissait depuis toujours : irritant, celui de la personne la plus misérable du monde.

— Azorru… Je sais bien que je te mets dans une position délicate. Il est vrai que me tuer reviendrait à devenir un traître. Tu détruirais tout ce que tu as construit, la femme et la fille que tu chéris tant te seraient retirées. Il faut être prêt à sacrifier toutes ces belles choses. Je ne suis pas un mage corrompu et ma plus grande erreur est de t'avoir mal aimé, mais je ne veux pas que tu perdes ce qui fait battre ton cœur. L'avenir est plus important qu'une vengeance sur le passé !

Azallu, de plus en plus choquée par ces propos, le trouvait menaçant. Ces mots, bien entendu, attisaient Azorru, dont la rage semblait augmenter chaque seconde. Les pouvoirs de son père devinrent si intenses qu'elle finit par lâcher un petit cri en tombant par terre. Celui-ci grogna avant de débouler dans le salon, les yeux brillants d'une colère glacée. Ses cheveux rouge sanglant et son corps entouré d'une telle vibration de fureur coupèrent le souffle d'Azallu.

— Pa...

— Depuis quand es-tu là ? interrogea-t-il d'une voix terrible.

C'était la première fois qu'il se montrait aussi froid avec elle. Son cœur lui comprima la poitrine et ses larmes se retrouvèrent bien vite au bord de ses paupières. Il s'agissait après tout de son anniversaire et il ne le lui avait même pas fêté. Les lèvres tremblantes sous la peur et la douleur, elle parvint à articuler faiblement :

— Je viens d'arriver...

En découvrant sa mine terrorisée, Azorru se calma. Il l'aida à se relever puis la serra contre lui alors que le barrage de ses pleurs s'affaissait.

— Pardon, ma chérie, je me suis emporté.

Il se pinça la bouche d'un air coupable tandis que Dumeur le suivait de ce regard compatissant.

— Mais, n'est-ce pas ma petite-fille adorée ? remarqua celui-ci, ravi.

Il fronça néanmoins les sourcils en voyant ses perles salines. Azallu ne sut pas vraiment pourquoi sa manière de la considérer lui donnait autant de frissons. Elle cacha son visage dans les bras de son père, même si elle devenait trop âgée pour continuer à agir de la sorte. Toutes ses peines s'effacèrent aussi vite qu'elles étaient venues alors que Breese, accompagnée de Wymi, pénétrait dans la pièce. Les deux femmes perçurent tout de suite, à l'atmosphère lourde qui régnait, qu'il s'était passé quelque chose. Elles restèrent immobiles un instant tandis qu'elles prenaient conscience de la situation. Azorru, en les entendant, relâcha sa fille non sans une certaine réticence.

Azallu, qui fixait son torse, n'osa relever la tête de peur d'être confrontée à deux anneaux d'or furieux. À la façon dont il crispait les muscles, elle devinait sa colère. Elle se retourna à demi afin de récupérer un peu d'espace, mais se retrouva malheureusement face à Dumeur. Celui-ci s'empressa de lui sourire. Elle sentit à son insistance qu'il attendait qu'elle s'approche et qu'elle le salue comme la tradition l'exigeait.

Azallu restait indécise. Les yeux acérés d'Azorru ne la lâchaient pas. Il arrivait si facilement à la pétrifier sur place qu'elle en venait à manquer d'air. Dumeur faisait partie des anciens, ne pas le saluer était une grande entorse au règlement. Elle déglutit et effectua un pas dans sa direction quand sa mère la détourna de sa trajectoire en la tirant vers elle. Bien que tendue aussi, elle le masquait beaucoup mieux que son mari.

— Azallu, tu es en avance, s'exclama-t-elle en lui décochant un regard significatif.

— Je…, bredouilla la jeune fille, incapable d'aligner deux mots.

Le temps que la pression redescende, Dumeur rouspéta d'une voix moqueuse :

— Vous pensez vraiment que je vais lui faire quelque chose alors que vous êtes tous là ? Je ne vais pourtant pas la manger.

L'ancien grinçait des dents et tordait sa bouche comme s'il retenait sa rage. Azorru le défia d'insister. Aucun des deux ne reculerait, et sans intervention extérieure, cela durerait une éternité. Breese s'interposa finalement.

— Dumeur, ça suffit… Il est tout à fait normal qu'Azorru et Wymi ne t'acceptent pas. Tu m'as contrainte à t'inviter de toute façon, c'est inutile de le nier.

Le mage gyramen se détourna sans rien ajouter. Il baissa la tête d'un air désespéré, ce qui attrista Azallu. Elle n'aimait pas avoir l'impression d'être la raison de leurs disputes.

— Je n'ai pas le choix que de forcer un peu la main, sinon je ne verrais jamais ma petite-fille ! reprocha-t-il.

Azallu ne manqua pas le regain de colère de son père. Celui-ci restait debout, froid au possible, le corps si tendu qu'elle crut à nouveau qu'il ne retiendrait pas son trop-plein de haine. Elle se sentit obligée d'emboîter le pas de sa tante, escortée par sa mère, tandis qu'Azorru ne bougeait pas d'un iota derrière elle. Wymi se retourna et lui lança un regard chargé de sous-entendus. Avec réticence, il finit par les suivre.

Une fois parvenue dans la salle à manger, la jeune magicienne aurait espéré qu'on la laisse tranquille, mais elle se trompait lourdement.

— Azallu, ma petite-fille, tu veux bien t'asseoir près de moi ? Tu grandis si vite que je souhaite en profiter.

Un sourire aérien flottait sur le visage de Dumeur. Il n'avait, semble-t-il, pas conscience de la situation. La tension remonta d'un cran. Le plus effrayant restait bien entendu Azorru, qui la cloua sur place de son air mauvais. Mais cela, son aïeul l'ignora, il n'avait d'yeux que pour elle et tapotait le siège à côté de lui.

Azallu fut de nouveau incapable d'agir. Elle n'aimait décidément pas être prise pour cible. Bien que manger près de lui ne la rebute pas tant, elle refusait de mettre son père encore plus en colère. Il l'était déjà bien assez. Toutefois, décliner l'invitation sans vexer son ancêtre allait lui demander un certain savoir-faire.

Comment en était-elle arrivée à craindre à ce point une simple chaise ?

Chapitre 5

Les mots cachés

— Elle va s'asseoir près de moi, décréta Wymi dont les pupilles azurées se déchaînaient.

Sa mère, toujours là pour lui venir en aide, permit à Azallu de souffler intérieurement.

— Elle n'a plus dix ans, elle peut faire ses propres choix, riposta Dumeur, qui, excédé de son intervention, contractait les muscles de sa mâchoire.

— Elle n'a peut-être plus dix ans, mais elle reste ma fille et c'est moi qui décide !

Ils s'affrontèrent avant qu'enfin le chef de guerre finisse par détourner les yeux, mais ce n'était pas sans rancune.

— Seulement jusqu'à ce soir.

Wymi fronça les sourcils, le corps raide. Elle étira du mieux qu'elle put ses lèvres, affichant un sourire crispé, avant de tirer Azallu par le bras d'un geste protecteur. Breese, qui avait observé la scène en silence, se racla la gorge.

— Dumeur, souffla-t-elle sur un ton de reproche, ce n'est

pas ainsi que tu te feras pardonner !

Comme toujours, elle paraissait douce, mais tous devinèrent sa mauvaise humeur à la dureté de ses traits. Le reste de la famille arriva à ce moment-là et Azallu eut la vague impression que le repas durerait une éternité.

Finalement, elle dut s'asseoir entre ses deux grands-mères qui ne lui demandèrent même pas son avis. Et tout près se trouvait Amuro, son autre grand-père, dont le regard bienveillant calma les esprits. On avait apporté les entrées, mais personne ne parlait, ne résonnaient que les bruits des couverts. Le silence qui régnait pesait lourd. Azallu se concentra sur la nourriture jusqu'à ce que Soméa, l'ancienne femme de Dumeur, ne lui caresse les cheveux.

— Tu es si jolie, murmura-t-elle avec tendresse.

L'adolescente se tourna pour l'observer. Soméa paraissait encore jeune, mais les traits tirés de son visage ainsi que son chignon strict lui donnaient un air sévère. Jamais elle ne l'avait vue avec une mèche de travers, ou les vêtements froissés... Azallu se doutait au fond qu'il ne s'agissait que d'une apparence, surtout quand elle vit ses yeux se charger de larmes. La jeune fille réalisa que sa grand-mère dissimulait sa tristesse derrière cette fausse perfection.

— Qu'est-ce qui ne va pas ? s'enquit Azallu avec douceur.

— Je songeais juste à mes propres enfants et à leurs cheveux, avoua son aïeule dans un fin filet à peine audible.

La belle magicienne ne saisissait pas bien pourquoi elle s'exprimait avec tant de mélancolie, ses deux héritiers se trouvaient pourtant à la même table qu'elle... Mais Soméa n'avait pas une fois tourné son regard dans leur direction.

Breese et Azorru fixaient leur assiette. Azallu soupira par tant de non-dits, elle devait sans cesse essayer de tout déchiffrer, une tâche qui devenait difficile. Malheureusement, il en avait toujours été ainsi avec sa grand-mère, elle différait tant d'Anna. En comparaison, son autre mamie n'avait que des paroles réconfortantes et aimait lui partager son savoir.

Elle reporta son attention vers Soméa. Azallu avait pu remarquer certaines choses vis-à-vis de son comportement. Elle tremblait en voyant son mari et baissait la tête en sa présence. Elle se soumettait clairement à Dumeur tandis qu'il affichait cet air désolé à fendre l'âme. Sa grand-mère n'effectuait jamais de gestes doux, ne s'approchait de personne sauf de sa petite-fille. Azallu avait alors la forte impression que Soméa rattrapait le temps perdu et le projetait sur elle. Ainsi, elle ne caressait pas véritablement ses cheveux, mais ceux d'Azorru ou de Breese.

La jeune magicienne n'osa rien répondre tandis que déjà sa mamie séchait ses larmes. Celle-ci considéra rapidement ses deux enfants, à présent grands et capables de se défendre seuls, puis se détourna vivement, comme si elle venait de déranger l'ordre établi.

— Moi, j'aimerais savoir pourquoi il y a autant de tension au sein de cette famille ! tempêta tout à coup Amuro. Je ne comprends toujours pas ce que signifient tous ces lourds silences. Et je voudrais qu'on m'explique !

Il fixa méchamment Dumeur, mais celui-ci ne parut guère touché par ses paroles. Anna se chargea dès lors du dialogue dans l'espoir vain de calmer tout ce beau monde.

— Alors, Azallu, qu'as-tu fait aujourd'hui ? C'est bien ce soir qu'a lieu la dernière épreuve, n'est-ce pas ?

Azallu songea que ce sujet-là s'avérait aussi épineux que les autres. Elle observa brièvement sa mère, qui ne changea pas d'expression. Breese avait-elle rapporté son comportement en classe ? De toute manière, Wymi avait sans doute senti sa magie, ce n'était pas comme si elle pouvait se cacher quand elle l'utilisait. Au fond, celle-ci attendait sans nul doute le bon moment pour lui remonter les bretelles. Elle ne se fâcherait pas ici, mais le ferait une fois seule avec elle. De ce fait, Azallu n'était pas pressée d'y être.

— Oui, c'est bien ce soir, affirma-t-elle entre ses lèvres pincées.

— Pour toi, ce sera facile, réagit Dumeur qui lui lança une œillade réconfortante.

Bresse, dans un soupir, répliqua avec fermeté :

— N'en sois pas si sûr, les épreuves seront plus difficiles que les précédentes années !

— J'espère que ce n'est pas insurmontable, marmonna Anna, je n'en verrai pas le but alors... Et puis, pourquoi inviter des sorciers ? Je ne compte pas leur pardonner leur tentative d'enlèvement sur Azallu !

— Cette histoire remonte à longtemps, il n'y a pas eu d'autres attaques depuis, en plus ceux présents aujourd'hui ne sont pas très nombreux et du même âge qu'Azallu. Juste un maigre groupe de cinq élèves, ajouta-t-elle en grimaçant. L'examen les mettra tous en situation. Devant des êtres corrompus, il n'y a pas le droit à l'erreur... Ces jeunes gens doivent le comprendre le plus tôt possible et c'est bien à moi de le leur apprendre !

— C'est vrai, tu as raison, ce n'est pas moi qui vais te contredire sur ce point. Mais... mais la présence de ces sorciers n'était pas nécessaire, insista Anna. Que feras-tu s'ils s'en prennent encore à Azallu ?

Sa grand-mère refusait de baisser la tête, toutefois devant la force du regard de Breese, Anna renonça à s'exprimer haut et fort. De nouveau, un silence épouvantable tomba. La douce magicienne étudia son père. Que ressentait-il ? Il n'avait rien touché à son assiette et tenait cette affreuse immobilité. Finalement, ce dîner de famille remuait beaucoup trop de choses du passé. Ses cheveux gardaient obstinément la couleur de la colère, ce rouge qui le rendait si meurtrier, si effrayant, et tout autant mystérieux. Cette histoire avec les sorciers remontait à loin, elle-même n'en conservait aucun souvenir, mais chaque occasion était bonne pour l'évoquer. Les sorciers, il ne fallait pas leur faire confiance, voilà le message de tous ses proches. Même sa mère ne tentait plus de contredire quiconque sur le sujet. Agacée, Azallu décida d'insister :

— Papa... j'aimerais bien que tu me racontes encore une fois comment Mhor et toi vous vous êtes rencontrés ! Après tout, c'est mon anniversaire, et un peu le sien aussi...

Elle était ravie de rappeler à tous qu'en cette journée horrible, personne ne le lui avait célébré décemment. Toutefois, aucun membre de sa famille ne broncha.

— Azallu, tu ne devrais pas ainsi t'accrocher au passé, décréta subitement Dumeur. Te passionner pour un homme mort n'est pas sain. Tu devrais plutôt te concentrer sur ton avenir. Tu as maintenant la majorité. La communauté va attendre certaines choses de toi et tu vas devoir y être préparée, t'y conformer.

— Ferme-la ! rugit Azorru en se levant.

Il avait apparemment atteint les limites du supportable. Il se tourna vers sa sœur, les épaules raides.

— Et toi qui l'invites pour fêter l'anniversaire de ma fille ! Qu'est-ce qui te prend, Breese, pour oublier tout ce qu'il a fait ?

— Je n'ai pas eu le choix, répondit-elle de sa mine sévère.

Son masque toutefois se fendilla rapidement. Elle dévisagea son père avec rage.

— Tu penses que je l'aurais convié sinon ? Les anciens ne jurent que par lui. Je ne peux pas m'opposer à eux directement. Et puis, c'est sa dernière chance de…

— Une dernière chance ? coupa Azorru, les yeux arrondis de stupeur. Après tout ce qu'il nous a fait, tu veux lui donner une dernière chance ? C'est sûr que ce n'était pas toi qu'il…

Il se tut subitement, grimaça de plus belle, se raidit à un point tel qu'Azallu eut mal pour lui. La colère le submergeait tant que la jeune fille trembla imperceptiblement. Le découvrir dans cet état de haine profonde la terrifiait, et plus encore ses paroles qu'elle refusait de comprendre.

— Je sais, hurla à son tour Breese. Et ne crois pas que j'ai oublié… Je…

— Ne me refais plus jamais ça, souffla Azorru à présent empli de tristesse.

Cette expression, il ne la laissa pas apparaître très longtemps. Par un mouvement brusque, il se tourna vers les femmes de sa vie :

— Azallu, Wymi, on y va !

Il considéra une dernière fois sa sœur, plus furieux que jamais :

— Je ne pensais pas qu'un jour ce serait toi qui me trahirais.

La Suprême se releva et tendit la main pour le rattraper, mais son frère se trouvait déjà loin. Wymi, les lèvres scellées, le suivait tandis qu'Azallu n'aurait jamais imaginé partir dans de telles conditions.

Elle jeta un coup d'œil à Dumeur avant de s'éclipser et fut surprise de constater toute la haine qui ravageait son visage. L'adolescente eut le temps de saluer ses autres grands-parents, qui gardaient le silence, puis emboîta le pas de ses parents. Azorru marcha vers leurs appartements et ne se calma pas avant d'y être arrivé.

— Bon sang, explosa-t-il une fois loin des oreilles indiscrètes.

Il se tourna vers sa fille, le regard dur.

— Combien de fois dois-je te le répéter ? Ne t'approche pas de Dumeur ! Ne t'en approche pas !

Azallu se pétrifia tandis que son père laissait déferler toute sa colère sur elle.

— Mais c'est bizarre de l'ignorer. À moi, il ne m'a rien fait, expliqua-t-elle en tâchant de ne pas fondre en larmes.

Elle ne le comprenait pas et se faire ainsi réprimander juste parce qu'elle était polie lui semblait tout à fait injuste.

— Azallu, s'écria-t-il un ton plus bas sans rien perdre de sa vibration terrible.

Ses prunelles d'or chatoyaient d'un feu destructeur.

— Même s'il ne t'a rien fait, tu ne dois pas accorder ta confiance à ce type, JAMAIS ! Il ravage tout, TOUT, tu entends ? Alors, je te le demande pour la dernière fois, promets-moi de ne jamais t'en approcher !

Il n'était maintenant plus qu'à deux pas d'elle, la jeune fille voyait bien qu'il essayait de se calmer sans y parvenir. Elle aurait aimé savoir pourquoi il s'énervait autant, et dans un élan de courage, osa l'interroger :

— Qu'est-ce qu'il t'a fait ?

Elle l'avait bien sûr questionné sans arrière-pensées, avec toute l'innocence qui la caractérisait, mais il recula soudain.

— Ce n'est pas une requête, Azallu. Je vais être très franc :

si je te surprends encore une fois à vouloir saluer cet enfoiré, je détruirai la maison de Mhor !

La douce magicienne comprit à son expression hostile combien il était sérieux, car même Wymi hoqueta d'effroi. Azallu serra les poings devant la menace. C'était la première fois qu'il lui parlait si abruptement avec cette fureur sourde dans la voix. Elle ne put s'empêcher de se demander une fois encore ce que Dumeur avait bien pu lui faire pour qu'il réagisse avec autant de virulence. Ce devait être quelque chose d'abominable. Son père était un homme juste, jamais elle ne l'avait vu s'énerver sans raison. Mais là, il ne s'agissait pas d'une simple colère, il débordait d'une rage qu'il peinait à contenir.

— Tu ne ferais pas ça, geignit-elle.

— Si tu me promets de ne jamais t'en approcher, je ne le ferai pas. Mais si je découvre que tu m'as désobéi une seule fois, alors je n'hésiterai pas !

Elle constata à son expression que proférer cette menace l'attristait énormément. Il se détourna, incapable de rester en place. Sans doute avait-il besoin de se défouler sur quelqu'un d'autre.

— Ça va se calmer, assura Wymi sans quitter des yeux l'endroit où il avait disparu, l'angoisse allant croissant sur son visage. Depuis peu, la présence de Dumeur a ravivé de vieilles blessures et le comportement des anciens n'est pas pour l'aider... J'espère juste qu'il parviendra à surmonter le passé sans perdre pied.

— Il a l'air de vraiment m'en vouloir, s'inquiéta Azallu, une boule au fond de la gorge. Je veux dire que...

Wymi s'empressa de venir la serrer dans ses bras et la réconforter.

— Mon petit cœur, s'il réagit si fortement c'est qu'il redoute ce que Dumeur pourrait te faire ! Je sais que cet homme te paraît gentil, qu'il n'a jamais eu de gestes déplacés à ton égard... Je sais que tu aimerais comprendre, mais crois-moi, il vaut mieux que tu restes dans l'ignorance. Ton père ne le supporterait jamais...

— Mais qu'est-ce qu'il lui a fait ? répéta Azallu, parce qu'au fond, elle n'arrivait tout simplement pas à concevoir la réalité.

Les mots de son père résonnaient dans sa tête sans parvenir à s'aligner. Wymi se pinça les lèvres et Azallu redouta un instant qu'elle lui raconte tout.

— C'est entre Dumeur et lui. Toutefois, obéis à ton père, il veut te protéger. Dumeur est un danger, sois en certaine. Quant à Breese, son combat avec les anciens la met dans une position délicate. Elle ne peut l'évincer sans risquer une rébellion. Sa situation n'est pas à envier en ce moment.

Azallu baissa la tête tandis qu'un silence inconfortable s'immisçait entre elles. Une peur dissimulée tout au fond de son cœur ne cessait de s'accroître. Elle repensait aux paroles de Dumeur, car si Azorru refusait de l'écouter, son grand-père n'avait pas tort : la société allait exiger une union. Elle craignait les traditions et surtout, qu'on ne lui laisse pas le choix quant à sa vie future. Elle était loin de savoir ce qu'elle voulait, même à son âge qu'on considérait comme mature.

— Hum…

— Je sais. Ce n'est pas génial comme fête !

Wymi la libéra de son étreinte et recula d'un pas pour l'observer.

— Mais cette journée n'est pas encore finie, assura-t-elle. Une petite surprise t'attend dans ta chambre.

Un sourire ironique crispa les lèvres d'Azallu. Elle n'avait plus envie de faire semblant. Sa mère savait très bien qu'elle se fichait pas mal de son cadeau, mais elle masqua de son mieux ses sentiments.

Wymi la renvoyait, avec douceur, certes, mais lui signifiait tout de même que le sujet était clos et qu'insister ne donnerait rien. Elle lui serra la main avec tendresse.

— Ça ira, je te le promets… Je vais aller chercher ton père afin d'éviter une catastrophe, plaisanta-t-elle, bien que les traits de son visage soient l'expression même de l'inquiétude.

La jeune fille approuva et s'en retourna dans sa chambre le cœur lourd. Que deviendrait-elle ? Quel destin lui réserverait la Suprême ? Elle avait la vague impression, malgré les paroles réconfortantes de Wymi, que Dumeur la préparait au pire scénario.

J'aimerais m'échapper d'ici, songea-t-elle en observant les murs impersonnels. *Je ne veux pas vivre sans découvrir le monde de mes propres yeux.*

Mais partir, c'était un peu comme fuir. Et il en était hors de question. L'avenir était un mot qui la terrifiait, mais fuir plus encore. Elle avait la sensation de ne rien maîtriser et cette affreuse impression lui tordait les tripes.

Chapitre 6

Une ombre mystérieuse

C'est troublée qu'Azallu retrouva sa chambre, un peu de tranquillité lui ferait du bien. Lorsqu'elle ferma la porte, s'échappa de ses lèvres un long soupir de soulagement. Quelle journée interminable ! Elle laissa un moment son cœur se réadapter, et une fois à peu près remise de ses émotions, s'approcha de son lit. Un paquet l'y attendait, comme le lui avait promis sa mère. La jeune femme le déballa de gestes minutieux. Une simple surprise aurait du mal à lui changer les idées.

Elle leva tout d'abord les sourcils devant la tenue choisie par ses parents. Elle passa tendrement le bout de ses doigts sur l'élégant tissu. Wymi avait toujours eu du goût en matière de vêtements.

La tunique rouge bordeaux, presque noire, aux épaulettes dorées, avait un savoureux touché. Cette matière lui procurerait la protection nécessaire lors d'un affrontement. L'odeur de magie qui s'en dégageait lui piquait le nez. L'Incomprise s'attarda sur les bottes ébène en cuir dont le design et la qualité n'étaient pas à remettre en cause ici non plus. Azallu admira un long moment les couleurs puis s'empressa d'enfiler la combinaison. En s'observant dans le miroir, elle remarqua que ses cheveux s'accordaient à la perfection avec l'ensemble, et ce, peu importe leur teinte.

Après avoir attaché sa touffe hirsute à l'aide d'un ruban comme aurait pu le faire une guerrière, elle s'assit devant la fenêtre. Il serait bientôt temps de rejoindre le bas de la tour afin de passer cet ultime examen qui annoncerait son entrée dans le monde adulte. Le souffle lourd de lassitude, elle se surprit une nouvelle fois à vouloir fuir.

Finalement, Le Cercle n'est pas venu. J'avais tant de questions à lui poser.

Après un énième soupir, elle finit par se relever. Le concours allait commencer, elle n'avait pas d'autre choix que de participer. Encore une fois, elle avançait à reculons : et si, malgré sa puissance, elle échouait ?

Ses parents devaient avoir retrouvé leur poste de sentinelle. Considérés comme les meilleurs mages de la tour d'Arow, on les avait naturellement assignés à la protection de l'édifice. Son père avait-il réussi à se calmer ? Elle espérait bien que Wymi y soit parvenue !

Quand Azallu approcha le lieu de l'épreuve, de toutes ses forces, elle souhaita faire demi-tour. Les nombreux étudiants s'agglutinaient dans l'immense jardin.

Est-ce que j'arriverai à me distinguer ? pensa-t-elle, un peu inquiète.

Elle tenta de situer les gens de sa classe parmi tout cet attroupement. Elle eut vite fait de se perdre jusqu'à ce qu'elle remarque la présence de Macilia.

— Notre belle princesse choisit enfin de rejoindre le bas peuple ?

Azallu sursauta tandis qu'Orckar l'analysait d'un œil malicieux. La magicienne fronça les sourcils, l'air faussement amusé.

— Ton interprétation de ce mot diffère grandement de la

mienne, à mon avis, marmonna-t-elle, ses lèvres se fendant d'un sourire féroce.

Son camarade libéra un rire qu'elle trouva très désagréable. Pourquoi lui parlait-il de la sorte ? Elle ne se rappelait pas s'être montrée hautaine avec lui, ni avec quelqu'un d'autre, d'ailleurs.

— Je n'ai jamais rabaissé quiconque, riposta Azallu pour mettre les choses au clair.

— Pourtant, tout dans ta façon de te présenter nous affirme le contraire. Tu penses que nous ne sommes pas à la hauteur de tes compétences, c'est pour cela que tu brides tes pouvoirs ?

Orckar, très intrigué, le scrutait de ses yeux rouges perturbants et Azallu perdit de son assurance.

— Si j'agis ainsi, c'est justement pour que personne ne me déteste. Tu vois très bien comment les gens sont !

Orckar pencha le visage sur le côté comme s'il découvrait une nouvelle facette de sa personne. Il ne laissa toutefois aucune émotion transparaître. Le silence pesant qui s'installa entre eux amena Azallu à se détourner. Ce faible échange l'avait agacée et elle devait se contenir. Perdre son sang-froid maintenant ne ferait qu'empirer les choses.

Elle marcha vers Macilia, mais stoppa net à quelques mètres. Celle-ci ricanait, encerclée de camarades qu'Azallu observait pour la première fois. Son amie avait l'air de si bien s'amuser ! Ses derniers mots retentissaient toujours dans sa tête. À quoi bon l'accoster ? Cela en valait-il la peine ?

Parfois, il est préférable de rester seule, songea-t-elle sans pour autant s'écarter.

Elle continua un moment à les épier de loin, se demandant ce qui l'attirait chez Macilia. En général, les gens avaient peur de la côtoyer à cause de son indifférence, sauf elle.

Azallu n'aimait pas particulièrement les autres, surtout ceux qui modifiaient leurs discussions à son approche. Elle connaissait par cœur les faux-semblants, mais au départ, Macilia lui avait paru différente.

Pourquoi m'a-t-elle fréquentée si elle me trouvait monstrueuse ?

Azallu plissa les yeux, recula de sorte que son ancienne amie ne la repère pas. Il lui faudrait investiguer afin de saisir cet étrange comportement. Et tandis qu'elle se perdait en réflexion, la Suprême s'avança au-devant de tout le monde. La jeune magicienne fut surprise de ne remarquer sa présence qu'à ce moment, sûrement s'entourait-elle d'enchantements pour n'apparaître que maintenant. Les élèves se courbèrent en signe de respect et chacun put sentir une part de sa puissance lui lécher la peau. Un silence entier l'accompagna. Azallu eut l'impression que la végétation retenait tout autant son souffle.

— Que chacun se prépare ! L'examen se déroulera dans la forêt qui s'étend de la montagne à la ville. Nous avons placé des barrières afin que personne ne s'égare. Faites preuve de courage, restez en tout temps à l'affût, c'est l'unique conseil que je pourrais vous donner.

La femme de haut rang s'arrêta un instant. Elle observa les participants qui lentement relevaient la tête.

— Cet exercice a été organisé pour tester vos aptitudes. Il s'agit d'une épreuve dangereuse, donc faites attention ! Ceux qui ne réussiront pas devront la repasser l'année prochaine !

Azallu ne comprenait pas la nécessité de mettre en garde à ce point. À ses yeux, ce n'était que pur mensonge, elle n'allait pas risquer leurs vies ainsi, si ? En tout cas, les élèves prirent ses paroles à la lettre. Les armures brillèrent soudain sous le soleil déclinant. La jeune fille n'avait pas besoin d'imiter ses camarades, elle disposait de ses propres défenses. Sa magie s'échappa discrètement des pores de sa peau pour venir la recouvrir comme un masque invisible. Elle avait développé cette capacité à force de s'entraîner.

D'un œil satisfait, la Suprême surveilla le changement s'opérer chez les uns et les autres. Elle leva sa main vers le ciel, puis de sa paume se dégagea une lumière aveuglante qui les obligèrent tous à fermer les paupières.

Un élève hoqueta d'émerveillement tandis que Breese disparaissait dans ce petit coup de théâtre.

Azallu se détourna vers ceux qui l'encerclaient. Elle les dévisagea un moment avant de chercher un indice sur l'épreuve. Un peu étonnée de ne pas trouver davantage de consignes, elle se déplaça vers les hêtres, histoire de se mettre à couvert. Soudain, elle détecta une présence alors qu'elle marchait et se retourna dans un mouvement vif. Une ombre la poursuivait. Incertaine, effrayée, elle se précipita au sommet d'un arbre. Il lui fallait le meilleur point d'observation possible.

Les yeux plissés, à la recherche de cette présence, elle sursauta quand celle-ci resurgit dans son dos. L'ennemi flottait dans le vide. Glacée par cette découverte, prise de panique, elle bondit au bas du grand végétal puis s'efforça de le semer. Elle chercha de l'aide, l'estomac noué par l'angoisse, mais s'aperçut rapidement que les autres élèves couraient eux aussi dans toutes les directions. Azallu ralentit l'allure en constatant qu'aucune silhouette n'apparaissait nulle part ailleurs. Par conséquent, elle en déduisit qu'elle seule pouvait sentir et voir ce qui la pourchassait. Ils affrontaient chacun leur propre démon.

Elle tenta de se confronter à cette chose, mais celle-ci restait obstinément bloquée dans son angle mort, jusqu'à ce qu'une petite boule fluorescente se matérialise. La jeune fille examina les environs, son isolement lui amena une grimace de mécontentement.

— Acceptez-vous le challenge ?

Elle ignorait d'où sortait cette voix mielleuse et fouilla les alentours sans rien distinguer de particulier. Azallu se focalisa alors sur l'énergie luminescente, la fixant avec perplexité, quand le message se répéta :

— Acceptez-vous le challenge ?

La magicienne plissa le front d'un air mauvais. Ainsi, Breese laissait le choix : soit capituler, soit poursuivre. La Suprême avait pourtant été très claire sur le sujet : tout abandon équivalait à un échec. Ce qu'elle devrait affronter serait assurément un monstre imaginé de toutes pièces, ce qui le rendait d'autant plus dangereux, elle le comprenait désormais. Elle n'avait d'autre possibilité que d'accepter l'épreuve à moins de passer pour une lâche.

— Acceptez-vous le challenge ? insista la voix immatérielle.

La jeune fille grogna. Dans son dos, elle pouvait sentir des ondes négatives venir lui lécher la peau à la faire frissonner.

— Je n'ai pas vraiment le choix, marmonna-t-elle.

Elle déglutit. Breese ne pouvait pas avoir créé quelque chose d'indestructible, si ? Elle se fia à son instinct, sur ce qu'elle connaissait de sa tante afin de refouler ses peurs.

— Acceptez-vous le challenge ? continuait la boule qui attendait une réponse claire.

Elle semblait programmée pour se répéter à l'infini.

— Oui, je l'accepte !

Dès qu'elle prononça ce mot, l'énergie fusa au sein de la forêt. Azallu hésita. Devait-elle la suivre ? Sûrement fallait-il la garder en vue. C'est précipitamment qu'elle se servit de sa magie pour rester à bonne distance. Juste la garder dans son champ de vision relevait du miracle tant cette chose s'enfonçait vite entre les arbres. Elle dut user, à de nombreuses reprises, de subterfuges pour la faire ralentir. Dans cette folle course, elle espéra en vain semer la silhouette, mais c'était mal connaître Breese. L'enchantement qu'elle avait lancé sur chacun des élèves regorgeait de puissance. Azallu ne pourrait s'en débarrasser aussi simplement.

La présence devenait, d'ailleurs, à mesure qu'elle s'égarait, de plus en plus menaçante. Azallu songea qu'une fois arrivée à destination, l'ombre changerait à coup sûr d'apparence.

Le soleil déclinait progressivement pour laisser place à la nuit opaque. Son cœur tambourinait dans sa poitrine, car plus elle avançait, plus le monstre dans son dos se matérialisait. En plein élan, la jeune fille prit le risque de s'arrêter.

Était-ce une bonne idée de regarder derrière elle maintenant ? Breese avait dû concevoir quelque chose au niveau de chacun. Était-il envisageable qu'elle ait mis la double dose en ce qui la concerne ?

La magie qu'elle sentait s'accroître derrière elle muait effroyablement, si bien qu'elle pensa même un instant avoir affaire à une créature corrompue.

Non, songea-t-elle, *Breese ne peut pas avoir été jusque-là.*

Et pourtant, le doute s'immisçait en elle comme la plus fourbe des maladies. Était-il possible que la Suprême ait décidé de les mesurer à de vrais monstres sanguinaires ? Azallu secoua la tête, Breese ne pouvait pas se montrer aussi folle.

L'énergie éclatante avait disparu derrière une rangée d'arbres. La jeune fille fut tiraillée entre perdre davantage de temps pour tenter d'affronter l'ombre ou continuer de suivre la boule lumineuse elle ne savait où.

Son hésitation fut brève. Elle se remit à courir, suivant un sentier sinueux. Elle retrouva vite cet agaçant scintillement qui s'était logé au milieu d'un lac où se découvrait en son centre un gros rocher sphérique. Azallu ralentit le pas, prête à en découdre, bien qu'elle soit essoufflée au point d'avoir du mal à respirer.

Après avoir un peu récupéré son souffle, elle examina les abords du petit lac. Cet endroit, elle le connaissait.

Elle s'attarda sur les plantes près du rivage puis sur les astres de nuit dans le firmament... Ceux-ci se réfléchissaient si vivement sur les flots limpides ! À présent, la nuit prédominait et elle fit claquer sa langue contre son palais.

Elle venait de comprendre. Elle se trouvait devant l'œil, là où l'on pouvait observer quatre lunes dans le reflet de l'eau. Le rocher en son centre agissait comme la quatrième. Une légende racontait que ce lieu représentait l'un des yeux de Travel et qu'il fallait s'en méfier. Il attirait les âmes vers le monde des morts.

Derrière elle, l'ombre bougea et Azallu se retourna d'un bond, prête à tout, sauf peut-être à cette vision d'horreur.

— Que...

Son cœur tapait dans ses côtes avec une frénésie effrayante.

— Papa ? s'enquit-elle, la gorge nouée.

Face à ce qui ressemblait en tous points à Azorru, elle maudit Breese. Cette ombre avait fouillé en elle pour prendre l'image de ses pires craintes. Ainsi, elle se retrouvait devant son père, aux cheveux rouge sang, à l'armure étincelante et au regard fou du désir de l'exécuter. Il avait tiré son épée, celle-là même qui la paralysait de l'intérieur et qui émettait des ondes mortelles.

La chose garda le silence. Sans conscience, cette créature n'avait que pour unique but de l'impressionner, ou peut-être de la tuer ou de la blesser. Peu importe la mission que Breese lui avait assignée, Azallu devait s'en débarrasser. Elle avait beau savoir n'affronter qu'une réplique, son esprit, lui, voyait son père.

Elle fit l'erreur de le détailler. Les souvenirs qu'elle avait de lui le rendirent plus réel encore au point d'en trembler. Et si la Suprême avait lancé un maléfice sur Azorru pour qu'il apparaisse devant elle ? Et s'il s'agissait vraiment de lui ?

Elle secoua la tête pour se ressaisir. Non, elle devait garder la tête froide, sinon elle ne réussirait jamais à finir l'épreuve. Toujours sur ses gardes, elle recula tandis que le faux Azorru continuait d'avancer. Elle se prépara à jeter un sort quand tout à coup l'illusion s'ébranla jusqu'à disparaître tout à fait.

— Mais, s'entendit-elle protester.

Que se passait-il ? Le scintillement positionné au centre du lac brilla plus fort. Il se remit à parler :

— Challenge effectué, acceptez-vous le suivant ?

Azallu sursauta. Elle pivota sur elle-même. Comment était-ce possible ? Un peu agacée, car malgré tout intriguée par ce défi, elle en chercha la cause.

— Hum… Tiens, une nouvelle tête ! s'esclaffa soudain une femme.

Le cœur battant, la jeune magicienne observa les bois. Une étrangère s'extirpa de la pénombre. Azallu demeura interdite devant ses vêtements exotiques. Celle-ci continua d'avancer pour s'arrêter près du point culminant du lac. Svelte aux longs cheveux noirs, elle paraissait très sûre d'elle. Il y avait quelque chose de perturbant dans sa façon de l'étudier, ou était-ce à cause de sa peau farineuse ? Bientôt, elle distingua deux autres personnes se découper à sa suite : un homme et une femme à l'apparence terriblement menaçante.

Une fois que tous furent à une distance respectable, ils la toisèrent un instant avant que le garçon ne lui tende la main sans l'once d'une crainte.

— On m'appelle Mog, on t'a vue approcher et j'ai lancé un

petit sort pour t'aider…

« *Petit* », songea Azallu, perplexe.

Elle dut lever la tête pour le considérer. Il était vraiment très grand, jamais elle n'aurait pu oublier un tel homme, ni sa peau noire, ni sa force et ses muscles qui promettaient douleur et mort.

À sa façon de se tenir, elle sut affronter un mage gyramen. De plus, sa poigne lui écrasa presque les doigts. Azallu eut à peine le temps de grimacer que son acolyte, restée en retrait, s'avança.

— Moi, c'est Zomie et elle, Ganna, se présenta-t-elle.

Contrairement à ses amis, ses cheveux blancs frisottaient, lui conférant un air mystérieux. En comparaison avec Mog, sa peau à elle apparaissait blafarde, plus encore que celle de sa camarade. Le sourire qu'elle affichait avait quelque chose de fourbe.

Les uns à côté des autres, Azallu les trouvait étranges. Peut-être se montait-elle la tête, mais ils ne ressemblaient pas à des élèves.

— Est-ce toi la fille de l'Incomprise ? demanda Zomie avec un brin de raillerie dans la voix. Celle dont la puissance équivaudrait à un dieu ?

— Un dieu…, répéta Azallu. N'importe quoi.

Cette réflexion se trouvait si loin de la réalité qu'elle en pouffa intérieurement. Il ne fallait pas exagérer.

Zomie replaça ses cheveux blancs derrière ses oreilles et Azallu essaya de calmer ses nerfs, sans y parvenir. Cette fille l'agaçait et ceux qui l'accompagnaient plus encore. Ils l'épiaient sans gêne, elle sentait presque leurs regards tenter de s'immiscer sous sa peau, dans les failles de son âme.

Mog, le grand guerrier aux muscles développés, rompit le lourd silence en premier.

— La prochaine épreuve requiert une équipe de quatre personnes minimum. Nous recherchons, depuis tout à l'heure, un autre membre.

Une moue sur le visage, Azallu l'étudia. Disait-il la vérité ? Elle préféra conserver une bonne distance entre eux. Le côté espiègle de Zomie la perturbait tout autant que le mutisme de Ganna.

— Ça ne m'intéresse pas, grommela-t-elle sur la défensive.

— As-tu peur de nous ? ricana Ganna.

La jeune magicienne n'ouvrit pas la bouche. Son cœur battait si fort qu'il bourdonnait dans sa tête. Sans réussir à se contenir, elle effectua un pas en arrière.

— Je vous ai jamais vus…

— C'est normal, nous venons de loin, l'informa Mog.

Azallu les fixait sans parvenir à y lire la moindre émotion. Quelle était leur réelle motivation ? Elle sentait de plus en plus que ces gens ne pouvaient pas être des élèves comme elle. Son silence poussa Zomie à continuer :

— Nous venons d'Aterra… Est-ce que tu nous trouves bizarres ? Est-ce pour cela que tu recules comme une enfant effrayée depuis tout à l'heure ? Les mages de la tour nous ont tous fuis en nous apercevant.

— Aterra…, répéta Azallu, incrédule.

Elle les dévisagea soudain avec plus d'insistance. Cette ville, elle en avait vaguement entendu parler. Positionné de l'autre côté de la frontière, personne ne revenait jamais de cet endroit mystérieux. Ceux qui s'en échappaient étaient devenus fous. Ils racontaient des histoires sans queue ni tête.

— Vraiment…

Azallu, de moins en moins rassurée, savait que Breese ou ses parents l'auraient prévenue. C'était le genre de détails qu'ils auraient trouvé important de mentionner.

— Pas la peine de faire cette tête, c'est une exigence de la Suprême. Tous ceux avec un peu de pouvoir doivent venir ici passer cette épreuve. Puisqu'Aterra est une ville indépendante, elle a envoyé seulement quelques membres. C'est exactement la même chose que pour Antanor d'ailleurs.

Zomie, dont le regard sombre s'intensifiait, triturait une petite perle accrochée au bout d'une chaîne. Azallu prit conscience à cet instant précis que cette compétition était bien plus qu'un simple examen. Cela constituait un tour de force afin de savoir qui se montrerait le plus puissant entre Aterra, Antanor et Arow.

Chapitre 7

Le sortilège

— Acceptez-vous le challenge suivant ?

Azallu considéra de nouveau la boule d'énergie. Logée sur le rocher rond, elle ne bougeait plus. La jeune fille, après un rapide examen, trouva les lieux étrangement silencieux. Aucune luciole ne scintillait alors qu'à présent, la nuit et ses étoiles étincelaient. Les insectes auraient dû virevolter un peu partout. Elle contempla le ciel dégagé, y distingua les lunes qui rayonnaient plus ou moins en fonction de leur position, et subitement, tandis qu'elle se perdait au cœur de ses réflexions, une ombre jaillit des fourrés. Celle-ci sauta sur le rocher, obligeant l'éclat chatoyant à se décaler au-dessus de l'eau.

Azallu demeura immobile tandis que ses trois nouveaux compagnons se mettaient sur la défensive. Cela faisait-il partie de l'épreuve ?

L'inconnu les étudia à tour de rôle. Il dissimulait son visage sous une grande capuche. Attentive au moindre de ses faits et gestes, la jeune femme songea qu'il devait être le plus redoutable d'entre eux.

Depuis combien de temps les surveillait-il ? Il aurait pu rester caché, elle ne l'aurait jamais découvert. De plus, il venait tout bonnement de faire un bond de cinq mètres sans effort et sans rien dévoiler de ses pouvoirs. Était-ce un mage ou un sorcier ?

Zomie s'avança, la mine sévère :

— Qui es-tu ?

La jeune Incomprise put sentir la menace sous-jacente de son ton. Ses cheveux blancs ondulaient dans le vent et Azallu la trouva intimidante. L'homme encapuchonné ne répondit pas, il continua de les observer en silence. Au moment où Zomie se tourna légèrement vers ses deux comparses, l'intrus sauta de nouveau.

Azallu ne le lâchait pas des yeux. Se dégageait de lui une sauvagerie, une puissance bien différente des trois autres. Il pourrait les tuer sans y mettre beaucoup d'ardeur.

Mais, malgré cette force impressionnante, inquiétante, il parvenait par quelque manière inexplicable à la rassurer. S'agissait-il de ses gestes ? De l'énergie qu'il émettait ? De sa silhouette ? Elle n'aurait su dire quoi exactement, juste que, en dépit de sa raison, il lui était difficile de le voir comme un ennemi. Au moment où il arriva à sa hauteur, elle eut l'espoir de distinguer son profil. Sa capuche semblait anormale, car même avec ses mouvements brusques, rapides, celle-ci demeurait en place. Un tel prodige était impossible sans magie ou sortilège.

— Es-tu muet ?

Zomie s'impatientait. Qu'il l'ignore la mettait hors d'elle. Azallu ne la connaissait pourtant que depuis une dizaine de minutes et déjà, elle ne la supportait plus. Ce mystérieux personnage, maintenant à quelques pas, avançait toujours sans faire le moindre bruit, comme si sa présence n'était que pure illusion. La magicienne en profita une nouvelle fois pour tenter de le dévisager. Et devant son insistance, il baissa aussitôt la tête.

Azallu sourcilla, il se comportait décidément de façon étrange.

— Qui t'envoie ? demanda-t-elle tout bas.

Dans ce fin murmure, que lui seul put entendre, grondait une colère que la jeune fille peinait à réfréner. Ses parents avaient-ils engagé un garde pour la protéger ? Ils en étaient capables. L'homme ignora sa question. Il n'eut pas non plus l'air étonné par son intonation, vu qu'il n'esquissa aucun geste de recul. Elle poussa un soupir exaspéré. Était-il réellement muet comme l'avait suggéré Zomie ? Était-il même humain ?

Trop intriguée par cette nouvelle présence, la magicienne en oublia totalement les trois autres devenus trop silencieux.

— Acceptez-vous le challenge suivant ? reprit la boule éclatante dans son incessant refrain.

Azallu se détourna vers l'énergie qu'elle avait négligée. L'être encapuchonné examina aussi le halo qui avait bougé de nouveau au centre du rocher. La jeune fille prit alors conscience qu'elle seule en possédait.

Elle se pinça la lèvre inférieure, incapable de masquer ses craintes : l'histoire de Mog, Zomie et Ganna perdait tout son sens. Elle les considéra un instant et s'apprêta à les questionner quand soudain retentit ce qui ressemblait à un grondement de tonnerre. Une lumière puissante l'aveugla. Après plusieurs clignements de paupières, elle observa les alentours, désorientée. L'eau du lac bouillonnait. Sur le sol apparaissaient des pentagrammes complexes. Le trio avait reculé afin d'échapper au sortilège nouvellement créé. Azallu sut qu'elle n'aurait pas le temps de l'éviter, car déjà ses pieds s'engourdissaient.

— Mais…

Elle se retrouva prise au centre d'un étrange cercle où tout mouvement devint impossible. Zomie émit un sombre gloussement. Elle pencha sa tête sur le côté comme si elle essayait de comprendre une énigme.

— Ce fut si facile, constata-t-elle en une moue dégoûtée.

Mog, le grand musclé, se rapprocha tout comme l'autre fille aux cheveux ébène dont le regard opaque étincelait.

— Ainsi, il a mordu à l'hameçon… Je ne pensais pas qu'il apparaîtrait si vite, commenta le guerrier en une grimace chagrinée.

— Tu veux plutôt dire que tu ne croyais pas qu'il tiendrait autant à une jeune magicienne capricieuse... Les rumeurs étaient donc vraies, poursuivit son acolyte.

Tous trois avaient pris place autour du cercle au sol qui maintenant rayonnait dans la nuit. Azallu découvrit avec effroi qu'effectuer le moindre mouvement lui amenait d'intenses douleurs. Son sang pulsa dans ses veines et remonta rapidement jusqu'à ses tempes. Prise au piège, elle ne s'était jamais sentie aussi vulnérable. Quand elle remarqua la présence de l'inconnu encapuchonné dans son dos, elle se calma quelque peu et parvint à respirer plus normalement. Le fait de ne pas être seule la soulageait.

— Elle est tombée dans notre guêpier avec tant de facilité, ce n'est presque pas drôle, continua Mog en tordant sa bouche.

— Et tout ça sous le nez de la Suprême, renchérit sa complice avec une satisfaction répugnante.

— Je pensais que l'Incomprise repérerait quand même les tracés sur le sol et notre mensonge assez évident sur l'épreuve, car après tout, aucun de nous ne s'accompagne de cette boule lumineuse...

— Je suis contente, mes sortilèges sont toujours aussi efficaces, se félicita Zomie dont le sourire étincelait au cœur de l'obscurité.

Elle se concentra toutefois, le regard rivé sur celui d'Azallu, comme si elle s'attendait à la voir bondir hors de son champ magnétique à tout instant. Quelques gouttes de sueur perlaient sur son front.

— Il est l'heure de les appeler, il ne va pas rester inactif très longtemps, ajouta l'autre fille en désignant, par un bref geste, l'homme dissimulé sous sa capuche.

Bien que frêle, cette femme devint vite terrifiante lorsqu'elle s'entoura d'une fumée opaque. Ces gestes formaient des symboles dont Azallu n'avait pas connaissance. Elle put bientôt distinguer parmi la végétation des silhouettes répugnantes. La jeune Incomprise tenta de bouger, mais chaque nerf de son corps avait été neutralisé, la plongeant dans d'atroces souffrances à chaque mouvement. En découvrant les ombres se matérialiser, sa panique enfla.

— Des mages corrompus, constata-t-elle en un filet de voix à peine audible.

Le visage pâle, Azallu fixait les créatures à la peau grise et au relent de soufre. Devant leur horrifiant magnétisme et leur regard d'une pureté absolue, détourner les yeux lui parut impossible. Le contraste étonnant entre leur nature et leur physique lui retirait toute parole. Pantelante, incapable de réagir, elle comprenait enfin ce que ses parents redoutaient depuis toutes ces années. L'énergie dévastatrice de ces êtres lui procurait d'affreux tremblements. Effrayée, attirée, elle ne savait plus ce qu'elle ressentait vraiment.

— Tu n'en avais jamais vu ? s'esclaffa Mog devant son air hagard. Ils sont beaux, n'est-ce pas ? Si forts, si sensuels et si pratiques à utiliser.

— Ils… sont… mauvais…, articula Azallu d'une voix pâteuse.

Tout son être frémissait. Combien de ces créatures l'encerclaient ? Il lui semblait avoir affaire à plus d'une dizaine d'entre elles.

— Tu as tout à fait raison, ils sont malveillants, n'ont plus de cœur. Leur âme est rongée par le désir, par le pouvoir et la mort. Ils sont assurément la pire invention de ce monde, intervint Zomie, le regard lumineux. L'absence de sentiments les rend néanmoins prévisibles, ils se jettent sur tout ce qui pourrait leur offrir un tant soit peu de pouvoir sans se soucier des risques. Le danger, ils ne le voient plus et c'est ainsi qu'ils se font aisément capturer. Tu devrais pourtant le savoir, toi qui as failli devenir comme eux !

Azallu, choquée, ne comprenait pas. Elle déglutit, incapable de calmer les battements précipités de son cœur.

Pourquoi… pourquoi me dit-elle cela ?

La jeune fille remarqua enfin les chaînes étranges qui entravaient les mains de ces monstres rongés par la haine. Cette scène lui semblait si surréaliste ! Elle peinait à croire qu'ils puissent être contrôlés par de simples fers. S'il était envisageable de les assouvir, la Suprême le saurait.

— Je ne... C'est impossible...

— Qu'elle est sotte, elle ne sait même pas que sa mère est une catin. Je me demande bien ce que tu lui trouves !

Azallu se pétrifia sur place. Ses paroles n'avaient aucun sens. Sa bouche se dessécha sous le choc. La peur la submergea de toutes parts tandis qu'une compréhension ignoble se frayait un chemin jusque dans son cœur.

Non, se crispa Azallu en retenant de plus en plus difficilement ses larmes.

« Ta mère a été maudite. Fais attention quand tu sors, tu ne voudrais pas subir le même traitement... » lui avait un jour dit Dumeur alors qu'il l'avait surprise après l'une de ses escapades solitaires.

« Maudite ? » l'avait-elle questionné.

« Demande à ton père ! »

Mais jamais elle n'avait osé en parler ni à l'un ni à l'autre, juste une fois, dans un accès de colère.

« Qui te l'a dit ? » avait crié Azorru, les yeux fous de rage. « N'en parle pas à Wymi ! ».

Azallu revint à l'instant présent et se força à chasser ses larmes. Zomie continuait de ricaner. Puis elle vit l'individu encapuchonné s'avancer et faire rempart de son corps. Ses mouvements saccadés laissaient croire qu'il devait déplacer un poids immense. Il était fort pour ainsi contrer le sort, car elle ne parvenait pas à effectuer un geste sans souffrir terriblement. Elle avait l'impression que mille aiguilles la transperçaient, si bien que son corps en tremblait.

L'homme demeura un moment sans bouger, puis il parut prendre une décision. Elle l'entendit souffler avant qu'il ne fasse tomber sa capuche. Alors ses yeux s'arrondirent d'étonnement et son cœur se calma dès que son odeur l'enveloppa. Les cheveux argentés du Cercle cascadèrent dans son dos en une danse sensuelle. Azallu laissa s'échapper un petit hoquet de surprise.

Son vêtement avait comme libéré une barrière invisible. Il était là, depuis le début. Il la protégeait, ne l'avait pas oubliée.

Elle ne distinguait plus que lui, de sa crinière d'argent qui valsait dans la nuit à sa silhouette qu'elle connaissait par cœur et qu'elle avait tant de fois appelée en rêve.

— Il nous en aura fallu du temps pour comprendre que tu pouvais avoir cette apparence, rouspéta Zomie.

Elle replaça ses mèches bouclées derrière ses oreilles, loin d'être impressionnée par la présence du Cercle. Elle le défiait du regard tout en se pinçant les lèvres de son air supérieur.

— Tu es mieux en vrai.

— Il arrive même à avoir une incidence sur les objets, remarqua Ganna, dont les cheveux noirs se fondaient dans les ténèbres.

Lorsqu'elle le vit avancer, elle recula.

— Le médium nous avait prévenus, il suit l'énergie terrestre, mais en contrepartie, dès qu'il utilise ses pouvoirs, il devient immatériel pendant des jours. C'est l'une de ses formes les plus abouties…

— Il semble s'en être accommodé, ronchonna Mog, beaucoup moins enjoué.

— Au moins, il est sorti de son trou, reprit Zomie, tout sourire. Elle était notre dernier recours, nous ne nous sommes pas trompés. On nous a vraiment bien renseignés.

— Quand même, s'être attaché à une fille pareille…

Mog avait l'air médusé. Azallu, elle, essayait de comprendre.

— Vous… vous parlez du Cercle ?

Elle réussit à se redresser, le sortilège qu'on lui avait lancé agissait de moins en moins. Bientôt, elle pourrait récupérer l'usage de ses jambes. Elle sentait déjà dans ses mains une vague d'énergie la parcourir, signe annonciateur que sa magie se déchaînerait.

La fille aux cheveux lugubres se détourna vers Azallu. Elle leva un sourcil interrogateur avant d'offrir à nouveau toute son attention à l'immortel.

— Tu ne lui as pas révélé ton nom ? demanda-t-elle, surprise.

Zomie s'empressa alors d'intervenir. Elle avait l'air ravie d'avoir un peu le dessus.

— Il redoute qu'elle le poursuive. Elle serait étonnée de voir ce qu'il est réellement.

Azallu fixait le dos du Cercle avec l'espoir qu'il se tourne vers elle. Son cœur battait si fort. Qui était-il ?

— Ne la mêlez pas à mon histoire ! gronda-t-il soudain, plus meurtrier que jamais. Cela ne concerne que moi ! Pourquoi l'impliquer ?

— Pourquoi ? cracha Zomie, hargneuse. Eh bien, parce que sinon, tu nous échappes. Tu ne sais pas comme il a été difficile de te trouver. Mais ne t'inquiète pas, nous ne la laisserons pas ici, nous l'offrirons. Après tout, il la veut tout autant. Ses pouvoirs sont différents, plus puissants !

— Elle ne vous appartient pas et moi non plus, s'insurgea-t-il.

— Ce que tu fais est mal. Il est temps de retourner à la maison, là où tu as ta place, là où ils pourront te guérir. Ainsi tu t'éveilleras !

— Non, je…

Les trois comparses s'observèrent et hochèrent la tête de concert.

— Il ne sert à rien de discuter, tu vas venir et elle aussi, gronda Mog, n'autorisant personne à le contredire.

Azallu aurait souhaité crier. Elle sentait que quelque chose de grave se produisait sous ses yeux même si elle n'en saisissait pas les tenants et aboutissements. Une chose restait pourtant sûre : le Cercle souffrait.

Elle tendit le bras pour l'atteindre au moment où Mog et Ganna lancèrent des pierres en un mouvement synchronisé. Le Cercle ne leur laissa pas le temps de terminer qu'il les projeta violemment dans les airs. Les trois soldats s'effondrèrent, inertes. Étaient-ils morts ? Ils n'avaient même pas riposté.

Azallu fut libérée à son tour et soulagée de voir à nouveau sa magie s'écouler librement en elle, toutefois sa joie fut de courte de durée, une odeur affreuse de soufre se propageait autour d'eux. Les monstres corrompus venaient de retrouver leur indépendance. Le Cercle érigea sans attendre une barrière tandis que les êtres tentaient de les approcher. Sur le sol, le pentagramme avait disparu en même temps que les trois membres d'Aterra s'étaient écroulés. Les créatures de la nuit s'emparèrent de leurs corps sans état d'âme. Leur nombre la transit d'horreur, il lui semblait en compter au moins vingt. La jeune fille se figea de tout son être alors qu'elle rencontrait les yeux fous de l'un d'eux.

Le rire d'hystérie qu'il émit avant de s'éclipser dans les profondeurs de la forêt la perclut de peur. D'autres s'efforçaient de rompre la barrière en psalmodiant.

— Il nous la faut, il nous la faut, répétaient-ils avec obsession.

— Ils vont briser la protection ! hurla Azallu.

Elle s'avança d'un pas dans la direction du Cercle. Mais lorsqu'elle allait pour l'atteindre, celui-ci se plia en deux. Il s'agenouilla, puis la repoussa sans crier gare.

— Ne t'approche pas. Le sort au sol était puissant, plus que je ne le pensais.

Azallu, désespérée, croisa son regard argenté. Il retranscrivait tant de tristesse qu'elle crut manquer d'air. Elle se sentit défaillir alors qu'elle découvrait ses larmes. Il se crispa à nouveau et elle se précipita ; seulement à son contact, elle se brûla les mains.

La jeune fille en appela alors à toute sa magie, mais rien n'y fit et, aveuglée par son désir de le rejoindre, elle ne prit pas garde aux lésions sévères qui marquaient sa peau. Il la repoussa encore une fois, le corps pris dans les flammes.

— Un retour de bâton, articula-t-il entre ses dents.

— Dis-moi ce que je dois faire, geignit-elle, la voix déformée par la panique.

Aucun de ses sorts ne fonctionnait et il ne lui répondit pas. Ses larmes tombaient comme mille étoiles sur le sol carbonisé. Il la contemplait avec tristesse et elle eut l'impression qu'il lui faisait ses adieux. Il y avait dans son expression un sentiment plus profond et ancré, comme s'il se résignait et qu'il abandonnait.

— Tu es plus précieuse que ma propre vie. Retrouve-moi, chuchota-t-il. Je ne peux plus lutter ainsi. Retrouve le dernier d'entre nous. Tu devras *m'aider*, il ne sait pas encore ce qu'il est. Il est différent, vivant !

Le Cercle tendit la main dans sa direction, des sceaux apparurent au bout de ses doigts. Azallu fut enveloppée d'un halo doré tandis que le feu dévorait sa chair. Il peinait, elle le voyait à la façon dont il se tenait. Il avait donné toutes ses forces dans cette ultime action, la protégeant et dispersant dans l'air une étrange poussière. Comment avait-il fait pour outrepasser la douleur ?

— Au moins ne pourront-ils pas t'atteindre, articula-t-il en un dernier effort. Azallu, les lunes ne me parlent plus. Je suis aveugle et je crois que ma vie cette fois s'arrêtera pour de bon. J'aimerais tant être libre… Je t'attendrai, je veux tellement vivre…

Sa voix se brisa soudain et il se crispa à nouveau. Un cri effroyable s'échappa de sa gorge à déchirer la nuit. La magie qui l'entourait s'intensifia, se chargeant de puissance à en devenir éblouissante. Azallu dut plisser les paupières. Un bruit sourd s'ensuivit et le Cercle se fragmenta en un million de particules. Le choc fut tel qu'elle ne vit pas tout de suite les mages corrompus hurler de frustration.

Elle clignait des cils, pétrifiée, anéantie. Un silence dérangeant, morbide, pesait sur elle. Immobile, elle pleurait, la main toujours tendue, seulement il n'y avait plus rien à saisir. Ses membres parcourus de cloques tremblaient. Elle continuait malgré tout à vouloir s'approcher, avant de lâcher un cri désespéré.

Azallu ferma les yeux, paralysée. Tout son être vibrait sous la colère. Le visage baigné de perles salines, elle appelait le Cercle, l'âme dévastée. Elle finit par s'écrouler devant un tas de vêtements. Rien, il ne restait rien de sa présence. Il avait disparu dans un jet de lumière, comme ça, sans laisser de trace.

Un voile flou se posa sur ses rétines tandis que son cœur la compressait en son sein. Elle croyait périr. Le Cercle n'était-il pas immortel ? Comment un simple sort avait-il pu ainsi l'atteindre ? Et la boule d'énergie s'était évanouie.

— Mais… mais… Je ne comprends pas…

Les mages corrompus tentèrent à nouveau de percer la protection, toutefois, voyant que rien n'y faisait, ils se volatilisèrent entre les arbres et Azallu demeura seule au milieu de l'épaisse nuit. Elle fixait les vêtements du Cercle, de l'homme qu'elle avait attendu chaque jour et qui en quelques minutes avait été réduit à néant.

Que s'était-il passé ? Qu'était donc un retour de bâton ? Que deviendrait sa vie ? Ses souvenirs de lui avaient toujours été si courts, mais intenses. C'est près de lui qu'elle s'était épanouie. Il ne pouvait pas disparaître ainsi.

* * *

Un an plus tôt

— Tu as dix-sept ans aujourd'hui, murmura-t-il alors qu'elle venait à peine de le débusquer.

Azallu avait passé sa matinée à traquer son odeur. Discrètement, elle s'était écartée de la tour et s'était enfoncée au plus profond de la forêt. Les végétaux, pour certains carnivores, ne l'avaient pas bloquée comme ils pouvaient parfois le faire en cas de danger.

Ses parents, Breese, les gardes, tous ignoraient son escapade, sinon ils l'auraient escortée directement à sa chambre, puis sermonnée. Elle n'avait pas peur de s'éloigner, la nature savait l'avertir. Et puis, avec le Cercle, elle ne risquait rien.

Elle ne l'avait pas vu depuis un an, mais son apparence restait la même. Elle le trouvait aussi énigmatique que les autres années.

— Tu avais promis de venir plus souvent, marmonna-t-elle en essayant de paraître agacée.

Le Cercle possédait ce regard d'argent hypnotique, sa chevelure si fine dansait autour de lui. Elle n'aurait pu dire ce qui l'attirait à ce point : son corps, son odeur, sa peau ? Elle se rapprocha avec le besoin viscéral de le toucher, de s'assurer de sa présence. Il sembla comprendre ce qu'elle s'apprêtait à faire, car soudain, il s'évapora.

— C'est vrai, avoua-t-il en réapparaissant dans son dos, je t'avais promis...

Elle perçut le frôlement subtil de ses doigts sur ses cheveux puis sa nuque en une caresse interdite.

— Je t'avais promis et j'ai manqué à mon devoir. Pour me faire pardonner, je t'offrirai ce que tu veux, continua-t-il en un doux murmure.

— Alors, embrasse-moi ! exigea-t-elle sans prendre le temps de réfléchir.

À peine ces mots s'étaient-ils échappés, qu'elle les regrettait déjà. Le souffle du Cercle, qui chatouillait sa peau sensible, déclencha des frissons d'amour.

Avec toute la tendresse dont il était capable, il déposa sur son épaule des lèvres délicates. Azallu aspirait tellement à le toucher. Elle rêvait de se retourner afin de contempler la beauté de son être. Elle souhaitait exister à travers ce regard, seulement à travers lui. Elle se trouvait folle pour ainsi désirer s'abandonner entre ses bras.

Il dut sentir son empressement, sa frustration de moins en moins contrôlable, car il se volatilisa à nouveau pour réapparaître à quelques pas devant elle.

— M'as-tu pardonné ?

Azallu serra les dents, de colère, d'énervement.

— Tu ne m'aimes pas, affirma-t-elle, les larmes aux yeux. Quoi qu'il arrive, tu fuis !

Le Cercle baissa la tête sans la contredire.

— Je fuis, répéta-t-il d'une voix brisée et désolée. Je fuis, car il ne peut en être autrement !

— Pourquoi ?

Il était hors de question de le laisser s'échapper, de le laisser partir encore une fois sans obtenir de réponses claires. Elle en avait assez qu'il la tourmente.

— Ce serait trop long à expliquer, il te faudrait...

— Me donner corps et âme ? Tu ne penses pas que c'est déjà ce que je fais ? Dis-moi ton vrai nom ! réclama-t-elle plus froidement, énervée qu'il ressorte cette phrase dès qu'elle tentait d'en apprendre plus.

— Se donner corps et âme, tu ne sais pas ce que ça veut dire. Ce n'est pas juste aimer ! Le jour où tu en comprendras le sens, alors je t'offrirai tout : mon nom, mon cœur, mon corps... mes lèvres... Tu auras le passé et l'avenir... Tout ce qui est moi t'appartiendra !

— Tu parles toujours en énigmes, pourtant ce n'est pas si compliqué de donner son nom, riposta Azallu.

Il la contempla longuement avant de poursuivre :

— C'est à toi de trouver...

Elle dut avoir cet air qu'ont toutes les personnes surprises et blessées dans de pareils moments. Ne voyait-il pas qu'elle faisait ce qu'elle pouvait pour l'atteindre ? Il se montrait si inaccessible que l'approcher relevait presque du miracle.

— Donne-moi au moins un indice !

Il secoua la tête et finit enfin par faire un pas vers elle. Du bout des doigts, il souleva son menton. L'argent de ses iris l'envoûtait et elle se perdit un instant au cœur de leur volupté.

— Ce n'est pas ainsi que cela fonctionne. Le destin seul choisit, et pour la première fois, je n'ai aucune idée de l'avenir. Depuis qu'ils sont nés, tout est flou !

— Flou ? répéta-t-elle. Tu parles de mes parents ?

— Qui d'autre pourrait affecter le futur ?

Il ne la lâchait pas et son regard demeurait vissé au sien. Azallu déglutit. Ses paroles avaient-elles un double sens ? Parlait-il d'elle ? Perturbait-elle l'avenir ?

Alors, il se pencha pour lui murmurer à l'oreille :

— Je n'ai pas de cœur, l'amour que tu ressens est illusoire et le jour où tu t'en rendras compte, tu comprendras tout !

Elle ne put contester qu'il disparut en un souffle, comme toujours…

* * *

— Je ne comprends pas, murmura-t-elle en revenant à la réalité et en traînant un bout de tissu jusqu'à elle. Je ne comprends pas…

Elle entendit soudain des bruits de pas venant de toutes parts. De peur qu'on ne l'attaque encore, elle s'entoura de flammes. Azallu puisa dans sa mémoire pour créer une barrière impénétrable bien que le Cercle l'ait déjà fait pour elle. Elle en appela aussi bien à ses connaissances en sorcellerie et en magie. Les ressources demandées s'avéraient immenses, mais elle était trop perturbée pour s'en soucier. Il lui semblait qu'elle pouvait mourir ici et maintenant. Elle s'écroula bientôt en serrant contre elle les vêtements de celui qui fut son amour.

Non, je t'en prie, ne m'abandonne pas, supplia-t-elle en son for intérieur.

Bien que parcourue de brûlures, elle ne ressentait plus rien.

Je t'ai attendu si longtemps… Tu n'as pas le droit de t'évaporer de la sorte ! Pas encore, alors que je n'ai rien compris.

Ses larmes ne cessaient de se déverser sur le sol. Un gouffre béant se formait en son sein. Elle crut qu'on lui arrachait une partie de son âme. Azallu ferma les yeux tandis que l'épuisement finissait par l'emporter.

CHAPITRE 8

ATERRA

La jeune esclave assignée au bien-être du dieu avait pour tâche de brosser sa chevelure d'or et de laver sa peau douce. Parfois, elle récitait quelques chansons, espérant ainsi l'éveiller. Elle connaissait nombre de légendes sur son compte et de temps à autre s'essayait à l'une d'entre elles, seulement jamais rien ne fonctionnait. L'homme dormait depuis maintenant un nombre incalculable d'années.

À pas feutrés, l'esclave pénétra dans la pièce ronde chargée de tapisseries et de draps qu'il fallait toujours laver et dépoussiérer. La lumière scintillante de l'astre solaire glissait sur la figure de l'immortel, elle mettait en avant sa pureté singulière. Quiconque contemplait son visage tombait sous son charme. Ses traits parfaits, tendres, presque enfantins, retranscrivaient aussi une force étonnante. Elle ne se lassait pas de les admirer et si elle n'avait pas un travail à accomplir, elle serait bien restée là toute l'éternité.

La plus belle des divinités, songea-t-elle.

La jeune femme commença par laver ses cheveux éclatants. Ils étaient si soyeux qu'elle aimait les caresser encore et encore. Brosser ces fils dorés lui plaisait tant qu'elle effectuait cette tâche en premier lieu.

Cette fois-ci, pourtant, elle s'arrêta dans sa lancée. Elle demeura immobile, le cœur bondissant de stupeur : le dieu pleurait. Dans le silence le plus absolu de sa respiration s'échappaient de ses paupières closes des larmes argentées. L'esclave distinguait ce mince filet transparent sillonner ses joues et disparaître sur les coussins.

— Oh…

Elle se redressa, prise de panique. Sa gorge se noua de tristesse alors que les grandes portes s'ouvraient.

L'empereur, entouré de sa garde, marchait d'une cadence précipitée.

Perturbée, effrayée, la jeune esclave inclina immédiatement la tête, avant de s'agenouiller et s'aplatir sur le sol. Il ne fallait surtout pas le regarder dans les yeux, personne n'en avait le droit. D'ailleurs, un voile empêchait tout écart. Le roi ne se rabaissait jamais à observer le bas peuple. Elle avait eu, en outre, à peine le temps d'apercevoir la finesse de sa robe. La femme entendit les pas du régent approcher et, tremblante, elle ferma les paupières de crainte qu'il ne la punisse.

Elle espéra intérieurement qu'il ne verrait pas les larmes du dieu, mais à son grand désarroi, ce fut la première chose qu'il remarqua.

— Enfin, il réagit !

Sa Majesté ne masquait pas sa satisfaction.

— Il semble que nous ayons trouvé le mal qui le dévorait, commenta l'un des messieurs de sa suite.

— Bien, bien, faites ce que vous avez à faire.

Et l'empereur s'en retourna, laissant ses hommes sur place.

La jeune femme eut à peine le temps de relever la tête qu'on la congédia. Déçue, elle jeta un dernier coup d'œil au saint endormi, mais les portes se rabattaient déjà sur elle. Inquiète jusqu'au plus profond de son être, le cœur tumultueux, elle se rongeait les ongles. Que faisait-on subir à leur divinité ?

Une fois dans sa chambre, en silence, elle pria les lunes pour qu'il retrouve la paix.

Chapitre 9

D'étranges cristaux

Azorru et Wymi guettaient les abords de la forêt avec hantise. Depuis que l'épreuve avait commencé, ils sentaient comme un malaise, un brouillard dense s'était levé tandis que le soleil tombait. Qu'importe où ils posaient leur regard, ils avaient l'impression de voir des ombres s'élever.

— J'ai un mauvais pressentiment, grogna le guerrier en laissant son arme apparaître.

— Hum…

Tous deux connaissaient le danger que représentait cette épreuve puisque toute une section de futurs combattants se rassemblait au même endroit. Breese avait déployé la sécurité à son maximum, les mages corrompus ne pourraient passer au travers de ses protections sans se faire surprendre.

— Ce brouillard est anormal…

— Azorru, tu n'as pas besoin de me le dire, tempêta Wymi, tous les sens en alerte.

Il ne rajouta rien. Elle lui en voulait de s'être ainsi énervé contre leur fille, mais dès que cela touchait Dumeur, il perdait toute maîtrise de lui-même.

— Je n'aurais pas dû la laisser participer !

Wymi grinçait des dents et affichait une peur incontrôlable.

— On ne peut pas l'enfermer, contredit le guerrier, très sérieux.

— C'est sûr que la menacer de détruire la maison qu'elle aime tant, le jour de son anniversaire, c'est mieux ! renchérit-elle en dardant sur lui un regard incisif.

Azorru ferma la bouche afin de ne pas envenimer la situation. Il se contenta de soupirer tout en détournant le visage.

— On peut parler d'autre chose ? demanda-t-il après un moment.

Le brouillard s'épaississait encore et ils décidèrent d'un commun accord de bouger de leur position. Lui-même ne se sentait pas à l'aise. Que des élèves viennent d'Antanor ne le dérangeait pas particulièrement, cependant il aurait préféré qu'ils n'arrivent pas tous en même temps.

— Moi aussi j'aurais voulu l'empêcher de participer à cette épreuve, mais nous ne pouvons pas toujours être derrière elle. À force de l'enfermer, c'est le contraire qui va se produire, expliqua-t-il avec le plus de tendresse possible.

Le silence de sa femme l'obligea à insister.

— Wymi ?

Elle soupira bruyamment et se détourna d'un geste brusque de l'endroit qu'elle était censée surveiller.

— Je sais, mais c'est plus fort que moi.

Les nerfs à fleur de peau, elle ne tenait pas en place. Azorru la rattrapa alors qu'elle s'éloignait. Il la tira par le poignet et la força à s'arrêter. Il dut affronter la tempête sauvage de son regard. Sans lui laisser le temps de protester, il s'empara de sa bouche.

Elle répondit à son baiser malgré tout, ses vives émotions fondant au contact de ses lèvres. Un frisson le parcourut quand elle se détacha d'un air accusateur.

— Ne fais pas ça ! gronda-t-elle, faussement en colère.

— Quoi, t'embrasser ? Il n'y a rien de mieux qu'un baiser pour faire disparaître toute inquiétude.

Wymi, bien qu'exaspérée, se réfugia tout de même dans ses bras.

— C'est simplement que je ne veux pas qu'il lui arrive la même chose qu'à moi...

Sa voix avait tremblé et il la serra plus fort.

— Je sais, mais l'enfermer n'est pas la meilleure solution.

— Alors on la laisse affronter le monde ?

La jeune femme avait relevé la tête et il put observer son joli visage constellé de taches de son.

— Elle est plus forte que tu ne le crois.

— J'espère que tu as raison, souffla-t-elle en se séparant de lui.

Sans un mot de plus, ils se dirigèrent vers un point de garde. Ils étendirent leur énergie afin de vérifier la présence des sentinelles, quand une odeur, différenciable entre mille, arriva jusqu'à eux.

— A... Azorru...

Son cri se transforma en une plainte, Wymi s'élança à vive allure et ils s'engouffrèrent dans les profondeurs de la forêt, le cœur battant de frayeur. La magicienne, rapide, se jetait tête baissée. Le guerrier, incapable de la freiner, analysait de son mieux leur environnement. Il sentait le piège à des kilomètres, mais sa compagne, aveuglée par l'amour qu'elle portait à sa fille, ne se méfiait pas assez. Lui-même, de toute façon, n'aurait pas su ralentir non plus.

Après une course effrénée de plusieurs minutes, ils stoppèrent enfin. Ils avaient emprunté un chemin escarpé qui réduisait leurs mouvements. Une personne entièrement camouflée par un long manteau les attendait dans l'épaisse nuit. La lumière argentée des lunes lui conférait une apparence lugubre.

— Les créateurs, murmura celui-ci. Je n'en espérais pas autant !

Azorru fit mine de se rapprocher de Wymi, cependant l'ennemi réagit prestement. Il souffla dans ses mains et projeta quelque chose dans sa direction. Le guerrier fronça les sourcils tandis qu'il retirait de son cou un étrange cristal de la taille d'une fine aiguille. Il n'avait pas su l'esquiver, comment était-ce possible ?

— Combattre ce sort vous demandera bien des efforts. La contamination est maintenant inévitable, expliqua leur adversaire d'une voix presque peinée. Une fureur sans nom resurgira, elle agira comme un poison jusqu'à ravager votre âme ! De créateurs, vous passerez à destructeurs. Le monde vous haïra, vous redoutera... Peut-être même vous reniera-t-il !

Azorru, submergé par une colère sourde, implacable, gronda de rage. Lentement, son esprit s'échauffa. Cette rage qui l'engloutissait d'un seul coup, il pensait l'avoir anéantie il y a de cela des années, mais il s'apercevait aujourd'hui, avec horreur, s'être lourdement trompé. Sa vision se troubla, un voile rouge l'aveugla... Ses cheveux s'embrasèrent à leur tour. Il fit de son mieux pour résister. Il devait y arriver, pour sa femme, pour sa fille, pour celles qu'il chérissait si fort. Wymi, concentrée, s'enveloppait de flammes. Elles lui léchaient la peau. La magicienne pourtant ne rivait pas son regard sur l'ennemi, mais le dardait sur son mari.

Bientôt, Azorru ne distingua plus la forme des arbres ni les ombres ni même Wymi et sa crinière de feu. Il disparaissait, laissant place au monstre tapi en lui.

Chapitre 10

La garde du fou

Breese se redressa brusquement. Elle sentait la présence de mages corrompus. Elle donna l'alerte et les gardes du temple générèrent les défenses nécessaires à la protection d'Arow par le biais de leurs pouvoirs. Terrifiée par la perte possible de ses disciples, rester immobile lui était pénible. Les sorts qu'elle avait placés pour que personne ne s'éloigne s'étaient brisés d'un coup, sans la moindre difficulté, comme si sa magie n'avait été qu'un faible voile. Elle disposait de peu d'options pour sauver les élèves.

Le visage crispé, sa mine devint glaciale.

— Dumeur, convoqua-t-elle d'une sourde voix.

Celui-ci apparut à la seconde où elle cita son nom. Devant son attitude fière, elle sut qu'il avait attendu avec impatience un moment comme celui-ci. Son géniteur lui rappelait dès lors son importance et elle eut la sensation de retourner des années en arrière.

Sa cuirasse, baignée d'enchantements, lui moulait le corps et accentuait son imposante silhouette. Une crainte ancrée au plus profond de la Suprême rejaillit devant cette carrure qui l'avait toujours impressionnée. Elle se revoyait plus jeune et effrayée. Elle se remémorait sans mal le regard qu'il portait à son frère et la façon qu'il avait d'entrer dans sa chambre.

Breese se demanda pourquoi ces souvenirs refaisaient ainsi surface alors que la situation ne s'y prêtait pas. Après un instant, elle remarqua qu'il tenait déjà son arme dans ses mains. Il était prêt à agir sur ses ordres, mais comment avait-il su qu'elle aurait besoin de lui maintenant ? Dumeur s'agenouilla, non sans afficher un fin sourire arrogant. Elle serra les dents au point de les faire grincer.

— Prends tous les guerriers nécessaires et, ensemble, protégez les élèves ! Je vous donne carte blanche ! rugit-elle, meurtrière.

Dumeur ne s'attarda pas en commentaires, bien trop heureux de participer à cette bataille. Il disparut en un mouvement souple, puis elle l'entendit vociférer ses injonctions.

Son frère lui pardonnerait-il jamais ce qu'elle venait de faire ? *Mais avais-je le choix ?*

La garde n'obéissait qu'à son fou de père. Le remplacer lui était impossible pour le moment, tous ses hommes lui étaient trop fidèles et les anciens l'adulaient. Elle avait bien tenté de l'envoyer au loin, mais les sages étaient parvenus à le ramener.

La Suprême se leva de son trône, puis se dirigea vers l'autel, là où le bol sacré l'attendait. Elle en appela à sa magie pour suivre les guerriers du temple et les voir apparaître dans l'eau transparente. Il lui fallait absolument faire quelque chose pour dissiper son trouble. Elle se rendit vite compte que ceux qui normalement gardaient le périmètre autour des élèves ne répondaient plus.

Dumeur avait pris avec lui une vingtaine de soldats. Ils s'enfoncèrent avec aisance au cœur de la végétation, traquant les étudiants comme des proies.

Le corps sous pression, Breese fixait avec une concentration extrême le bol. Raide, les muscles tendus, elle respirait à peine.

Ses pensées ne tournaient qu'autour d'Azallu, seule et entourée d'étrangers, à Wymi et à Azorru, qu'elle sentait acculés par une puissance écrasante.

Elle se focalisa de toutes ses forces sur cette source inconnue qui avait déclenché en premier sa méfiance. Maintenant, elle savait, rien qu'à l'agitation de l'air, qu'un nombre important de mages corrompus venait d'entrer sur le territoire.

Leur position si avancée la perturbait. Comment avaient-ils fait pour franchir la frontière sans se faire repérer ? Pour traverser les villages sans causer de dégâts ? Devait-elle se soucier d'un traître, comme par le passé ?

Absurde, songea-t-elle.

Ce qui s'était produit lui avait révélé nombre de failles. À présent, s'approcher de la tour d'Arow s'avérait impossible pour un cœur noir. Elle avait intensifié les protections et fait en sorte que chaque être qui pénétrait à l'intérieur de la tour soit dépossédé de tout artifice. Plus personne ne pouvait camoufler son apparence.

Breese se concentra sur les guerriers avec l'envie de les accompagner. Heureusement, elle pourrait leur venir en aide de sa position éloignée.

Le bol antique lui permettrait de projeter sa magie. La Suprême ferma les yeux, puis suivit les soldats qu'elle avait ciblés au préalable. Cela nécessitait beaucoup d'énergie, mais de son point de vue, c'était encore trop peu. Elle était capable de bien plus. Comme beaucoup le lui avaient fait remarquer, sa force surpassait de loin celle des autres, même pour quelqu'un de son rang.

— Je ne permettrai pas au passé de se répéter, pensa-t-elle à voix haute.

Malgré tout, ils arrivèrent bien trop tard. Un carnage après un autre, ils retrouvèrent les étudiants soit éventrés, soit mortellement blessés. Certains avaient eu l'intelligence de se cacher, mais la plupart furent décimés. Ce qu'ils découvrirent laissa les hommes abasourdis. Il y avait du sang, des bouts de chair éparpillés un peu partout, comme s'ils avaient été déchiquetés et dépossédés de leur magie. Au final, peu des élèves furent sauvés.

Breese, le cœur lourd, avait cette impression dévastatrice d'avoir failli à son devoir. Elle n'avait pas su les protéger, elle n'avait pas su prévoir cette catastrophe et l'empêcher.

Après des heures, il ne restait plus que deux pistes à suivre. Les guerriers se séparèrent et Breese put sentir à nouveau la tension monter d'un cran.

* * *

Dumeur foulait le sol et suivait la trace de son fils. La forêt dense devenait de plus en plus obscure.

Il avait devancé ses coéquipiers dès que l'aura d'Azorru s'était manifestée. Mais plus il progressait, plus son sang l'ébouillantait. Il ruminait de sinistres idées lorsqu'un homme se plaça en travers de sa route. Son armure luisait d'un rouge morbide dans l'opacité de la végétation. Une brume angoissante l'entourait et ce n'est que grâce aux rayons lunaires qu'il distingua l'épée massive entre ses mains.

Il hésita d'abord, comme si un souvenir lointain et presque oublié se superposait au présent. Cette silhouette, il ne l'avait vue qu'une fois dans sa vie.

Dumeur espéra que son équipe le seconde rapidement. En haut d'une petite pente, d'où s'étendaient de grands arbres, il était vulnérable. Il venait de pénétrer en territoire ennemi.

— Un pas de plus et je te tranche en deux ! avertit le sombre guerrier d'une voix gutturale, profonde, puissante.

Dumeur se crispa. Le vent se leva, le mettant presque en garde lui aussi.

— Azorru, tu…

Peut-être son intonation avait-elle trahi son inquiétude, si bien qu'il s'en voulut d'avoir affiché cette faiblesse passagère. Il appréciait malgré tout cet air terriblement mauvais de son adversaire, cette force dont il était si fier. Enfin, sa progéniture se décidait à user de ses capacités.

— Tu parles de moi ?

L'expression de son fils s'assombrit à en devenir redoutable. Celui-ci pencha la tête sur le côté avant de faire un pas.

— Oui, je parle bien de toi, grogna Dumeur dans sa barbe. Mon héritier !

Azorru émit un sifflement rauque qui ressemblait fort à un rire. Le visage du Gyramen se déforma en une grimace de colère. Il avait le sentiment de ne pas être pris au sérieux. Mais avant qu'il n'ait pu surenchérir, son fils disparut.

Dumeur, immobile, n'avait pu le suivre du regard et le chercha avec hantise. La tension dans son corps avait atteint son apogée. Il serrait son arme avec tant de force que ses articulations blanchissaient sous la pression.

Il cligna des cils au moment où il sentit un poids dans son dos. La stupeur l'amena à écarquiller les yeux alors qu'un souffle chaud se répandait sur sa nuque. Azorru murmura près de son oreille :

— Tu ne seras jamais mon père…

Dumeur ouvrit à peine la bouche pour répondre qu'il s'effondra sur le sol, une douleur terrible lui vrillant les tripes. Les paupières mi-closes, plus aucun de ses membres ne lui obéissait. Dans la pénombre des sous-bois, où les rayons lunaires jouaient avec les feuilles, il vit cette sorcière apparaître d'entre les arbres. Elle observa Azorru avec une grande tristesse, mais aussi un désir farouche de l'arrêter, de le protéger…

Dumeur peinait à rester conscient, d'ailleurs, tout devenait flou. Et tandis qu'il perdait connaissance, il sentit l'essence de la magicienne exploser autour de lui, le brûler, atteindre sa peau et embraser, dans un fin crépitement, chaque parcelle de son corps.

* * *

Breese, focalisée sur l'un des deux groupes, voyait à travers les yeux des individus qu'elle ciblait. Elle savait son père redoutable et ne s'inquiéta pas outre mesure pour ceux qui l'accompagnaient. C'est pourquoi elle avait choisi de suivre la seconde équipe, celle qui lui paraissait la plus vulnérable.

Les hommes, soudés, avançaient de concert dans la noirceur de la nuit. Un cri d'oiseau retentissait parfois et l'on entendait alors le bruit de leurs ailes claquer dans l'air brumeux. Breese frémissait dès qu'un guerrier marchait sur une branche ou perturbait le calme de la forêt. Elle percevait leur souffle s'échapper en de fines buées. Son énergie tournoyait autour d'eux comme un brouillard qui promettait douleur et mort. Mais ils sentaient qu'autre chose saturait l'atmosphère : une puissance, une force très différente de la leur.

Les lunes, hautes dans le ciel, laissaient entrevoir des flaques argentées sur le sol, là où l'eau stagnait dans de petits renfoncements. Les hommes, tendus et à l'affût du moindre signe, scrutaient les ténèbres avec une précision qui leur était propre.

Chaque pas les rapprochait de la source obscure. Leur peau réagissait à cette énergie négative. Ils pouvaient déceler l'odeur de soufre venir leur chatouiller les narines et leur donner des haut-le-cœur. Concentrés à un niveau extrême, les combattants se crispaient sur leurs armes.

« L'œil » semblait être le point culminant de la zone corrompue. Ils hésitèrent un bref instant avant de pénétrer dans la clairière. D'abord, ils n'en crurent pas leurs yeux, puis se figèrent, retenant leur souffle.

Breese laissa s'échapper un cri de stupeur. Elle apercevait Azallu, à moitié brûlée sur le devant de son corps et gardée par une immense barrière. Elle-même n'était pas certaine de pouvoir créer une telle défense. La Suprême comprit immédiatement que de sa position éloignée, elle ne pourrait faire disparaître ce dôme doré chargé d'une puissante énergie destructrice.

Les guerriers conservèrent une distance prudente tout en se déplaçant autour afin de monter la garde. Ils savaient pertinemment ne pas détenir la force nécessaire pour briser la protection. Breese, sans attendre, reprit contact avec le second groupe et fut d'autant plus choquée de découvrir qu'il ramenait Dumeur sur une civière. À sa façon de respirer, son état apparaissait critique, mais Breese n'en fut que peu touchée. Elle espérait secrètement qu'il ne se relèverait pas. L'idée d'abréger ses souffrances lui traversa même l'esprit. Serait-elle capable d'aller jusque-là ?

Elle secoua la tête pour se focaliser sur la cause de cette agression. Un bruit attira son attention et mit la troupe sur la défensive. D'abord, les soldats ne décelèrent rien, puis lentement, se dessina devant eux une fine silhouette. Ses cheveux de braise furent la première chose qu'ils distinguèrent ainsi que l'intensité de ses yeux céruléens.

Derrière, la femme traînait un corps… Un corps lourd, robuste, à l'armure terriblement mortelle. Elle tirait Azorru par le pied. Sa magie l'enveloppait et brûlait l'atmosphère. Son silence n'était pas pour les rassurer et les traits durs de son visage leur offrirent maints frissons.

— Qu'est-ce que vous attendez ? Portez-le. Et emprisonnez-le ! exigea l'Incomprise. Je ne vais pas tenir une éternité.

Sous le coup de ses paroles, les guerriers s'empressèrent de lui obéir. Si Wymi n'avait jamais fait valoir son autorité avec ses pouvoirs, en cet instant, elle leur parut redoutable et bien plus puissante encore qu'ils ne l'avaient jamais imaginé.

Chapitre 11

La détresse du cœur

Engloutie par une nuit sans fond, la jeune magicienne affrontait un regard d'un vert trop lumineux. Azallu ne distinguait que lui. Comme des feux, il brûlait. Son intensité l'hypnotisait au point de la paralyser. Les iris, parsemés de paillettes d'or, avaient quelque chose d'irréel, de sauvage, de brut. Eux seuls ressortaient au cœur de cette opacité. Elle y lisait un désir meurtrier. Azallu, malgré son envie de reculer, n'esquissait pas le moindre geste. C'est à peine si elle arrivait à respirer, bloquée par cette force supérieure. En dépit de la terreur qu'elle ressentait, il lui semblait reconnaître ce regard.

Elle essaya de décoller ses lèvres curieusement sèches. C'est après un effort presque surhumain qu'elle réussit à les séparer non sans sentir du sang couler dans les crevasses qui s'y étaient formées.

— Qui es-tu ? souffla-t-elle en un murmure étrange.

Sa voix se répandit en un écho assourdissant. Le visage de plus en plus pénétrant se rapprocha à tel point qu'elle finit par ne plus rien distinguer, comme s'il rentrait en elle. Azallu percevait pourtant toujours sa présence, comme un feu la dévorant de l'intérieur. Ce regard était partout, aussi bien en dehors qu'en dedans.

— Que fais-tu ?

Là encore, sa phrase résonna, s'amplifia, dans ce monde où ni âme ni lumière n'existait.

— Je suis toi ! répondit l'être en un grognement sinistre qui semblait sortir de sa propre bouche.

— Moi ?

La jeune fille ne comprenait pas. Comment pouvait-il être elle ?

— Nous sommes faibles.

— Faibles…, répéta-t-elle, comme pour prendre conscience de ses paroles.

Il s'agissait d'un mot que personne n'utilisait pour la désigner.

— Oui, nous devons grandir !

Et cette constatation lui fit redouter le pire, comme si une sentence venait de tomber. La magicienne trouvait qu'il n'avait pas tort non plus. Elle ne s'entraînait pas beaucoup à combattre, ni au corps-à-corps ni avec ses pouvoirs. Elle avait peur de blesser, de tuer, de ne rien contrôler, alors elle avait tout bâclé.

Ses parents avaient-ils honte d'elle ? De sa lâcheté ? Et Mhor, son grand-père, la voyait-il se cacher devant chaque épreuve ? Regrettait-il d'avoir donné sa vie pour une fille comme elle ?

Puis, soudain, ses mains commencèrent à la brûler comme si quelque chose s'y formait. Tout son sang parut s'y réunir. Son corps se mit à trembler de part en part, sa peau la chauffa tant qu'elle crut se dissoudre de l'intérieur.

Puis l'homme censé être elle s'exprima à nouveau :

— Le sceau va bientôt lâcher…

— Le sceau ?

— Nous allons devoir nous contrôler, tiens-toi prête !

Elle aurait voulu lui demander des précisions, mais déjà elle se réveillait en sursaut alors que les doigts frais de Macilia la secouaient légèrement. Dès qu'elle releva ses paupières, son amie la prit dans ses bras, l'air soulagé. Les yeux larmoyants, elle parla si vite que la jeune Incomprise ne déchiffra tout d'abord rien. Azallu l'écouta déblatérer son flot de nouvelles sans ouvrir la bouche. Elle ne se sentait pas vraiment présente, comme si elle appartenait encore à cet autre monde.

— Tu t'imagines, plus de la moitié des élèves sont morts ou disparus. Tous ceux qui ont été retrouvés sont gravement blessés, heureusement que je me suis cachée. Personne ne sait ce qui s'est passé, mais nous sommes en état d'alerte maximales… Les mages corrompus n'ont laissé aucune trace !

Macilia se pinça les lèvres, et devant son mutisme, poursuivit :

— C'est la panique totale, la Suprême est hors d'elle.

— J'ai mal à la tête…

Azallu tenta de se redresser, seulement son crâne parut exploser. Elle le massa afin de calmer la douleur quand elle remarqua les bandages qui enserraient son buste. Une odeur d'herbes s'en dégageait. Elle devina à leur parfum qu'elles possédaient des effets anesthésiants.

La jeune fille palpa ses côtes avec crainte, mais heureusement, ses blessures lui semblèrent superficielles. Elle poussa un petit soupir de soulagement.

— La Suprême va bientôt te rejoindre et tout t'expliquer, continua son amie qui l'observait intensément.

Elle se mordit la lèvre inférieure.

— Je suis désolée de t'avoir boudée et de t'avoir traitée de monstre, déclara-t-elle en s'emparant de l'une de ses mains. J'étais en colère que tu ne m'aies jamais parlé de tes compétences. J'ai eu le sentiment de ne servir à rien à tes côtés… Tu comprends ? Quand tu as affronté ce sorcier, je me suis rendu compte que tu me cachais tes pouvoirs et je me suis sentie insultée… Pardonne-moi, je… je…

Macilia sanglota, incapable de poursuivre, et Azallu dut attendre quelques secondes pour l'entendre articuler :

— J'ai cru que tu allais mourir…

La jeune magicienne ne savait pas quoi lui répondre, celle-ci l'avait abandonnée, ni plus ni moins, et ses mots restaient bloqués dans sa gorge. Se montrait-elle sincère ?

— Je n'ai pas eu l'impression que tu étais blessée, je croyais au contraire que tu ne souhaitais pas me voir devenir plus forte, réagit Azallu, en affichant une grimace.

Macilia, résignée, arborait une mine de chien battu.

— En même temps, je comprends ce qui te pousse à agir ainsi. Moi, j'ai toujours été fière de toi, mais c'est vrai que les autres deviennent vite jaloux. Toutefois, je suis persuadée que tu n'as pas à te cacher, tes pouvoirs ne sont pas une malédiction !

Azallu se contenta de plisser les yeux sans trop savoir quoi dire.

— Tu devrais rester toi-même et ne pas avoir peur des répercussions, insista Macilia qui continuait de placarder cette innocence agaçante sur son visage aux traits délicats.

Azallu se souvenait cependant très bien de toutes ces fois où Macilia comparait ses résultats.

— Je suis toujours moi-même, contredit Azallu. Mais ma famille attend autre chose de moi…

— Pourtant, c'est ta vie, assura-t-elle. C'est à toi de décider.

Azallu s'abstint de lui faire remarquer que c'était plus compliqué.

— Tu n'as jamais pensé comme les autres ?

L'Incomprise considéra son amie durement et Macilia secoua la tête. Elle serrait dans ses mains le joyau qui ornait sans cesse son cou.

— Et je suis censée te voir comment ?

— Je n'en sais rien, les rumeurs…

— Sur ton compte, il y en a tellement que j'ai fini par les ignorer, affirma-t-elle, très sérieuse.

Son air soucieux s'intensifia alors que ses cheveux virevoltaient autour de sa figure. Azallu nota dès lors ses simples vêtements, qui lui donnaient une apparence de voyageuse.

— Quelle est la plus étrange dans ce cas ? interrogea Azallu, un nœud sur l'estomac.

Elle souhaitait comprendre pourquoi les autres la fuyaient.

— La rumeur la plus folle c'est celle qui dit que du sang noir coule dans tes veines, comme celui des corrompus… Celle-ci, j'ai pu la démentir moi-même aujourd'hui, pouffa-t-elle.

Seulement Azallu avait perdu tout sourire. À la façon dont Macilia s'exprimait, c'était comme si elle y avait cru.

— Tu sais, continua son amie, j'ai eu des nouvelles de ma famille et ils veulent que je rentre, alors nous ne nous reverrons pas avant un moment.

Azallu se redressa, laissant de côté son ressentiment.

— Tu vas partir ?

— Oui. Avec tout ce qui s'est passé, je ne peux pas rester. Tous ceux de mon groupe sont gravement blessés et je ne sais par quel miracle j'ai survécu. Mon père n'a plus confiance en la Suprême. Et puis, c'était ma dernière année. Je devais être affectée à la défense de toute façon. J'avais postulé au tout début de la formation.

Azallu espérait que les élèves n'avaient pas subi l'attaque des mages corrompus à cause d'elle. Macilia, qui pensait comprendre son trouble, la serra dans ses bras, pas trop fort toutefois pour ne pas exacerber ses lésions.

— Tu sais, on pourra toujours se voir… Je suis certaine que tout le monde là-bas t'apprécierait.

— Où est-ce que tu vis ?

— C'est un secret, ricana-t-elle après un clin d'œil.

Azallu allait répliquer, mais Macilia la devança :

— Je n'aime pas trop m'attarder sur les adieux, alors je vais y aller. Nous nous reverrons un jour, j'en suis sûre, décréta-t-elle sans lui laisser le choix.

— Macilia, attends !

Mais à peine Azallu avait-elle prononcé son nom que celle-ci quittait déjà la pièce. La blessée tenta de se lever dans l'espoir de la rattraper, mais ses brûlures la rappelèrent à l'ordre, la clouant sur place. Elle pesta contre sa propre faiblesse. Elle avait la sensation que Macilia avait voulu lui dire quelque chose d'important. Sa frustration s'intensifia tant qu'elle n'entendit pas immédiatement la porte s'ouvrir à nouveau. Lorsqu'elle releva la tête, Azallu se retrouva devant sa tante, dont la mine blafarde voulait tout dire.

— Azallu…

Breese posa sur elle un regard appuyé où se lisait une certaine inquiétude. Elle s'approcha du lit, étudia ses bandages, et ses traits s'apaisèrent. Azallu put distinguer, le temps d'un battement de cils, l'immense fatigue qui l'accablait. La jeune fille tendit le cou, espérant voir l'un de ses parents surgir à sa suite. Mais personne n'accompagnait la maîtresse de la tour et Azallu trouvait étrange qu'aucun d'eux ne se trouve déjà à son chevet. Sans raison apparente, son cœur s'emballa. Elle déglutit et se rendit compte qu'elle mourait de soif.

— Où est maman ?

Une appréhension sourde lui vrilla les tripes tandis que le visage de la Suprême blêmissait. Elle la serra dans ses bras et lui transmit toute sa chaleur.

— Je suis désolée, ta mère ne peut pas te rejoindre, elle est bloquée en bas de la tour.

Azallu sentit la détresse de Breese venir la percuter comme une vague.

— En bas ? répéta-t-elle, incapable de contenir sa frayeur.

— Oui, je ne peux rien faire de plus pour eux…

La cheffe de famille la libéra, les yeux humides. Azallu, terrifiée par son attitude, réfléchit rapidement à ce qu'il y avait au bas d'Arow. Elle ne voyait pas ce qui pouvait les retenir.

— Mais… Et papa ?

Elle considéra à nouveau la porte. Jamais ils ne l'auraient laissée seule, leur absence lui pesait tellement sur l'estomac qu'elle était à deux doigts de céder à la panique.

— Il est avec ta mère, avoua-t-elle.

— Pourquoi tu ne me dis pas ce qui se passe ? Où sont-ils ? s'emporta subitement Azallu.

Les réactions émotives de Breese la poussaient à présager le pire. L'adolescente avait besoin d'eux, de leur parler. Juste de se réfugier dans leurs bras. Son cœur battait si fort qu'elle peinait à respirer normalement.

— Je suis désolée de ne pas pouvoir t'en dire plus, mais

pour l'instant, ils ne peuvent pas monter, tenta de la calmer la Suprême, dont l'expression se fendait de tristesse.

Azallu ouvrit la bouche pour protester. Elle voulait plus de détails, la mine de sa tante révélait toute la gravité de la situation. Un malheur était advenu et Breese retardait le moment de le lui annoncer. La jeune fille se sentait responsable de tous ces désastres au point d'en trembler de frayeur. Ses parents avaient-ils péri ? Elle se liquéfia sur place. Non, ils ne pouvaient pas mourir si facilement, c'était impossible !

Azallu avait l'impression que tout lui échappait. Une sueur froide, moite, coula sur son front, ses tempes, le long de sa colonne vertébrale, pour venir lentement la paralyser de l'intérieur.

Nous sommes faibles, résonnait encore la voix granuleuse de son rêve.

— Dis-moi la vérité ! supplia-t-elle, sachant que Breese serait sensible à sa détresse. Qu'est-il arrivé ?

Il lui fallait apaiser les battements frénétiques de son cœur, mais elle n'y parvenait pas. Azallu revoyait le regard de son père, empreint de tant de tendresse. Elle l'aimait tellement ! Et puis, sans la présence rassurante de sa mère, c'était comme vivre entourée de glace sans rien pour la réchauffer.

— Ma chérie, j'ignore comment appréhender ce qu'il se passe, souffla Breese. Pour l'instant, reste au lit, repose-toi et je t'expliquerai tout lorsque j'en apprendrai plus. Je te le promets.

Azallu pouvait lui faire confiance, la Suprême tenait toujours parole. Elle caressa sa joue avec émotion.

— As-tu aperçu les mages corrompus ? s'enquit Breese en faisant des efforts visibles pour ne pas l'assaillir de questions.

Des rides soucieuses marquaient le coin de ses yeux. Azallu repensa à Zomie, Mog et Ganna. Leur mort avait libéré les monstres avilis. Elle hocha la tête.

— Oui, je les ai vus.

Azallu serra les dents tandis que ses épaules s'alourdissaient.

— Réclamaient-ils quelque chose ? continua sa tante de cette même intonation douce.

La jeune fille se tendit si fort qu'elle dut inspirer longuement.

Si elle émettait le moindre son, son âme éclaterait en mille morceaux. Elle mit du temps à répondre, ce qui amena la cheffe de la tour à lui presser la main. Sans doute était-elle occupée, mais elle se montrait tellement patiente qu'Azallu culpabilisa de se l'accaparer ainsi.

— Azallu, ma chérie, il faut que tu me parles !

— Le Cercle. Ils voulaient le Cercle, expliqua-t-elle, les doigts crispés.

Sa colère refaisait surface, bouillonnant dans ses veines.

— Ils venaient d'Aterra. Il... m'a protégée, renifla-t-elle en repensant à son geste.

Breese serra sa paume, incapable de contenir sa surprise, ses traits blanchirent davantage encore.

— Le Cercle ? répéta-t-elle. Et toi !

Azallu baissa la tête, le cœur broyé. Tous les élèves avaient-ils péri à cause d'elle ?

— Suis-je responsable de leur mort à tous ?

La Suprême ne la laissa pas terminer qu'elle caressait sa joue.

— Bien sûr que non, ma chérie ! Je peux te l'assurer. Mais, je dois te prévenir, la situation n'est pas à notre avantage ! S'ils peuvent blesser Le Cercle, alors ils peuvent nous atteindre aussi. Après la dépêche d'un messager, Aterra nous a déclaré la guerre. L'avenir est incertain.

— Mais ils ne peuvent pas s'opposer à toi, si ? paniqua Azallu, qui s'accrocha à sa main.

Breese se libéra de sa poigne gentiment, avant de quitter son chevet et se diriger vers la porte.

— Je vais tout faire pour, je te le promets ! C'est mon rôle après tout, sourit-elle avec chaleur.

Azallu, pourtant, connaissait cet air forcé, celui qu'elle usait dans les moments difficiles. Et pire que tout, elle le vit comme le plus affreux des pressentiments.

— Repose-toi et reste ici. Ne sors surtout pas de la tour, s'empressa-t-elle d'ajouter. S'ils en ont aussi après toi, ils vont profiter de la moindre occasion pour passer à l'offensive.

— Mais papa et maman, je peux aller les voir ?

Breese, les lèvres serrées, hésita.

— Pas pour l'instant. Plus tard, quand j'obtiendrai plus de détails, je t'en informerai.

La Suprême s'en retourna à ce moment, alors Azallu osa souffler sa tristesse. Elle toucha son pendentif, celui qui la reliait à sa mère et se leva, ignorant son mal de crâne.

— Maman me dira tout, grommela-t-elle dans sa barbe.

Sans attendre une minute de plus, elle s'extirpa du lit sans se soucier de son apparence déplorable. Il fallait qu'elle comprenne ce qui était arrivé dans la forêt. Elle essayait plus que tout de ne pas penser au Cercle. À sa simple mention, son cœur la compressait atrocement.

Oui, maman m'expliquera, se convainquit-elle, au bord de la crise de nerfs.

Elle descendit en s'aidant du tunnel d'air, ce qui lui permit de rejoindre le bas de la tour aussitôt, même si cela lui infligea par la même occasion une monstrueuse nausée. Le ballottement avait ravivé ses lésions qui la faisaient souffrir plus que prévu et c'est au ralenti qu'elle se déplaça jusque dans le hall. Elle trouvait étrange aussi que personne n'ait pris le temps de la guérir avec la magie. D'ordinaire, se rétablir était rapide, cela ne nécessitait tout au plus que quelques heures de travail, sauf en cas de blessures graves.

Je n'ai tout de même pas été brûlée à ce point ? songea-t-elle, un peu effrayée.

Elle se palpa à nouveau le torse. Que découvrirait-elle sous ses bandages ? Un corps mutilé ? Elle décida de s'inquiéter plus tard alors qu'elle cherchait sa mère sans la repérer.

Breese a bien dit qu'elle se trouvait en bas, mais où ? J'espère que personne ne l'informera de ma sortie.

L'idée même de remonter demander des réponses la fatiguait d'avance. Le regard sourcilleux, elle effectua le tour de la salle presque vide d'animation puis finit par s'immobiliser devant une porte gardée. Elle s'approcha d'une démarche hésitante.

— Ce n'est pas possible, marmonna-t-elle tout bas tandis qu'elle n'apercevait pas d'autre endroit où les trouver.

Le vigile, dans son uniforme, lâcha un lourd bâillement. Il se ressaisit prestement à son apparition, l'air un peu surpris, mais devina immédiatement ce qu'elle désirait.

— Il faut une permission, grogna-t-il.

Azallu ne douta plus à présent que ses parents se situaient bien derrière cette porte.

— Ma mère est en bas, je veux la voir, se redressa farouchement Azallu, pas le moins du monde impressionnée par cet homme costaud.

Sa posture impérieuse amena le soldat à la redouter.

— La Suprême a pourtant...

— Elle m'y autorise ! mentit Azallu sans hésiter une seconde.

Il survola les alentours vides d'animation, puis finit par prendre une décision par sympathie pour son grand-père qu'il admirait.

— Bon, allez-y, mais revenez vite ! grommela-t-il. Donnez cela à mon collègue, je vous laisse trente minutes.

Azallu acquiesça en le remerciant chaudement.

— Faites attention dans les marches, la prévint-il tandis qu'elle se retenait discrètement au mur.

Elle chancelait sur ses jambes de douleur et de fatigue. Il ne devait pas voir qu'elle souffrait ou il la reconduirait à sa chambre. Le chemin sordide qui descendait sous terre gela son cœur.

Pourquoi Breese n'a-t-elle pas parlé des cachots ? Que se passe-t-il réellement ?

La jeune fille déglutit tandis que l'ouverture derrière elle se refermait. De petites lumières rouges crépitaient sur les parois rugueuses. Ses pupilles s'habituèrent doucement à la pénombre et elle fut tentée plusieurs fois de remonter.

Pourquoi maman et papa seraient-ils là ? ne cessait-elle de s'interroger, l'inquiétude la rongeant de l'intérieur.

Plus elle s'enfonçait, plus le froid la pénétrait, tout comme l'air devenait humide et pesant. La magicienne, après quelques pas, déboucha dans un corridor parcouru de portes en fer. Un garde apparut à sa droite. Il avait les yeux étroits et se recroquevillait un peu sur lui-même. Elle lui tendit le badge et lâcha un lourd soupir sans pour autant faire de commentaires.

— Au fond, lui désigna le gardien par un geste lent de la main.

Son regard luisait presque dans l'obscurité et Azallu ne s'attarda pas, la chair de poule ayant pris possession de son corps. Elle tenta de ne pas prêter attention aux plaintes et aux pleurs qu'elle percevait derrière les parois. Certains prisonniers devaient être très dangereux, car elle pouvait flairer une magie redoutable les maintenir en place.

Mais plus elle avançait, plus elle sentait une autre source, sombre, puissante, destructrice. La jeune Incomprise s'arrêta, effrayée. Elle était arrivée au fond du couloir, devant la plus lugubre des portes. Sa main tremblait tant qu'elle eut du mal à s'emparer de la poignée. Lentement, elle l'abaissa. Son sang tapait jusqu'au bout de ses doigts et bourdonnait dans son crâne.

Quand le battant fut entièrement ouvert, sa gorge se serra face à la vision d'horreur qui la percuta d'un coup.

— Papa ! hurla-t-elle en se précipitant vers lui.

Il était attaché au mur par d'immenses chaînes, des coupures en tout genre sillonnaient son corps. Sa tête penchait en avant d'où ses cheveux se teintaient d'un rouge bien trop vif. Il paraissait inconscient, mais sa présence sembla l'éveiller, car ses muscles se contractèrent.

Azallu courut dans sa direction, les joues baignées de larmes. Elle devait le libérer. Que faisait-il là, dans le pire des endroits qui soit ? Une ombre puissante l'arrêta pourtant avant qu'elle ne l'atteigne.

Elle émit un cri de stupeur, se débattit de toutes ses forces.

— Calme-toi ! siffla une voix qu'elle reconnut entre mille.

Wymi la serra contre elle, tandis qu'elles roulaient au sol.

— Ma… maman, papa est…

— Je sais, calme-toi ! exigea-t-elle. C'est moi qui l'ai attaché !

Effarée, Azallu se redressa, si furieuse qu'elle se sentait proche d'exploser, quand Wymi enchaîna :

— Quelqu'un l'a ensorcelé et a trouvé le moyen de faire ressortir sa colère ! Il ne se contrôle plus…

L'adolescente, dont la respiration se saccadait, laissa de nouveau les bras de sa mère l'entourer et lui prodiguer le réconfort nécessaire pour l'apaiser.

— Calme-toi, répéta-t-elle.

Wymi savait ce qui se produirait si sa fille ne se contenait pas. Sa magie, trop puissante, aurait de graves conséquences. Azallu inspira et expira plusieurs fois avant de regagner un souffle moins erratique.

— Mais comment c'est possible ? s'enquit-elle.

La jeune mère la lâcha et se dirigea vers son mari dont le regard implorant lui brisa le cœur. Elle s'approcha de lui, toucha ses longs cheveux qui pendaient dans le vide. Doucement, elle embrassa le dessus de son crâne.

— Mon amour, tue-moi ! murmura alors Azorru d'une voix déformée par la douleur.

CHAPITRE 12

Un terrible mensonge

Le beau guerrier de Wymi releva lentement son visage crayeux. Confrontée à ses yeux vitreux et ses cheveux rouge sang, elle eut un temps d'arrêt. Se lisait tant de douleur dans son regard qu'elle en tremblait. Azorru laissa s'échapper de fines larmes de détresse avant que ses lèvres ne se crispent. Il grogna, poussa un hurlement sauvage. À nouveau, il perdait la raison.

— Libère-moi !

Azallu sursauta. Il transmettait tant de colère dans ses paroles. Ses iris bougeaient constamment comme ceux d'un homme drogué. La main de sa mère retomba le long de son corps.

— Mon amour, je ne peux pas, souffla-t-elle en une plainte à peine audible.

Au son de la voix désespérée de sa femme, le prisonnier revint à lui. Ses pupilles arrêtèrent un instant de se déplacer en tous sens.

— Tu dois me tuer, à ce rythme, tu ne tiendras pas longtemps, murmura-t-il.

— Bien sûr que je tiendrai, tu sais bien que je suis forte !

Wymi lui caressait les joues avec toute la tendresse dont elle était capable. Elle se montrait si douce qu'Azallu se pétrifia de l'intérieur. Son père secoua le visage et n'en parut que plus peiné.

— Papa…

Il remarqua enfin la présence de sa fille et tourna vers elle un regard douloureux.

— Azallu, tu dois partir, je ne résisterai pas… Je… je deviens fou…

— Non ! s'indigna-t-elle. Tu n'es pas fou.

Azorru observait ce petit ange qu'il aimait tant. Elle arborait cette mine butée qui intensifiait l'or de ses prunelles. Il la revit enfant, les cheveux virevoltants et des rêves plein la tête. Il s'en voulut de lui montrer une telle image de lui. Il ignorait quel sort on lui avait jeté, mais contrôler la rage qui l'animait lui paraissait impossible. Il laissa retomber son visage qu'il soutenait à peine et bientôt, elles purent l'entendre ricaner.

— Des femelles comme geôlières, c'est original. Libérez-moi ou vous le regretterez !

Il gronda soudain, hurla tout en tirant sur ses fers.

— Azorru…

À nouveau, au son de la voix de sa femme, il se calma.

— Mon ange, tue-moi…, articula-t-il avant de se tirer à nouveau sur ses chaînes.

Il s'écorcha la peau, fou de haine. Ses muscles se contractaient et Azallu recula de frayeur. Wymi récita prestement quelques paroles, dessina au sol des symboles. Une lumière vive émana d'elle pour se ficher droit sur l'homme déchiré. Il s'apaisa un peu, puis les fixa à tour de rôle de son expression torturée.

— Le Cercle saura quoi faire, déclara-t-il avec un regain d'énergie.

Azallu sentit son cœur se précipiter dans sa poitrine. Elle s'obligea à respirer pour garder la maîtrise d'elle-même. Elle ne devait pas craquer.

— Le Cercle, répéta-t-elle d'une voix déformée.

Wymi, bien qu'intriguée par ce changement d'attitude, se détourna vite lorsqu'Azorru s'agita de nouveau. Elle se concentrait sur lui, prononçait quelques mots. De son corps jaillissaient parfois des ondes de magie chaudes, réconfortantes, qu'elle dirigeait sur son mari.

— Trouvez le Cercle ! s'époumona-t-il.

Il grognait, soufflait comme une bête prête à déchiqueter quiconque sur sa route.

— Mais… il… il…, bégaya Azallu dont les larmes avaient fini par couler.

Sa mère, voyant que le guerrier ne se calmait pas, le submergea de sorts et il s'écroula.

— Tu l'as tué ! s'égosilla Azallu, en panique, se précipitant pour toucher son visage.

— Non, le terme approprié est assommé, s'exaspéra Wymi en s'approchant à son tour. Azallu, je ne peux pas m'éloigner d'Azorru. Sans moi, il va tout détruire et jamais il ne se le pardonnerait. Va dire à Breese qu'il faut trouver le Cercle.

— Moi ?

— Toi, tu restes en sécurité, rectifia Wymi. Je parlais d'un adulte de confiance. Ton père a raison, le Cercle saura quoi faire. Breese n'a aucune solution, mais lui a plus de connaissances encore et…

— Mais, je… il…

La jeune fille perdit ses moyens sous l'insistance du regard azuré de sa mère. Comment lui annoncer la mort du Cercle alors qu'il s'agissait du dernier espoir ? Que devant ses yeux, il avait été réduit à l'état de poussière d'or. Bien qu'il lui ait demandé de chercher un être comme lui, Azallu ignorait comment s'y prendre. Énoncer même cette vérité lui brisait le cœur à tel point que sa voix la déserta.

— Je ne sais pas où le trouver, finit-elle par prononcer tout bas.

Elle se rendait compte du mensonge qu'elle venait de proférer. Breese n'allait pas cacher la disparition du Cercle. Wymi l'apprendrait tôt ou tard et elle se retrouverait au pied du mur à devoir tuer l'homme de sa vie.

Non, hors de question, HORS DE QUESTION ! songea-t-elle, à bout de souffle.

— Breese te protégera, assura sa mère.

Elle tentait par tous les moyens d'apaiser ses craintes.

— Demande à papi Amuro de prêter sa carte à Breese, Azorru y a noté l'emplacement de son repaire. Cela pourra ainsi l'aider même si je ne doute pas qu'elle connaisse déjà sa position.

Des gouttes de sueur perlaient sur le front de Wymi, de plus en plus fatiguée. Azallu acquiesça en silence.

— Sois rapide, ton père a raison, je ne tiendrai pas longtemps. Bresse montera vite une équipe, suis bien ses directives.

— Je suis plus forte que tu ne le penses, articula difficilement Azallu. Je peux t'aider…

Wymi secoua le menton.

— Quand tu vas sortir, je vais nous enfermer de l'intérieur… Enjoins à Breese de glisser la nourriture sous la porte, mais de ne jamais l'ouvrir, peu importe ce qu'elle entend.

— Maman, tu…

L'Incomprise eut un sourire malicieux.

— Je vais tout faire pour le garder ici afin qu'il ne blesse personne. Je pourrai sûrement résister quelques mois, trois ou quatre… voire plus si je me repose.

Azallu hocha la tête, bien qu'elle sache que sa mère lui mentait. Elle ne tiendrait jamais aussi longtemps dans ces conditions.

— Je ferai tout ce que je peux…

— Je pense qu'il faut tuer celui qui lui a jeté le sort, ainsi ton père reviendra à la normale, mais je n'en suis pas certaine. J'ignore même qui s'en est pris à lui, je n'ai pas eu le temps de détailler qui nous attaquait. Je n'avais jamais rencontré ce genre de magie… L'ennemi possédait une pierre étrange qui s'est fichée directement dans le cou d'Azorru. Une simple pierre, répéta-t-elle, le regard perdu.

Wymi avait toujours du mal à y croire.

— Je ferai au plus vite !

La jeune fille observa un instant sa mère dont l'attention entière restait rivée sur le corps de son compagnon. Elle y lisait tout son amour, toutes ses craintes et sa détermination à le protéger. Wymi était belle, Azallu l'admirait. Ses cheveux roux, malgré cette sombre atmosphère, rayonnaient. Se dégageait de sa peau une douce odeur de rose réconfortante.

Azallu réalisa que même si le Cercle n'était plus, il devait y avoir chez lui au moins quelqu'un capable de l'aider, de la guider.

Toutes ces légendes sur son compte ne peuvent être totalement fausses, songea-t-elle, les mâchoires serrées. *Je libérerai mes parents quoi qu'il arrive !*

Avant de la laisser partir, Wymi la prit dans ses bras et l'embrassa sur le front. Il sembla alors à Azallu qu'elle ne la reverrait jamais. Comment ferait-elle toute seule ? Elle n'avait jamais été bien loin et il y avait toujours eu quelqu'un pour l'accompagner. Elle serra sa mère de toutes ses forces, se disant qu'elle les sauverait, que son père ne demeurerait pas enchaîné à ce mur et que Wymi ne s'épuiserait pas à le calmer.

Elle crut ne jamais pouvoir se séparer d'eux.

— Azallu, tu en es capable. Quoi qu'il se passe, je serai avec toi ! Breese nous aidera, ne t'inquiète pas !

— Hmm... oui, je vais faire tout ce que je peux.

Leur étreinte dura encore quelques secondes avant que Wymi ne se redresse. Sa confiance en elle était entière et la jeune fille ne sut plus où se mettre. Elle étira sa bouche à son tour pour répondre à son sourire chaleureux puis sortit dans le corridor sordide. Elle resta un instant contre le battant métallique jusqu'à ce qu'elle perçoive la magie de Wymi la réchauffer et la forcer à s'éloigner.

En sanglotant, elle parcourut à nouveau le couloir empli de murmures et de plaintes qui s'étaient intensifiés. Elle regagna la surface, lourde du poids qu'elle ressentait en son sein.

Sans s'attarder, la magicienne réintégra sa chambre d'un pas fébrile. Elle s'observa rapidement dans le miroir et grimaça devant sa mine affreuse. Azallu enfila des vêtements souples puis prépara sommairement un sac de voyage qu'elle posa près de l'entrée.

Avant de partir, elle devait voir Breese. Elle devait aussi lui rapporter les paroles de sa mère.

Oui, songea-t-elle en reniflant, *faisons les choses étape par étape...*

Elle se laissa aller contre la porte puis, déterminée, la tête haute et le buste droit, bien que ses brûlures la picotaient, elle se dirigea au cœur de la tour. La Suprême, assise sur son trône, s'entourait d'un nombre conséquent de conseillers. Un brouhaha planait autour d'elle et c'est à peine si on constata sa présence. Les gardes, trop occupés à calmer les esprits, ne la détectèrent même pas. Personne ne s'écoutait, chacun criait son point de vue, espérant atteindre celle qui prendrait toutes les décisions.

— Si c'est ce qu'ils exigent, alors donnons-leur, s'exclama quelqu'un.

— Cela suffit ! explosa d'un coup Breese, le regard assassin.

Elle fit taire toute l'assemblée. Azallu songea que le moment était vraiment mal choisi pour s'interposer.

— Je ne comprends rien de ce que vous me racontez et ça ne m'avance pas, s'impatienta la haute femme.

— Soit nous répliquons, soit nous remplissons les conditions, vociféra un homme âgé bien déterminé à ne pas se laisser impressionner.

— Dumeur est incapable de diriger les Gyramens ! Il a été gravement touché. Le temps qu'il guérisse, qui enverrez-vous au front ? interrogea Breese.

— Son second peut tout autant donner des ordres, répondit l'ancien d'un ton qui se voulait inflexible.

— Ce n'est pas un guerrier aussi exemplaire, se fâcha un autre.

Tandis que chacun se fusillait du regard, Breese trancha :

— Nous n'attaquerons pas ! Êtes-vous aveugles ? Azorru est devenu incontrôlable, le Cercle a disparu et notre commandant est blessé. Vous croyez vraiment que c'est le bon moment de combattre alors qu'on a brisé presque toutes nos défenses ?

Nous avons perdu de futurs soldats, nous ne sommes pas en position de riposter.

— Si l'épreuve s'était faite comme toutes les précédentes années…, insista le vieux magicien qui, par ses propos, faisait retomber toute la faute sur les épaules de Breese.

— Que dites-vous, Vadir ? s'emporta Kion, un second conseiller du camp opposé. Remettez-vous en cause l'autorité de la Suprême ? Nous ne sommes pas les seuls à être en piètre posture. Antanor a été touchée, elle aussi, et leur chef Vallar mutilé, tout comme un nombre conséquent de sorciers.

L'assemblée entière se tut et la maîtresse de la tour plissa les yeux devant la mauvaise nouvelle. Tout s'enchaînait bien trop vite.

— Si nous attaquons maintenant, nous aurons l'effet de surprise, à moins que vous ne préfériez l'autre option, grommela Vadir.

Le doyen refusait de lâcher le morceau. Azallu connaissait de nom ce vieux conseiller, elle savait qu'il détestait qu'une femme soit au pouvoir. Il saisissait chaque occasion pour s'élever contre sa tante. La jeune fille ne l'avait jamais aimé, bien que depuis peu, les tensions se soient apaisées grâce à Dumeur qui avait curieusement œuvré en ce sens.

Apprendre que son grand-père était blessé l'étonnait toutefois. Pourquoi Breese ne l'avait-elle pas avertie ? Elle ne le portait certes pas dans son cœur, mais il s'agissait tout de même de sa famille.

— C'est vrai que ça nous réserverait un effet de surprise, enchaîna un autre ancien.

Breese se frotta le front, incertaine.

— Non ! s'écria alors Azallu.

Toutes les têtes se tournèrent vers elle et certains bougonnèrent.

— Azallu, la réprimanda la Suprême. Tu n'as pas ta place ici !

— Mais… il ne faut pas, ils ont les corrompus de leur côté !

— Ça suffit ! aboya Vadir. Depuis quand les fillettes sont-elles autorisées à parler ?

Sa canne frappa violemment le sol. Sa peau fripée paraissait glisser sur ses os et sous ses paupières brillaient de redoutables yeux clairs. Devant ce visage de tortionnaire, l'adolescente recula, bien malgré elle.

— Mais je les ai vus, ils les contrôlaient...

— Azallu, tu n'as rien à faire ici, sors ! insista sa tante en haussant le ton. Tu me raconteras plus tard !

Sa voix, bien que douce, demeurait ferme et la magicienne sut qu'elle n'avait pas intérêt à discuter. Comme elle ne bougea pas, par un mouvement souple et élégant, la Suprême ordonna à un garde de la raccompagner.

Azallu se contint de toutes ses forces pour garder son calme. Elle se laissa néanmoins guider, les dents serrées, puis poireauta dans sa chambre plus de cinq heures avant que Breese daigne enfin lui parler. Entre-temps, elle rumina, pensa à sa mère et son père, à toutes ces heures perdues. Elle allait et venait, tout en tripotant son collier.

La porte s'ouvrit sans préambule, Breese déboula dans la pièce comme une tornade, ce qui ne réussit qu'à la faire sursauter.

— Qu'est-ce que c'est que cette histoire ? Les mages corrompus sont de leur côté ? demanda la Suprême sans attendre, incapable de rester en place.

— Oui !

— Pourquoi ne me l'as-tu pas mentionné avant ? C'est une information capitale !

La jeune fille se mordilla la lèvre inférieure d'un air coupable.

— J... j'ai oublié..., avoua-t-elle, enfonçant ses ongles dans ses avant-bras.

— Tu as oublié ? répéta Breese, incrédule.

— Je... je suis déso...

— Arrête ! coupa la femme en se malaxant le front. C'est moi qui devrais m'excuser. Je ne voulais pas te crier dessus. Le conseil tente de me ridiculiser, je dois savoir ce que tu as vu.

Elle essayait de garder son calme et Azallu se fit toute petite. Son expression, malgré ses mots d'apaisement, lui glaçait le sang.

— Ils les contrôlaient à l'aide de sorts, je crois, enfin... je n'en suis pas sûre, mais les mages corrompus les écoutaient.

Breese tourna la tête en soufflant.

— Tout cela ne me dit rien.

Elle s'apprêtait à sortir quand Azallu la retint par le bras.

— J'ai vu papa et maman...

La gorge nouée par l'émotion, elle se sentait sur le point de pleurer à nouveau. Breese la serra immédiatement contre elle, incapable de résister aux larmes de sa nièce. Sa carapace fondit comme neige au soleil.

— Tu es si prompte à me désobéir. J'espérais t'épargner cette vision en leur venant en aide avant.

Azallu s'en doutait et renifla tristement.

— Maman a scellé la porte de l'intérieur, il ne faut en aucun cas essayer de l'ouvrir et elle a exigé de glisser la nourriture dessous...

Breese acquiesça d'un mouvement de tête. Elle paraissait plus sereine.

— T'a-t-elle divulgué autre chose ?

— Elle m'a demandé d'aller rencontrer le Cercle...

Les mots sortirent avec tant de détresse que sa tante sourcilla.

— Le Cercle ? Tu ne lui as pas révélé sa disparition ?

Breese, sincèrement étonnée, cherchait à la comprendre de son mieux.

— Je ne pouvais pas lui avouer... Mais je trouverai de l'aide quand même...

— Hors de question ! trancha-t-elle soudain sans même la laisser terminer.

La femme usa sans attendre de sa magie qui la percuta avec violence. Azallu fut propulsée loin de la porte. Maintenue au sol par une force invincible, Breese la forçait à rester allongée.

— Je dois y aller, protesta Azallu entre ses dents.

— Écoute, ma puce, j'ai assez de problèmes pour que tu n'en rajoutes pas. Ton père ne me pardonnerait jamais de te mettre en danger. Tu n'as sûrement pas révélé à Wymi que tu avais failli être kidnappée toi aussi, alors c'est non ! Et je suis certaine qu'elle serait d'accord !

— Mais..., commença-t-elle à riposter.

— Non ! tonna Breese, catégorique.

Azallu sut que rien ne la ferait changer d'avis.

— Et ne tente pas de t'enfuir en cachette, la prévint-elle en remarquant son sac. Je vais poster un homme devant ta porte de toute manière...

— Est-ce que je peux au moins aller chez papi ? s'enquit-elle en dernier espoir de cause.

Breese se raidit et fronça si fort les sourcils qu'ils manquèrent de se rejoindre.

— Je parle d'Amuro, rectifia Azallu en la voyant réfléchir gravement.

La Suprême parut soulagée, bien qu'elle secoua la tête par la négative.

— Je préfère t'avoir près de moi. Chez lui, tu serais fichue de le convaincre de te laisser partir.

— C'est pas vrai ! s'offusqua-t-elle.

La grande dirigeante émit un ricanement de dérision.

— Azallu, ne me prends pas pour une imbécile, je te connais par cœur ! Si tu arrives à leurrer ton père et ta mère ainsi que le reste de la famille, eh bien tant mieux. Mais moi, je sais que tu t'échappes quand ça te chante, je ne suis pas dupe ! Mais ça ne m'empêche pas de t'aimer exactement comme tu es.

Sur ces dernières paroles, elle s'en alla. Azallu, toujours sous le poids de son pouvoir, tapa du poing sur le sol. Elle se redressa néanmoins en appuyant sur ses bras malgré la douleur qu'elle ressentait. La magie de la Suprême l'enveloppait comme une bulle transparente et, bien que redoutable, Bresse n'y avait pas mis toute son énergie. La jeune fille poussa encore un peu avant de s'arrêter soudain. Elle venait de remarquer le sceau. Si Azallu le brisait, celui-ci avertirait Breese. Tout en marmonnant, elle préféra lui obéir pour le moment, même si rester inactive l'enrageait.

Elle songea à son père sous le coup d'un sort, au Cercle et finalement, elle réalisa combien la situation se révélait dangereuse. Elle n'affrontait pas de petits adversaires, mais bien une organisation, un peuple tout entier désireux d'envahir leur terre. Alors elle saisit mieux les paroles de sa tante et ses interdictions.

CHAPITRE 13

LA TRAHISON DU SANG

Breese qui ne savait plus où donner de la tête se rongeait les ongles. Elle repensait à la ville maudite d'Aterra ainsi qu'à leur message des plus explicites. Elle comprenait mieux pourquoi ils passaient à l'offensive. Le Cercle avait toujours représenté un obstacle pour eux, tout comme Wymi et Azorru. Leur présence à elle seule maintenait l'ordre et dissuadait quiconque d'attaquer. Et voilà que du jour au lendemain, les trois piliers disparaissaient. Sans eux, Aterra ne redoutait plus qu'une Suprême, dont le pouvoir était divisé par un conseil réfractaire à l'accepter et des sorciers incapables de s'entendre. Elle ne pouvait qu'en conclure que des espions les côtoyaient maintenant depuis des années. Peut-être se cachaient-ils parmi eux depuis bien avant son arrivée ?

Si elle avait tenté de ramener quelques membres de ce lointain pays, sans grand succès, c'était bien pour en apprendre plus sur leurs intentions, car depuis peu, d'étranges rumeurs circulaient. On parlait d'une armée... Elle avait craint de se faire envahir et avait préféré aller au-devant du problème, désireuse de rester pacifique et d'engager les discussions. La jeune femme ne s'était pas attendue à une attaque aussi brutale. Voir qu'elle avait raison ne lui apportait finalement aucun soulagement.

En plus de cela, s'ajoutaient d'autres préoccupations. Breese n'en savait pas assez sur le Cercle pour maîtriser tous les enjeux. Il existait bien des légendes sur son compte, mais aucune n'avait de sens. Tous ignoraient d'où il venait, apparu il y a de cela des générations, s'imposant comme messager des lunes. Ni bon ni mauvais, il suivait un chemin inaccessible pour eux et depuis ce temps n'avait jamais vieilli. Elle avait beau remonter dans les consciences des précédents Suprêmes, elle n'obtenait pas plus de précisions sur son histoire.

Le mystère de son essence l'inquiétait, car Azallu paraissait reliée à lui. Breese n'avait eu besoin que de l'écouter parler de sa disparition. La jeune fille semblait le connaître, ce qui rendait toute cette situation plus complexe encore.

D'ailleurs était-il possible de tuer cette entité si aisément ? Quelque chose dans cette histoire ne tournait pas rond. Elle-même n'avait jamais vu le Cercle de ses propres yeux. Seul Azorru savait à quoi il ressemblait et celui-ci refusait de donner des détails. Sa présence lui aurait été d'une grande aide.

Une chose restait sûre, Azallu devait demeurer sous sa protection. Alors qu'elle atteignait les immenses portes de la salle du trône, Breese s'arrêta un instant. Son cœur battait trop vite, elle peinait à garder son sang-froid. C'était pourtant le moment de ne dévoiler aucune faiblesse.

Weily (son maître et prédécesseur) *y parvenait… Lui était fort pour ne rien montrer,* songea-t-elle en contractant les muscles de sa mâchoire.

La jeune femme soupira un bon coup et rejoignit son siège où l'y attendaient ses conseillers. À son arrivée, ceux-ci se prosternèrent avant de se redresser bien rapidement. Elle chercha Kion, son plus fidèle ami, dont le regard sévère lui indiqua combien la situation s'aggravait. Elle n'aurait sûrement pas le choix quant à la suite des évènements.

Réunis près de son trône, les plus anciens membres du comité l'observaient, les paupières plissées. Dans leurs robes opalines, ils lui semblèrent encore plus âgés et ridés que d'ordinaire. Leurs mains, dissimulées dans leurs tuniques, ainsi que leurs postures fières, imposaient le silence.

— Que vous a-t-elle révélé ? s'enquit Vadir, le plus désagréable d'entre eux.

Les yeux clairs, son visage s'ornait d'une longue barbe blanche ainsi que de fins cheveux gris. À cause de lui, le statut des magiciennes restait incertain, et seul Dumeur – considéré comme le leader de l'armée – parvenait à obtenir ses faveurs. Ce vieux grincheux s'indignait de tout changement et voyait d'un mauvais œil chaque loi qu'elle instaurait. Elle ne comptait plus les fois où il avait manifesté son désaccord lorsqu'elle avait mis en place les refuges pour les épouses maltraitées.

Vadir aimait la contredire en public, elle n'écartait pas la possibilité d'une rébellion. Par le passé, certains Suprêmes avaient été enfermés des années durant en attente d'un successeur, puis exécutés. Les seuls capables de s'opposer à elle demeuraient les conseillers.

Bien que cela se soit produit des décennies plutôt, elle savait pertinemment être la première femme à se trouver sur le trône depuis une éternité. Vu le peu d'entre elles réunies à son assemblée, elle devait sans cesse se battre. Employer la force pour les faire taire la démangeait souvent et Breese dut fournir des efforts pour se contenir cette fois-ci encore. Heureusement l'entouraient des personnes comme Kion, à qui elle offrait son entière confiance.

— Elle n'a pas révélé grand-chose, à part le décès du Cercle. Le reste, nous le connaissons déjà, marmonna-t-elle en s'asseyant sur son siège.

Le vieil homme fut dérouté quelques secondes avant que ses yeux ne pétillent de malice.

— Ma chère, est-il vraiment utile de vous préciser qu'il ne peut périr ? Immortel est son second prénom !

— C'est bien ce qui m'inquiète. Nous ignorons tout de lui et j'ai tendance à croire Azallu.

Breese se massa les tempes en espérant apaiser son mal de tête.

— S'il pouvait être vaincu, nous le saurions. Beaucoup ont essayé et sont revenus persuadés d'avoir réussi, mais il resurgissait, toujours indemne, puis se vengeait, insista Vadir en ricanant.

Les autres mages présents dans la salle se retenaient de s'esclaffer à leur tour.

— Si ce n'était pas pour jouer et tourmenter ses victimes qu'il les laissait ainsi imaginer l'impossible, rajouta le vieil homme pour se donner de l'importance.

Breese l'abandonna à sa stupidité tandis qu'elle réfléchissait.

— Pourquoi mentirait-il à Azallu ?

Les conseillers arrêtèrent de pouffer et Vadir redevint sérieux. Le silence se répandit autour d'elle en un souffle bienvenu. Breese les observa un à un, l'esquisse d'un sourire féroce sur les lèvres.

— Est-ce une information cruciale ? Est-elle même sûre qu'il s'agissait de lui ? Pourquoi faire croire à sa mort ? Eh bien, parce qu'il veut cacher quelque chose, voilà tout, décréta l'ancien en cherchant autour de lui l'approbation de ses pairs.

— Voilà tout, répéta Breese, sarcastique. C'est une conclusion un peu facile pour un être de son envergure. Comment l'adversaire savait-il où le trouver ? Comment a-t-il fait pour connaître ses failles ? Tout cela ne vous intéresse-t-il pas ou doit-on se jeter aveuglément dans une guerre perdue d'avance ? Et puis, nos ennemis arrivent d'une manière ou d'une autre à contrôler les mages corrompus. Il ne faut pas oublier ce point !

Le silence s'alourdit et quelques têtes se baissèrent. Vadir rougit même, autant qu'on puisse en dire. La Suprême inspecta un à un ses conseillers, puis se focalisa sur l'un d'entre eux. Celui-ci se releva, se prosterna, alors qu'elle l'examinait.

— Comment puis-je vous aider ? demanda-t-il d'une voix grave, empreinte de respect.

Breese le toisa longuement dans sa robe nacrée identique

aux autres. Quelque chose en lui l'interpellait. Elle considéra son visage à l'aspect plutôt banal. Il était dur de le détailler, comme si ses traits refusaient de s'ancrer dans sa mémoire. La Suprême plissa le front, scruta la forme ronde de son crâne, ses petits yeux à peine observables, ses lèvres fines ainsi que sa peau crayeuse, presque laiteuse. On ne pouvait pas l'oublier si facilement et pourtant, il excellait dans l'art de se dissimuler.

— Laysi, j'aurais besoin que tu montes une équipe de deux ou trois personnes. Entoure-toi de gens de confiance.

Il inclina la tête comme pour essayer de comprendre.

— Vous irez alors à Aterra, je veux tout savoir de ce qu'ils nous cachent… Bien sûr, arrange-toi pour revenir vivant !

Laysi se prosterna. Il acquiesça par un mouvement silencieux, puis disparut. À cet instant précis, la porte de la salle s'ouvrit en grand sur un garde essoufflé. Celui-ci se précipita aux pieds de la jeune femme.

— Suprême, salua-t-il en s'agenouillant.

Peu habituée à ce genre d'attitude, Breese cilla.

— Qu'y a-t-il ?

L'homme bégaya quelques paroles que personne ne réussit à déchiffrer avant qu'il ne parvienne à se calmer :

— Dumeur s'est réveillé !

Breese releva la tête en tordant sa bouche de manière fort peu élégante. Le conseil n'aurait pu dire si c'était de satisfaction ou de mécontentement.

— Il est déjà debout ? grogna-t-elle entre ses dents.

Ce devait bien être la première fois qu'elle affichait autant de mépris. Les mages reculèrent tandis que l'air s'épaississait à devenir presque irrespirable.

— Ce n'est pas une bonne nouvelle ?

Kion essayait gentiment de la raisonner et s'avança d'une mine inquiète. La jeune femme, sur le point d'imploser, en avait assez d'être entourée par tous ces charognards et son père compliquerait les choses. Vadir s'empressa d'ajouter :

— Ne devrions-nous pas l'attendre ? Après tout, c'est le chef de l'armée !

Breese déglutit. Voilà que tout recommençait, plus personne ne l'écoutait et seul Dumeur comptait, comme s'il avait le moindre impact sur ses décisions. Elle aurait tellement voulu que celui-ci soit différent. Depuis quelques années maintenant, il arborait toujours ce regard pathétique et, malgré les missions suicides qu'elle lui assignait, il revenait vainqueur, encore et encore. Chaque fois, on l'adulait un peu plus et elle passait au second plan. Ce n'était pas faute d'avoir tenté de l'évincer. À l'heure actuelle, les gens l'aimaient et certains paraissaient même prêts à se sacrifier pour lui.

La porte s'ouvrit de nouveau en grand et elle eut du mal à réfréner ses angoisses. Dans son armure noire, comme si rien ne s'était produit, il s'avança d'une démarche ferme.

— Suprême, salua-t-il en se courbant à peine.

Son geste lui tira une grimace de douleur, ce qui la rassura quelque peu. Celui-ci pouvait être blessé, il n'était pas intouchable.

— Père, retournez donc vous reposer, exigea-t-elle avec un mélange de tendresse et d'autorité.

Le chef de la garde se fendit d'un sourire compatissant.

— Et qui alors vous épaulerait ?

Il effectua un pas vers elle tandis que Breese, les lèvres pincées, se raidissait.

— M'épauler, murmura-t-elle.

Les conseillers n'ouvraient plus la bouche. On pouvait sentir leur confusion, hésitant entre le soulagement et la crainte. Elle sut à la tête de Kion que lui aussi fulminait de voir son général en si grande forme. Son fidèle ami le détestait tout autant qu'Azorru. Il avait été témoin de l'un de ses massacres durant une mission. Dumeur n'avait épargné personne et Kion l'avait dès lors haï.

— Ma chérie, ne t'inquiète pas, ton frère ne s'est pas montré si violent, je vais me remettre de son attaque.

Breese déglutit. À quoi jouait-il ? Sous son air autoritaire, il ne recula nullement. Au contraire, il avança à nouveau dans sa direction.

— Tu l'as enfermé dans les cachots avec sa femme... Je suppose que c'est une punition adéquate à sa traîtrise.

— Une punition, répéta-t-elle, la gorge nouée.

— Crois-tu que l'Incomprise puisse contenir la rage qui l'anime ? continuait-il, toujours en s'approchant.

— L'avenir seul nous le dira.

Plus il pénétrait dans son espace et plus elle se sentait redevenir une enfant fragile. Elle tenta de calmer les battements de son cœur tandis que, le visage sombre, Dumeur poursuivait sans la lâcher du regard, intensifiant le mal qui la rongeait de l'intérieur.

— J'ai entendu parler des conditions. Azallu est une femme forte, je suis certain qu'elle ne serait pas contre nous protéger !

La Suprême manqua suffoquer tandis qu'elle prenait toute la mesure de ses paroles.

— Qu'es-tu en train d'insinuer ? se révolta-t-elle.

Elle serra les dents de colère. Elle aurait dû s'en douter : venant de lui, cela n'avait rien de surprenant. Mais alors pourquoi avait-elle autant l'impression d'étouffer ? Pourquoi éprouvait-elle en son sein cette peine si dévastatrice ?

— Es-tu en train de proposer de la livrer ? De la vendre ?

Sa voix tremblait sous le choc qu'elle ressentait. Il n'avait pas changé, pas une seule fois. Elle s'en rendait compte alors qu'elle se devait à présent d'affronter la violence de son expression.

— Ma chérie, nous sommes en guerre... Tu sais très bien que ce genre d'alliance se fait souvent, et la plupart du temps, cela apaise les tensions assez durablement pour nous permettre de rebondir !

— Elle est trop jeune ! Et il faut toujours l'accord du père. Tu ne peux agir sans Azorru, gronda-t-elle.

Mais il ne fut guère impressionné par son ton ni sa posture raide, ni même par son regard tranchant.

— Ne t'énerve pas, je ne propose pas cette solution contre toi, recula enfin Dumeur. Mais tu dois bien avouer que cette alliance nous ferait gagner un temps précieux, de quoi monter notre propre armée et aller la récupérer plus tard.

— Est-ce que tu penses un peu à ce que tu dis ? explosa-t-elle d'un timbre suraigu. Qui sont ces gens ? Tu l'ignores. Ils la tortureraient peut-être, la violeraient. De plus, cela consisterait exactement en une prise d'otage, est-ce que tu t'en rends compte ? C'est ta petite-fille !

La voix de Breese vibrait de tant d'émotion que l'air lui-même se satura de puissance. Les yeux de Dumeur luisaient de noirceur et Breese en fut intérieurement terrifiée. Elle savait ce que cela signifiait.

— Ce n'est plus une enfant justement, elle est majeure depuis hier, siffla-t-il entre ses dents, pareil à un serpent venimeux. En l'absence de son père, c'est à moi qu'incombe son éducation. Je peux me charger de cette décision.

Breese, en dépit du choc qu'elle ressentait et de la colère qui bouillonnait dans ses veines, ne trouva aucun argument pour le contredire. Malgré tout, elle refusait d'en arriver à un tel extrême. Azallu ne serait pas vendue à l'ennemi. Elle était comme sa fille, ce bébé qui avait survécu au prix de grands sacrifices.

— C'est à Amuro que revient cette responsabilité, riposta-t-elle, implacable.

Le silence du conseil aurait pu paraître anormal à la différence près qu'aucun membre ne perdait une miette de chaque mot échangé. Breese sentait leurs regards. Au moindre faux pas, ils la dévoreraient.

— Amuro n'a pas ma position, j'ai le droit de la revendiquer. D'après la loi instaurée, celui qui est le plus apte à l'élever a la priorité, insista-t-il.

— Amuro a un bon rang, se récria-t-elle, et je ne vois pas ce que cette conversation vient faire là ! De plus, elle est adulte à présent.

— Oh, elle a tout à y faire vu ce qu'a exigé le messager d'Aterra. Et puis, tant que son statut n'est pas approuvé par la communauté, elle demeure sous tutelle. Pour être libre, elle doit s'unir.

— Mais…

Bresse n'arrivait plus à s'affirmer. Dumeur arborait son sourire carnassier, celui qu'il affichait quand il prenait un immense plaisir à dominer. Elle se sentit vulnérable. La Suprême savait qu'il avait toujours visé le pouvoir, mais n'avait pas imaginé qu'il irait jusque-là.

— Tu as très bien compris… Ils la veulent en échange de la paix. Son rang est le plus élevé. Nous n'avons pas le choix, ce n'est pas une mauvaise idée de s'en faire des alliés en la mariant.

— Comme je te l'ai dit, elle n'est pas sous *ta* tutelle, tonna Breese.

Sa voix profonde se répercuta dans toute la salle, puis elle laissa sa magie exploser dans la pièce pour venir doucement assourdir chaque personne présente. Elle parvint même à tirer à Dumeur une grimace de mécontentement.

— Très bien alors, fais-la mander avec Amuro, réglons cela sur-le-champ ! gronda-t-il.

Même s'il était lui aussi touché par sa puissance, il n'en montra rien et si elle y mettait plus de force, elle risquait de tous les étouffer. Ouvertement, il la défiait, n'en faisait qu'à sa tête sans que personne ne le contredise. Breese se sentit plus seule que jamais.

— Où crois-tu te trouver, Dumeur ? Tu n'as pas d'ordres à me donner. Agenouille-toi plutôt que de dicter ta loi !

Son sourire vacilla. Il poussa un petit soupir désespéré, ce qui réveilla en elle une peur ancrée. Il se moquait d'elle, la réduisait au silence devant tous les anciens. Il avait été si difficile de s'imposer. Elle sut, à son air mauvais, qu'elle avait perdu, qu'il avait tout prévu et qu'il voulait la forcer à obtempérer. Cependant, c'était mal la connaître, elle se battrait jusqu'au bout.

— J'en appelle au vote général, déclara-t-il en épiant chaque membre présent. N'est-il pas important de régler cette affaire au plus vite ?

Il détailla un à un les vieux mages de ses yeux sauvages et fous. Il n'y eut en premier lieu aucune réponse puis les mains se levèrent, timidement tout d'abord, et plus franchement par la suite. Breese se retrouva vite désavantagée. Elle observait avec un désarroi total l'assemblée se rebiffer, la trahir… Mais le pire était encore à venir, elle le pressentait.

— Je crois que le conseil est unanime, décréta Dumeur, affichant l'un de ses plus vils sourires.

Il effectua un mouvement de tête et les gardes s'empressèrent de lui obéir. Breese étouffait. Elle espéra de tout cœur qu'Azallu ne l'ait pas écoutée. Malheureusement, elle savait que cette jeune fille responsable et douce se rebellait peu. Avait-elle une seule fois enfreint les règles pour les choses importantes ?

— En attendant, tu pourrais nous parler de la transcription du livre antique, celui que j'ai récemment ramené au péril de ma vie ! Les ruines d'Orbis ne sont vraiment pas dans une zone protégée, rappela-t-il en arquant un sourcil. Le danger là-bas est perpétuel.

Dumeur se tourna à demi vers elle et Breese le détailla longuement. Comment un être aussi abject que lui pouvait-il être son père ? Ne supportant plus sa vue, elle examina l'ouvrage avec hantise. Se pouvait-il qu'il soit au courant de ce qui se cachait à l'intérieur ?

— Les traductions prennent du temps, riposta-t-elle en conservant du mieux qu'elle put cet air froid et sans appel.

Dumeur rit d'abord discrètement jusqu'à s'esclaffer tout à fait.

— J'ai toujours su quand tu mentais, renchérit-il. Avoue plutôt que tu ne veux pas révéler au monde l'histoire qui s'y tapit…

La Suprême, estomaquée, garda son immobilité. Tous les mots se bloquaient dans sa gorge quand son enragé de père poursuivit :

— Breese, je suis ici pour t'aider, non pour te mettre des bâtons dans les roues. Nous sommes après tout une seule et même famille ! s'exprima-t-il avec une pointe de moquerie dans la voix.

La jeune femme eut un mouvement de recul, ses paroles la déstabilisaient bien trop. Elle se détesta de n'avoir pu l'évincer et d'en être arrivée là. Comment avait-il fait durant toutes ses années pour aujourd'hui à la rendre si vulnérable ? Voilà qu'elle tremblait, transpirait, qu'elle perdait tous ses moyens tant elle se sentait acculée.

Dumeur monta les marches à pas mesurés, délibérément

lents. Elle voulait le repousser, mais ne parvenait plus à bouger, pétrifiée, tandis que ses souvenirs venaient l'assaillir pour la hanter. Elle entendait grincer la porte de son frère et elle se revoyait incapable de le défendre, incapable de protéger sa famille. Elle avait espéré si fort en la rédemption de Dumeur qu'elle avait occulté le passé, ses actions susceptibles à ce point de détruire sa mère... son frère...

— Tu n'as pas ta place ici, réussit-elle enfin à murmurer.

Les ténèbres, discrètement, l'envahissaient tandis que personne ne le retenait d'approcher. Il s'empara sans peur du livre qui la déposséderait de son statut. Son père s'arrêta devant elle, sombre, le corps imposant. Sa domination lui parut totale.

Pourquoi, songea-t-elle, *pourquoi je ne parviens pas à le contrer ? Pourquoi suis-je si faible devant lui ?*

Il ne l'avait jamais touchée, jamais grondée, il ne lui avait jamais vraiment parlé. Mais il l'avait observée, son ombre était partout comme une main gigantesque au-dessus de sa tête. Et elle s'était toujours demandé quand il la frapperait. Il lui semblait que c'était aujourd'hui. Parce que différente, elle l'avait surpassé et, tenace, il avait attendu pour se venger.

— Je sais exactement à quoi tu penses, murmura-t-il avec indulgence. Tu aurais dû m'abattre, tu as compris, n'est-ce pas ? Ce livre, il a été traduit, et tout le conseil en a pris connaissance en même temps que toi. Tu as été trop douce en souhaitant faire changer les anciens d'avis. Tu as espéré que tes ennemis se rallieraient à toi, mais ça ne marche pas ainsi. Pour gagner, il faut écraser, tuer... C'est peut-être bien la dernière leçon que je vais t'apprendre. Un loup qui dort demeure un loup avec des crocs et des griffes capable de se réveiller à tout instant. Il ne sommeille jamais vraiment, mais attend le bon moment pour frapper ! Et ce jour est arrivé !

— Tu ne...

— Oui, je vais te lire le passage qui nous concerne tous. Cela te reléguera à une femme puissante que je marierai, car tu es ma fille, mais qui n'aura pas sa place en politique.

— C'est faux, j'ai ma pla...

Il lui coupa la parole d'un mouvement de la main, puis se positionna devant elle et alla jusqu'à lui tourner le dos. Et, sans qu'elle ne puisse rien faire pour le contrer, se prosterna au sol. Breese s'écroula, sujette à une violente pression. Elle usa de sa magie pour se redresser, se protéger, seulement cela n'eut aucun effet.

— Que…

Les portes s'ouvrirent au même instant sur Amuro et Azallu qui avaient été plus menacés que conviés à se présenter. Ils découvrirent la scène d'un œil incrédule tandis que Breese se démenait pour se mettre sur ses jambes, s'expliquer… Elle ne put esquisser le moindre geste.

— Nous vous attendions, gronda Dumeur, un large sourire sur les lèvres. Nous sommes à présent au grand complet, je vais maintenant nous libérer du joug des Suprêmes et de leurs mensonges. Il leva le livre afin que tout le monde puisse l'examiner. Ce livre, comme vous l'avez constaté, relate notre passé et la brutalité dont a fait preuve le premier Suprême lorsqu'il s'est imposé au pouvoir. Toute son histoire y est décrite avec horreur, nous rapportant la manière la plus abjecte qu'il a eue de se rebeller contre son dieu, Lumiluce ! Ce vil être accompagné d'un des plus puissants sorciers de l'époque blessèrent le créateur incontesté et le laissèrent pour mort. Ensemble, ils s'emparèrent du trône, puis assujettirent leurs habitants…

Il fit une légère pause et Breese sut qu'il exultait.

— Ainsi nous avons évolué, oublié… Lentement, les Suprêmes ont dicté leurs lois… Mais à présent, la vérité a été exposée aux yeux de tous et il est temps de récupérer nos droits. Le dieu Lumiluce n'a pas péri, j'en ai eu la confirmation il y a de cela quelques jours. Nos ennemis ne sont en réalité que de simples libérateurs. Breese, ma propre fille, aurait pu nous rendre notre indépendance, mais son refus a été catégorique et Aterra a répliqué… Maintenant, pour l'unité et le bien-être de notre peuple, nous voterons pour l'avenir ! Nous devons choisir : est-ce la guerre que nous désirons ou la paix ? La liberté ou le joug des Suprêmes ?

Breese, bien que hors d'elle, devait bien avouer que même avec tout son savoir, les débuts demeuraient flous, mais elle restait certaine qu'ils ne s'étaient pas imposés dans un bain de sang. Elle tenta une fois encore de se redresser, de parler, mais une force supérieure la clouait au sol. À genoux, on bloquait ses mouvements et la réduisait au silence. Elle voulait se défendre, s'expliquer devant Azallu, dont les yeux se chargeaient de larmes.

Breese examina avec précision ce qui l'entourait dans l'espoir de trouver ce qui la paralysait ainsi, mais elle ne releva rien de spécial. Elle baissa la tête, consternée, quand son regard s'arrêta sur une toute petite pierre scintillante. Pas plus grosse qu'une épingle, celle-ci était très difficile à distinguer si on ne la cherchait pas. Ce fut une révélation. Elle en découvrit une seconde puis une autre et devina que celles-ci l'encerclaient. Elle se souvint alors des paroles de Wymi. La magicienne lui avait dit qu'elle n'avait jamais vu pareil enchantement. Son fou de père s'en servait-il contre elle ? Était-il de connivence avec Aterra depuis le commencement et donc responsable de l'attaque ainsi que de l'état d'Azorru ?

Un regain d'énergie pulsa dans ses veines. Elle ne le laisserait pas faire, elle le détruirait avant qu'il ne lui prenne tout.

— Amuro, tonna soudain Dumeur, nous t'avons mandé pour résoudre un problème majeur... La Suprême ne veut pas marier Azallu, pourtant cela sauverait Arow, Antanor et tous leurs habitants. Cela scellerait le début d'une alliance avec Aterra.

Il se tourna vers sa fille, toujours à genoux, et dont les mains se crispaient sur la robe. Son regard menaçant, furieux, attisait le plaisir de son tortionnaire.

— La Suprême me permet de m'exprimer... et je pense que sa position est synonyme de reddition. As-tu changé d'avis, mon enfant ? demanda-t-il, les yeux pétillants de malice.

Accablée de plus en plus par le sort qui lui avait été jeté, la dirigeante d'Arow dut se courber. Sa rage était si grande qu'elle ne contrôlait plus sa magie depuis un moment déjà, mais cela n'avait aucune incidence sur les pierres. Au contraire, elles semblaient l'assujettir davantage : plus elle laissait ses émotions se manifester, plus elle sentait un poids l'écraser. La jeune femme savait qu'elle aurait dû se maîtriser, mais sa colère grondait tant que se contenir lui réclamait trop d'efforts.

Chapitre 14

Les lames sanglantes

— Je ne te crois pas, s'écria soudain Azallu.

Ce livre ne peut être qu'un mensonge, songea-t-elle sans pour autant comprendre le mutisme de sa tante. Elle l'observait afin d'entendre sa version, seulement ses lèvres restaient obstinément scellées.

Dumeur se raidit, ses mains se crispèrent un bref instant sur l'ouvrage. À son air, tous surent qu'il n'appréciait pas qu'un membre de sa famille le défie de la sorte et encore moins sa nièce. La Suprême tenta de se redresser à nouveau : si Azallu ouvrait la bouche, Dumeur la blesserait.

— Pourtant, renchérit le chef de l'armée dans un grondement sourd, je l'ai bien trouvé dans l'une des plus dangereuses ruines du territoire. Orbis fut jadis une grande citée, maintenant abandonnée à la poussière, mais elle recèle d'antiques objets… comme ce livre !

Il le brandit devant lui. Ses veines commençaient à ressortir sous la colère qui obscurcissait son expression à mesure que la tension montait en lui. Il examina Azallu avec une dureté qu'elle ne lui connaissait pas. Bien qu'impressionnée, elle refusa de baisser les yeux.

— Qui l'a déchiffré ? Si ce n'est pas la Suprême alors tout ce que tu affirmes n'est que pure fabulation, s'obstina-t-elle, résolue à défendre sa tante par tous les moyens.

Azallu ne se rendait pas compte du danger qu'il représentait. La malice de ses traits, la froideur de son être, tout n'était que mise en garde et rage étouffée.

— Jeune impertinente, je suis l'un de ceux qui l'a traduit, s'avança Elkaro en frottant sa moustache électrique. Et je peux assurer son authenticité…

Azallu sourcilla tant la présence de ce professeur qu'elle détestait la prenait de cours. N'avait-il pas dit que le contenu du livre demeurait inaccessible sans la Suprême ? Avait-il menti juste pour attiser la curiosité de ses élèves ?

Elle ouvrit la bouche pour la refermer aussitôt. Elle venait de sentir une magie glaciale lui lécher la peau. Elle eut à peine le temps de se protéger que celle-ci la percutait de plein fouet. Azallu se plia en deux tandis que ses jambes vacillaient.

— Je te prierai de garder le silence, rugit Dumeur. Ton avis n'a aucun poids ici, et c'est bien avec ton grand-père que je m'entretiens ! Les femmes doivent savoir rester à leur place !

Elle ne lui avait jamais vu un visage aussi mauvais où ses lèvres se tordaient sous la fureur. Azallu recula encore d'un pas.

— Mais…

— Tais-toi, Azallu, tu empires les choses, grinça Amuro, demeuré impassible jusqu'alors.

Il n'était certes pas aussi imposant que Dumeur, mais la sévérité de ses traits la cloua au sol. Il s'avança pour se positionner devant elle, la soustrayant à la vue de son chef.

— Qu'attends-tu de nous ? Tu as déjà pris ta décision, ai-je vraiment mon mot à dire ?

L'usurpateur étira sa bouche narquoise. Azallu en frémit de l'intérieur. Dumeur lui faisait si peur, elle ne le reconnaissait pas.

— Ce n'est pas moi qui choisis, tu as tort ! C'est le conseil tout entier qui statuera aujourd'hui, par le vote !

Le chef gyramen se redressa et engloba du regard l'assemblé.

— Les Suprêmes ont-ils toujours leur place ici ? s'enquit-il. Levez la main si vous êtes pour rester sous leur joug…

Son sourire en coin avait quelque chose de répugnant.

— Et qui devrait représenter l'ordre ? Toi ? riposta Amuro en se moquant légèrement. Es-tu fou ? Te crois-tu assez puissant pour repousser les mages corrompus hors de notre territoire ?

— Humf… Tu l'as bien vu par toi-même, non ? Ces démons ont anéanti plus de la moitié des jeunes recrues. Je pense que c'est suffisant pour dire que Breese n'est pas à la hauteur.

— Il est déjà advenu pire…

— Pas si près de la tour !

Dumeur, d'un mouvement de tête, émit un ordre silencieux et Amuro ainsi qu'Azallu se retrouvèrent encerclés par les soldats de faction. Aucun d'eux ne plaisantait, tout comme aucun d'eux n'hésiterait à obéir.

— Mais tu ne peux pas ! paniqua Azallu.

Elle n'arrivait plus à esquisser le moindre geste tandis que les lances des guerriers se rapprochaient dangereusement. Amuro ne bougea pas d'un cil, presque comme s'il avait attendu ce guet-apens.

— Azallu, est-il si compliqué de comprendre mes paroles ? Quand as-tu vu que tu pouvais ainsi t'exprimer ? gronda Dumeur avec autorité.

La jeune fille déglutit en même temps qu'un des gardes la poussait violemment sur le côté. Le chef gyramen, satisfait, se tourna vers les conseillers dont l'immobilité devenait surprenante. Certains transpiraient tandis que d'autres tremblaient.

— Alors, votre réponse ?

Son ton inflexible en fit sursauter plus d'un. Azallu avait les mains moites et le cœur de plus en plus lourd. Dumeur avait tout prévu. La plupart de ces vieux mages exécraient le changement. Ils n'avaient jamais supporté Breese pour tout ce qu'elle représentait : liberté, nouveauté… De leur point de vue, les femmes devaient seulement enfanter, point final ! Elles n'avaient même pas le droit d'apprendre à se défendre. Weily avait été un des premiers à les initier à l'art du combat, et cela aussi avait été difficile à instaurer.

Non, je ne veux pas de cet avenir... Non ! implora Azallu en son for intérieur.

Puis elle examina les visages et se rendit compte que Kion, le plus fidèle conseiller de Breese, suait à grosses gouttes, ses yeux rouges observaient la Suprême avec un désespoir troublant. Azallu plissa les paupières tandis qu'elle se focalisait sur un autre mage qui se trouvait au bord de l'effondrement. Alors plus rien n'eut de mystère. Dumeur, par sa violence, menaçait d'une manière ou d'une autre chaque personne susceptible de s'opposer à lui.

Qu'avait-il bien pu leur dire pour qu'aucun ne prenne la défense de leur dirigeante ? Azallu connaissait les sentiments de Kion pour sa tante. Combien de fois l'avait-elle surpris à épier Breese ? Il l'aimait, ça ne faisait aucun doute.

La jeune fille considéra la Suprême qui ne paraissait même plus capable de remuer la tête. Celle-ci crispait si fort les poings que ses jointures blanchissaient. Elle était réduite au silence, entourée d'ennemis et de gardes qui avaient changé de camp ou plus précisément qui suivait leur chef par peur ou admiration.

La panique s'empara d'Azallu. Breese se ferait-elle emprisonner ? Et ses parents, que deviendraient-ils ? Ils avaient besoin d'aide, leurs jours étaient comptés.

Son cœur ne cessait de battre plus fort, de l'assourdir chaque fois que Dumeur ouvrait la bouche. Elle craignait tant pour la vie de ses proches que se contrôler lui réclamait de gros efforts. Elle sentait ses doigts la picoter tandis que devant elle, le conseil tranchait :

— Je vote pour Dumeur, trembla l'un.

Les autres l'imitèrent comme la plus horrible des pestes, même Kion hocha la tête en laissant s'échapper des larmes. Il paraissait si dévasté qu'Azallu sut n'avoir aucune chance de s'en sortir. Dumeur s'emparait du pouvoir par la force, il n'était pas corrompu, mais n'hésitait pas à s'imposer avec autant de violence. Depuis quand avait-il prévu ce retournement ? Depuis quand désirait-il s'asseoir sur le trône ?

— Je suis d'avis que Dumeur gouverne le temps de trouver une solution, intervint prestement Vadir, le plus ancien d'entre tous.

Ses yeux pétillaient de réussite. Tous s'inclinèrent sauf une personne :

— Jamais, gronda Amuro. Jamais je ne me prosternerai devant toi !

Il affichait tout son dégoût. Sa fureur était telle que ses muscles se contractaient. Entouré par autant de gardes, il ne faisait pas le poids.

Le nouveau chef d'Arow le considéra un instant. Il parut réfléchir avant de prendre sa décision. Par un hochement de tête et sans préavis, il ordonna à cinq soldats de s'emparer du réfractaire. Azallu, épouvantée à l'idée de voir son grand-père blessé, se débattit. Sa peau qui la démangeait tant depuis des heures s'enflamma. Sa magie, incontrôlable, explosa brusquement.

Une bourrasque violente se dégagea de ses paumes, les objets virevoltèrent autour d'elle et même un des hommes de Dumeur décolla du sol. Personne n'aurait pu prévoir une telle réaction et tous se pétrifièrent sur place alors que la jeune Incomprise devenait méconnaissable. Ses yeux noircirent et des cris de terreur retentirent.

Le vent qui l'enveloppait se renforça jusqu'à tout aspirer sur son passage. L'un des vigiles ne put contrer l'attaque, incapable de se soustraire à ce courant d'air indomptable. Une fois à quelques pas, le hurlement qu'il poussa déchira l'atmosphère. Ses os craquèrent d'un coup, broyés par la magie d'Azallu.

Celle-ci, obnubilée par son désir de protéger son ancêtre, ne songea pas à se défendre. Dumeur en avait profité pour se rapprocher par-derrière. Il la frappa, d'abord dans le dos puis au visage. Elle s'affaissa sous l'impact. Les iris de la jeune fille redevinrent normaux tandis que le garde s'écroulait dans un bruit sourd. Son expression déformée, son corps dans une position tordue ainsi que le sang qui s'échappait maintenant de lui l'épouvantèrent. Qu'avait-elle fait ? Elle sut à l'air effaré des anciens, au sombre regard de Dumeur, qu'ils la voyaient comme un monstre.

La magicienne resta prostrée au sol, incapable de bouger, trop perturbée par ses actes. Sa joue, sa mâchoire, toute sa figure l'enflammait, puis elle distingua quelques gouttes pourpres tomber sur le marbre blanc. L'une de ses lèvres était fendue. Dumeur se rapprocha et la souleva par le bras. Les yeux fous, sa main s'éleva à nouveau pour s'abattre plus brutalement encore sur sa tempe.

— Je n'aime pas me répéter... Tu n'as pas ton mot à dire !

Il la frappa une troisième fois avant de la laisser s'effondrer à terre sans une once de pitié, se détournant ensuite vers Amuro, dont le teint pâlissait terriblement.

— Quant à toi, choisis ton camp maintenant, car ma patience à des limites.

Amuro examina durement sa petite-fille. Il lui était difficile de savoir si elle respirait toujours après le second coup reçu. Lorsqu'il l'aperçut remuer faiblement, sa colère le submergea. Il défia de toute sa stature celui qui avait osé la toucher.

— Je choisis les Suprêmes. Je choisis la vérité. Je choisis la liberté. Jamais je ne serai de ton côté. Ta violence est une aberration, tu n'es pas fait pour diriger...

Et sans plus attendre, il matérialisa une lame comme seul un mage gyramen pouvait le faire. Amuro était bien décidé à s'imposer en un combat à mort.

Azallu voyait trouble. En passant sa main sur sa joue, elle sentit une proéminence douloureuse ainsi qu'une estafilade d'où s'écoulait du sang. Elle était incapable de se relever. Malgré tout, le corps du garde qu'elle avait tué lui apparaissait clairement.

Ce n'est que quand elle entendit deux épées s'entrechoquer qu'elle revint à l'instant présent. Lentement, elle tourna la tête sans réussir à masquer sa souffrance, mais cela fut vite relégué au second plan : ses deux grands-pères semblaient prêts à mourir pour leur cause. Amuro la surprenait. Lui qui d'ordinaire prônait la paix s'en était remis aux armes. Elle prit conscience avec une violence toute particulière que leur vie tranquille prenait fin aujourd'hui.

Dumeur aimait tellement se battre qu'il répliquait par automatisme. Lorsqu'ils ne se jetaient pas l'un sur l'autre, ils se mesuraient du regard de longues secondes. La puissance de leurs coups résonnait dans la pièce. L'aura qu'ils dégageaient lui parut très différente de ce qu'elle connaissait d'eux. La douceur d'Amuro avait été remplacée par un voile de noirceur.

— Non, pa… papi…, sanglota-t-elle tout bas.

Elle espérait encore pouvoir tout arrêter, trouver les mots justes…

— Ce n'est pas simplement pour Breese et Azallu, mais aussi pour mon fils que je t'affronte, gronda-t-il soudain. Que lui as-tu fait subir pour que chaque jour il te haïsse de la sorte ? Pour que son visage s'obscurcisse dès qu'il te croise ? QUE LUI AS-TU FAIT ?

Amuro devenait fou à mesure qu'ils combattaient et Dumeur en profitait.

— Tu poses des questions futiles !

L'homme lugubre contre-attaqua. Il plongeait avec une joie grandissante corps et âme dans la mêlée.

— Je ne lui ai rien fait de plus qu'un père ferait à son successeur, reprit-il, l'air carnassier. Je l'ai rendu fort, je l'ai aimé. Tu te méprends sur ses sentiments !

Le conseil s'était écarté, apeuré par un tel déchaînement. Breese, toujours à genoux, parvint enfin à relever la tête même si cela semblait lui coûter.

La Suprême, malgré la mauvaise posture d'Amuro, n'observait qu'Azallu. Lorsqu'elle fut certaine d'avoir toute son attention, elle remua de son mieux ses lèvres réfractaires. Il lui était difficile de se faire comprendre sans user de sa voix. La jeune fille plissa les yeux en espérant décoder son message.

S'agissait-il d'un sortilège ? D'un ordre ?

Devant l'air égaré d'Azallu, Breese ne put retenir un flot de souvenirs la submerger. Elle revoyait le nouveau-né sans vie blotti dans ses bras. Elle n'avait pas besoin de beaucoup pour revivre la scène avec précision, celle-ci la hantait depuis maintenant dix-huit ans, chaque fois qu'elle s'endormait.

CHAPITRE 15

La poussière d'or

Wymi avait fermé les yeux. Épuisée et presque morte, elle respirait à peine. Breese n'avait aucune idée de la façon dont elle pouvait la sauver. Le petit bébé fripé, plein de sang, ne bougeait pas. Elle n'oublierait jamais son corps fragile et immobile, ses lèvres trop bleues ainsi que sa peau pâle.

Devant cet ignoble spectacle, des larmes d'horreur avaient jailli de ses yeux. Comment une telle chose pouvait-elle se produire ?

Lentement, la panique s'était emparée de chaque cellule de son être, jusqu'au moment où il était entré. Sur le seuil de la porte, son frère s'était approché. Il l'avait observée de ses yeux dorés étrangement lumineux. Ils n'avaient pas échangé une seule parole. Pour comprendre, il lui avait suffi d'un coup d'œil.

Sa fatigue flagrante avait impressionné Breese et sa voix était restée bloquée dans sa gorge. Malgré sa démarche tremblante, il dégageait encore un magnétisme redoutable. Azorru s'était tendrement saisi de son bébé. Il l'avait couvé du regard, puis lui avait offert un incroyable sourire en dépit de la douleur de son âme et de la présence de ses larmes. Doucement, il avait murmuré des mots remplis d'amour.

Elle se souviendrait toujours de la façon dont il le tenait, comme un trésor inestimable. Alors que le nourrisson aurait dû gesticuler, crier, pleurer, gigoter, Azorru n'avait pu observer que son immobilité. Breese avait vu son cœur se fendre, jusqu'à ce que le guerrier vienne s'asseoir près de Wymi dont le souffle s'amenuisait à chaque instant.

— Elle est belle, avait-il affirmé avec fierté. Si petite et si fragile…

Sa voix s'était brisée en un sanglot déchirant. Il était resté là, à contempler la femme de sa vie, gardant leur enfant mort dans ses bras, puis il s'était saisi de la main de Wymi. Celle-ci avait remué pour protester, mais c'était si faible qu'on le voyait à peine.

— Chut… Tout va bien…

Bresse avait voulu s'opposer, le supplier de ne pas la laisser, mais son corps avait refusé de bouger. Elle avait seulement observé son frère, dont la tristesse avait terni les cheveux et dont les yeux s'étaient presque éteints. Alors, comme de la poussière au soleil, il s'était envolé à jamais. Wymi, à ce moment-là, avait poussé une plainte si bouleversante que Breese avait vu sa peau se recouvrir de frissons.

Il avait suffi à Azorru d'un souffle pour ne plus être. Son odeur avait flotté un moment comme s'il s'accrochait encore au monde des vivants, emportant avec lui l'enfant mort-né, l'enfant sans nom et sans destin. Le chagrin de sa mère fut tel que lorsque ses paupières s'ouvrirent, il ne restait plus d'elle qu'un cœur brisé. Azorru n'avait pas réfléchi à ce que sa perte entraînerait.

Pour toi, Azallu, bien d'autres se sont sacrifiés…, songea la Suprême.

* * *

Le bruit des épées qui s'entrechoquaient ramena Breese à la réalité. Amuro n'était pas de taille, il détenait moins d'expérience par rapport à ce maître de guerre. Elle-même n'avait d'ailleurs jamais réussi à évincer Dumeur, même en l'ayant manipulé du mieux qu'elle pouvait pour accomplir des missions suicidaires. Ses capacités de fin tacticien et ses compétences pour les batailles gardaient une certaine utilité bien qu'elle n'ait jamais imaginé que celui-ci puisse se retourner ainsi contre elle. Son frère l'avait pourtant mise en garde à de nombreuses reprises.

Elle se concentra à nouveau sur l'unique mot qu'elle tentait de prononcer et qui s'échappa enfin du bout de ses lèvres.

— Fuis… ! lâcha-t-elle au milieu de cette cacophonie.

Ce fut à cet instant précis que, devant les yeux ébahis des deux femmes, tout se termina. Azallu, soudain aspergée de sang, contempla impuissante le corps de son grand-père se faire transpercer à l'épaule par la lame du traître. Dumeur projeta Amuro de toutes ses forces contre le mur, affichant un sourire victorieux des plus terribles. Son opposant, à bout de souffle, respirait avec peine. Son sang s'échouait sur le sol en une flaque rouge affolante. Une artère venait d'être sectionnée.

Le cœur martelant sa poitrine, Azallu se redressa. Si on le laissait ainsi, il mourrait. Incapable de rester impassible, et même si Dumeur la terrifiait, elle s'élança, son chagrin voilant sa vue.

Non, songea-t-elle en perdant son calme.

Elle repensait à son humanité et ses mots bienveillants lorsque la tristesse enfermait son âme. Elle ne voulait pas le voir disparaître, elle le connaissait si peu. Il y avait tant de choses qu'il devait encore lui apprendre… Il y avait tant d'histoires qu'elle ignorait…

— Papi, sanglota-t-elle en arrivant devant son corps mutilé.

Il commençait à s'affaisser. Les larmes d'Azallu brillaient sur ses joues. Amuro, de sa main valide, les essuya.

— Ne pleure pas, petite lune…

Elle se saisit de sa paume, prise de soubresauts.

— Ne meurs pas, je t'en prie, articula-t-elle en une supplique désemparée.

Dumeur l'empoigna par les cheveux et l'écarta sans ménagement. D'un mouvement de tête, il exigea qu'on emmène Amuro. L'épée fichée dans son épaule s'évapora et le sang afflua plus vite. Les vigiles furent loin de se montrer tendres, ils s'emparèrent du blessé sans l'once d'une émotion. Secouée, épuisée, Azallu s'effondra. Elle n'avait pas le cœur assez solide, ses yeux se brouillaient, tout son corps tremblait, elle se sentait si perdue.

— Pa… papi. Non, non, non…, répétait-elle dans une litanie sans fin.

Dumeur pivota dans sa direction, affichant cet air furibond qui semblait à présent ancré sur ses traits. Maître en ce lieu, tortionnaire, il tira de nouveau sur ses cheveux d'un geste brusque.

— Ramenez-la dans sa chambre et veillez bien à ce qu'elle ne puisse pas en sortir, ordonna-t-il de son ton le plus autoritaire, la balançant vers les gardes.

Breese, réduite à simple spectatrice, réussit malgré tout à se relever. De sombres cernes encerclaient son regard fatigué, mais c'est d'une voix ferme, forte et implacable qu'elle s'exprima. On aurait presque cru qu'aucun sortilège ne l'entravait plus.

— Non, Dumeur, tu es le déshonneur de notre peuple, tonna-t-elle.

Le chef de l'armée pivota sèchement sur lui-même pour la considérer. Son visage méconnaissable se tordait sous la fureur qui l'animait. Ses yeux virèrent au rouge luisant.

Son épée se matérialisa de nouveau dans ses mains, puis il s'approcha de celle qu'il voulait dominer. Ses pas lourds intensifiaient la terrible menace de sa présence et pétrifiaient tous les membres du conseil. Chaque mouvement effectué par Dumeur n'émettait qu'une haine pure.

Azallu retint sa respiration, comme beaucoup d'autres. Le temps semblait s'être arrêté, même les gyramens qui la tiraient en arrière suspendirent leurs gestes.

— Me provoques-tu, fille ?

Sa voix, comparable au tonnerre, se répercuta dans la salle. Le corps entier d'Azallu tremblait tandis que Breese l'affrontait, les épaules droites.

— Jamais je ne t'obéirai. Jamais plus tu ne seras mon père. Pour ma mère et mon frère, en ce jour, nous sommes ennemis, décréta-t-elle dans ce silence accablant.

Azallu étouffa un hurlement.

Non !!! Je t'en prie, il est complètement fou... Breese, non, non, je t'en supplie, ne le défie pas davantage...

Tout le monde pouvait voir qu'il devenait difficile pour la Suprême de se dresser ainsi. Des gouttes de sueur ruisselaient de son front à sa nuque, ses yeux ne trahissaient pourtant aucune faiblesse. Azallu l'admira pour sa bravoure. Dans toute cette frénésie qui accompagnait Dumeur, sa tante restait fidèle à elle-même : forte, inébranlable, indestructible. La jeune fille se prit même un instant à espérer qu'elle retournerait la situation en leur faveur, qu'elle les sauverait tous...

— M'achèveras-tu sans même me donner ma chance ? Ou as-tu trop peur de perdre ? demanda la Suprême, le regard lumineux.

Le mage gyramen n'était plus en état de réfléchir, ces mots touchèrent sa corde sensible. Il l'étudia des pieds à la tête en gardant son affreuse grimace.

— Un affrontement équitable ! exigea-t-elle.

Ils se jugèrent l'un et l'autre puis Dumeur considéra l'assemblée qui, bien que silencieuse, n'en demeurait pas moins intriguée. Sûrement se rendit-il compte qu'il devrait combattre à la régulière s'il voulait asseoir son autorité pour de bon. Il approuva par un hochement de tête imperceptible.

L'homme avança, puis, à un pas de sa fille, racla le marbre du bout de son pied. Azallu fronça les sourcils. Elle n'eut pas le temps d'approfondir sa pensée qu'il s'élançait sans permettre à Breese de reprendre des forces. Il connaissait l'étendue de ses pouvoirs, et c'est bien pour cette raison qu'il ne lui laissait aucune ouverture.

La Suprême réagit tout aussi vite. Sa magie tourbillonna autour de son corps avant d'aller frapper son ennemi. L'impact fut si violent que les cheveux de tous les spectateurs s'agitèrent. Dumeur para de justesse. La sueur de ses efforts perlait au sol. La femme, imperturbable, fit apparaître une arme qu'Azallu n'avait jamais observée de sa vie : fine, blanche, elle ondulait comme un serpent.

Dumeur chargea, loin d'être impressionné. La jeune fille retint à nouveau son souffle. En une fraction de seconde, l'arme serpent s'enroula autour du poignet de son assaillant. Le guerrier poussa un cri de douleur, surpris de voir sa peau brûler à son contact. Ses traits se crispèrent d'un coup.

— Pour félonie, tu seras exécuté, persifla Breese, assassine.

Elle allait lui porter le coup fatal quand soudain sa main s'immobilisa. Malgré sa force, sa volonté, ses doigts ne lui obéissaient plus. Sa puissance était annihilée, aspirée, détournée loin de sa cible…

D'abord, Breese détailla son père, incrédule. Son sourire mauvais reparut sur ses lèvres. Elle tourna ensuite son regard à la recherche de ce qui paralysait ainsi ses mouvements et tomba sur des hommes du conseil. Certains Ilemens usaient de leur magie pour la stopper alors que d'autres, comme Kion, étaient massacrés dans leur pâle tentative pour l'assister. La vision de son ami se faisant tuer sans qu'elle ne puisse rien faire lui bloqua la respiration. Elle en oublia un instant où elle se trouvait, contre qui elle se battait, tandis que son cœur se brisait sous la peine qu'elle ressentait.

— Kion, murmura-t-elle, les larmes aux yeux.

Régnait un chaos inattendu et Dumeur, devant son trouble, n'hésita pas une seconde.

— Voilà pourquoi je gagne à chaque fois, susurra-t-il en un souffle maléfique.

Azallu, en dehors de la mêlée, tirée vers la sortie par les soldats de faction, cria de désespoir alors qu'elle voyait Dumeur enfoncer son épée dans le ventre de sa fille. Le visage du guerrier n'exprimait que pure satisfaction. Ses dents serrées et les lèvres déformées par l'effort, il se retenait de rire. Doucement, l'arme serpent relâcha son emprise et finit par s'échouer sur le sol.

Azallu hurla, anéantie. Ses paumes se remirent à crépiter sous la vive émotion, mais le garde lui tordit les mains, la forçant à l'immobilité. Elle croisa un instant le regard de sa tante qui avait toujours agi de son mieux pour la protéger.

— Tati, tati...

Elle voulut tendre le bras dans sa direction, mais la poigne des vigiles devenait insupportable. Azallu se débattit avec vigueur, seulement elle manquait de force.

— Breese, appela-t-elle, à s'en fendre la voix.

Son corps si majestueux, si tendre, s'effondrait. La Suprême lui sourit tristement tandis que son sang s'écoulait en un long filet pourpre. Ses yeux se ternissaient, sa bouche fine s'ouvrait à la recherche d'air et ses doigts s'accrochaient désespérément aux vêtements de son père. Malgré la douleur qui la paralysait, la vie qui lui échappait, elle articula quelques mots :

— Las... tar...

Chapitre 16

L'arrivée de la nuit

Azallu aurait souhaité la retenir, l'obliger à garder ses forces. Elle aurait voulu caresser son visage, se saisir de ses mains, la protéger de tous ces fous qui n'aspiraient qu'au pouvoir. Son cœur martelait si fort sa poitrine qu'elle peinait à entendre autre chose. Il pulsait dans ses veines à un rythme effréné au point d'en devenir assourdissant. Et soudain, les lèvres de Breese laissèrent s'échapper un fin souffle. Azallu cligna des cils tandis qu'une poudre dorée l'atteignait en plein visage. L'espace et le temps parurent se déformer. Sa conscience fut comme emportée très loin de cette réalité trop dure, loin de ce conseil sanglant. Les gardes disparurent pour laisser place à un monde étoilé.

Breese, devant elle, habillée comme toujours de blanc, dans cette robe simple, mais ornementée de broderies, rayonnait dans cette noirceur éternelle. Elle posa sa main sur le cœur d'Azallu et sa figure si gentille s'éclaira d'un délicat sourire.

— Ne m'abandonne pas, supplia la jeune fille, tremblante.

Ses yeux s'embuaient de larmes, elle faisait tant d'efforts pour ne pas s'écrouler sous la peine qui l'accablait. Elle désirait sentir son odeur, croire encore en sa protection. Elle voulait la garder près d'elle à tout jamais. Breese, aussi indomptable que le vent lors des tempêtes, ne pouvait disparaître.

— Ma petite lune, tu sais bien que je ne te quitterais pour rien au monde, murmura-t-elle en caressant ses cheveux.

La Suprême se saisit tendrement d'un de ses poignets.

— Je serai là quoi qu'il arrive, dans chaque moment de ta vie, je t'aime si fort, ma chérie…

Son autre main effleura le contour de sa mâchoire, et Azallu fondit de désespoir alors que sa magie l'enveloppait de chaleur.

— Je n'ai pas le choix, susurra Breese en un souffle tiède sur son cou. À celui ou celle que tu trouveras digne, embrasse-le sur le front.

— Je ne comprends pas, s'affola la jeune fille. De quoi parles-tu ?

Azallu la considéra de ses yeux d'or. Elle entendait ses dernières paroles et son cœur la comprima davantage. Son menton trembla. Un nœud se forma au creux de son ventre.

— Breese ! supplia-t-elle. Ne me laisse pas dans ce monde froid, ne m'abandonne pas toi aussi !

Sa voix se brisa alors que sa tante adorée s'éloignait. Elle souhaitait la retenir, la rattraper, mais ses bras, ses doigts, gardaient leur immobilité.

— Ne pleure pas. Tu sais bien que chaque chose a une fin !

Azallu aurait voulu dire qu'elle l'aimait, que malgré cette peine qui l'accablait, la vie sans elle ne serait plus jamais la même, seulement les mots refusaient de passer la barrière de ses lèvres.

Le sort se rompit d'un coup et elle fut ramenée brusquement à la réalité. Azallu retrouva Dumeur, ce tortionnaire fou, et Breese, dont le regard tendre la bouleversait. Cet étrange moment sembla durer une éternité. Lui, les traits marqués par la rage, la maintenait dans ses bras, comme si soudain, elle était devenue son trésor. Une larme roula sur sa joue pour s'échouer sur le corps de la chair de sa chair dont lentement les pupilles se voilaient.

— Tu n'aurais pas dû me défier, chuchota le guerrier en l'embrassant sur le front. Je t'aurais pourtant offert une belle vie, avec un mari aimant.

Les doigts de Breese se relâchèrent. Ses yeux maintenant opaques fixaient un point inexistant. Le sang qui entourait ses vêtements se répandait paresseusement autour d'elle. Sa robe normalement blanche se colorait de rouge. Azallu s'effondra. Avec Breese disparaissaient l'espoir, les sourires, l'avenir... À elle seule, la Suprême avait incarné la liberté des femmes.

Azallu tendit une main tremblante vers celle qui l'avait toujours accompagnée. Elle ne pouvait pas périr, c'était la plus grande magicienne, le pilier de leur civilisation, celle qui les défendait contre la noirceur du monde.

Dumeur déposa le corps inerte sur le sol, les paumes teintées de ce pourpre affreux. Il se tourna dans sa direction. Son regard vide ne paraissait pas la distinguer, pourtant il ordonna d'un ton âpre :

— Enfermez-la dans sa chambre !

Personne ne songea à lui désobéir et Azallu n'esquissa pas non plus un geste pour riposter. Elle se sentait si abattue, si désemparée qu'elle ne discernait même plus ce qui l'entourait.

Breese, Breese, Breese..., appelait-elle en son sein.

Elle quitta la pièce, soulevée par deux étrangers. Le chagrin l'aveuglait. Elle fixait le sang qui coulait sur le marbre avec l'impression de perdre tous ceux qu'elle aimait. Elle revoyait le Cercle puis Amuro disparaître à leur tour. Le visage torturé de son père lui revint aussi, s'accompagnant du désespoir de sa mère...

On la déposa sur son lit. Ses yeux avaient tant gonflé qu'elle avait du mal à les ouvrir. Elle demeura prostrée sur son matelas des heures durant avant de parvenir à enfin se calmer. Quand ses sanglots diminuèrent, la douleur à son buste l'oppressa à tel point qu'elle poussa une plainte déchirante.

Que deviendraient ses parents ? Auraient-ils même une chance de s'en sortir ? Et Amuro ? Rien que d'y songer, elle suffoquait.

Azallu se força à respirer. Il ne lui restait plus qu'une chose à faire... Fuir !

Il était hors de question qu'elle se marie ou qu'elle suive les directives de Dumeur. Qu'est-ce que ce cinglé avait donc fait subir à son père ? L'effroi la paralysa, elle refusait d'y penser. La jeune magicienne considéra son sac qu'elle avait préparé juste avant. Finalement, celui-ci lui serait utile.

Elle devait échapper à Dumeur. Elle n'était pas de taille avec sa maigre expérience. De plus, il arrivait bien trop à l'impressionner. Quel autre choix avait-elle de toute façon ? Ses deux grands-mères venaient de perdre tout impact sur cette société patriarcale quand bien même elles avaient détenu un peu de pouvoir.

Délicatement, Azallu caressa sa mâchoire qu'elle examina dans le miroir pour constater l'ampleur des dégâts. Ce n'était pourtant rien, elle le savait. Sa peau prenait une teinte noire, marque hideuse de la main meurtrière de son grand-père. Elle inspecta ensuite son buste et lâcha un petit cri malheureux en desserrant les bandages. Peut-être que son manque de repartie provenait de là, elle se sentait tant physiquement que mentalement affaiblie.

La jeune fille observa ses plaies rouges, pleines de cloques. Son épiderme, friable, partait avec le pansement. Sous le choc de ce qu'elle voyait, elle larmoya de nouveau. Les dents serrées, elle défit les liens qui la compressaient et une fois les parties brûlées à l'air libre, s'étendit sur le dos, puis ferma les yeux.

Devant la douleur intense, elle resta immobile, incapable d'esquisser le moindre geste. Soupir après soupir, elle réussit à calmer les battements frénétiques de son cœur. Elle se focalisait sur sa respiration, se concentrait sur les sons afin de faire le vide en elle. Il fallait absolument qu'elle s'apaise. Après un temps où elle eut la sensation de se détacher de son corps, une force bienfaitrice l'envahit. Elle se laissa aller pleinement jusqu'à retrouver le regard printanier de son rêve sans trop savoir comment.

Azallu, dans cet état second entre le sommeil et l'éveil, n'avait jamais pensé pouvoir le rejoindre ainsi. Intriguée plus qu'effrayée par cette présence, elle l'accepta dans sa totalité.

« Sens-tu la terre sous tes doigts ? » s'enquit une voix sortie du tréfonds de son être.

Une obscurité ni oppressante ni étouffante l'enveloppait. Elle se savait physiquement dans sa chambre, en haut de la tour d'Arow, il était donc tout à fait impossible qu'il s'y trouve autre chose que ses draps... Et pourtant, contre toute attente, elle perçut une matière rugueuse.

— Oui, je sens la terre..., souffla-t-elle en un murmure lointain.

« Ouvre les yeux ! »

Elle obéit à cette voix étrangement familière. Ses paupières papillonnèrent un instant, oscillant entre réalité et rêve, puis elle s'émerveilla de découvrir la présence d'un lac aux reflets bleu argent cerné d'arbres majestueux presque luminescents. Elle ne savait pas vraiment comment elle s'était redressée, mais elle se trouvait bel et bien debout à présent. La Voie lactée de leur univers brillait avec intensité. La splendeur ensorcelante du lieu l'hypnotisait. Au milieu se tenait une silhouette qu'elle peinait à discerner.

« Plonge tes mains dans l'eau. »

Cette voix venait bien du centre du lac. Elle aurait voulu poser plus de questions, comprendre ce que représentait ce monde, mais il lui semblait qu'elle devait garder le silence. Azallu bougeait avec peine. De quelle façon était-elle censée se déplacer ? Elle écoutait dans ce même temps les arbres bruisser, chanter une ancienne mélodie. Celle-ci racontait une histoire, elle était la garante d'une vie. Azallu retrouvait dans cet air la mélancolie, la joie, la délicatesse, un mélange qui oscillaient par d'infimes vibrations en réponse à des éléments qu'elle ne pouvait pas expliquer. C'était si beau qu'elle en arrivait à douter de sa réalité. Sûrement était-elle morte pour être le témoin d'une musique aussi éternelle.

« C'est ce qu'on appelle un entre-deux », répondit la voix à ses pensées.

— Un entre-deux ? répéta-t-elle.

« Entre le monde des vivants et le monde des morts. »

— Mais…

« Nous allons devoir le contrôler. »

— Le contrôler ?

« Regarde tes mains ! »

Azallu s'exécuta et l'effroi la paralysa.

— Mes… mes paumes ! cria-t-elle, hésitant entre panique et incrédulité.

Celles-ci avaient pris une teinte rouge, de la couleur des flammes. De la fumée jaune s'en échappait et absorbait tout ce qui se trouvait autour d'elle.

— Mais qu'est-ce que c'est ?

Les éléments commençaient à se déchaîner, des rafales tourbillonnèrent autour de son corps. Ses cheveux s'emmêlaient alors que sa peau frissonnait.

« Sorcière, » tonna la voix.

Incapable de saisir le véritable sens de ces paroles, Azallu poussa un hurlement tandis que son être emmagasinait toute cette énergie bienfaitrice. Elle avait l'impression de saccager ce qui l'entourait, de réduire à néant la beauté du monde, de faire disparaître le chant des arbres.

— Non, se lamenta-t-elle. Je ne veux pas tout détruire.

« Ferme les yeux ! »

Le vent violent continuait de la tourmenter. Les éléments devenaient menaçants et obéir lui sembla la chose la plus difficile à réaliser. Ses mains la brûlaient tellement, similaires à un gouffre qui s'ouvrait sur le néant, elles ne laissaient rien s'échapper.

« Ferme les yeux ! » répéta la voix, de plus en plus pressante.

Elle finit par s'exécuter non sans avoir l'impression de tuer tout un univers et s'éveilla brusquement. Sur son lit, rien n'avait bougé, ni elle ni les draps.

Elle grelotta de froid tandis qu'une bourrasque parcourait son torse nu. La jeune fille tourna la tête en direction de sa fenêtre grande ouverte. Elle se redressa si aisément que, de surprise, elle palpa sa peau et manqua s'étouffer : la guérison de son corps s'avérait complète, ne restait plus aucune trace d'inflammation ni de douleur. Même sa joue ne gardait plus de marque, comme si Dumeur ne l'avait jamais frappée. Par réflexe, elle observa ses mains, qui lui apparurent normales.

La voix avait dit « sorcière ». Elle savait détenir du sang de sorcier, comme sa mère... mais y avait-il autre chose à comprendre ? Elle pensa tout de suite à son ancêtre Mhor, à combien elle aurait aimé lui parler. Peut-être aurait-il déchiffré, lui, ce que ce rêve signifiait et cette voix qui l'avait guidée ! Elle lui semblait si familière que c'en était oppressant. Elle avait besoin de trouver des réponses.

Je ne vois qu'un seul endroit, songea-t-elle.

Sans plus tergiverser, elle décida qu'il était temps de prendre la poudre d'escampette. Il était tout simplement hors de question qu'elle se marie avec des barbares et surtout qu'elle satisfasse les plans de Dumeur ainsi que ses traîtres de conseillers.

— Jamais, grogna-t-elle en se jetant sur sa penderie.

Elle se saisit de ce qu'il y avait de plus pratique pour cette mission dangereuse. Dumeur avait sans aucun doute placé de nombreux gardes dans la tour afin que personne ne se rebelle contre lui malgré ses partisans. Restait-il même quelqu'un capable de s'opposer à lui ? Cette guerre interne commençait seulement. Et Azallu savait qu'il avait déjà gagné en tuant Breese.

Comment avait-il fait d'ailleurs pour la réduire au silence ? La jeune magicienne n'avait rien détecté qui ait pu ainsi affaiblir ses pouvoirs.

Elle n'arrivait presque pas à bouger... Je n'ai vu aucun symbole non plus sur le sol.

Elle ignorait comment Dumeur s'était arrangé, mais elle préférait se sauver plutôt que d'essayer d'en apprendre davantage. De plus, elle manquait de volonté et d'entraînement. Elle rechignait à exécuter les exercices et favorisait la lecture... Ce n'était pas avec ce comportement qu'elle pouvait se mesurer à son ancêtre. Qui plus est, il l'avait réduite au silence en un seul geste. Azallu se trouvait de plus en plus horrible, comment pouvait-elle accepter de se laisser faire sans riposter ?

Pour le moment, il valait mieux fuir, même si abandonner derrière elle toute sa famille ressemblait au pire des méfaits. À cette idée, les larmes affluèrent de nouveau. Elle dut se convaincre plusieurs fois avant de réussir à se focaliser sur l'instant présent.

Sans perdre une seconde, elle passa son sac en cuir sur ses épaules, s'assura de détenir ses armes qu'on ne lui avait curieusement pas retirées, puis cogna contre la porte scellée. Elle n'eut pas à attendre longtemps qu'on lui ouvre. Plusieurs gardes surveillaient le couloir.

— J'ai un peu faim, expliqua-t-elle de son air le plus timide.

Elle les observa d'un œil discret : cinq hommes dont elle devait se débarrasser. Celui qui se présenta sur le seuil plissa les paupières. Il l'étudia de la tête aux pieds, remarqua très vite sa tenue, ses couteaux et sa besace en bandoulière.

Une épée meurtrière se matérialisa dans ses mains.

— Azallu, retournez dans votre chambre ! Le maître a parlé !

Son ton catégorique ne lui laissait aucune chance de marchander.

— Moi, je ne réponds pas à Dumeur, riposta-t-elle, hargneuse.

Elle montra les dents et les cinq gyramens grimacèrent. La réaction n'était pas celle espérée.

— Ne faites pas d'histoires !

Ils la sommèrent de reculer en rapprochant leurs armes. Azallu afficha un sourire d'excuse tandis que celui qui lui avait ouvert la poussait en arrière. Il referma la porte dès que possible.

Bien sûr, ça ne peut pas être aussi facile, songea-t-elle.

Dumeur n'avait pas posté n'importe qui devant sa chambre. Elle les reconnaissait pour faire partie de sa garde personnelle, il ne lui restait plus qu'une chose à entreprendre. Azallu s'empara du bouclier que Breese lui avait offert il y avait de cela deux ans. Jamais elle ne s'en était servi et le voyait aujourd'hui comme le symbole de sa survie.

Elle se souvenait bien de ce cadeau qui, sur le moment, l'avait déçue. Un écu tout neuf sans un brin de poussière. Ses doigts graciles s'en saisirent presque en tremblant. Il était plus lourd que dans sa mémoire, mais peu lui importait, avec cela, elle pourrait les ralentir.

Azallu observa les murs qui la retenaient prisonnière puis laissa sa magie englober l'objet. De complexes arabesques apparurent sur ses poignets, une reliure dorée parcourut tout le pourtour du pavois et elle prononça quelques mots pour intensifier sa force. Elle s'obligea à respirer avant de s'élancer vers la porte, qu'elle explosa. Une fois dans le couloir, devant les gardes surpris, elle usa directement de son bouclier. Il lui fallait être vive. Du cœur de l'écu s'échappa ce qui ressemblait à de petites bulles de savon qui, à mesure qu'elles émergeaient, s'élargissaient. Elles encerclèrent ses différents opposants pour les paralyser.

Les cinq hommes se retrouvèrent immobilisés à terre comme elle l'avait été avec Breese un peu plus tôt. Azallu y envoya toute son énergie. Son pavois restait difficile à manipuler tant que les guerriers demeureraient cloués au sol. Ils tentèrent de lui résister et elle se rendit compte que plus ils essayaient de la bloquer, plus son bouclier s'alourdissait. Le corps en sueur, débuta bientôt une lutte acharnée entre eux et elle.

La jeune fille, concentrée à l'extrême, se déplaçait lentement vers la sortie. Elle savait très bien que plus elle s'éloignerait d'eux, plus son champ d'action se restreindrait. Elle regretta soudain de ne pas avoir effectué sérieusement les entraînements de l'école et se promit de ne plus jamais se comporter de la sorte.

Un pas après l'autre, elle progressait dans le corridor tandis que les hommes arrivaient de mieux en mieux à bouger. Elle tremblait sous l'effort réclamé.

— Reviens ici, sale peste, grogna l'un d'entre eux.

Il rampait dans sa direction. Par peur, elle resserra sa prise, espérant leur infliger plus de poids. Dès qu'elle parvint au bout du couloir, elle lâcha ce précieux objet devenu trop pesant pour ses faibles bras.

Azallu avait le choix quant au chemin à emprunter : les marches, mais cela durerait des heures, ou les tunnels imbibés de magie. Ils lui permettraient de descendre en vitesse, mais elle serait repérable et rapidement arrêtée ; de plus, elle détestait ce passage qui lui donnait mal au cœur. Il ne lui restait plus que les ordures. Il s'agissait d'une chute libre de plusieurs niveaux. Elle aurait aussi bien pu se jeter de sa fenêtre que l'effet aurait été le même, sauf que par cette voie, il existait des courants d'air.

L'élément du vent gardait la tour d'Arow, construite en haut d'une montagne. Des protections avaient été installées autour ainsi qu'à l'intérieur. Elle l'avait appris en écoutant un serviteur humain qui s'était vu entraîné par des détritus trop importants. Celui-ci avait survécu après une dégringolade de plus de dix étages. Bien sûr, il y avait la possibilité que les gardes soient au courant, mais elle n'avait pas de meilleure idée.

La jeune fille se pressa en percevant les pas lourds des guerriers dans son sillage. Elle arriva devant l'ouverture de la taille d'une grande fenêtre et dont l'effluve qui se dégageait lui offrit de beaux soulèvements d'estomac.

Ça va bien se passer, ça va bien se passer, se répéta-t-elle sans vraiment y croire.

Son cœur affolé cognait dans sa cage thoracique, il lui semblait n'entendre que lui. Après une brève hésitation, elle finit par sauter dans le tunnel.

Elle se retint de hurler tandis qu'elle fusait vers le bas, que ses cheveux virevoltaient et que l'obscurité menaçante venait l'étouffer. Devant l'odeur insoutenable, elle faillit lâcher un cri alors qu'elle craignait de s'écraser au sol. Contrôler sa frayeur lui demanda un courage immense jusqu'à ce qu'un vent chaleureux ne freine enfin sa chute. Elle atterrit sur un tas de détritus immondes.

Azallu prit un certain temps pour se remettre de cette frayeur, malgré l'horreur de l'endroit. Elle avait enfoncé son doigt dans quelque chose de mou et c'était sans compter sur la puanteur. Il lui fallait bouger le plus vite possible et de préférence sans être vue. D'un pas précipité, un peu trop bruyant à son goût, elle se dirigea vers un rayon de lumière. Lentement, elle poussa la porte qui donnait sur l'extérieur. L'air frais lui apporta un regain d'énergie avant qu'elle s'élance sous le couvert des ombres.

CHAPITRE 17

LES FAUX-SEMBLANTS

Azallu se dissimulait près des voitures de transport. Celles-ci, imbibées de magie, fonctionnaient à l'aide d'une boule que l'on contrôlait en offrant de sa propre énergie. Elle avait réussi à se faufiler entre les gardes et passer inaperçue. L'alerte de sa disparition ne lui donnait pas le droit à l'erreur. Les soldats et les serviteurs humains de la tour la recherchaient d'arrache-pied. Elle avait dû poireauter dans son petit coin des heures durant avant que le calme revienne un peu.

Les véhicules étaient bien entendu ce que l'on surveillait le plus et elle avait beaucoup de mal à se décider de sortir de sa cachette. Chaque cortège se voyait inspecté avant tout départ.

Ses yeux s'attardèrent sur la voiture la plus proche. Il lui parut très risqué de traverser la cour. Devait-elle attendre la nuit ?

Azallu marmonna dans sa barbe en suivant du regard un des patrouilleurs qui venait d'inspecter une voiture à l'arrêt.

Je me vengerai, songea-t-elle en son for intérieur.

La colère embrasait ses pensées et dès que les officiers de

Dumeur disparurent de son champ de vision, elle se jeta sur le premier véhicule à sa portée. Quand elle survola l'intérieur de l'habitacle, elle remarqua les affaires entreposées. La voiture attendait un nouveau passager. Elle ouvrit rapidement la porte, mais quelqu'un, du côté opposé, avait apparemment décidé de faire la même chose, si bien qu'ils se cognèrent l'un contre l'autre en rentrant.

— Mais…, ronchonna l'intrus.

Azallu, bien trop inquiète qu'on la repère, envoya toute sa magie vers la boule qui la conduirait et cria : « Antanor ». Le véhicule se propulsa en avant et elle s'écrasa contre le siège arrière avec son compagnon d'infortune.

— Eh bien, eh bien, en voilà des manières, rouspéta l'inconnu.

Une fois que l'engin se fut éloigné sur la route et qu'Arow se perdit dans les feuillages, son cœur s'apaisa quelque peu. Elle prit alors le temps d'examiner cet homme qui se crispait à son siège. Son teint pâle, presque laiteux, accentuait les rondeurs de son visage d'où s'y dissimulaient de petits yeux étroits.

— Azallu, tu ne devrais pas agir de la sorte. Fuir n'améliorera pas la situation, plaida-t-il calmement.

La jeune fille se recula contre la paroi. Elle l'observa des pieds à la tête et se rendit compte qu'il devait appartenir au conseil. Il portait sa robe blanche caractéristique, ce qui l'amena à accentuer sa garde. Tous les partisans de Breese étaient morts aujourd'hui et elle ne pouvait que supposer qu'il l'avait trahie lui aussi.

— Tu as du mal à te souvenir de moi ? ricana-t-il. C'est normal, je n'ouvre pas souvent la bouche… Tout le monde m'appelle Laysi.

— Laysi, répéta-t-elle, incapable de se détendre.

Devant les yeux désagréablement scrutateurs de cet homme, elle croisa les bras, espérant ainsi ériger une barrière entre eux.

— Tu te demandes sûrement, continua-t-il après son analyse, si je suis un ennemi ? Je ne peux que répondre « ami ». Tu t'apprêtes à te jeter dans la fosse aux lions, alors je suis certain que mes conseils te seront profitables.

La jeune fille déglutit. Elle ne savait toujours pas quoi dire, mais il avait une façon assez énervante de tourner ses phrases.

— Hum… Qui a dit que je voulais de vos conseils ? se moqua-t-elle à demi.

Il parut faussement s'offusquer.

— Tu refuserais mon aide ? Dans ta position, tu devrais prendre garde à tes réactions. Grandir te sera utile, chuchota-t-il en plissant ses petits yeux qui disparurent sous ses paupières.

Azallu se renfonça dans son siège. Qui était-il pour se permettre de la juger de la sorte ? Elle ne faisait pas l'enfant, elle fuyait tout simplement et se maudissait de ne pas avoir réussi à entrer dans une voiture vide. Laysi, elle le devinait, l'agacerait trop vite et ils se trouvaient encore loin de sa destination.

— Vas-tu me dénoncer ?

Elle avait choisi ses mots minutieusement, pris le temps d'énoncer sa question en articulant lentement. Laysi, le regard brillant, la régala d'un de ses demi-sourires.

— Eh bien, eh bien, je vois que tu vas directement au but. Ce peut-être une qualité comme un défaut, fais attention…

Bien sûr, Azallu sentit la menace sous-jacente de ses paroles. Elle quittait le nid douillet pour un monde de tromperies. Devant ce premier adversaire, elle devait soigneusement mûrir chaque propos pour espérer survivre.

Elle se souvenait encore des recommandations de Breese, lui répétant inlassablement qu'il ne fallait jamais se fier aux sorciers : trop hypocrites et vilains manipulateurs. Ils avaient en plus essayé de l'enlever dans sa jeunesse. Mais aujourd'hui, elle affrontait un mage dont la sournoiserie surpassait bien des êtres. Elle devrait se méfier des autres perpétuellement et tandis que l'inquiétude lui crispait les entrailles, elle relâcha soudain la pression.

Dumeur resterait le plus fourbe d'entre tous. Elle ne devait pas se fier aux rumeurs, mais constater par elle-même, ce n'est qu'ainsi qu'elle s'en sortirait. Elle comprenait simplement que chaque être qu'elle rencontrait, peu importe sa race, pouvait trahir.

Laysi lui lança une œillade pétillante tandis qu'elle se murait dans le silence.

— Il est vrai que Dumeur n'apprécie pas ton escapade. Cet homme considère tes actions comme une attaque personnelle. S'il te rattrapait, sa vengeance te serait sûrement fatale.

— Je le sais.

Elle n'imaginait pas ce qu'elle subirait pour avoir désobéi et contré l'un de ses ordres.

— Tout le monde va devoir maintenant *s'adapter*...

Laysi insista tant et si bien qu'elle frémit.

— S'adapter, répéta Azallu, le mot roulant dans sa bouche.

Cela signifiait-il qu'il la trahirait pour se faire accepter de son nouveau maître ?

— Tu commences à comprendre, n'est-ce pas ? Tu ne seras plus vue comme un être à part entière de notre société, mais bel et bien comme un outil !

Les femmes n'étaient-elles pas déjà considérées de la sorte ? Se moquait-il d'elle ?

— Un objet...

Elle articula ce mot en le fusillant de son regard d'or. Oserait-il réitérer ses propos alors que s'échappait de ses doigts une sombre énergie ? Laysi plissa ses petits yeux, ce qui eut pour conséquence de les rendre encore plus étroits.

— En effet, et pour cela, tu devras t'imposer comme tel : marchander, user de tout ce qui se trouve à ta disposition pour que personne ne puisse *t'utiliser*. Mais ce n'est pas un jeu facile, tu y laisseras des plumes, assura-t-il en un rictus désolé.

Après cette réflexion, le bougre au visage rond se détourna pour observer l'extérieur. Avait-il senti la menace qu'elle représentait ? Et pourtant, il continuait de la sermonner sans l'once d'une hésitation.

— Elle m'avait demandé de partir, tu sais, marmonna le bonhomme plus sombrement.

Azallu se redressa sur son siège, interpellée.

— Qui ça ?

Le regard planté sur le paysage, Laysi prit quelques secondes avant de lui répondre. Azallu voulait qu'il dise son nom, qu'il montre ne serait-ce qu'un peu de regret.

— La Suprême…

La jeune fille serra les lèvres, incapable de comprendre les émotions qui le traversaient. Était-il réellement triste de sa disparition ? Elle réfréna du mieux qu'elle put toute sa peine. Elle devait continuer de jouer son jeu le temps d'arriver à Antanor.

— Où ça ?

Il soupira et l'observa en coin.

— Où d'autre qu'Aterra ? Ses décisions étaient censées, tu sais… Te vendre à l'ennemi n'aurait rien changé à la situation, à part fournir justement un autre point de pression : une prise d'otage indésirable et une guerre violente par-dessus le marché.

— Elle est morte, à présent, souffla Azallu, dont la voix tremblait.

Les barrières qu'elle avait tant de mal à dresser se fissuraient bien rapidement et ses yeux s'embuaient. Elle n'avait pas envie d'en parler, voulait oublier, faire taire cette émotion qui lui enserrait l'âme.

— Et Dumeur a modifié l'ordre de mission, me reléguant à simple intermédiaire, décréta-t-il en lui désignant son sac en une moue affligée.

D'un geste lent et maîtrisé, il en retira un papier roulé, cacheté d'un sceau enchanté. Azallu fixa le parchemin avant de se détourner vers l'extérieur. Le paysage défilait si vite que les détails lui échappaient.

— Cette attaque contre les élèves venait de personnes infiltrées. Aterra se fondait parmi nous depuis des années pour mieux nous poignarder le moment opportun, expliqua Laysi.

— Breese n'était pourtant pas du genre à se laisser manipuler.

— Toutes ces protections visent les êtres corrompus non pas les êtres aux mauvaises intentions. Combien d'hommes, de sorciers et de mages entrent et sortent de la tour d'Arow chaque jour ? Tu serais étonnée… Les sentinelles ne sont malheureusement pas formées à détecter « ce » genre de traîtres, si tu vois ce que je veux dire… Breese a fait l'erreur de penser qu'elle serait à l'abri des gens avides !

Azallu se repositionna sur son siège. Elle étouffait dans cette petite roulotte.

— Mais ces traîtres, qui sont-ils ? Il doit bien y avoir un élément qui permette de les distinguer, non ?

Laysi haussa les épaules.

— Pour avoir réussi à nous infiltrer, ce doit être des mages. Breese n'aurait pas été dupe avec les autres, réfléchit la jeune fille.

— Je ne sais pas, la Suprême n'avait de toute façon pas imaginé un pareil schéma.

Azallu braqua résolument son regard sur le paysage. Ses larmes menaçaient bien trop durement de briser le barrage de son visage imperturbable. Si seulement elle pouvait revenir en arrière et lui dire combien elle l'aimait !

Elle ferma les paupières pour les rouvrir une fois le cœur plus apaisé. Le panorama changeait très vite, peut-être avait-elle mis trop de son essence dans le noyau ; elle espéra que la voiture tiendrait le coup jusqu'à la ville.

Elle essuya ses joues tout en souhaitant que Laysi n'ait pas décelé son chagrin. Lorsqu'elle renifla malgré tout, une grimace de dégoût marqua ses traits. Elle puait tant qu'elle dut se boucher le nez.

— Je suis désolée... pour l'odeur, ajouta-t-elle en voyant que Laysi s'interrogeait.

Elle n'osait pas le regarder en face tant la honte la submergeait.

— Oui, eh bien, ce sont des choses qui arrivent... Enfin, qui t'arrivent. Mes narines se sont accoutumées !

Il affichait de la compassion, elle dut avouer que cela l'apaisa.

— Je t'ai aussi imposé mon itinéraire...

Azallu se mordilla les lèvres, elle se sentait de plus en plus gauche et n'avait pas l'impression d'être très douée pour les excuses. Étonnement, il secoua la tête afin de la rassurer.

— Heureusement pour toi, je vais moi aussi à la cité d'Antanor, comme je te le montrais tout à l'heure, en tant qu'intermédiaire. Tu comprends ce que ça veut dire ? Je dois rapporter les dernières nouvelles... La mort de la Suprême et ton alliance en font partie ainsi que la perte de leurs jeunes sorciers.

Azallu tiqua devant cette autre révélation. Elle repensa à Orckar, à sa façon de combattre. Elle doutait qu'il ait péri si facilement. Il était assez malin pour échapper à ses opposants. Elle revint sur le discours de Laysi. Il insistait particulièrement sur son union et elle ne résista pas à son envie de le contredire.

— Peu importe ce qui arrive, je ne me mariai pas.

Son air farouche lui provoqua une quinte de toux.

— Bien entendu, approuva-t-il en levant un sourcil. Si tu fuis, ce n'est pas par hasard...

D'un seul coup las de fatigue, Azallu poussa un long soupir. Son ventre gargouilla et elle sortit de son sac les pauvres vivres emportés à la va-vite. De la viande séchée et c'était à peu près tout. La peur la rattrapa soudain. Prenait-elle la bonne décision ? Passerait-elle sa vie à courir maintenant ? Et ses parents, que deviendraient-ils ?

— Laysi, vas-tu suivre les traces de Dumeur ? Il va tout détruire de notre civilisation et je ne l'autoriserai pas à le faire en m'utilisant !

Elle n'osait pas l'affronter du regard, alors elle se focalisait sur sa nourriture, mais personne n'aurait pu être dupe sur ce qu'elle ressentait.

— Je l'ignore, avoua le bonhomme, l'air absent. Je n'ai pas encore eu le temps de bien réfléchir, tu sais. Les évènements sont trop récents. Je te comprends tout à fait, mais la Suprême n'a pas légué la mémoire des anciens... L'avenir n'a jamais été aussi incertain.

Azallu baissa la tête, il avait raison. Leur société pouvait-elle survivre sans le garant de leur passé ? Sans les connaissances ancrées ? Ils avaient toujours eu comme guide le sage, le doyen, mais à présent, les mages devraient se protéger eux-mêmes.

J'ai perdu tout ce qui m'était précieux, pensa-t-elle. *Il ne me reste plus que mes parents et je n'ai aucune idée de comment les libérer de ce sort. Je ne veux pas qu'ils meurent...*

Elle se battrait au prix de sa vie s'il le fallait. Sa détermination était telle que ses cheveux se teintèrent d'un bleu nuit profond. Laysi, fasciné par cette aptitude, se détourna pour ne plus avoir à affronter l'intensité de son regard.

— Tu pourrais retourner la situation, murmura-t-il.

La roulotte cahota quelque peu et une fois le calme revenu, Azallu lui offrit toute son attention.

— Comment ça ?

Laysi tordit sa bouche de telle façon qu'Azallu fut incapable de déceler ses véritables intentions. Elle prêta une oreille toute particulière à ce qu'il s'apprêtait à dire.

— Ta position n'est peut-être pas aussi mauvaise. Maintenant, il y aura deux voies possibles pour le peuple : celui d'endurer Dumeur et l'autre…

— L'autre ?

— Tu ne t'en doutes pas ?

La manière dont il tournait les choses la rendait perplexe.

— Bien entourée, tu pourrais appeler à renverser à nouveau… Une flamme est toujours mieux que l'ombre !

Azallu fronça les sourcils. Elle se devait de choisir ses mots avec soin. Pour briser les pensées qui se formaient en lui, elle devait détruire l'intelligence qu'il percevait en elle.

— Je suis trop jeune, se récria-t-elle peut-être avec trop de vigueur. Ce serait encore plus fou que de croire en moi.

— Pourtant n'es-tu pas tout ce qui reste à ce peuple ? Humains, mages, sorciers, malgré leur caractère, ils préféreront la lumière. Ne veux-tu pas combattre celui qui a tué ? Et t'élever ?

— Ce que tu dis, même si je l'envisageais, j'en serais incapable, riposta-t-elle.

— Pourquoi ?

Laysi la considérait de sa mine la plus sérieuse, si bien qu'il arriva à lui provoquer des frissons. Elle se frotta les bras, cependant cette sensation désagréable s'accrochait à elle.

— Pourquoi ? Mais parce que je suis seule, c'est simple non !

— Je ne suis pas de ton avis, car après tout, des personnes comme moi, il y en a beaucoup.

Il paraissait si sûr de lui.

— Des gens comme toi ?

Elle réfréna un rire moqueur. Qui suivrait une fille asociale, aux pouvoirs incontrôlables, et surtout, née d'un mélange entre les races ? Wymi avait déjà du mal à se faire respecter, alors sa pauvre descendance n'aurait pas la moindre chance d'attirer la foule. En tout cas, assurément pas avec les habitants d'Arow. Ils étaient si imbus d'eux-mêmes !

— Oui, des mages qui hésitent et attendent, qui, au fond, espèrent un changement, expliqua posément Laysi.

Azallu songea qu'il devait vraiment la prendre pour une idiote. Les faits étaient bien trop récents pour que les mentalités en soient déjà à ce point. Après quelques années peut-être que les méfaits de Dumeur apparaîtraient au grand jour. Et encore, elle ne pouvait l'affirmer tant il savait manier les esprits.

— Pourquoi parles-tu de la sorte ? Les partisans de Breese sont tous morts... Seuls comptent ma mère et mon père... Le reste du monde peut bien s'entre-tuer que je m'en contrefiche. Ils ont laissé Dumeur assassiner la Suprême, aucun d'eux ne mérite ma compassion. L'avenir ne sera pas tendre pour les mages, je le pressens !

Laysi lui jeta un regard en coin et elle ne rata pas son air grave.

— Ainsi, le sort d'Arow t'importe peu ! C'est vrai qu'il y a eu trahison, mais tout de même...

Un détestable et long silence s'installa entre eux, durant lequel elle réfléchit à sa situation tandis que lui la sondait de ses insupportables yeux espiègles.

— Tu penses réellement que je ressemble à une combattante ?

Laysi haussa les épaules, désappointé et agacé par ses réactions.

— Pour le moment, tu ne fais pas bonne impression, je te l'accorde, mais...

Il ne termina pas sa phrase et se frotta le cuir chevelu, en proie à une grande concentration.

— Mais ? insista-t-elle.

Il la prit de nouveau en considération avant de secouer la main.

— Pardonne-moi, j'ai perdu le fil de la conversation.

Il lui sourit, ne laissant aucun doute à Azallu sur ce mensonge qui lui allait si parfaitement. Elle devait juste disparaître dès que possible afin que Dumeur ne la retrouve jamais.

— Si tu veux, je suis disposé à t'aider à t'introduire chez les sorciers.

La jeune fille plissa les paupières, surprise par tant de sympathie. Pourquoi proposait-il subitement une chose pareille ?

— Hum…

— Je tiens tout de même à préciser qu'entrer seule requerra un certain savoir-faire. Bien que les blessures de Vallar soient minimes après cette attaque, la sécurité sera élevée à son maximum…

Azallu s'y attendait. Si le chef d'Antanor était sensé, il commencerait à monter une armée dans le dos de Dumeur. Il devait alors être à l'affût du moindre espion et Laysi devenait soudain un individu dangereux à manipuler. Si son grand-père l'avait envoyé, c'est qu'il avait foi en ses compétences, mais surtout qu'il lui faisait confiance.

— Ce n'est pas moi qu'ils cherchent !

Laysi ne se laissa pas impressionner par son ton.

— Eh bien, eh bien, ne te fâche pas ! Je désire simplement t'aider. Une adolescente sans bagages aura l'air bien plus louche qu'un marchand. Les gardes à l'arrivée vont te demander de décliner ton identité, c'est certain, et connaissant la nature des sorciers, tu ne feras pas long feu. Kidnappée, emprisonnée, échangée, cela ira très vite…

Les bras croisés, le front plissé, la magicienne dut bien avouer qu'il n'avait pas tort, mais elle pouvait toujours mentir, n'est-ce pas ? Elle pouvait improviser sur n'importe quoi du moment qu'elle était crédible et se faire passer pour n'importe qui.

— Ça ne m'inquiète pas vraiment, fabula-t-elle.

Laysi ne put masquer l'étincelle qui illumina son visage même si elle avait du mal à voir ses iris tant ils s'ancraient profondément dans leurs orbites.

— Eh bien, eh bien, tu es une jeune fille pleine de ressources. Ainsi tu disposes des documents nécessaires pour traverser ?

Il la fixait à présent avec un intérêt décuplé. Elle se racla la gorge, un tantinet préoccupée, et s'apprêta à inventer une stupide histoire quand il lui tendit le parchemin scellé qu'il devait normalement délivrer.

— Que… qu'est-ce…

— Ce qu'il te manque, c'est une raison pour entrer !

D'une main hésitante, elle se saisit du message roulé. Il devait très bien se douter qu'elle ne le remettrait jamais aux sorciers.

— Je ne comprends pas.

— Eh bien, c'est simple pourtant. C'est toi qui apporteras la lettre à Vallar.

— Mais, et…

— Tu t'inquiètes de mon sort ?

Laysi étira ses lèvres moqueuses avant de reprendre.

— Breese m'avait donné une mission et je compte la remplir. Je veux savoir ce que cache Aterra et, si tu le souhaites, je te dirai tout ce que j'y découvre… Mais en échange, tu dois porter cette lettre.

— Tu vas risquer ta vie, mais pourquoi ?

Azallu le vit se renfoncer dans son siège, un soupir à la bouche. Il ne la quittait pas des yeux.

— Pour l'avenir !

Il lui était difficile de comprendre ses motivations. Elle ne devait surtout pas lui être redevable.

— J'espère que tu ne t'attends pas à ce que je monte une armée pour toi. Ce serait peine perdue.

Il haussa les épaules sans rien répondre. Azallu crut bon d'insister. Elle devait faire en sorte qu'il se désintéresse d'elle complètement.

— Une demoiselle comme moi ne se bat pas, souffla-t-elle, fébrile.

— Eh bien, ne tremble pas comme ça.

Laysi lui reprit la lettre des mains d'un geste précipité.

— Il est peut-être préférable que je transmette la lettre moi-même.

Azallu le trouvait si changeant dans son comportement qu'il la désarçonnait.

— Si je vais chez les sorciers, c'est pour les membres du Cercle, expliqua-t-elle en plissant le regard. Je ne suis pas faite pour me battre.

— Le Cercle ?

Il eut un rire gras

— Oui, l'un de ses disciples pourra aider mes parents…

Les sorciers communiquaient beaucoup avec l'organisation. Son père lui avait appris qu'ils entretenaient des liens étroits.

— Mais tu ne trouveras plus rien d'eux, leur repaire est vide depuis plus de dix-huit ans, assura Laysi d'une voix presque moqueuse.

Le cœur d'Azallu s'emballa.

— Dix-huit ans, répéta-t-elle. Comment le sais-tu ?

— Tout le monde le sait. Tout ce qui composait le Cercle des guerriers n'est plus depuis longtemps. Tous ses pupilles ont disparu sans laisser de traces… Certains racontent qu'ils auraient retrouvé leur indépendance et d'autres affirment qu'ils se seraient sacrifiés. En tout cas, plus aucun enfant ne lui est apporté.

— Les orphelins sont libres ?

Azallu sentait à son intonation qu'il ne mentait pas et sa panique enfla. Qu'allait-elle faire ? Comment sauverait-elle ses parents ? Elle avait pensé que dans le repaire du Cercle, elle aurait pu dénicher des informations, n'importe lesquelles. Elle se frotta la tête en un geste stressé. À qui devait-elle s'adresser ?

Pour mon père et ma mère, songea-t-elle, les larmes aux yeux, *je dois trouver une solution.*

Ses dents grincèrent tandis qu'elle essayait de rester maîtresse de ses émotions. Laysi dut la prendre en pitié, car il renchérit :

— Le Cercle ne détient de toute manière pas toutes les réponses.

Il ne semblait pas mesurer l'impact de ses paroles. Le cœur de la jeune fille se fendit à mesure qu'elle prenait conscience de ses mots.

— Qu'est-ce que tu en sais ? Tu le connais, peut-être ? Il m'aurait aidée, j'en suis certaine. Il aime Azorru ! Il m'aurait aidée, insista-t-elle.

Laysi continua de la fixer un moment avant de se détourner. La voiture maintenait le cap sans perdre de rythme. Ils arriveraient à destination bien plus vite que prévu. Ils avaient déjà parcouru plusieurs lieues, ce qui, en soi, était presque impossible. Il se demanda alors si Azallu avait mis toute son énergie dans la sphère ou si elle gardait en réserve d'autres surprises. Se rendait-elle compte du danger de propulser ainsi sa magie ? Elle semblait si déterminée à fuir qu'elle n'avait pas dû penser aux répercussions.

J'espère qu'elle ne sera pas trop épuisée pour la suite, songea Laysi.

CHAPITRE 18

Le mauvais sort

— Nous arrivons, annonça brusquement Laysi.

Azallu ouvrit ses yeux embués de fatigue et resta un long moment interdite. Des flammes, partout, léchaient les murs, les grilles repoussaient les gens et les obligeaient à emprunter un unique chemin. Antanor lui apparut, insaisissable, colorée, immense. Les barrières de la cité rougeoyaient et diffusaient leur fabuleuse chaleur. Elle se redressa après avoir essuyé sa bave. Légèrement nauséeuses, les brumes du sommeil s'accrochaient encore à elle.

— Ces grilles me font toujours autant frissonner, grommela l'espion.

— Elles semblent indestructibles.

Azallu trépignait d'impatience de découvrir Antanor. Elle n'avait jamais voyagé en dehors d'Arow. Toutes ces nouveautés réveillaient sa soif d'aventure.

— Indestructibles, humf… Je ne crois pas. Ces protections ont fondu il y a dix-huit ans. Les sorciers les ont reconstruites, plus belles et plus épaisses, avec l'espoir que cela ne se reproduise pas.

La voix chargée d'amertume amena la magicienne à plisser les yeux. Pourquoi Laysi se montrait-il si hostile envers Antanor ? C'était pourtant lui qui allait négocier avec eux, à moins que Dumeur ne l'y ait contraint.

Non, songea-t-elle. *Mon grand-père n'aurait pas envoyé n'importe qui pour une tâche aussi importante. Il va vouloir s'approprier Antanor par tous les moyens... Je n'ai plus qu'à souhaiter que leur chef l'ait en horreur autant que moi.*

— Elles ont vraiment fondu ? s'étonna la jeune fille.

Qui détenait assez de pouvoir pour réaliser une telle prouesse ?

— C'est ce qu'on raconte...

Prise sous la concentration intense de ses réflexions, Azallu ne contrôla pas sa magie et ses cheveux revêtirent une nuance rouge flamboyant. Elle ne manqua pas le regard insistant de Laysi.

Je n'arrive décidément pas à le comprendre, pensa-t-elle.

— Tes cheveux, décréta-t-il d'un ton solennel. Ils sont trop criards. Il vaut mieux te les teindre en noir !

Que mijote-t-il ? Pourquoi me conseille-t-il ? Est-il avec ou contre moi ? Pour le moment, il est préférable que je lui obéisse. Il faut que je passe cette porte !

— Comme ça ?

Sans trop d'efforts, et presque aussi facilement que de respirer, Azallu ordonna à sa tignasse et ses sourcils de se transformer.

— Eh bien, eh bien... Oui, c'est parfait.

Elle voyait à son air qu'il essayait de rester impassible, mais elle décelait chez lui de la nervosité. La manière dont il la dévisageait, presque avec horreur, lui fit comprendre qu'il n'avait jamais été témoin de sa puissance. Pour les autres, agir ainsi était inconcevable, difficile, alors que pour elle, c'était comme de ramasser une pierre sur le sol.

Elle se détourna pour examiner les passants. Laysi avait raison pour ses cheveux et elle fut contente que ses vêtements soient ternes. Personne ne la remarquerait, sauf peut-être à l'odeur. Les maigres effets qu'elle avait emportés ne lui permettaient pas de changer de tenue. Elle n'avait pris que le strict minimum et le regrettait amèrement.

Mais comment aurais-je pu deviner ce qui allait m'arriver ? Voilà, réalisa-t-elle, *c'est ce que je dois améliorer : toutes les options possibles doivent être envisagées si je veux survivre. Je dois veiller à ce que cela ne se reproduise pas !*

— Pourquoi m'aides-tu ? questionna-t-elle en étudiant la moindre des réactions de Laysi. Qu'est-ce que cela t'apportera ?

L'homme, devant son regard de plus en plus intense, se tassa sur lui-même comme s'il la craignait soudain. Pourtant, elle savait qu'il n'était pas dénué de pouvoir. Jouait-il la comédie ?

— Si tu venais à mourir, on me tiendrait pour responsable. Le premier sorcier ne serait-ce qu'un peu intelligent t'enfermera pour réclamer une rançon... Je ne veux pas qu'on me le reproche, c'est tout.

— Hum... Il faudrait qu'ils réussissent à m'attraper et parviennent à me garder prisonnière. Ce ne serait pas une tâche aussi aisée que tu sembles le penser.

— Tu as un gros problème d'orgueil, ma très chère. Te croire plus forte que les autres t'attirera des ennuis, c'est certain. Les sorciers ont bien des méthodes pour assujettir quelqu'un.

Azallu retint un sourire. Elle le savait déjà, les travaux de Mhor le lui avaient appris. Et il y avait bien des formules pour s'en prémunir.

Je ne dois pas céder à la peur. Plus jamais, songea-t-elle. *Dumeur est redoutable et je le deviendrai tout autant. Je dois me fortifier pour espérer me venger un jour. Pour l'instant, seul m'importe le Cercle des guerriers. Je dois retrouver l'un d'eux et demander de l'aide. Tous les disciples ne peuvent avoir disparu du jour au lendemain.*

— Laysi, lâcha-t-elle en se saisissant de la poignée, ce fut un plaisir de te rencontrer, mais à présent, nos chemins se séparent.

L'homme laiteux demeura étonnamment silencieux tandis qu'elle quittait la voiture à plusieurs mètres de la citadelle. Il se contenta de l'observer. Azallu n'eut pas un regard en arrière alors qu'elle découvrait avec émerveillement les abords de la cité d'Antanor.

Elle fut néanmoins obligée de s'ajouter à la foule pour espérer entrer dans le royaume des sorciers. Laysi en avait profité pour la devancer. Elle aurait préféré le semer, toutefois c'était impossible avec cet attroupement.

Quand je traverserai les barrières, je pourrai m'en débarrasser !

La masse s'étendait tout le long de la route. Les grilles restaient fermées à tout étranger, la sécurité ayant été élevée à son maximum depuis que Vallar, le grand maître, avait subi son attaque, exactement comme Laysi l'avait rapporté. Les gens s'entassaient donc devant les portes crépitantes qui propageaient leurs flammes et repoussaient tout agresseur, corrompu ou non.

Azallu détaillait les sorciers et humains qui patientaient à ses côtés. Une seule personne passait à la fois. Elle leva les yeux au sommet de ces gigantesques langues de feu, dont la beauté l'ensorcelait.

— Je ne m'attendais pas à ce que ce soit si long, marmonna Laysi.

Azallu n'aima pas son regard empli de cette cupidité qu'elle redoutait. Elle en était certaine maintenant, il planifiait quelque chose. Pour ne pas plonger dans la peur, elle se focalisa sur l'architecture. Les grilles magnifiques se chargeaient d'histoires. Elle demeurait toutefois bien plus fascinée par les habitations qu'elle pouvait voir au travers, où courbes élégantes et matières s'agençaient de façon parfaite. Elle avait toujours admiré la maison de son grand-père Mhor et elle retrouvait avec joie les petites touches de sorcellerie qui faisaient toute la différence. Chaque bâtisse se colorait de cercles, de symboles, tandis que les toits se paraient d'un feu puissant. Les commerçants, un peu partout, troquaient, criaient pour attirer les passants. Contrairement à Arow, les enceintes d'Antanor, remarquablement entretenues, n'autorisaient aucune souris à sortir ou entrer sans que les gardes soient au courant.

Heureusement, sa tenue ne changeait pas beaucoup de celle des autres, dans les tonalités brunes, agrémentées de nombreuses ceintures, il lui manquait uniquement les inscriptions que tous arboraient.

Cela doit servir dans leurs invocations, réalisa-t-elle.

Si les sorciers avaient réussi à mêler l'utile à l'agréable, l'intérêt pour leurs vêtements et culture devenait encore plus passionnant.

— C'est enfin à nous, grogna Laysi, poussant un si long soupir qu'Azallu roula des yeux.

Il s'avança d'un pas vif et résolu, affichant toute son impatience. La jeune magicienne le suivit du regard sans un mot. Elle s'arrêta devant les cinq gardes qui les détaillèrent de la tête aux pieds. Sévère, les traits du visage dur, elle sut que leur mentir serait difficile. Elle examina leur parure qu'elle trouva vivante, couleur de paille. Le cuivre et le tissu se mélangeaient dans un style bien particulier. Avec leurs armes, cela leur conférait une prestance remarquable.

— Quelle est la raison de votre visite ?

La mine sombre du sorcier se posa une fois sur Laysi, puis sur elle avec l'expertise d'un homme de terrain. Sa voix avait tout autant impressionné Azallu, qui comprenait qu'il n'était pas un simple soldat.

— Arow m'envoie, déclara le mage.

Laysi releva le menton et tendit le rouleau pour confirmer ses dires. Le second en place se saisit d'un geste sec de la missive. Il échangea un bref regard avec son chef, qui hocha la tête. Azallu sentit l'atmosphère s'alourdir. Ils vérifièrent l'authenticité du parchemin et, après quelques messes basses, revinrent vers eux.

— Intermédiaire, bienvenue. Nous ne vous attendions pas si tôt. Il semble que vous ayez emprunté la queue alors que vous pouviez vous présenter directement. Cette lettre même vous confère un droit de passage.

— Je… je ne savais pas, bafouilla Laysi.

Azallu fut certaine qu'il mentait. L'espion voulait la garder à l'œil. Laysi se pencha vers la sentinelle, lui susurra quelques mots, puis se dépêcha de traverser le portail où, sur le sol, des symboles apparaissaient. Quand il marcha dessus, les inscriptions s'animèrent et Azallu se mordit la lèvre inférieure. Ainsi, les sorciers testaient les gens pour s'assurer de leur origine. Pas un secret ne devait leur échapper.

Le soldat se tourna dans sa direction et plongea son regard dans le sien, un regard clair très perturbant.

— Bien, mademoiselle, à votre tour ! Êtes-vous bien son garde du corps ?

Azallu ne masqua pas sa surprise. Pourquoi Laysi avait-il menti de la sorte ? Certes, cela lui permettrait de passer sans encombre, mais à quel prix ?

— Oui... je... je le suis.

Elle avait usé de sa voix la plus autoritaire et s'entendre avec cette intonation froide, mesurée, l'étonna. C'était la première fois qu'elle se montrait si sûre d'elle. Les mines des cinq gardes, déjà sévères, se durcirent davantage.

Ils étaient sorciers, comme Mhor, et lui paraissaient plus entraînés que les mages. Tous leurs gestes calculés ne laissaient place à aucune ouverture. Ces hommes n'hésiteraient pas à verser le sang au besoin. Ils accompliraient leur mission sans faillir. Leur fidélité appartenait entièrement à leur maître Vallar.

Plus Azallu entrait dans ce monde, plus elle souhaitait rencontrer ce chef capable d'avoir une si grande emprise sur ces gens. Elle crut qu'ils l'interrogeraient, mais on lui désigna le sortilège sans autre forme.

Étrange, songea-t-elle, *ils n'insistent pas.*

— Allez-y !

Et c'était tout. Azallu, bien qu'inquiète, obéit à pas méfiants. Son cœur s'emballa, suivant un rythme effréné. Les bras tendus le long du corps, elle avança sur les inscriptions. La sourde sensation de tomber dans un piège ne la quittait pas.

Tout d'abord, elle espéra qu'il ne se passerait rien, presque comme si elle s'était trompée, puis une fine poussière s'éleva de sous ses pieds. Le sol se craquela et une lueur vive jaillit. L'enveloppa alors une curieuse magie. Les gens autour d'elle reculèrent. Les sentinelles réagirent presque aussitôt et rapidement, elle se retrouva captive de cette aura lumineuse. Celle-ci l'immobilisa sans lui permettre de riposter.

Sur le visage de Laysi se dessinait une certaine fierté. Elle lui appartenait, voilà ce qu'il devait penser.

— Éloignez-vous, ordonna le chef de la garde. L'Incomprise ne doit pas s'échapper !

Dans ce même moment, une sonnerie aiguë retentit. Azallu n'eut pas le temps de se boucher les oreilles que des liens robustes l'emprisonnèrent. D'antiques paroles furent prononcées et elle perdit connaissance.

Le maître sorcier

Les paupières d'Azallu papillonnèrent. Elle mit quelques minutes avant que les battements de son cœur ne se précipitent. Les contours d'une cellule sordide se dessinèrent doucement. Les effets du sortilège rendaient sa tête lourde. Son corps lui paraissait peser une tonne et se redresser lui demanda de s'appuyer contre la paroi. Après avoir récupéré un peu sa force, c'est d'une démarche fébrile qu'elle se rapprocha de la porte. Celle-ci, verrouillée par un système d'engrenage complexe, l'obligea à reculer.

Je ne pourrai pas sortir comme ça, pensa-t-elle.

À mesure que ses yeux s'habituaient à l'obscurité, elle découvrit les arabesques sur les murs, mais aussi au plafond et sur le sol. Elle n'aurait jamais cru que son statut d'Incomprise pouvait être considéré comme un crime. Pourtant, ce n'était pas de sa faute si le sang des trois races coulait dans ses veines. Elle n'avait pas choisi de naître ainsi.

Je ne peux pas m'attarder trop longtemps, ou Dumeur me

retrouvera !

C'est avec plus de minutie qu'elle étudia les enchantements. De quelle façon les contrecarrer ?

Il y a toujours un moyen, réfléchit-elle en visualisant mentalement les notes de Mhor.

Elle se frotta les avant-bras tandis qu'un courant d'air engourdissait ses membres. Azallu passa ses doigts le long des motifs et s'arrêta sur la porte.

— Pour briser un sortilège, il faut en créer un autre plus puissant encore, murmura-t-elle.

La jeune fille, après considération, recula de quelques pas. Elle leva la main, paume vers l'extérieur, puis ferma les paupières en récitant des paroles. Ses cheveux s'agitèrent en même temps qu'une énergie éclatante, dense, semblable à des flammes se dégageait d'elle. Puis des filaments de particules dorées s'agglutinèrent le long de ses muscles tendus.

— Ça suffit, gronda soudain une voix provenant de derrière la poterne.

Azallu, un peu surprise, cessa son incantation. Un cliquetis déverrouilla sa cellule et un sorcier imposant se présenta sur le seuil.

Elle se figea, d'abord marquée par les nombreux tatouages qui parcouraient son corps. Elle n'ignorait pas leurs coutumes : plus leur peau se garnissait de symboles, plus leur puissance était à redouter. Son apparence lui parut effrayante. Elle releva les yeux pour affronter le regard autoritaire d'un homme habitué à diriger. Il avait la carrure d'un roi. Trois autres personnes mystérieuses l'escortaient, complètement dissimulées sous leur capuche. Juste à la façon dont ils se tenaient, elle devinait qu'il ne fallait pas les provoquer. Ils assureraient la sécurité de leur maître par tous les moyens.

— Si ce n'est pas une étrange coïncidence... L'Incomprise reviendrait-elle faire ses excuses ?

— Des excuses ? demanda-t-elle en haussant un sourcil. Je ne suis jamais venue ici avant ! Qui êtes-vous ?

Elle restait droite, masquant sa peur malgré la chair de poule qui s'accrochait à sa peau. Elle fixait les paupières de ce sorcier, couvertes elles aussi de symboles. Il en devenait presque inhumain bien qu'une part d'elle soit fascinée.

— Insolente, ce n'est pas de cette façon qu'on s'adresse au seigneur de la cité, s'offusqua l'un des membres de sa suite.

La jeune femme ne baissa pas les yeux malgré l'avertissement. Ainsi, Vallar lui-même s'était déplacé pour la voir.

— Azallu, ne fais pas d'histoires, ronchonna une voix qu'elle reconnut aussitôt.

Laysi accompagnait le maître des lieux, affichant un air supérieur. Vallar tiqua en entendant son prénom et fit claquer sa langue sur son palais.

— Hum… je comprends mieux. Que venez-vous faire ici, jeune fille ? N'avez-vous pas d'autres occupations que de traîner à Antanor ?

Azallu tira d'un coup sec sur sa manche tout en redressant la tête afin de l'affronter.

— Est-ce interdit de visiter une ville ?

— Visiter, en ces temps troublés ?

Vallar ne souriait plus et la toisait maintenant de son regard d'acier.

— J'ai du sang de sorcière en moi. Mhor a grandi en ces lieux et j'ai le droit de…

— Tss…, l'interrompit-il. Que vient donc faire Mhor dans cette histoire ?

Azallu savait avoir très peu de chances d'obtenir ses faveurs. Pour espérer trouver refuge, elle sentait devoir jouer cartes sur table. Il lui fallait une force aussi redoutable que celle de Dumeur pour rester vivante.

— C'est mon grand-père !

Bien sûr, sa fierté s'en ressentait et une certaine inflexion dans sa voix lui échappa. Vallar pencha la tête sur le côté. Il la détaillait avec une insistance dérangeante. Azallu en aurait rougi en d'autres circonstances.

— J'en étais sûr, les rumeurs étaient fondées, rouspéta un membre de son escorte. Ce n'est pas possible, cet enquiquineur…

— Tais-toi, tonna le maître. Qui me dit que vos propos sont vrais ? Car, voyez-vous, Mhor ne nous a jamais parlé de vous, ni même de votre mère. Il s'est envolé du jour au lendemain et après dix-huit ans, nous ne pouvons que présumer sa mort...

— Il est mort, oui, approuva Azallu avec douceur. Je suppose que le secret de ma naissance a été bien conservé.

La jeune fille, à présent gênée, jeta un coup d'œil à Laysi qui restait en retrait derrière la garde personnelle de Vallar. Son silence la perturbait.

Que fait-il là ? se questionnait-elle incessamment.

— Il ne sera pas compliqué de confirmer vos dires, commença le maître en penchant la tête de l'autre côté. Mhor était l'un de mes généraux les plus forts, intrépide, mais aussi une source inépuisable de contrariété. Les causes de sa mort m'interpellent.

Il s'arrêta, sa langue claqua à nouveau son palais.

— Ce que vous énoncez comme une vérité ne me surprendrait pas. Toutefois, apprendre par la bouche d'un bébé à peine né que mon vaillant combattant ait pu trépasser d'une quelconque façon... est quelque chose de tout à fait inattendu. Voyez-vous, il a pour habitude de disparaître plusieurs années et de resurgir du jour au lendemain, avec des *tonnes* de problèmes.

Son insistance sur le mot « tonnes » en disait long et Azallu ne comprenait pas où il voulait en venir. Elle haussa simplement les épaules. Elle sentait qu'il valait mieux passer sous silence le sacrifice de son aîné. Vallar semblait tenir à Mhor et elle décelait dans ses yeux une profonde tristesse.

— Je ne l'ai pas connu, j'ignore presque tout de lui...

Et cela l'avait toujours frustrée.

— Ainsi vous affirmez être de son sang, la progéniture de sa progéniture... Mais vous ne l'avez pas connu. C'est bien ce que vous dites ?

La jeune fille hocha la tête dans un mouvement presque imperceptible. Il la terrifiait plus encore que Dumeur.

— Je... oui, mais...

— Et de qui vient cette assertion ? Votre mère ? Votre père ? Qui donc ?

Son air provocateur aurait presque réussi à la faire réagir.

Je ne dois pas perdre mon sang-froid, tout va se jouer maintenant !

— Qui d'autre ?

Répondre par une question ne lui plairait sûrement pas. Azallu désirait pourtant s'en faire un allié, mais rester neutre lui devenait impossible.

— Hum… Oui, oui, je concède que l'intérêt de vos parents à vous mentir sur vos origines serait assez étrange. Je savais Mhor intrépide, mais il a toujours eu cette tendance à me surprendre. Je vais être franc, je ne vous crois pas une seconde, mais je vais vous laisser le bénéfice du doute. Mhor a abandonné derrière lui un appartement protégé de maléfices. Lui seul pouvait en franchir le seuil. Si vous réussissez à entrer, je vous croirai, car, voyez-vous… c'est un sort de sang.

— Vous ne pouvez pas faire cela, s'offusqua Laysi. Ce n'est pas fiable avec les descendants.

Le bonhomme s'était discrètement rapproché. Comment s'y était-il pris ? Sans un bruit, il avait dépassé la garde de Vallar. Et le maître des lieux ne semblait pas y porter attention non plus. L'homme tatoué pivota sur lui-même.

— Je suis bien surpris de vous découvrir si inquiet, Laysi. Ne me l'avez-vous pas livrée ? demanda-t-il avec sévérité.

— Pas pour qu'elle meure ! Notre maître en a besoin.

Azallu releva que Laysi évitait de prononcer le nom de Dumeur comme s'il craignait la réaction du sorcier. Elle nota aussi qu'il la voyait vraiment comme une marchandise. Vallar tendit la main d'un geste délibérément lent puis, avec dédain, exigea qu'il lui remette la lettre.

— Oui, bien sûr, bafouilla l'espion.

Laysi s'exécuta en se gardant bien de jeter un coup d'œil dans la direction de la jeune magicienne, presque comme si elle n'existait pas. Lorsqu'il lui avait proposé de donner le message à Vallar, il savait qu'elle aurait été arrêtée sur-le-champ. Puisqu'elle avait refusé, cet abject personnage s'était contenté de la devancer d'une tête. Ce qu'elle avait pris pour de la gentillesse n'avait été finalement rien d'autre que de la manipulation.

Bien qu'elle s'y soit attendue, elle fut surprise du mal que cela lui fit. Comment pouvait-on uniquement la voir comme une marchandise ? N'était-elle pas un être vivant avant tout ?

Vallar se racla la gorge, la détournant de ses vives émotions. Il ne levait pas les yeux du document.

— Vous m'annoncez de fort mauvaises nouvelles, murmura-t-il, ses doigts se crispèrent légèrement sur la missive. Je dois avouer que je ne prévoyais pas de tels changements... Non seulement la Suprême a été assassinée, mais en plus, il faudrait que je me rallie à *Dumeur*... Même si sa prise de pouvoir ne m'étonne guère, cela faisait bien longtemps qu'on m'avait témoigné aussi peu de respect. Il est dommage que Breese n'ait pas été à la hauteur !

Avec une colère à peine contenue, Azallu l'écouta terminer sa phrase. Elle avait presque cessé de respirer. Il se montrait si froid, ne s'entendait pas une once de tristesse dans sa voix. N'était-il pas touché par la mort de sa tante ? Le choc de le voir si insensible lui coupa le souffle.

Sa rage, semblable à un volcan, bouillonnait dans ses veines et menaçait d'exploser. Elle avait envie d'étriper Vallar pour ses paroles abruptes et sans fondement. Il ne savait rien de sa famille, rien de ce qui s'était passé pour lâcher de pareils propos.

Le maître sorcier leva ses yeux lugubres vers elle. L'espace d'un instant, il eut un manque total de réactivité, puis ses prunelles parurent reprendre vie. Tandis qu'il l'examinait, il claqua une autre fois sa langue contre son palais.

— Le petit chaton est-il mécontent ? J'hésite encore... Que vais-je bien pouvoir faire de toi ? Demander une rançon ? Ta présence me permettrait de garder une certaine liberté et sûreté vis-à-vis de ce nouvel ennemi... Mais il y a aussi la possibilité de te livrer en gage de paix ! Qu'en penses-tu ? Que préfères-tu ?

Les mâchoires bloquées, le corps crispé, elle retenait un cri. Si elle ne pouvait trouver refuge à Antanor, alors elle partirait à nouveau, elle s'enfuirait au bout du monde s'il le fallait.

De rage, elle tremblait, il n'y avait personne pour lui souffler d'arrêter. Sa magie s'échappa du bout de ses doigts. Ses cheveux commencèrent à virevolter dans son dos et son regard brilla comme un soleil en éruption. Elle avait juste envie de tout détruire, de les réduire à l'état de poussière. Laysi se tourna enfin vers elle, livide.

Il est si faible, songea-t-elle, *si faible...*

Vallar, lui, ne sembla guère impressionné. Il leva un simple sourcil.

— Intéressant, ainsi donc tu oserais me menacer ! Moi, Vallar, le maître des lieux ? Le seul et unique rempart qui existe encore entre toi et ce destin tragique ?

Malheureusement, Azallu n'était plus en état d'écouter. Sa magie devenait oppressante, Laysi recula d'un pas, sa chair s'agitant comme des vagues. Vallar, quant à lui, un pli soucieux sur le front, eut un bref moment d'hésitation avant de lui lancer un sort. La jeune fille, incapable d'éviter son attaque, se retrouva encerclée. Lentement, le grand sorcier lui puisa de l'énergie.

Ce geste parut enrager l'Incomprise davantage, ses yeux s'assombrirent tout autant que ses mains. Elle perdait la raison et les trois gardes de Vallar s'interposèrent.

— Qu'est-elle ? gronda-t-il tandis qu'une bourrasque se déchaînait maintenant autour d'eux.

Le sol trembla bientôt et, tout près de la magicienne émergea une forme opalescente. Ils crurent que cette chose les massacrerait, puisque cette entité venait d'Azallu elle-même, mais ils réalisèrent vite qu'elle les assistait.

L'un des vassaux de Vallar profita d'une ouverture faite par la créature blanche pour la frapper au coin de la nuque. La demoiselle s'écroula sans un mot tandis que ses paumes et ses iris redevenaient normaux. Le maître épousseta ses habits, puis s'approcha d'un pas furieux.

— Elle aurait pu tout détruire. Qu'est-ce que c'était que ça ? rugit-il à l'encontre de Laysi dont la figure blême ressemblait à celle d'un cadavre.

— Je n'en sais rien, balbutia-t-il. Comment aurais-je pu deviner qu'elle cachait une telle *monstruosité* ?

Le sorcier qui avait heurté Azallu la tenait à présent dans ses bras et écoutait les propos de l'intermédiaire.

— Monstruosité, répéta-t-il d'une voix monotone.

Vallar l'examina du coin de l'œil, un peu surpris de le voir s'exprimer. Il ne fit aucun commentaire et reporta son attention vers Laysi.

— Pourquoi l'avez-vous amenée ?

L'espion se recomposa un visage serein, ne laissant plus rien paraître de ses intentions.

— C'est elle qui est venue de son plein gré. Dumeur va tout faire pour la récupérer, décréta-t-il en un sourire mauvais.

Vallar, peu impressionné, hocha simplement la tête. Alors, à cet instant précis, des sceaux encerclèrent l'homme laiteux. Laysi, décontenancé, perdit toute trace d'assurance.

— Mais que…

— Je ne veux pas de témoins gênants, répondit le grand sorcier. Je vous connais, vous ne garderez jamais votre langue… Si Dumeur vous a envoyé, c'est qu'il a confiance en vos compétences. J'en déduis donc que vous êtes là pour effectuer un rapport détaillé sur ma force. Azallu a seulement perturbé un peu vos plans.

— Vous allez m'exécuter au risque de vous mettre Dumeur à dos ? Savez-vous que l'armée lui obéit ?

Vallar afficha un air de connivence.

— Jusqu'au bout, vous vous accrochez. Très bien… Alors, dites-moi, pourquoi avez-vous trahi la Suprême ? Vous pensiez pouvoir me renverser de la même manière ? demanda-t-il, les yeux injectés de colère.

— Je ne veux pas vous tuer, je le jure ! Je dois négocier avec vous, c'est tout, se récria le mage.

— Tout le monde sait que vous êtes un assassin, Laysi… Un sale espion fidèle à son maître !

— Non, attendez, hurla-t-il alors que les sortilèges commençaient à le blesser. Je… je connais des choses sur elle. Azallu est pire qu'une Incomprise, vous avez vu ses mains, non ? Elle aspire la vie. Elle est corrompue ! Elle peut détruire cette place comme sa mère autrefois ! Rendez-la à Dumeur et je partirai avec elle. Il se fera une joie de l'utiliser. Mais si je meurs, il vous comptera parmi ses ennemis et…

— Hum… Que de condescendance. Il sait déjà que nous lui ferons la guerre, c'est pourquoi il vous a envoyé. Le message nous apparaît très clairement. De notre côté, nous avons toujours voulu l'indépendance et seuls les Suprêmes nous retenaient… Mais, il n'y en a plus à présent. Je devrais remercier ton maître, Laysi.

D'un mouvement élégant, il activa les sceaux.

— J'ai une bien meilleure idée. Azallu servira *mes* intérêts. Je ne laisserai personne me destituer. C'est moi qui deviendrai roi !

— Non, supplia Laysi.

Sa voix se déforma sous la douleur alors que lentement, toute l'eau de son corps était aspirée. Sa peau craquela, et si au début il hurla, rapidement ses cris s'estompèrent, se réduisant à de faibles gargouillis.

Vallar, une fois assuré de son silence perpétuel, se détourna vers son vassal comme si rien ne venait de se produire.

— Ne te crispe pas ainsi, déclara-t-il, tu vois bien que je fais le nécessaire pour sa sauvegarde.

— Elle servira notre cause, garantit son garde en resserrant la jeune fille contre lui.

Vallar fit claquer sa langue et promena une main dans ses cheveux noirs.

— Je veux être certain qu'elle est bien la descendante de Mhor, gronda-t-il. Après, nous réfléchirons à ce que nous ferons d'elle.

— Je m'en charge.

Vallar approuva en pivotant vers la sortie.

— Très bien. Je veux savoir si sa force peut être contrôlée, et jusqu'où elle peut m'être utile ! exigea-t-il.

Il jeta un dernier coup d'œil au corps desséché de Laysi.

— Je déteste les espions, maugréa Vallar. Et encore plus les bons à rien.

Il passa la porte, puis laissa sa garde rapprochée s'occuper du reste.

Chapitre 20

Les racines du choix

Azallu se réveilla en sursaut. La sueur de la peur se collait à sa peau. Elle avait l'impression que ses bras pesaient lourd. Dans l'obscurité presque totale, elle entendait son cœur cogner alors qu'elle cherchait avec désespoir une touche familière. Puis elle accrocha un éclat argenté et tourna le visage si brusquement qu'elle en grimaça de douleur. Un homme, assis sur un siège de velours, s'accoudait à la fenêtre. La jeune fille sentit son sang pulser dans ses veines. Le magnétisme de cet homme la perturba au point de rester immobile. Elle ressentait dans chaque fibre de son corps le danger qu'il représentait et elle préféra ne faire aucun bruit, de peur d'attirer son attention.

Le temps semblait s'être arrêté sur ce moment qu'elle trouvait irréel. La beauté de ce sorcier la rendit admirative. De longs cheveux blancs tombaient au creux de ses reins. Le vent s'enroulait autour d'eux afin de créer d'incroyables vagues aux courbes dansantes, amenant un mouvement de fluidité perpétuel qui lui rappela ceux du Cercle. Il dégageait le même charisme, sa peau avait la pâleur des lunes et son regard rouge sanguinolent transmettait quelque chose d'inquiétant. Si le Cercle avait toujours eu le savoir, les connaissances, l'expérience ancrée sur ses traits ; lui affichait une indifférence telle qu'il lui fut impossible d'interpréter son humeur. Il lui apparut si différent du garçon rencontré à l'école...

— Orckar, murmura-t-elle si bas que personne n'aurait pu l'entendre.

Et pourtant...

L'homme, à demi tourné vers l'extérieur, sortit de son état contemplatif. Pareil à un serpent froid, puissant, il la percuta de ses prunelles anormales et intimidantes.

Azallu se tendit face à ce visage austère. Elle n'aspira qu'à détourner la tête pour enfin se libérer de son emprise, seulement elle était bien incapable de bouger. Dans un geste lent et maîtrisé, il croisa les bras devant lui. Ses vêtements de cuir mêlés à du tissu bleu nuit aux ornements grenat intensifiaient encore son incroyable présence.

— Azallu...

Sa voix dure, glaciale, accentuait la fermeté de son expression. C'était presque comme s'il s'écorchait à prononcer son nom.

— Laysi a péri, poursuivit-il sur ce ton impersonnel.

Il ne semblait ni triste ni coupable. Il énonçait un fait sans y mettre aucune émotion et le cœur de la jeune fille se pinça.

Que vont-ils faire de moi ? Vallar est-il de mon côté ?

Elle examina Orckar, de ses longs cils blancs à ses iris rouges jusqu'à la peau pâle de ses joues...

Il ressemble aux lunes, remarqua-t-elle. *Aussi mortel qu'imprévisible. Il dégage une énergie similaire à celle du Cercle !*

— Ta puissance, articula-t-il en fixant tout particulièrement ses bras. Vallar veut ce pouvoir, il nous servira, c'est pour cela que tu *vis*...

Sous les draps qui la couvraient, ses poings se serrèrent tandis qu'elle se remémorait les propos de Laysi.

Objet, songea-t-elle. *Ils vont m'utiliser, comme il l'avait prédit.*

Mais elle préférait cela à Dumeur. Tout serait supportable du moment qu'elle était contre lui. Un seul objectif l'animait et elle se sentait prête à tout pour atteindre son but. Son pouvoir la freinait toutefois. Pourrait-elle le contrôler un jour ? Voilà deux fois qu'elle perdait toute maîtrise de ses émotions comme si elle devenait quelqu'un d'autre. Elle avait peur de tuer, de se transformer en véritable monstre.

— Je veux sauver mon père, articula-t-elle doucement.

Ce qu'elle ressentait n'avait après tout pas d'importance. Elle détruirait Arow tout entier s'il arrivait malheur à ses parents. Elle savait qu'elle n'éprouverait plus aucune pitié.

Le sorcier à la longue silhouette blanche ne fit aucun commentaire. Il n'approuva ni ne réfuta, se contentant de la détailler. Et cette façon de faire la mettait tellement en colère que ses mains la brûlèrent à nouveau.

— Tu ne dois pas t'énerver, affirma-t-il en décroisant les bras comme s'il avait senti qu'elle s'apprêtait à commettre un impair. Tu n'es pas encore prête à en faire usage.

Azallu remarqua qu'il ne bougeait pas, bel et bien indifférent à son égard. N'aurait-il pas dû la redouter ? Elle se souvenait de la réaction de Laysi. Il avait tremblé de tous ses membres, comme une feuille prise entre deux bourrasques, même Vallar avait paru décontenancé.

— Je ne...

— Je vais t'apprendre, Vallar m'y a autorisé. Tu deviendras intouchable, comme Mhor.

— Mhor, répéta-t-elle avec un intérêt décuplé. Tu as connu mon grand-père ?

Elle avait demandé cela les yeux emplis d'espoir. Il secoua la tête et ses cheveux dansèrent gracieusement autour de ses épaules.

— Je suis trop jeune, mais sa réputation le précède...

Azallu l'observait sans parvenir à cacher son trouble. Elle le craignait. Il pourrait la détruire en un geste s'il le voulait. Ce n'était pas le même garçon qu'à l'école, elle découvrait quelqu'un d'autre. Il avait survécu à cette nuit tragique ! Qu'était-il ?

— J'ai beaucoup de questions, murmura-t-elle.

— J'y répondrai, assura-t-il, son regard rouge se plantant dans le sien.

Sa franchise la perturba tant qu'Azallu se tut. L'homme, à force d'attendre, finit par se détourner. Il s'approcha des murs, les effleura... Des flammes en jaillirent, grandes, chaleureuses, mais sans crépitement.

Étrange, songea-t-elle. *Je ne savais pas que c'était possible.*

Bientôt, Azallu put distinguer les sceaux qui discrètement prenaient vie au cœur de cette chambre somptueuse. Sur les parois brun clair ressortaient les maléfices de lumière ainsi que des fresques de fleurs aux tonalités sombres et aux courbes élégantes. Tout n'était que volume et elle en appréciait chaque détail. À force d'observer les peintures, elle discerna après coup la sous-couche qui masquait le nombre significatif d'enchantements pour la garder prisonnière.

Ils n'ont pas vraiment besoin de prendre autant de dispositions. Je n'ai nulle part où aller.

— Tout est fait pour que je reste.

— Vallar seul décidera de ton sort, souffla le sorcier.

Azallu se doutait que cet homme réfléchirait à toutes les possibilités. Comment user au mieux de sa force ? En pesant le pour et le contre de sa présence, il finirait par comprendre qu'elle ne lui apporterait que des ennuis, c'était certain.

— Comment as-tu fait pour survivre lors de l'offensive à Arow ? Ils vous croient tous disparus !

Elle avait demandé cela de but en blanc en oubliant la politesse. Elle se montrait un peu brusque et espérait qu'il ne lui en tiendrait pas rigueur. Elle s'attendait presque à le voir s'énerver, bien qu'elle n'en sache pas trop les raisons. Et alors que la peur s'enracinait en son sein, le sorcier répondit de ce même ton neutre. Ses lèvres fines à la pigmentation légère remuèrent à peine.

— Pendant l'attaque, nous nous sommes enfuis.

— Vous avez réussi à passer inaperçus ? On dirait pourtant

que tu as mon âge, souligna-t-elle.

— Hum… Je suis le bras droit de Vallar, c'est pour cela que j'ai été envoyé à Arow. Les enjeux de ma mission allaient plus loin que de suivre de simples cours.

Il resta vague, mais elle pouvait aisément deviner les intentions cachées. Tout était question de pouvoir afin d'en apprendre un maximum sur les faiblesses de sa tante.

— Orckar, pourquoi Breese n'a-t-elle jamais mentionné ton nom ?

— Je ne participe pas directement aux échanges avec les mages… Mais depuis la mort de la Suprême, les choses vont évoluer, expliqua-t-il pour répondre à son interrogation.

— Évoluer…, répéta-t-elle avec un goût amer dans la bouche.

Dumeur avait perpétré un changement sans précédent qui annonçait le début d'une ère de sang. Une nouvelle fois, ses mains la picotèrent. Il lui suffisait de penser à lui pour se perdre dans la haine. Cela lui réclama de gros efforts afin de ne pas libérer le flux qui s'y emmagasinait. Orckar lui lança un regard de biais, bien différent de celui impassible qu'il abordait depuis son réveil : noir, calculateur.

— Tes sentiments extrêmes sont le reflet même de tes facultés. Tant que ton cœur brûlera de vengeance, l'inconstance dominera tes actions. Tu resteras une flamme vacillante, prête à s'éteindre ou, dans d'autres moments, à trop t'échauffer. Si tu aspires à devenir plus qu'un feu grondant et protéger les tiens, il te faudra commencer par juguler ta colère !

Mes émotions ressemblent à un orage, songea-t-elle.

— Si j'y arrive, pourrai-je sauver mon père ?

— Il y a bien des choses qu'on parvient à faire en ayant une parfaite maîtrise de soi ! Je ne peux rien garantir toutefois quant à l'avenir de ta famille.

L'angoisse de perdre ses parents la submergea soudain. Et ses paumes réagirent aussitôt au fil de ses pensées. Orckar lui saisit alors les bras à travers les draps à une vitesse stupéfiante. Ses yeux luisaient de rouge.

— Contrôle-toi, exigea-t-il.

L'étoffe, entre la poigne d'Orckar et elle, se froissait d'elle-même et le ton autoritaire qui la rappelait à l'ordre lui permit de se ressaisir.

— Je... je suis désolée, bafouilla-t-elle.

— C'est normal avec ce que tu traverses, ne sois pas trop dure envers toi. Toutefois, si tu veux survivre, tu devras apprendre vite.

Il la relâcha alors qu'elle restait sans voix, puis elle releva la couverture pour apercevoir la trace de ses doigts sur sa peau. Comment avait-il fait pour voir à travers le tissu ? Aussi, il s'était déplacé très vite, elle avait à peine eu le temps de le suivre des yeux. Orckar se repositionna devant la fenêtre, laissant une douce brise parcourir ses cheveux. Il observa les lunes un moment, imposant un silence curieux.

— Ta condition est d'autant plus dangereuse que ta situation demeure instable. Tu aspires à te venger, tu veux sauver ton père, nous désirons ta force et Dumeur t'a vendue... Cela fait beaucoup pour une petite fille gâtée.

Azallu se détourna, il résumait si bien les choses.

— Hum..., marmonna-t-elle, amère.

— Il y a deux choix possibles : soit tu affrontes ton tortionnaire, soit tu te plies à nos règles.

— Je pourrais encore fuir...

Un éclat moqueur illumina le regard d'Orckar.

— Pour aller où ?

— Aterra, répondit-elle sans trop réfléchir.

Quoi de mieux que de se diriger directement à la source du problème et laisser son pouvoir tout détruire ? Plus elle y pensait et plus cette idée la tentait.

— Alors tu arriverais à traverser le désert et franchir les remparts de leur forteresse sans risque ? C'est vrai que ton pendentif t'y aiderait, tu pourrais te faire passer pour une simple magicienne ou une sorcière ou même une humaine... mais...

Il ne termina pas sa phrase et elle empoigna le bijou qui ornait son cou. Avait-il un tel pouvoir ? Mhor ne l'avait mentionné nulle part dans son livre de sorts qu'elle connaissait sur le bout des doigts.

— Je… Ce n'est pas un artefact, je le saurais sinon !

Orckar afficha un mince sourire, qui se voulait indulgent. Il se rapprocha au point de la toucher et en douceur se saisit de son collier, effleurant sa peau au passage.

— Si tu le tournes ainsi, tes pouvoirs ressembleront à une réelle sorcière. Tandis que si cette lune pivote dans ce sens, alors tu apparaîtras comme une pure magicienne et avec celle-ci, en véritable petite humaine !

Leurs regards se croisèrent et il relâcha l'objet.

— Tu as ici un bijou d'une rareté absolue, lâcha-t-il en une moue. Cela ne m'étonne pas tant, puisque tu dis que Mhor est ton ancêtre ! Il était reconnu pour détenir de tels artefacts.

— Je… J'ignorais que c'était un collectionneur.

— C'était un érudit, rectifia Orckar. Il voulait tout apprendre du monde, tout découvrir. Ses voyages l'amenaient à dénicher des antiquités. Les Suprêmes obtiennent la mémoire de plusieurs générations, mais cela est plus relié à leur manière de dominer les autres. Mhor surpassait bien des hommes par son intelligence.

— Comment le sais-tu ? Tu n'étais pas né, grogna-t-elle.

L'idée que quelqu'un le connaisse mieux qu'elle la mettait hors d'elle.

Moi seule ai le droit de le comprendre, songea-t-elle avec possessivité.

— Vallar…

— Vallar, répéta Azallu entre ses dents. Que sait-il de lui ?

Bien sûr, elle s'était relevée. Ses prunelles brillaient dans la nuit. Le sujet la captivait soudain plus que le reste.

— Tout, s'amusa à répondre Orckar. Il sait tout, car c'était son confident, son bras droit. Ils étaient comme des frères inséparables !

— Frères…

Mais Azallu trouvait étrange que Mhor ne l'ait mentionné nulle part.

— Accepter nos conditions te permettrait d'apprendre tout

ce que tu veux. Il te faut emmagasiner un maximum de connaissances. Pour l'instant, tu ignores tout. Tu l'as bien vu avec Dumeur, n'est-ce pas ?

Azallu se sentit devenir minuscule. Elle avait le sentiment qu'il la traitait d'inculte.

— Je ne suis pas très forte en politique, avoua-t-elle. Même si j'ai des lacunes, j'ai toujours eu de la mémoire pour les sorts. Malgré tout, j'ai l'impression que ça ne m'aidera pas tant à gagner.

— C'est là où tu te trompes ! Il y a tellement d'envoûtements qu'il est impossible de les répertorier et ils servent pour tout et n'importe quoi. Je suis certain que l'un d'entre eux te sera utile autant pour te contrôler que pour sauver ta famille. Tu en auras besoin si tu veux rester ici.

Sa voix n'avait pas fléchi une seule fois. La jeune fille comprit que par tous les moyens, elle devait obtenir le soutien de Vallar. Il lui fallait le séduire d'une manière ou d'une autre. Si ce sorcier avait été ami avec Mhor, alors peut-être serait-il sensible à son destin.

— Et toi, quel est ton rôle ? Pourquoi m'aides-tu ?

Orckar ne lui répondit pas tout de suite. Son regard sanglant se tourna vers les lunes.

— Quand le moment viendra, je te demanderai une faveur.

— Une faveur ?

Il approuva par un faible hochement de tête.

— Oui, bien sûr. La bonté n'existe pas en ce monde, lâcha-t-elle avec sarcasme avant de croiser les bras sur son buste.

— Tu me fais des reproches alors que tu agis exactement comme moi ? Tu ne vas pas non plus nous servir par pure charité que je sache. Ta différence seule te sauve !

Azallu tiqua.

En quoi ? En quoi ? songeait-elle. *En quoi suis-je si différente ? À cause de mes origines, mais j'ai l'impression qu'il cache autre chose. Je ne peux pas rester dans l'ignorance, plus maintenant.*

— C'est parce que je suis une Incomprise que tu dis ça ?

— La puissance qu'il y a en toi est immense ! Tout le monde te craint. Les gens d'Arow te l'ont fait ressentir assez crûment, non ?

— En même temps, je n'ai pas une famille normale. Ma mère est un mélange des races et mon père, le résultat d'un vœu... À eux deux, ils sont un peu bizarres, concéda-t-elle. Et puis... Je... je ne respirais pas à la naissance, c'est Mhor et les Quink qui se sont sacrifiés pour nous ramener à la vie, moi et mon père... Alors, bien sûr que les mages n'allaient pas m'accepter facilement.

— Mort-née, répéta-t-il, comme si ce point lui avait toujours échappé et qu'il l'apprenait seulement.

Azallu venait de révéler là un énorme secret sur son existence. Sa gorge se noua, mais elle ne laissa rien paraître.

— Ça n'aurait pas dû arriver, reprit Orckar, qui s'était perdu en réflexion.

Sa mine s'assombrit et ses traits se durcirent.

— Quoi donc ?

— Ce sort que Mhor a lancé n'aurait pas dû fonctionner. Tu n'avais pas d'âme, donc te ramener à la vie était chose impossible puisque tu n'as jamais vécu !

— Qu'insinues-tu ? hurla soudain Azallu.

Elle se sentait devenir un véritable monstre. Orckar la considéra d'un air grave, ses lèvres se réduisaient à une fine ligne.

— Je n'insinue rien, je constate simplement.

— Tu constates et dis des horreurs, comme si ce n'était pas assez abominable que Mhor ait donné sa vie !

Orckar recula sous l'emprise de son expression. Il savait devoir l'apaiser sous peine de réveiller la rage qui sommeillait en elle.

— Mes paroles étaient déplacées et je m'en excuse. Je ne réaborderai pas le sujet.

Azallu se crispait toujours, mais finit par se calmer. Elle détendit quelque peu les muscles de ses doigts serrés.

— Le passé m'appartient, grogna-t-elle. Mhor s'est sacrifié pour nous et je compte bien tout faire pour l'honorer ! Je sauverai donc ma mère et mon père !

La poitrine d'Azallu l'oppressa. Parler ainsi de ses parents lui rappelait combien ils lui manquaient. Et plus le temps s'écoulait, plus elle s'en voulait.

Il lui fallait respirer. Pourquoi révéler le secret le mieux gardé de sa naissance ? Les mots étaient sortis sans seconde pensée et elle détestait l'effet qu'Orckar avait sur elle. Il n'était ni son confident ni son ami.

Non, ce n'est pas ça, rectifia-t-elle. *J'ai peur de lui mentir.*

Elle sentait que les conséquences d'un tel acte seraient terribles, plus encore que son incapacité à se contrôler. Elle frotta ses bras pour faire fuir sa chair de poule.

— Je t'aiderai. Un point me perturbe toujours et malgré mes efforts pour chercher sa provenance, je n'en trouve aucune. Tu pourras sûrement mieux m'aider. Cette lueur blanche qui nous a permis de te ramener à la raison, qu'est-ce ? Je n'avais avant aujourd'hui jamais vu une chose pareille.

La jeune fille songea tout de suite à ses rêves, à cette sensation d'étouffer, à ces yeux verts oppressants, au lac luminescent cerné d'arbres chantants. Tout ceci était-il relié à son pouvoir ? Tout devenait décidément très compliqué et elle avait peur de ce que cela cachait.

— Je ne vois pas de quoi tu parles.

Orckar pencha la tête sans rien ajouter, mais elle devinait à son air que sa réponse ne le satisfaisait pas.

CHAPITRE 21

La nouvelle demeure

Azallu recula alors qu'Orckar effectuait un pas vers elle d'une démarche pleine de détermination. Si son regard avait quelque chose d'impressionnant en temps ordinaire, en cet instant, il la terrifia. Elle buta contre la tête du lit, ce qui l'obligea à l'affronter. Prise au piège par son magnétisme, elle ne put rien faire. Orckar croisa les mains, les plaça devant son visage, avant de prononcer d'antiques paroles. Une lueur vive jaillit d'un coup de ses doigts pour l'envelopper. Les particules formèrent des symboles tout en lignes et en cercles. Azallu essaya de se protéger par un geste maladroit.

— Qu...

Les prunelles sanglantes d'Orckar se teintèrent d'un blanc luminescent. Une fois son incantation terminée, le sortilège se dirigea droit sur Azallu en un rayon aveuglant. Elle aurait souhaité crier, toutefois, elle ne parvint à émettre qu'un gargouillis intelligible.

— J'ai tracé un chemin jusque ton âme, expliqua-t-il en venant appuyer son annulaire au creux de ses clavicules. Pour savoir ce que tu es précisément, tu vas devoir percer le mystère de ta création et renouer avec tes origines.

Je ne comprends rien, voulut-elle souffler alors que ses yeux papillonnaient.

L'opacité du rêve s'empara de son esprit pour la plonger au cœur d'un univers de nuages noirs. Lentement, à travers leur brume, elle retrouva le lac, les arbres chantants, cet espace enserré entre la vie et la mort. L'être au centre du lac avait gagné en consistance et en détail. Azallu parvenait maintenant à discerner un corps.

— Je t'attendais…, s'exprima l'entité avec puissance. Ton pouvoir s'est libéré…

Elle garda le silence, se contentant de l'observer. Elle avait besoin de voir son visage. Qui était-il ? Que lui voulait-il ?

— Je… j'aimerais comprendre…

Le brasier de ses sentiments tourbillonnait autour d'elle à la rendre folle. Elle devait saisir ce qu'il était. Il fallait qu'elle apprenne à se connaître.

— C'est toi qui as scellé mes pouvoirs ?

— Oui, c'est moi, répondit l'être sans hésitation.

Elle ne décelait dans sa voix aucune trace de mensonge.

— C'est ce que tu protégeais… Ma colère… Mon cœur noir qui aspire la vie ?

Plus elle s'exprimait, plus son intonation faiblissait. Il lui semblait que l'obscurité s'emparait froidement de son être.

— Ton âme n'est pas opaque.

Il lui suffit de ces quelques paroles pour que les tourments d'Azallu s'apaisent.

Il fait réellement partie de moi. Il connaît mes pires craintes, cette terreur que je n'osais pas énoncer.

— Mon cœur… m'épouvante, souffla-t-elle

— Oui, il fait peur, mais nous le contrôlerons. Ensemble ! Nous le pouvons, assura la silhouette.

Posément, l'entité se rapprochait d'elle.

— Qui es-tu ? Qui suis-je ? prononça-t-elle d'une voix trop

basse.

L'être devenait plus tangible, ses contours se définissaient. Elle parvenait presque à distinguer ses traits.

— Toi et moi ne faisons qu'un.

L'intonation onirique de l'être résonnait autour d'elle. Elle s'ancrait sur sa peau, s'incrustait, et bientôt, les mots qu'elle perçut, elle ne les entendait plus vraiment, mais les ressentait, les vivait. Il lui parut alors qu'elle savait depuis longtemps ce qu'elle était, ce qu'elle cachait, mais qu'elle craignait de le dire à voix haute.

— Quel est mon nom ?

Oui, songea-t-elle, *c'était la bonne question. Qui suis-je à l'origine ?*

Et soudain, les paroles d'Orckar lui revinrent : « Cela n'aurait pas dû être possible. »

La peur et le doute de ce que cela impliquait amplifiaient ses émotions. Sa main bourdonna, elle allait la laisser exploser quand un mouvement dans ses cheveux l'apaisa. Cela ressemblait de très près à une caresse, comme aurait pu lui offrir sa mère.

Les arbres, qu'elle avait cru détruire la dernière fois, n'avaient pas bougé et chantaient toujours leur mélodie sur le destin. Ils répandaient les chansons du monde. En les examinant, elle remarqua qu'ils avaient changé. S'étaient-ils développés ? Une éternité s'était-elle écoulée depuis sa précédente visite ? Plus grands, plus imposants, ils paraissaient avoir évolué.

— Ils ne peuvent pas disparaître, expliqua l'entité, qui lisait en elle. Ils sont ta force, ta colère, ta douceur... Ils sont la vie, et ce trou, la mort !

La jeune fille suivit du regard ce que l'être pointait du doigt, et distingua sous ses pieds un gouffre sans fond. Le vent y tournoyait comme l'aurait fait une tornade. Il était sur le point de tout engloutir. Elle pensa à cet instant qu'elle ne pourrait jamais combattre un tel élément, ni le contrôler, ni le détruire. Cette obscurité reliée à ses mains se nourrissait par son biais. En aspirant la vie, il s'élargissait et devenait plus puissant.

Sur ses paumes pulsaient des veines noires, hideuses. Celle d'un sang pourri. Elle ne devait pas laisser la peur la dominer alors qu'elle voyait la corruption se propager comme la pire des malédictions.

— Calme-toi, Azallu ! ferme les yeux…, souffla l'entité avec tendresse.

La jeune fille obéit sans même réfléchir, incapable d'en supporter davantage.

Elle s'éveilla en sursaut, soulagée de s'être éloignée. Cette fois-ci, il lui avait été plus facile de se détacher du rêve. Mais plus elle visitait cet endroit, plus elle découvrait des choses terribles sur son âme qu'elle aurait préféré ignorer.

Orckar était retourné à sa fenêtre et Azallu toucha ses cheveux en se demandant s'il venait de les caresser. Son geste l'avait apaisée sur le moment, mais surtout, cela lui avait rappelé sa mère.

— Ne refais pas ça, grogna-t-elle, la voix pâteuse.

Le sorcier tourna son visage dans sa direction. Il l'étudia de ses iris rouge et elle se tassa sur elle-même.

— Pourquoi ? Tu en avais besoin !

Les sourcils de la jeune fille se froncèrent.

— Je… Ce n'est pas à toi de décider !

— Le temps passe plus vite que tu ne le penses. Tu dois renouer avec tes origines, que cela te plaise ou non ! Mais je sens en toi la compréhension. Tu sais mais te refuses encore à te l'avouer.

Azallu ne répondit rien. Ses mots la perturbaient et elle examina ses mains avec l'impression de sombrer profondément.

— Aujourd'hui, tu as peur, mais demain, tu te raffermiras. N'oublie pas que pour survivre et sauver ton père, tu dois servir Vallar et lui prouver ta valeur. Tu as choisi un tyran pour un autre, si tu veux mon avis.

— Je n'ai pas besoin de ton avis, grogna-t-elle.

Azallu déglutit néanmoins avec difficulté.

Vallar doit m'accepter. Par tous les moyens, je dois devenir indispensable.

Orckar se leva puis s'approcha de la porte. Il gardait cette droiture, cette froideur, à l'image même des lunes. Elle frémit.

— Pour le moment, repose-toi. Je t'ai mis à manger sur la commode. Je viendrai te chercher à l'aube, alors sois prête.

Azallu se crispa tandis qu'il s'en allait. Son regard erra dans la pièce vide. Elle se retrouvait seule avec ses pensées et se frotta les paupières. Elle ne devait pas craquer maintenant. Tout se jouerait dans les prochains jours, rien n'était encore perdu, mais le désespoir s'accrochait.

Est-ce que maman s'en sort ? Papa a-t-il sombré ?

Une vague de tristesse menaça de la submerger à cette dernière pensée. Malgré tout, elle résista aux larmes. Elle percevait contre sa peau comme des bras la serrer, la rassurer. L'être de son rêve n'avait jamais été aussi proche. La jeune fille se sentait si bien à ses côtés qu'un souffle bienheureux lui échappa.

Azallu décida de se lever du lit. Elle s'empara du plateau aux mets froids. Elle n'avait presque rien mangé depuis sa fuite. Se nourrir lui redonna de l'énergie et son moral augmenta.

Une fois rassasiée, du bout des doigts, elle s'approcha des flammes qu'Orckar avait fait apparaître sur les murs. Pas de chaleur. La magicienne poussa plus loin l'expérience jusqu'à effleurer les sceaux ancrés dans la roche. Les feux perdirent en intensité avant de disparaître entièrement comme s'ils n'avaient jamais existé. La déception la gagna, elle aurait voulu se brûler un peu, souffrir sans plus penser à autre chose.

Quel étrange phénomène, songea-t-elle en examinant ses mains.

Si elle avait fait une telle découverte quelques jours auparavant, elle en aurait été subjuguée. Elle avait l'impression d'avoir changé, d'être devenue insensible.

Azallu, à présent plongée dans le noir, se dirigea vers la fenêtre, comme Orckar précédemment. Que pouvait-il bien observer ?

En quelques pas, elle put apprécier la vue où de petites touches grésillaient ici et là dans les couleurs rouge et orange. Antanor apparaissait comme un foyer dévorant, gorgé d'une lumière réconfortante et en même temps si froide. Quelle illusion perturbante…

Les lunes rayonnaient dans la nuit, entourées de leurs astres. Bienfaitrices, elles veillaient sur leurs enfants. Azallu s'accouda sur le rebord glacial de la baie tout en s'asseyant sur le siège qu'Orckar avait utilisé, puis elle posa la tête sur ses mains. Elle ferma les yeux, laissa le vent caresser sa peau, s'autorisant un peu de sérénité. Elle sentait sa chevelure onduler, danser, s'entortiller. Elle en aurait presque oublié ses chagrins et ses craintes.

Ses cheveux se parèrent bientôt d'or. Azallu le remarqua à peine, alors que ceux-ci brillaient comme aurait pu le faire une étoile.

CHAPITRE 22

LA DURE ASCENSION

Azallu, accoudée à la fenêtre, s'éveilla, le corps frigorifié. Lorsque ses paupières se soulevèrent, son regard se posa sur l'horizon. Le soleil se levait à peine, amenant sur le monde ses rayons bienfaiteurs. Elle frotta ses bras pour réveiller ses membres endoloris. Elle n'aurait pas dû s'endormir ainsi, elle était proche de tomber malade. Elle se redressa à la recherche d'une couverture pour se réchauffer. Il fallait qu'elle se lave, car depuis Arow, elle n'avait pu se nettoyer correctement et son odeur la dérangeait, tout comme une envie pressante la tenaillait.

Après un rapide examen, elle repéra près de la commode un bol rempli d'eau accompagné d'un savon au parfum de romarin ainsi qu'un pot de chambre. Elle effectua une toilette sommaire qui lui permit de se sentir mieux.

Par la suite, elle fouilla les placards et dénicha une tenue qu'elle supposa être la sienne. Azallu l'enfila, soulagée d'avoir quelque chose de propre sur sa peau. Remettre ses habits crasseux lui aurait été extrêmement pénible.

Les nouveaux vêtements, de bonne facture, offraient une protection étonnante et un maintien digne des plus valeureux guerriers. Qui de Vallar ou d'Orckar avait sélectionné cela pour elle ? Ils lui allaient si bien qu'elle en demeurait pantoise.

Alors qu'elle terminait de se parer, la porte s'ouvrit sur un Orckar plus rigide encore que la veille. Ses yeux rouges à faire froid dans le dos la forcèrent à se détourner. De ce simple mouvement, elle remarqua la présence de tatouages blancs à peine visible aux formes complexes sur ses bras.

Après quelques battements de cils, la jeune fille comprit enfin qu'il s'agissait d'animaux si compactés les uns dans les autres que leur représentation devenait floue. Le tout était composé de courbes et de traits fins. Il rabaissa brusquement la manche de sa chemise, l'obligeant à relever la tête.

— Vallar désire te voir, la salua-t-il.

Il restait distant, inexpressif et ses gestes gardaient cette raideur. Azallu n'était pas certaine de pouvoir s'habituer un jour à sa façon si impersonnelle de la dévisager.

— J'ai le droit de sortir ?

Elle jeta un coup d'œil aux sceaux incrustés dans les murs. Elle devinait leur puissance rien qu'à leur forme. Tout être sensé n'aurait jamais voulu risquer de les enclencher.

— Tant que je suis là, tu n'as rien à craindre. Ils s'activeront seulement si tu essaies de fuir.

Azallu déglutit et effectua un pas en avant, loin d'être convaincue.

— Tu m'emmènes pour le sort de sang, c'est bien ça ? Laysi a notifié que c'était dangereux, murmura-t-elle.

— C'est périlleux en effet. Si tu as menti, tu en pâtiras et nous ne pourrons plus rien pour toi.

Ses iris perçants s'accrochaient à chacune de ses réactions. Il espérait sûrement la voir se rétracter.

— Mais il a affirmé qu'avec les descendants, ça échouait parfois. Même si je dis la vérité…

Elle avait parlé de son mieux pour ne pas faire trembler sa

voix. Orckar ne parut guère touché par sa détresse. Il s'engouffra dans le couloir sans plus attendre.

— Cela fonctionnera, assura-t-il.

— Comment tu peux en être aussi certain ?

Azallu lui emboîta le pas malgré tout, bien trop curieuse de ce qu'il lui répondrait.

— Parce que tu lui ressembles.

Orckar marchait au même rythme, l'obligeant à rester derrière lui, mais fut toutefois forcé de se retourner. Elle avait arrêté de le suivre.

— Comment ça ?

Il eut un sourire tendre de celui qu'adresserait un père à son enfant.

— Des artistes ont tracé le portrait de Mhor alors qu'il devait avoir ton âge. Vous êtes presque identiques à la seule différence de votre sexe. Peut-être la forme de son visage est-elle plus dure que la tienne, mais vos yeux sont pareils, il n'y a que la couleur qui change.

Azallu, l'air grave, reprit son ascension. « Identiques », disait-il. Pourquoi avait-elle autant de mal à le croire ? Cela la rendait heureuse, plus qu'elle ne l'avait jamais imaginé. Elle avait toujours voulu ressembler à Mhor et rêvait d'examiner ses traits, car malgré ce qu'il disait, elle ne parvenait pas à se le figurer.

— J'aimerais le voir !

— Après, lorsque ce sera plus calme.

À son ton, elle sut qu'il se montrerait intransigeant, alors elle le suivit en silence. Ils marchèrent à pas mesurés le long des couloirs, montant vers le sommet, là où l'attendait Vallar. Elle se concentrait sur la splendeur des murs où flammes, courbes, arabesques se mêlaient avec harmonie. La rampe d'escalier s'entortillait autour des barreaux comme des vignes grimpantes, augmentant le charme des lieux.

— La décoration est incroyable, c'est tellement différent d'Arow... Mes yeux ont du mal à s'habituer, s'amusa-t-elle.

— Chaque année, les artistes y rajoutent des détails. Le Vegart est le mouvement prédominant depuis quelques années.

La nature, cœur de leur inspiration, nous permet d'évoluer parmi de pareilles merveilles…

— Arow est si épuré en comparaison.
— Les mages ne veulent pas de notre art, expliqua-t-il avec

dédain. Pourtant, ils adorent s'approprier ce qui est nôtre. Leur bibliothèque n'est certainement pas de leur fait !

La douce Incomprise se remémora le lieu avec nostalgie.

Oui, songea-t-elle, *c'était l'endroit que je préférais.*

Passé un temps, ne se perçut plus que le bruit de leurs pas. Après plusieurs volées de marches, Azallu commença à fatiguer.

— Nous devons encore monter très haut ? s'enquit la jeune fille, essoufflée, alors qu'ils s'engageaient dans un énième escalier.

— Vallar se trouve au sommet, comme on peut s'y attendre.

— Mais, il n'y a pas de tunnels d'air comme à Arow ? Enfin, je n'aimais pas les emprunter, mais…

L'homme secoua sa tête opaline et ses cheveux s'agitèrent autour de ses fines épaules.

— La sorcellerie est bien différente de la magie. Certains utilisent des sortilèges pour aller d'un point à un autre, seulement cela demande beaucoup d'énergie, bien plus que de faire quelques efforts physiques. Il va falloir t'y faire.

Azallu leva les yeux vers le plafond. Combien y en avait-il encore ?

— Il reste dix paliers à gravir, répondit-il à nouveau à sa question muette. La tour en comporte vingt, ta chambre se trouve au septième.

— On n'a monté que trois étages, compta-t-elle.

Orckar acquiesça en silence. Elle décida de profiter de ce moment où ils pouvaient discuter.

— En quoi consiste le sort de sang ? Que devrai-je faire ?

— Tu devras simplement entrer chez Mhor.

— Mais, je ne comprends pas…

— Mhor cachait bien des choses. On raconte que le Cercle lui aurait révélé un nombre incalculable de secrets et qu'il a tout consigné dans sa bibliothèque personnelle. Ton ancêtre aurait en sa possession des livres anciens qui offriraient une force prodigieuse. Enfin, c'est ainsi que va la légende.

— Réellement ? hoqueta Azallu.

Les yeux écarquillés, elle se rapprocha d'Orckar pour mieux

l'entendre.

— Alors, il connaissait le Cercle. Peut-il vraiment mourir ?

Orckar s'arrêta au milieu des marches pour lui lancer un regard noir.

— Le Cercle n'est rien qu'une illusion.

— Mais... il... Je ne te crois pas ! Il est souvent venu me voir et...

Il m'aimait. Oui, c'était le seul à rester près de moi quand les autres me fuyaient. Il me manque.

Elle repensa à sa disparition, le cœur lourd de peine.

Peut-être a-t-il survécu. Il m'a demandé de le chercher, mais il ne m'a pas dit comment.

— Sa présence n'est qu'un reflet, expliqua Orckar. Il n'est ni vivant ni mort. Il n'est pas né d'une mère et d'un père. Les émotions qui le traversent ne ressemblent aucunement aux nôtres. Le rencontrer est une chance et toute personne qui posera ses yeux sur lui le chérira profondément, telle est sa nature.

— Pourtant, quand je le voyais, il agissait normalement... Aussi réel que...

— Il a toujours été l'illusion la plus vraie.

— Je ne comprends rien de ce que tu racontes. Il... il m'aimait.

Azallu devait en parler. Le Cercle existait. Elle avait besoin de son amour, car sinon elle était seule, entièrement seule.

— Il t'aimait ? répéta lentement Orckar comme s'il testait ces mots sur sa langue.

— J'étais là, tu sais, le jour de sa mort. Ce sont des membres d'Aterra qui l'ont attaqué, et devant moi, le Cercle s'est dissipé, révéla-t-elle en retenant un flot de chagrin. Il a tout donné pour me protéger, mais je l'ai vu envoyer une partie de sa magie. Pour moi, il vivait. Peut-être qu'il a survécu grâce à cette énergie, c'est envisageable, non ?

Plus elle divulguait ce qu'elle avait traversé, plus ses yeux brillaient de détresse.

— Ne pleure pas, tout est possible avec lui, murmura Orckar sans toutefois se risquer à croiser son regard. Je peux néanmoins te dévoiler un secret le concernant : il est, tout comme il n'est pas. Il vit, mais n'a pas de corps. Il aime, et en même temps, il ne possède pas de cœur... Il est tout et son contraire.

— Est-ce que...

Hésitante, la jeune fille n'osa tout d'abord pas finir sa phrase. Elle se mordilla les lèvres avant de continuer. :

— Suis-je censée y comprendre quelque chose ?

Orckar secoua la tête, mais Azallu se montra tenace.

— Tu décris là le principe même de l'illusion. Il est sans exister, on le voit sans le toucher...

— Oui, c'est que tu saisis finalement.

— Mais il vivait, insista-t-elle, décontenancée. Il m'a caressé la peau, plusieurs fois. Enfin, je veux dire la joue.

Et elle rougit violemment.

— Plusieurs fois ? répéta Orckar en levant un sourcil.

Elle bredouilla d'incohérentes paroles.

— Pas comme ça, tu sais bien que ce n'est pas ça que je...

— Non, je ne sais pas.

— Tu le fais exprès. S'il n'était qu'une illusion, alors qui l'a créé ? Quelqu'un est forcément à l'origine de...

— Lui-même.

— Lui-même ?

Elle le tira par la manche pour qu'il la regarde. Ils se détaillèrent d'interminables secondes et elle se détourna la première. Indifférent, il reprit son ascension et elle n'osa plus rien dire. Son air sanglant l'avait dissuadée d'insister.

CHAPITRE 23

LE SANG ANCIEN

Azallu redoutait cette rencontre avec Vallar. Que lui révélerait-il de plus qu'Orckar ? Il voulait s'approprier sa force, rien d'autre ne semblait le motiver. Ce maître sorcier prenait bien des risques pour quelque chose qu'il n'était pas certain d'obtenir.

Orckar la mena jusque dans une pièce sans trop de fioritures par rapport au reste. Vallar releva ses yeux sombres de son bureau qui, enseveli sous une pile de papiers, disparaissait. Azallu examina les lunettes sur son nez, qui le rendaient si sérieux, et ses tatouages toujours aussi perturbants. Était-il humain ? Sa peau couverte d'arabesques lui laissait une drôle d'impression.

Vallar se tourna vers elle, un sourire éclatant sur les lèvres.

— Azallu, tu as une meilleure mine qu'hier, constata-t-il, de bonne humeur. Orckar a déjà dû t'expliquer ce que j'attends de toi.

La magicienne hocha doucement la tête, incapable d'ouvrir la bouche.

— L'appartement de Mhor...

— Et ta force, ton sang, rappela-t-il. C'est le prix à payer pour ma protection !

Intransigeant, il lui indiquait par son ton sec qu'elle devrait obéir. Les mots d'Orckar lui revinrent. Un tyran pour un autre. Mais en était-il un ? Pour l'instant, Vallar la traitait plutôt bien.

— J'avais compris.

— Vraiment ? En saisis-tu toutes les subtilités ?

À la manière dont il la considérait, elle n'eut aucun mal à voir son scepticisme. C'était la première fois qu'on lui parlait ainsi. Vallar leva un sourcil, en attente de réponses qui ne venaient pas. Elle s'humidifia les lèvres.

— Tu suggères une union !

La jeune femme durcit son regard, redressa la tête et les épaules. Elle n'afficherait pas l'image d'une petite fille effrayée. Elle avait besoin de son armée. Par son rang, son statut chez les mages, elle offrait à Vallar un point de pression contre Dumeur non négligeable. Toutefois, la partie physique n'entrait pas dans ses réflexions. Elle se concentrait beaucoup sur l'aspect pratique.

— Alors, tu es moins sotte que je le pensais, dit Vallar en se relevant à son tour, lâchant ses documents pour se rapprocher. Si le sang de Mhor coule en toi, tu devras prouver ta valeur. Les sorciers sont différents. Les origines ne suffisent pas, il faut s'imposer par l'esprit. Mon armée sera tienne si tu acceptes ces conditions.

Il avait su lire en elle comme dans un livre ouvert et cette simple constatation la rendait nerveuse.

— Comment devrai-je prouver ma valeur ?

— Par des actes et de l'intelligence. Lorsque je ferai cette annonce, les grandes familles s'opposeront à ma décision. Démontrer que tu es bien la descendante de Mhor les calmera, mais ça n'endiguera pas tous les conflits intérieurs. Ton soi-disant ancêtre était l'un de mes meilleurs généraux. Il était buté, fou par moments, mais surtout et aussi, un homme courageux ! Il a beaucoup apporté à notre communauté... Si tu es sa petite-fille, la plupart des clans se rangeront de mon côté, tandis que d'autres en profiteront pour m'affronter.

Azallu déglutit. Elle jeta un bref coup d'œil à un Orckar, tout à fait indifférent. Son regard pourpre toutefois ne quittait pas le maître sorcier.

— Je dois passer cette épreuve de sang, murmura-t-elle.

Elle masquait au mieux ses émotions, mais l'idée d'échouer la terrifiait. Les mots de Laysi tournaient en boucle dans sa tête.

— Mhor a protégé sa demeure par un sort puissant que personne n'a jamais pu briser à moins de mourir, reprit Vallar avec grand sérieux. Seul un membre de sa famille a une chance d'y pénétrer... Si tu fais partie de sa descendance, alors t'introduire chez lui ne sera pas bien difficile. Une fois à l'intérieur, je veux que tu m'autorises à y entrer à ma guise, c'est ta première mission.

Azallu se mordit la lèvre inférieure. Son cœur tambourinait dans sa cage thoracique de manière douloureuse, elle peinait à se calmer tant elle stressait. Que cachait donc son ancêtre pour avoir ainsi défendu sa bibliothèque ? Se mêlait aussi à ses sentiments une sournoise curiosité. Elle dissimula mal ses tremblements alors que Vallar se relevait.

— Bien, maintenant que tout est dit, je vais t'accompagner deux étages plus bas.

Il se tourna vers son second, une lueur dans les yeux. Il lissa ses vêtements avant de lancer ses ordres :

— Orckar, va préparer la cérémonie pendant que je lui fais signer le pacte. Que le conseil se réunisse au complet. Le moment est venu de la présenter, car après tout, elle va bientôt faire partie intégrante de notre communauté.

Le sorcier albinos s'inclina avant de s'éclipser en silence. Vallar, quant à lui, sortit d'un coffre un livre ancien si conséquent qu'il le portait avec difficulté.

— Maintenant, Azallu, à nous deux.

La jeune fille sentit son sang pulser dans ses veines. Elle manquait de temps, tout venait trop rapidement et elle ne parvenait pas à s'adapter.

— Voici toutes les générations de sorciers référencées dans

ce volume, dévoila l'homme de son intonation grave.

Vallar déposa l'ouvrage au centre de son bureau, sur un tas de feuilles, et le parcourut fièrement du bout des doigts. Il sembla à la magicienne qu'il touchait un trésor.

— Tu t'en doutes, beaucoup rêvent de s'en emparer, car tous les clans y sont répertoriés avec ce qui les relie aux autres et leurs points faibles. Ce savoir inestimable auquel moi seul ai accès peut faire sombrer n'importe qui.

— Et qu'est-ce que ça a à voir avec moi ?

Azallu comprenait l'importance qu'avait cet ouvrage, mais elle trouvait fou qu'il partage un secret aussi grand avec elle.

— Tu y rejoindras l'espace réservé à la famille de Mhor, et plus tard, la mienne.

Devant le sous-entendu, Azallu rougit. À nouveau son mariage était mis en avant et cette fois-ci, elle le choisissait. Elle se sentait prête à tout pour blesser Dumeur d'une quelconque manière.

Il ne supportera pas de voir que je décide de me lier à son pire ennemi !

— Le livre te permettra de consulter toute ton histoire. Du côté de Mhor, bien sûr.

Il releva les yeux de la couverture et tous deux s'étudièrent. Azallu n'aurait pu dire ce qui la perturba exactement : la profondeur de ses prunelles noires ou l'apaisement qu'elle ressentait de se tenir dans cette pièce ? Un sentiment de chaleur l'envahissait chaque fois qu'elle percevait sa voix.

Étrange, c'est comme si je le connaissais. Tout me paraît familier, de son bureau aux murs chargés de fleurs. J'ai l'impression d'être déjà venue ici.

Vallar la laissa s'habituer. Il enregistrait chacune de ses réactions.

— Tu es jeune, remarqua-t-il enfin. Je... je sais que je suis vieux et cette union doit t'effrayer.

Azallu reporta toute son attention sur sa personne. Il avait l'âge de Mhor, mais il vivrait encore longtemps. Ses traits resteraient ceux d'un homme de quarante ans pour quelques siècles. La différence se verrait les premières années, elle en avait conscience. Toutefois, s'imaginer l'embrasser lui semblait impossible.

— Orckar m'a rapporté votre conversation. La façon dont Mhor s'est sacrifié pour toi, révéla Vallar.

Azallu continuait de l'observer. Il paraissait véritablement attristé par la perte de son ami. Elle le comprenait et ressentit tout à coup une vive jalousie. Tous les souvenirs qu'ils avaient partagés, elle ne les connaîtrait jamais.

Ainsi, Orckar lui a tout répété... Je dois faire attention à ce que je raconte.

— Pourras-tu me dire qui il était ? Ce que vous avez vécu ensemble ?

Sa soudaine curiosité amusa le sorcier.

— J'ai un portait de lui. Je te le montrerai un jour, promit-il.

Cet étrange moment où tous deux s'étaient accordés sur une même pensée s'étiola pourtant. L'homme se détourna et, presque à regret, effleura la couverture de l'ouvrage ancien.

— Même si j'aimerais continuer à discuter de Mhor, j'ai besoin que tu appuies tes doigts ici. C'est la première étape avant que tu puisses l'ouvrir et ça scellera notre engagement.

Le regard de Vallar brilla. Azallu demeura interdite un instant devant le doux sourire sournois plaqué sur ses lèvres tatouées.

Que cache-t-il ? se demanda-t-elle sans pour autant oser l'interroger.

Elle s'avança avec réticence, sentant monter l'angoisse au creux de son estomac. Cette expression masquait quelque chose, elle en était certaine. Pourtant, devant elle, il ne se trouvait là qu'un livre, mais n'ayant d'autre option que de lui obéir, elle finit par obtempérer.

De toute manière, je n'ai pas le choix, c'est lui ou Dumeur !

La texture surprenante de la couverture, aussi rugueuse qu'un arbre, la fit sourciller. Tentée par la fuite, elle se força à l'immobilité. Combien de temps devrait-elle attendre ainsi ? Azallu leva les yeux vers Vallar au moment même où sa paume s'enfonça.

Elle hoqueta de stupéfaction et le maître sorcier se rapprocha d'elle la mine sombre.

— C'est normal, assura-t-il, bien que son expression montre tout le contraire.

Azallu respirait par à-coups à mesure que l'ouvrage avalait sa peau, compressant au passage ses os et ses muscles. Sous ses doigts, elle devinait les reliefs d'inscriptions anciennes, indéchiffrables. Effrayée par un tel phénomène, elle voulut récupérer sa main. Elle y mit toute son énergie, mais le livre l'emprisonnait. Elle continuait de s'y enfouir profondément jusqu'à ce que son poignet se retrouve englouti.

— Ça va me tuer, s'écria-t-elle, paniquée. Enlève-le, enlève-le !

Elle se crispait tant que son visage rougissait. À présent, elle pouvait sentir de fines coupures se produire un peu partout autour de ses phalanges. La couverture d'origine noire prit une teinte écarlate de la même façon qu'une éponge pomperait de l'encre.

— Calme-toi, tenta de l'apaiser le maître sorcier en venant se coller derrière elle. C'est bientôt fini.

Azallu tirait de plus en plus fort pour s'extirper, mais le livre aspirait son sang. Il allait la vider en entier ! Quand enfin elle arriva à se dégager, la force gravitationnelle la fit basculer en arrière et buter contre Vallar. Elle cogna sa tête de plein fouet. Il claqua des dents, puis se recula en grognant tandis que l'une de ses lèvres se fendait et que son nez se mettait à saigner.

Il se rua à son bureau pour s'emparer de mouchoirs en tissu en pestant. La jeune magicienne ne distinguait que sa main meurtrie et déchiquetée de toutes parts. Le maître sorcier, les doigts plaqués sur une narine, lui tendit d'un geste agacé de quoi se soigner.

— Ta résistance et tes origines font que c'est plus moche que d'habitude, releva-t-il d'une voix étouffée.

Azallu lui jeta le plus sombre des regards. Elle devinait à l'arrière de sa tête le début d'une bosse.

— Cette chose a failli me tuer, s'emporta-t-elle, l'intonation déformée par la colère.

— Voilà que tu exagères, s'indigna-t-il. Tu lui ressembles en bien des manières.

Il soupira comme si cela l'embêtait au plus haut point.

— J'espère que tu ne me poseras pas autant de problèmes que lui, marmonna-t-il en s'emparant d'un second mouchoir.

Le sang qui s'échappait de son nez refusait de coaguler. Sa lèvre avait enflé et Azallu comprit qu'elle l'avait tapé fort, mais ne s'en sentait pas coupable pour autant. L'un et l'autre, blessés dans leur orgueil, mirent un certain moment avant de pouvoir s'adresser la parole, le temps de panser leurs plaies.

— Bien, tu fais à présent partie des sorciers, affirma-t-il de sa voix pincée à cause de ses narines bouchées.

Azallu le considéra avec moins d'agressivité et frotta sa main bandée. Elle se rapprocha pour examiner l'ouvrage et fut surprise de constater qu'il était redevenu noir.

— Oh ! c'est...

— Effectivement, il revient à son apparence d'origine. Il me suffirait maintenant d'attendre un mois pour savoir si tu es bien la petite-fille de Mhor, mais ce serait perdre de précieuses semaines. J'ai besoin de connaître certaines choses qui valent la peine de prendre des risques... Est-ce que tu comprends ?

Elle fit mine que oui. Mhor cachait-il véritablement de tels secrets ? Elle souhaitait seulement aider son père. Allait-on lui apprendre à lever une malédiction ? Rien d'autre ne l'intéressait. Vallar, en la voyant accepter sans trop s'exprimer, réalisa qu'elle ne devait avoir aucune idée de ce dont il parlait.

Elle ressemble trop à Mhor, songea-t-il alors qu'il examinait la forme de son visage.

— Orckar m'a rapporté que tu voulais sauver ton père...

Azallu plongea ses yeux d'or dans les siens.

— Oui, c'est...

— Sais-tu quel genre de sortilège ou magie l'a touché ?

La jeune fille secoua la tête.

— Je n'étais pas là quand ça s'est produit.

J'étais ailleurs, pensa-t-elle, le cœur broyé.

— Il sera difficile de le libérer. Tu es la seule à l'avoir observé et je dois bien avouer que le soutien de tes parents nous serait utile. Ce manque d'informations peut nous être fatal, il va falloir chercher ce qui a pu l'atteindre.

Azallu serra les poings, décidée à réussir. Il avait raison, la première étape revenait à déterminer la cause.

— Notre priorité sera donc de t'aider à contrôler ton pouvoir, décréta-t-il avec d'un air insistant.

Elle s'apprêtait à le contredire, quand il enchaîna sans l'autoriser à placer un mot :

— Cela étant dit, vu la gravité de la situation, tu ne pourras te présenter en cours en tant qu'Incomprise. Pour le moment, nous ne sommes que quatre à connaître ton identité et personne d'autre ne doit s'en douter. Orckar s'assura de t'intégrer grâce à un mensonge correct, je lui fais confiance, il a carte blanche. Quant à tes études, elles te permettront d'explorer toutes formes de sceaux, de malédictions… Tu devras te débrouiller pour sauver ton père avec les compétences que tu acquerras en ces lieux. Bien sûr, je ne vais pas te laisser seule, Orckar t'accompagnera en tout temps. Tu n'es pas sans savoir que dans toute communauté, de grandes rivalités s'opposent. Tu devras te mélanger à notre société. Je compte sur toi pour te fondre dans la masse.

— Mais, et les gardes à l'entrée ? questionna Azallu. Le sortilège de détection s'est enclenché devant beaucoup de monde et…

— Cela fait longtemps que ce moment est passé. Il a été convenu que la jeune fille attrapée ce jour-là a trépassé durant un interrogatoire corsé. Il s'est avéré qu'elle en avait après l'intermédiaire Laysi. Après l'avoir exécuté et manqué de me blesser, sa mort n'a étonné personne.

Azallu referma la bouche de surprise. Ils avaient été jusque-là…

— Et… mon visage ? murmura-t-elle.

— Personne ne s'en souviendra. Tu verras cela avec Orckar. Des vêtements ainsi qu'une coloration différente et le tour sera joué. Il y a peu de chances qu'on te reconnaisse, assura Vallar.

Son air sûr dissuada Azallu de le contredire.

— Enfin, j'en viens à la partie importante… Maintenant, par

le biais seulement d'Orckar et de moi-même, tu m'obéiras. Et ceci vaut pour le reste de tes jours, c'est notre pacte que tu as signé en posant ta main sur le livre...

La jeune fille plissa les paupières. Bien sûr, elle s'en était doutée, mais aurait aimé qu'il la prévienne avant.

— Hum...

— Ne t'avise pas de me trahir, ma colère ne connaît aucune limite, renchérit Vallar, dont l'expression se durcit.

À son ton grave et profond, elle sut qu'il disait la vérité. Elle se détourna, se soustrayant à la sévérité de son regard. Il disait que sa vengeance serait terrible, mais ne parlait pas de sorts qui se répercuteraient sur elle. Les mages usaient souvent de ce stratagème pour éviter les trahisons. Les sorciers fonctionnaient-ils de la même manière ? Elle devait déterminer quels étaient les risques d'être ensorcelée si elle désobéissait par mégarde un jour.

Je resterai jusqu'à trouver un moyen de sauver mon père, c'est tout, songea-t-elle, bien décidée à n'en faire qu'à sa tête.

Elle s'apprêtait à sortir quand une douleur paralysa tout le tour de son cou. Elle se retourna vers Vallar, les yeux écarquillés. Une chaîne cliquetait, fine, dorée, rattachée à un collier qu'elle découvrait.

— Tu comprends à présent ? soupira-t-il. Tu es reliée à moi. Je l'ai su à ton air, tu penses pouvoir te défiler. Tu es comme Mhor et je ne t'en blâme pas. J'ai une solution efficace pour les gens réfractaires de ta trempe. Je compte bien éprouver cette technique sur ton frêle petit corps d'Incomprise, on verra si ta puissance peut égaler ce sort !

— Quoi ? ronchonna Azallu.

Elle essaya de toucher le bijou pour le briser, mais s'abîma la peau du cou. Ses doigts ne rencontraient aucune résistance.

— Orckar et moi pourrons user de cette chaîne pour te faire plier. Ne t'inquiète pas, la rassura-t-il alors que ses yeux s'embuaient de larmes, nous sommes les seuls à pouvoir la manipuler et la distinguer. Je serais toi, je ne tenterais pas de désobéir. Tu l'as senti, ce collier peut blesser, mais il a aussi d'autres propriétés que tu n'aimerais pas découvrir.

— C'est de l'esclavagisme ! s'indigna Azallu dont la colère montait à mesure qu'il parlait. Je refuse d'avoir *ça* au cou.

Ses poings commençaient à la chatouiller.

— Dès que je te penserai sincère, cet anneau te sera retiré, je te le promets. Mais en attendant, je prends quelques précautions, notifia-t-il en une moue moqueuse. Alors sois sage !

Azallu mourait d'envie de le tuer sur place, de laisser l'une de ses mains l'avaler pour s'échapper sans même se retourner. Il l'enchaînait et elle ne voyait aucun moyen de se libérer. Malgré tout, elle s'efforça de se calmer.

Je me vengerai, songea-t-elle, *mais j'ai besoin de lui !*

Vallar continuait de jubiler quand soudain, il constata l'heure bien avancée de la matinée. L'horloge astronomique murale, qui trônait dans le dos de la jeune femme, cliqueta.

— Oups, il est temps, soupira-t-il. Ils vont commencer à râler, je n'aimerais pas qu'ils se battent à cause de moi.

Azallu, qui n'avait pas remarqué cette œuvre en arrivant, ne trouva aucun mot pour décrire la beauté de l'objet. Les aiguilles finement décorées tournaient sur un fond d'étoiles où apparaissait un mécanisme complexe qui se mêlait à toutes sortes de formes géométriques. Vallar prit conscience de sa curiosité pour son horloge et se racla la gorge :

— Magnifique, n'est-ce pas ? Un artisan tel qu'il n'en existe plus l'a construite pour moi. Je ne me lasse pas des détails qu'elle recèle. Elle fonctionne grâce à la sorcellerie, comme tu peux t'y attendre, mais ce n'est pas tout. On raconte qu'elle dissimule autre chose… Elle serait capable de fournir l'heure et le jour de ta mort.

Azallu grimaça en reculant.

— Je ne veux pas savoir, bougonna-t-elle.

— Hum, comme lui, tu détestes ce genre de choses, murmura Vallar. Toujours est-il que je t'autorise à venir la contempler quand tu veux. Peut-être trouveras-tu un autre de ses secrets.

— Ça ne m'intéresse pas, répéta-t-elle, bien décidée à ne jamais revenir ici.

Elle réfléchit rapidement.

— Finalement, pourquoi pas !

Elle lui sourit sans arriver à cacher la fourberie qui l'animait.

— Hum…

Le maître sorcier soupira à nouveau avant de la pousser

dehors.

— Je sens que tu vas me donner mal à la tête, grogna-t-il en se massant les tempes. Quoi qu'il en soit, il est temps de passer l'épreuve de sang. Les membres représentatifs des grandes familles doivent être réunis et n'attendent plus que nous.

Il lui jeta un regard en biais, l'étudia des pieds à la tête et s'arrêta sur le sommet de son crâne.

— Peux-tu teindre tes cheveux en autre chose que du noir ou du rouge ? J'ai cru comprendre que chez toi, tu aimais cette nuance. Évitons d'éveiller les soupçons. Le blond te siéra très bien et tu devras t'y tenir.

Azallu se crispa, quelque peu gênée.

— Le... le blond, je... je n'y arrive pas...

— Allons, allons, tu es réputée pour tes changements. J'en ai moi-même entendu parler avant de te rencontrer. C'est peu dire de l'effet que cela a sur les gens.

— Je sais. Le châtain clair, c'est faisable, mais pas le blond. Je peux recréer toutes les couleurs sauf celle-ci.

La jeune magicienne ne lui permit pas d'insister. Elle teinta sa tignasse, lui donnant la nuance la plus pâle possible.

— Tu es sûr que Mhor est ton grand-père ? Il était blond !

Azallu se mordilla l'intérieur des joues, déçue elle aussi.

— Je le sais. Ce n'est pas faute d'avoir essayé. J'aimerais tellement lui ressembler...

Le maître sorcier, couvert de ses arabesques aux formes incroyablement diverses, l'observa encore une fois des pieds à la tête. Il marmonna dans sa barbe avant de se décider.

— Orckar aurait dû se charger de ton apparence, mais nous n'avons plus le temps de traîner.

Il s'empara de ses épaules et la fit pivoter puis, sans lui demander son avis, se saisit de ses cheveux.

— Un chignon, voilà qui te siéra à merveille. Je vais même y rajouter quelques effets de mode, décréta-t-il en activant l'un de ses tatouages.

Azallu sentit l'essence de ses sortilèges la parcourir. Ils semblaient venir de la terre et traverser l'homme pour enfin se rattacher à sa chevelure. La sensation, bien qu'inhabituelle, restait agréable. Ses gestes lui évoquaient ceux de sa mère. Son cœur s'apaisa lentement alors que les mains expertes de cet homme étrange s'affairaient, toute rancœur la quittant à mesure qu'il s'occupait d'elle.

— Si j'avais su qu'il suffisait de te coiffer pour t'adoucir, j'aurais manipulé tes cheveux bien avant.

La jeune magicienne se raidit.

— C'est parce que ça me rappelle ma mère, se défendit-elle.

— Hum, ne le prends pas si mal... ce n'était pas un reproche, juste une constatation. On a le droit d'avoir des points faibles, tu sais !

Azallu haussa les épaules alors qu'il terminait. Le maître sorcier alla trifouiller dans un de ses tiroirs, puis ramena un miroir portatif.

— Qu'en penses-tu ? demanda-t-il, lui-même ravi de son chef-d'œuvre.

Elle étudia son reflet en silence. Son chignon original se garnissait de tresses d'où quelques mèches s'échappaient de manière aléatoire. Enfin, c'est l'impression que cela prodiguait, car le tout se maintenait fermement et ne semblait pas prêt à se défaire de sitôt.

— Il te suffira de les mouiller pour qu'ils redeviennent amples, sinon ils resteront attachés pour quelque temps. Cela te sied-il ?

Azallu se voyait mal dire que sa coupe ne lui convenait pas. Elle n'avait jamais été coiffée de cette manière et en rougit. Elle n'était pas très douée pour donner des compliments et avait encore moins envie d'en dispenser à Vallar, mais elle décelait dans son expression quelque chose de charmant.

— Ça ira, se contenta-t-elle de mâchonner.

Le sorcier afficha un large sourire. Il déposa le miroir sur le bureau, puis lui intima de sortir. Azallu, quant à elle, sentit soudain son cœur partir au galop. Elle avait peur d'échouer devant la barrière que Mhor avait lui-même dressée pour défendre des connaissances qu'il avait pensées dangereuses. Elle suivit Vallar, dont la stature, elle ne le remarquait que maintenant, lui parut bien grande.

— Ce n'est pas très loin, expliqua-t-il. Attends-toi à rencontrer toutes les figures d'Antanor… Ne parle pas. Je veux que tu entres et supprimes la protection, c'est tout.

— Ce que cache cet appartement est si important ?

Vallar l'ignora d'abord et ne répondit qu'une fois devant les marches qu'il entreprit de descendre.

— Le savoir n'a pas de prix !

CHAPITRE 24

La mort

Azallu, la tête bourdonnante, suivait Vallar en silence. Les marches lui parurent interminables même s'ils ne descendirent que de deux niveaux. Arrivé sur le seuil du dix-huitième étage, le maître sorcier s'arrêta. Il se tourna à demi vers elle et la considéra d'un rapide coup d'œil. Son regard noir ne laissait presque plus de place pour le blanc de ses yeux et surtout, son visage n'affichait plus un seul sentiment. D'un coup, il lui sembla bien différent, inatteignable.

— À partir de maintenant, plus un mot, ordonna-t-il, l'air sévère.

Azallu rêva de répliquer, juste pour l'agacer, mais trop stressée, scella ses lèvres. Tout son avenir se jouerait dans les prochaines minutes. Ses mains en étaient devenues moites.

Elle tenta de se focaliser sur le couloir qu'ils empruntaient. Malgré l'existence de flammes sur les murs, l'éclairage restait faible, rendant les lieux lugubres. Le feu silencieux ne crépitait ni n'émettait de chaleur. Les ombres qu'il produisait intensifiaient cette atmosphère sinistre. Azallu distinguait mal ce qui l'entourait, mais arriva à deviner la présence de silhouettes. Elle plissa les yeux, sans réussir à en détailler une seule. Celles-ci se fondaient tant et si bien avec le décor que les détecter s'avérait difficile.

Quelle plaie, songea-t-elle.

Pouvait-il s'agir d'une menace ? Vallar ne montrait aucun signe de nervosité et continuait d'avancer à un rythme régulier. Pas une fois il ne tressaillit. L'ambiance, pourtant, lui donnait la chair de poule. Plus ils progressaient dans ce couloir, plus les flammes bleuissaient, lui rappelant de ce fait son rêve au sein du lac bordé d'arbres chantants.

Bientôt se dressa devant eux une rangée d'hommes et de femmes aux habits noirs agrémentés de ceintures aux symboles complexes. Intimidée, Azallu ralentit l'allure. Les visages, dissimulés sous des foulards, ne révélaient que l'éclat de leurs yeux.

Azallu s'effrita discrètement le bout des ongles, inapte à gérer ce stress. Un faux pas et elle mourrait, elle le devinait au courant infime de l'air.

Son cœur tambourinait dans ses oreilles, elle avait l'impression que tout le monde pouvait l'entendre, ce qui accentuait sa détresse. Elle aurait aimé montrer un peu plus de sang-froid, être moins effrayée, ne rien redouter, mais après toutes les épreuves vécues, elle n'avait plus aucune confiance en ses capacités.

Ses mains commencèrent à la démanger. Elle devait se contrôler même si cela devenait de plus en plus difficile à mesure qu'elle progressait. La jeune fille avait hâte que tout se termine. Elle voulait regagner sa chambre au sein de sa forêt tropicale, dans la demeure de Mhor. Elle rêvait de retrouver le cocon familial de son enfance, qui lui semblait à présent inaccessible.

Marcher dans l'ombre de Vallar lui donnait la sensation d'être minuscule, surtout qu'en même temps, elle sentait les regards se poser sur elle, l'épier, la détailler, décortiquer chaque mouvement ou hésitation de sa part... Elle frissonna. Un pas après l'autre, elle perdait son souffle. Son soulagement fut entier quand enfin son guide s'arrêta devant une porte qu'aucune décoration n'agrémentait. En bois vieilli par les siècles, à elle seule, elle cachait beaucoup d'histoires.

Il faisait trop sombre pour qu'Azallu puisse voir ce qui l'entourait et sursauta presque lorsqu'Orckar se détacha de la haie d'hommes et de femmes afin de se planter devant eux. Il tenait une chandelle au bout d'un bâton assez fin qu'il lui offrit. Il était le seul à avoir découvert son visage.

— C'est ici, expliqua Vallar tandis qu'elle se saisissait maladroitement de la bougie.

Il lui jeta un regard en biais et la tension en son sein monta. Elle déchiffrait ses craintes au simple mouvement de ses doigts.

— Nous ignorons ce que tu devras affronter, un peu de lumière sera bienvenue.

Azallu se contenta de hocher la tête docilement. Elle tremblait intérieurement et faisait de remarquables efforts pour ne rien laisser paraître.

Elle avait l'impression d'être face à quelque chose de trop important, de trop ancien, d'être devant une tombe qu'il ne fallait pas déranger. La porte, à mesure qu'elle l'observait, s'agrandissait, la rendant si petite qu'effectuer un geste lui réclamait beaucoup d'énergie. Vallar se décala sur le côté. Dans le dos d'Azallu, le regard de tous ces inconnus continuait de la brûler. Elle ne savait pas quoi faire. Devait-elle simplement pousser la porte ? Son cœur cogna deux fois plus fort tandis qu'elle s'approchait. Mhor avait touché cette poignée, peut-être même l'avait-il créée. Il s'était tenu là par le passé et, tout comme elle s'apprêtait à le faire, il avait tendu la main.

Son corps entier vibra d'un désir puissant de se connecter au passé et le décor autour d'elle se métamorphosa. Le couloir perdit toute trace d'obscurité pour laisser place, sur les murs, à des végétaux et des arabesques fabuleuses. Du vert, de l'or et des flammes se mêlaient les uns aux autres avec une délicatesse étonnante. Tantôt le feu se démarquait et tantôt les fleurs volumineuses aux détails richement colorés s'imposaient. Leurs courbes dorées, complexes, la laissaient admirative.

Alors, elle se sentit bien, soulagée, tous ses muscles se

détendirent.

Enfin, je rentre chez moi…

Ses livres lui manquaient ainsi que sa solitude et les objets antiques qu'elle aimait étudier. Il fallait toujours quelque chose pour la déranger. Un problème stupide que Vallar prenait plaisir à lui déléguer. Ne pouvait-il se débrouiller seul ? Lorsque ses doigts s'emparèrent de la poignée, les ténèbres se superposèrent à nouveau pour disparaître aussi vite. Deux décors se disputaient la place et son cerveau se perdait entre les deux. Ses yeux voyaient le sombre couloir tandis que son esprit, lui, retournait en arrière.

— Étrange, pensa Azallu à voix haute, il y a deux mondes.

Puis, sans trop s'attarder, elle rentra chez elle.

Vallar avait ouvert la bouche alors que les cheveux de la jeune femme passaient du châtain clair au blond outrageusement doré. Une couleur comme celle-ci ne devait exister nulle part ailleurs. Il était resté si stupéfait qu'il n'avait pas bougé. Mais il avait compris exactement ce qu'elle était et son âme se chargea de tristesse.

C'est lui, j'avais raison. C'est pour ça que je l'ai protégée.

Orckar posa une main sur son épaule pour lui signifier son soutien.

— Son âme va revenir à la vie, chuchota celui-ci.

Vallar n'approuva que par un faible hochement de tête. La foule n'avait d'yeux que pour lui et il sut que plus rien n'irait selon son plan.

— Vous avez osé ramener l'Incomprise ici ! s'offusqua Vollym.

Vallar observa la femme dont le regard noir le transperçait de part en part. Sa silhouette se fondait aux décors à la perfection. Elle provenait de ce genre de lignée, ancienne mais sur le déclin. Il remarquait la colère contenue dans ses gestes et lâcha un fin soupir, long d'ennui.

— Ce n'est pas celle qui a tué votre fille, expliqua-t-il en demeurant immobile.

Vallar affronta chaque sorcier sans paraître le moins du monde intimidé.

— Mais c'est sa progéniture, renchérit-elle. Comment avez-vous pu faire une telle chose ?

— Vous ne m'apprenez rien et Dumeur la veut pour ses pouvoirs, son rang... Seulement, elle m'appartient maintenant.

— En êtes-vous certain ? s'imposa Quhor, un homme de grande envergure.

Il affichait lui aussi un dégoût à peine voilé.

— Vous avez été jusqu'à l'amener dans le sanctuaire de Mhor ! Depuis combien d'années tentons-nous de briser sa protection ? Il nous a volés à chacun des livres importants et vous laissez l'ennemie entrer ?

Vallar le connaissait bien, ce n'était pas un mauvais bougre, mais il ne savait pas réfléchir une seconde. D'ailleurs, plus personne ne s'exprimait. Si elle n'était pas la descendante de Mhor, Azallu mourrait, ni plus ni moins.

— Quhor, mon ami, ta voix porte loin, intervint un vieillard, mais comme toujours, tu ne penses pas.

Le maître sorcier dévisagea son père, que l'âge avancé rendait frêle. Il se déplaçait uniquement avec sa canne. Il fut jadis celui qui dirigeait Antanor. Cet homme l'avait formé pour prendre sa suite. Vallar devait obtenir son approbation avant toute autre personne. Il avait conservé bon nombre de ses relations et gardait une emprise sur une majorité de familles. Walim était aimé de tous et ses paroles, de par son expérience, avaient la valeur de prédictions.

— Père...

— Vallar, pourquoi la laisser rentrer ? Orckar nous a tous fait appeler en disant qu'un descendant avait été trouvé... Tu sais que personne ne peut s'approcher de cette pièce sans notre consentement. Pourquoi elle ? Une Incomprise qui nous a naguère amputés par le feu, notre propre élément ? Où est donc passée ta fierté, fils ? Tu nous as un peu bernés en nous mandant si vite... Nous n'avons pas eu d'autre choix que de nous présenter. La crois-tu forte au point de briser le sort ?

Ses prunelles grises empreintes de sagesse luisaient dans la pénombre. Vallar le connaissait si bien qu'il se retint de rire.

— Vieux décrépit, depuis quand vous ai-je trompé ? Il s'agit bien là de sa lignée, enfin d'après ses propos… Qu'étais-je censé faire ? La jeter dehors alors qu'elle me permet d'apporter une nouvelle pièce sur le grand échiquier du monde ?

L'ancien ricana, loin d'être offusqué par les termes employés par son fils.

— Tu espères l'utiliser comme chien de garde ? Je le comprends bien, mais rappelle-toi sa mère. Folle furieuse, elle manqua de détruire toute notre histoire.

On ne parlait pas beaucoup chez les sorciers. Chacun écoutait, faisait ses propres conclusions, approuvait ou désapprouvait par de simples hochements de tête. Malgré les foulards, ils connaissaient leur place. La coutume voulait que chacun se masque afin de prouver son appartenance à son maître.

— Je l'ai pris en compte, renchérit Vallar. Mais un autre élément entre dans l'équation. Dans ses veines coule le sang de l'une de nos plus ancestrales familles.

— Mais à quoi cela nous servira-t-il si elle n'est que la seule membre d'une dynastie éteinte ?

Walim observait toujours les composantes d'un problème de façon bien différente des siennes. Cependant, il n'avait pas non plus vu de quoi elle était capable.

— Elle va devenir ma femme. Nous avons passé un pacte qui n'est pas à son avantage.

L'ancien ouvrit la bouche de stupéfaction. Son regard se plissa tant que ses yeux se réduisirent à deux fentes et il se raccrocha à sa canne.

— Mais c'est tout juste une adulte, murmura-t-il.

— Je le sais et elle prouvera sa valeur. Elle désire se venger et je veux nous protéger. Les connaissances lui font pour l'instant défaut, mais elle apprendra vite, j'en suis certain.

— Te donnera-t-elle seulement une lignée ? Elle est bien trop jeune pour tout ce que cela implique, dit Walim, usant de sa voix grave.

Le vieil homme réfléchissait mûrement et se frottait le menton d'un air songeur.

— La descendance n'est pas urgente pour le moment, affirma Vallar. Dumeur est notre principale préoccupation. Le rapport des espions est clair : nous serons pris au piège entre deux puissances, l'une qui nous viendra d'Arow et l'autre... d'Aterra, si elle existe.

— Elle existe, confirma Orckar.

— Encore faut-il que son armée traverse le désert.

— Certes, approuva Walim. Cette fille pourrait être le pion qui nous manquait, mais sera-t-elle de notre côté ?

— Orckar s'en occupera si jamais elle arrivait à nous menacer de quelque manière que ce soit.

Toute l'attention de chacun se dirigea vers le jeune sorcier à la peau blafarde et aux yeux rouges. Personne ne dit rien. Il y avait comme un malaise environnant dès qu'on parlait de lui.

— Orckar est différent de nous, souffla Quhor. Il n'est pas vivant.

— Quand arrêteras-tu de dire des inepties ? tempêta le vieil homme en se rapprochant du garçon. Il n'est pas comme toi et moi, mais il est... C'est le Cercle lui-même qui lui a donné la vie.

— Pas seulement, le reprit doucement Orckar en laissant les mains ridées de Walim s'emparer de ses doigts.

Cet ancêtre l'avait toujours aimé, lui avait offert un intérêt tout particulier, ce que peu appréciaient.

— Je sais bien, beaucoup étaient présents...

— Père, coupa Vallar, dont la colère transparaissait dans la voix. Ce n'est pas le moment d'en discuter.

— Je sais, je sais, le calma Walim d'un geste. Mais tu devras un jour te résoudre à lui expliquer...

Le vieux sorcier se tourna à nouveau vers l'albinos qui, même s'il n'en montrait rien, buvait chacune de ses paroles.

Qui suis-je ? l'entendait-il penser.

Walim reprit avec tout autant de bienveillance :

— Orckar, dis-moi, pourquoi te proposes-tu pour aider cette Incomprise ? Ses pouvoirs peuvent nous anéantir... Que vois-tu en elle ?

— Je l'ignore, avoua l'être. Je la trouve belle.

Walim eut un hoquet de surprise tandis que Vallar s'étouffa presque, mais ils ne furent pas les seuls à s'ébahir, peut-être parce que c'était la première fois qu'Orckar s'intéressait à quelqu'un.

— Tu… tu la trouves jolie, répéta un membre, sous le choc. Enfin, c'est vrai qu'elle n'est pas laide, mais…

Walim soupira, laissant comprendre qu'il n'était entouré là que de bons à rien.

— J'ai souvent entendu ça, s'exaspéra le doyen. Combien ont risqué leur vie pour de ravissants minois ? Disputeras-tu la femme de mon fils ?

Le jeune homme secoua la tête, les traits du visage étonnement détendus.

— Son destin n'est pas auprès de moi. Elle pourrait nous sauver, mais le rôle que nous avons à jouer est grand.

— Tu le vois ? s'enquit l'ancien.

— Oui, je le vois !

Un lourd silence s'abattit sur les familles, puis des murmures s'élevèrent : « Elle fait partie des élus. » Vallar les savait superstitieux. Bien sûr, l'albinos avait usé de ce ton mystérieux qui avait accentué l'effet. Maintenant, aucun d'eux ne s'opposerait plus à la présence d'Azallu.

— Tu sais décidément bien trouver les mots, chuchota Vallar.

— On va dire qu'Orckar n'est pas né de la dernière pluie non plus ! décréta Walim en lui faisant un clin d'œil.

— Mais tu savais qu'en parlant ainsi, ils l'accepteraient.

L'ancien sourit, dévoilant une bouche trouée.

— Il se pourrait qu'un jour, cette magicienne te surpasse. Fais bien attention à ne pas te laisser engloutir par sa beauté, car si en plus elle est intelligente, elle te mangera tout cru.

— Il n'y a aucun risque, se moqua Vallar.

— Ne sois pas si arrogant.

Dans le regard de Walim brillait un éclat malicieux. Le maître sorcier l'ignora. Son vieux père espérait bien sûr le voir enfin fonder une famille.

— J'aurais sa force, grogna-t-il.

Encore fallait-il qu'elle ressorte vivante. Tendu comme un roc, Vallar fixait la poignée. Retrouverait-il dans quelques heures les restes d'un corps lacéré ?

Elle réussira ! songea-t-il, malgré tout inquiet.

CHAPITRE 25

Le mystère des cordes

Le passé et le présent s'entrechoquaient dans l'esprit d'Azallu. Entre la lumière et la poussière, elle ne faisait plus aucune distinction. Des souvenirs ancestraux lui revenaient en mémoire. Elle se découvrait plus dure, plus féroce, prête à tout pour s'imposer… Si loin de ce qu'elle était maintenant et à la fois tellement proche.

Son attention se reporta sur la pièce obscure où d'abord rien ne lui apparut. Ce noir profond aurait pu effrayer n'importe qui, mais pas elle.

— Je suis rentrée, chuchota-t-elle du bout des lèvres.

Même si sa voix n'avait pas porté très loin, elle savait avoir été entendue. Elle comprenait enfin les messages cryptés de ses rêves. Toutes les réponses à ses questions trouvaient un sens aujourd'hui.

Un maléfice redoutable…

Azallu sentait l'odeur du renfermé lui piquer le nez et sous ses pieds le sol craquait fort, presque comme s'il avait oublié ce que c'était de soutenir un poids.

Ses yeux s'accoutumèrent doucement à la pénombre dans laquelle elle commençait à distinguer le contour des objets. Les visions que lui offrait son esprit s'atténuèrent peu à peu et elle repéra la présence d'une vaste fenêtre obstruée pour une pièce immense. Elle s'encombrait de livres, de papiers, de tiroirs encastrés, de symboles tous plus étranges les uns que les autres. Elle mettrait une vie entière à tout décortiquer.

Rien n'a changé, rien de rien.

Elle perçut un mouvement sur sa droite qui manqua de la faire sursauter et d'où provenait une lumière douce, celle du bureau. Elle cligna des paupières. Une créature de taille humaine se trouvait là, à fixer des documents. Apparue sans crier gare, entre deux battements de cils, elle ressemblait à une chimère.

Cette chose, grande, constituée de cordes, ne disposait d'aucun visage. Sa tête sombre était composée de nouages et de fils emmêlés qui lui tombaient dans le dos.

Azallu bougeait à peine. Tout ne lui revenait pas avec précision, mais une sensation de sécurité l'enveloppait. Elle savait que cet être ne lui ferait aucun mal. Après tout, elle l'avait façonné et se réjouissait de le retrouver après tant d'années.

L'entité se tourna tranquillement dans sa direction, sa figure de grosses ficelles emmaillotées lui donnait un air terrible. Un sentiment de peur la traversa toutefois. Et si elle était trop différente de Mhor ? Et si cette créature ne la reconnaissait pas ?

L'être encordé se redressa afin de se positionner face à elle. Il restait immobile, disparaissant à l'occasion pour réapparaître juste après. Une fois stabilisée, sa voix grinça :

— Maître...

Ce son inhumain ressemblait au cri désespéré d'une âme abandonnée. Azallu pouvait sentir tout le désarroi qui l'accablait. Les souvenirs de sa création lui revenaient si vivement en mémoire que plus un doute ne la parcourait.

— Oui, Minga, moi aussi je suis ravie de te retrouver après tant d'années, avoua-t-elle en affichant une véritable joie.

Azallu observait l'absence de visage. Mhor avait conçu

quelque chose de terrifiant. Vallar en serait tellement apeuré qu'elle imaginait sans mal sa tête.

Je devrais lui dire ce que je suis… Est-ce qu'il sera surpris ?

La créature pencha la tête avant de s'exprimer, avec admiration cette fois.

— Vous êtes devenue une jeune fille pleine de vitalité ! Je suis soulagé de vous voir saine et sauve. Mhor était votre nom, quel est-il à présent ?

— Azallu, révéla-t-elle d'une voix assurée. M'accepteras-tu comme je suis ?

Bien sûr, il y avait encore des chances que cela échoue, mais à sa réaction, son corps s'était déjà apaisé. Elle reconnaissait là les paroles prévues pour obéir à un nouveau propriétaire.

— Je suis votre humble serviteur, souffla l'être.

Il s'agenouilla. Il n'avait rien perdu de son énergie. Comme au premier jour, il lui resterait fidèle. Avec le temps, le sort aurait pu s'émousser, le rendre défectueux. Azallu lui frôla l'épaule et il se redressa. Sa texture, perturbante, lui laissa une impression étrange et d'autres souvenirs resurgirent. Elle chancela, se tint la tête qui lui devenait douloureuse.

— Désirez-vous lever la protection ?

Minga semblait prêt à la réceptionner. Il prendrait soin d'elle, elle n'en doutait pas.

— Non, ne touche à rien, répondit Azallu d'une voix hachée.

L'entité effleura son visage de ses doigts noueux. Encore une fois, la sensation lui faisait tout drôle, comme si à travers lui le passé et le présent se rencontraient.

— Votre savoir restera sous ma garde, maîtresse… Cette pièce est votre sanctuaire, laissez-moi prendre votre sang pour l'ajouter.

Azallu approuva par un hochement de tête et il disparut. Elle sentit bientôt un petit pincement sur la peau de son avant-bras. Deux gouttes de sang s'en échappèrent avant d'être englouties. Minga les avait absorbées pour intégrer son nouvel ADN. Il réapparut devant elle comme si rien ne s'était produit.

— Si vous avez besoin d'aide pour toute recherche, n'hésitez pas, spécifia-t-il avant de s'évaporer, pour de bon cette fois.

Azallu demeura un moment sur place, sans bouger, à se reconnecter avec cette part d'elle enfouie. Toute l'histoire de ces objets lui revenait en partie même si elle gardait des zones d'ombre. Elle récupérerait sûrement quelques bribes au fur et à mesure des années. Soudain, elle se sentit plus seule que jamais, comme si une nuit infinie s'était déposée sur son cœur.

— Minga, reste à mes côtés.

Sans perdre une seconde, la créature s'exécuta.

— Maîtresse ? questionna-t-il.

Il n'était pas fait pour discuter, seulement pour l'informer et la soutenir. Il ne pouvait pas tenir de conversation puisqu'il ne disposait d'aucune conscience. Alors il demeura là sans bouger, à attendre qu'elle lui assigne une tâche, ce qui au fond devenait plus perturbant encore.

Azallu grimaça de déception.

Oui, il ne remplacera jamais l'humain, la chair. Il n'existe que pour un seul et unique but… Protéger ce lieu.

— J'aimerais que tu combles quelques blancs… Qu'ai-je manqué durant toutes ces années ?

Elle s'amusait maintenant à ses dépens, sachant très bien qu'il serait incapable de lui donner une réponse. Juste parler, s'enraciner dans le présent lui faisait du bien.

— Quel ouvrage recherchez-vous ? s'enquit-il d'emblée, ne saisissant aucunement le sens de ses paroles.

Minga grésillait, disparaissant et réapparaissant par intermittence. Peut-être que son sortilège, malgré tout, montrait des lacunes. Elle devrait remédier à la question, mais plus tard. Elle ne devait en aucun cas risquer d'altérer sa mémoire. Il était l'encyclopédie du passé, elle avait besoin de ses connaissances ancrées et lui seul arriverait à lui dénicher certains recueils.

Azallu enfonça ses ongles dans sa paume.

— Je veux voir le dernier livre que j'ai consulté, exigea-t-elle, la gorge nouée.

Elle crut qu'il répondrait par la négative, mais après quelques secondes, Minga s'évanouit, ne laissant derrière lui qu'une infime vibration. Elle fouilla du regard les étagères. Une faible lueur apparut et elle sourit. Minga demeurait exactement le même et cela lui procurait un réel plaisir.

Un ouvrage se démarqua. Il brillait comme une luciole. Azallu se félicitait de ce sort qui lui permettait d'accéder plus facilement à sa mémoire enfouie. Vallar souhaitait le briser, mais il ignorait la puissance de certains artefacts.

Je ne peux pas laisser n'importe qui en prendre connaissance…

Quand elle alla pour s'emparer du volume perdu au milieu des autres, on frappa à la porte. Elle sursauta tandis que le bouquin qui s'était illuminé redevenait normal une fois entre ses mains. Elle l'examina longuement : les anciennes inscriptions sur la couverture lui apparaissaient indéchiffrables.

Malgré les souvenirs, les capacités acquises restent insaisissables, maugréa-t-elle.

La personne cogna à nouveau, plus brusquement cette fois. Elle déposa le livre sur le bureau où nombre de documents traînaient.

— Minga !

L'être surgit du néant, la tête penchée. Ses fines tresses de nœuds tombèrent dans le vide. Il attendait de recevoir ses ordres.

— Me voilà, maîtresse !

Azallu eut un sourire de satisfaction. Elle adorait cette créature qui palliait à merveille son manque de connaissance. Si seulement elle avait pu s'éveiller plus tôt, elle se serait montrée plus assidue dans ses études.

Je suppose que c'était nécessaire. Je ne devrais pas ainsi m'en vouloir. J'étais heureuse d'avoir un père et une mère… Même si…

La réflexion lui parut étrange.

Même si dans mon ancienne vie, c'était moi le père.

Elle notait quelque chose de particulier dans sa façon d'interpréter ce qui lui arrivait. Les sentiments passés n'existaient plus vraiment, seules des bribes demeuraient en elle, des impressions, mais pas de véritables détails. Pour cette raison, ce livre resterait indéchiffrable. Elle devrait travailler dans cette vie autant que dans sa précédente.

J'ai tellement de choses à faire que je ne sais pas par quoi commencer.

— Maîtresse ?

Minga attendait, tel le pantin qu'il était. Elle avait presque sursauté au son de sa voix.

— Lis-moi la couverture ! Je n'ai plus accès à l'ancien langage.

Il se pencha, se saisit méticuleusement de l'ouvrage, comme Mhor lui avait appris des années auparavant. Sans visage, il aurait dû être aveugle, mais au contraire, il voyait tout bien mieux que n'importe qui. Ses yeux étaient partout, invisibles, mais présents dans chaque recoin de corde.

— Connaissance…

Azallu réfléchit un bref moment lorsque les coups sur le battant reprirent. Elle souffla tout en se dirigeant vers la porte.

— Très bien, Minga, ces livres et ces connaissances que tu as, je veux que personne d'autre à part moi ne s'en approche, tout doit rester intact quoi qu'il arrive !

La créature approuva avant de s'éclipser. La jeune fille abaissa la poignée, mais s'arrêta en cours de route.

Non, je dois être plus intelligente que ça !

Changer la nature de la protection ne serait pas si compliqué. Elle se concentra. Vallar allait enrager. Combien elle allait aimer le rendre fou à nouveau ! Un sourire sournois se plaqua sur ses lèvres.

CHAPITRE 26

Les souvenirs de l'âme

Azallu savait exactement ce qu'elle retrouverait derrière cette porte : le conseil entier dans un état perplexe, un Vallar impatient, à qui elle ferait regretter son collier d'esclave, sans oublier Orckar.

Elle souffla un bon coup, aucun d'eux ne la laisserait tranquille. Son cœur s'emballa comme s'il se réjouissait, au fond, de la situation. Son âme se sentait ici chez elle, ce qui pourrait devenir compliqué. Elle ne devait à aucun moment baisser sa garde.

Dès qu'elle poussa la porte, non sans surprise, elle trouva un couloir dont la présence de sortilèges marqua son esprit. Un feu dévorant léchait les murs et mettait en avant les représentants de chaque famille de sorciers. Leurs visages, maintenant à découvert, lui permettaient ainsi de tous les considérer. C'était presque comme si elle débarquait en un lieu complètement différent.

Les figures terriblement sévères l'amenèrent à comprendre que ces gens n'avaient jamais pensé la voir ressortir vivante, sauf Vallar, dont le regard luisait de satisfaction. Mhor lui avait toujours connu cet air calculateur et Azallu fut submergée d'images le concernant. Si seulement elle avait pu récupérer chaque détail ! Elle ne pouvait se fier pour l'instant qu'aux sensations enfouies et rien d'autre. Orckar, à ses côtés, gardait ce visage impassible.

Elle demeura donc sur le seuil de la porte, indécise quant à sa façon de procéder.

— Tu… tu n'es pas morte, commenta l'un d'eux, le teint livide.

Elle sourit de toutes ses dents, espérant le provoquer un peu. L'homme l'observait avec de si gros yeux qu'Azallu s'attendit presque à les voir sortir de leurs orbites. Autour d'elle, chaque membre éminent des grandes familles la toisait, si farouchement concentré.

Sans leurs foulards et leurs effets de lumière pour l'intimider, leurs traits lui apparaissaient clairement. D'étranges sentiments la parcoururent alors, des images se superposaient à des visages, de réconfort pour certains, et pour d'autres de haine à peine contenue. Elle pouvait deviner qui serait un ennemi et qui deviendrait son allié. Mais elle relevait que se trouvaient ici plus de bonnes impressions que de mauvaises.

Azallu, partagée entre découverte et émotion ancrée, avait du mal à garder sa neutralité. Elle remarquait aussi que beaucoup de sorcières composaient ce conseil. Cette mixité bienvenue lui révélait combien les mages leur étaient opposés. Il ne lui était pas nécessaire de compter pour s'apercevoir qu'autant de femmes que d'hommes participaient. Azallu les étudia longuement.

Par Mhor, elle savait que ces sorcières pouvaient s'exprimer comme elles le désiraient. Un véritable bonheur après ce qu'elle avait vécu à Arow.

L'émoi la rendit muette alors que tous espéraient, semble-t-il, l'entendre parler. Certains prirent son silence pour de la timidité et s'avancèrent. Azallu se crispa. Ils ne devaient pas forcer le passage. La protection subsistait et elle s'inquiétait de la manière dont elle devait les repousser. Elle ne voulait pas se faire des ennemis pour une erreur aussi bête.

— Alors la barrière n'est plus ? s'enquit une sorcière de haute taille.

Son regard noir transmettait quelque chose de dangereux, bien plus intimidant que les autres. Grâce aux souvenirs de Mhor, Azallu sut devoir se méfier d'elle. La jeune Incomprise lui bloqua la voie, car la femme, par sa posture, lui indiquait ô combien elle était déterminée à entrer.

— Ce n'est pas une bonne idée, grogna-t-elle.

— Vollym, ça suffit, tonna Vallar. On te l'a déjà dit, elle n'est pas responsable de la mort de ta fille.

Devant la puissance de sa voix, tout le monde se figea. Son air redoutable et sa grimace laissaient entendre une colère sans précédent. Azallu elle-même fut surprise de sa réaction, ses yeux noirs luisaient de haine. Vallar n'était pourtant pas du genre à perdre son sang-froid, mais il semblait incapable de se contenir.

La sorcière fière redressa les épaules, les poings serrés et droite comme un I. On aurait pu la penser prête à bondir tant ses muscles se tendaient. Elle finit cependant par s'éloigner d'un pas. Vallar se montrait, à mesure qu'elle le défiait, de plus en plus intimidant. L'agitation de ses tatouages marquait son autorité et sa fureur. Dès le danger écarté, le chef de la tour se tourna vers l'albinos.

— Protège la porte, exigea-t-il à Orckar.

Le maître d'Antanor transperça de son regard farouche chaque membre de son conseil, sa peau s'assombrit par son humeur, au point de les faire reculer. Tous trahissaient une certaine anxiété. L'homme âgé aux côtés du grand sorcier apparut tout aussi redoutable avec sa canne qui soudain s'illumina d'étranges gravures. Et malgré son air menaçant, il semblait sage. Azallu sut que Mhor l'avait apprécié par les sensations que le passé lui procurait, mais son nom, elle l'ignorait.

Le seul à ne pas réagir fut Orckar, et elle crut même qu'il désobéirait, car il demeura un moment immobile, avant que d'un mouvement brusque, il ne se place contre le battant. Vallar se saisit alors du poignet de la magicienne et l'obligea à le suivre. Celle-ci se laissa faire sans mot dire, elle se sentait passer à un cheveu de la catastrophe. Bien que le couloir ait retrouvé son éclairage naturel, il se saturait maintenant d'une tension électrique. Elle fut donc bien soulagée de quitter ces gens dont les intentions restaient obscures.

CHAPITRE 27

La confiance du maître sorcier

Elle ne dévala jamais aussi rapidement des escaliers. Vallar la tirait sans douceur, comme si un monstre sanguinaire les poursuivait. Une fois arrivé au bon étage, il s'arrêta. Lui n'était pas essoufflé une seule seconde tandis qu'elle crachait presque ses poumons. Il leva le visage vers le haut des marches et elle s'attendit à voir quelqu'un les attaquer, mais ne décela rien d'autre qu'un rayon de lumière réchauffer leurs doigts.

— Va... Vallar..., articula-t-elle d'une voix hachée.

L'homme se retourna dans sa direction. Mâchoires crispées et regard acéré, il se contenta un instant de la fixer avant de tirer à nouveau sur son bras. Il gardait ce sérieux effrayant. Une fois qu'il l'eut ramenée à sa chambre, enfin, il la libéra de sa poigne douloureuse pour la considérer de ses yeux noirs contrariés.

— Tu n'as pas retiré la protection ?

Azallu secoua la tête, non sans frotter son bras meurtri.

— Pourquoi ? s'enquit-il de sa mine sinistre sans même lui

laisser le temps de se remettre de leur course folle.

Le souffle saccadé, elle n'osa tout d'abord pas lui répondre tant il l'impressionnait. Elle en perdait tous ses moyens.

— Je… je ne pouvais pas, réussit-elle à bégayer entre deux inspirations.

Elle le vit se renfrogner, serrer plus encore ses dents au point de se demander s'il n'allait pas finir par se les casser.

— Ne me mens pas ! répliqua-t-il d'un ton sec, détachant chaque syllabe.

Son regard la perçait de toutes parts et lui donnait la sensation de pouvoir lire en elle. Tremblante, Azallu peinait à calmer l'agitation de ses poumons erratiques.

— Je ne pouvais pas, répéta-t-elle en tâchant de hausser la voix, le défiant de toute sa stature à présent.

Sa poitrine se soulevait à un rythme précipité, elle dut déglutir plusieurs fois pour parvenir à regagner une respiration plus normale. Elle savait que l'affronter de la sorte n'était pas la chose à faire, les iris de Vallar avaient paru s'enflammer devant ses mots. D'un geste presque imperceptible, il lui saisit les poignets, la contraignant à se rapprocher de lui. Face à face, elle se crispa tandis que le corps entier du sorcier lui transmettait sa rage.

— Me crois-tu si idiot ? grogna-t-il entre ses dents.

Sa colère transparaissait par chaque pore de sa peau. Le cœur d'Azallu s'emballa et, après un temps interminable, elle finit par lâcher :

— Et toi ? demanda-t-elle, la voix vibrante de dégoût. Me penses-tu si bête pour me forcer à perdre le seul atout dont je dispose contre vous ? Tu t'imaginais vraiment que j'allais me laisser faire après vous avoir vendu mon âme ?

Brusquement, en montrant les dents, elle l'obligea à lâcher prise sur ses poignets. Elle effectua une rotation de bras vers le sol, pour ensuite se frotter vivement l'épiderme là où il l'avait malmenée.

— Si mon grand-père a créé cette protection, c'est qu'il doit y avoir une raison. Je refuse tout simplement de détruire ses idées ! expliqua-t-elle, mauvaise.

— Tu préfères donc m'affronter et te mettre à dos toute la communauté ? s'impatienta le maître sorcier dont la colère montait toujours plus.

— Non, souffla-t-elle enfin d'une voix plus calme. Je ne suis pas aussi stupide que tu sembles le penser. Tu pourras y entrer avec Orckar.

Vallar fronça les sourcils. Il y eut comme une lueur de compréhension au fond de ses prunelles, ce qui délia soudain les muscles raides de son corps. Son visage se recomposa un air neutre et ses yeux revinrent à une teinte plus claire. Il finit par soupirer et fit disparaître par la même occasion cette atmosphère lourde qui avait manqué de l'étouffer.

— Excuse-moi, j'aurais dû te poser la question avant…

Il serra les lèvres d'un air coupable.

— J'ai cru que tu allais me tuer, marmonna la jeune fille en se frottant plus vigoureusement encore les poignets.

Elle releva la tête, agacée.

— Pourquoi en as-tu tant besoin ? Pourquoi tu…

— Mhor était mon bras droit, coupa-t-il avec froideur.

Vallar passa une main dans ses cheveux de jais, les emmêlant au passage et les agitant.

— Je… j'ai quelques secrets à récupérer, ajouta-t-il plus calmement.

Il se radoucit en se rendant compte qu'il affichait à nouveau un air sévère. L'un et l'autre conservèrent un instant le silence, le temps de remettre leurs idées en place.

— Tiendras-tu toujours le pacte ? Je n'ai pas respecté les exigences et…

Une boule d'angoisse se forma au creux de la gorge d'Azallu. Vallar, qui s'était retourné vers la porte, lui jeta un coup d'œil. Leurs regards se croisèrent durant quelques battements de cils, puis le grand homme finit par lui sourire en voyant qu'elle avait besoin d'être réconfortée.

— Je te garderai, te protégerai et t'enseignerai assurément tout mon savoir… Il peut parfois être délicat de me comprendre, mais je suis plus gentil que tu ne le penses.

Azallu avait du mal à le croire. « Gentil », elle trouvait ce mot très loin de la vérité. Il aurait fallu dire « manipulateur » ou même « esclavagiste », cela le décrivait bien mieux.

— En m'enchaînant par la force ? se moqua-t-elle. En me broyant la main ? En m'exhibant devant tout ton comité ? Tu te trouves gentil ?

Vallar releva le coin de sa bouche, et c'est d'un air malicieux qu'il poursuivit :

— Le temps que je te fasse confiance et tu seras libre de tes mouvements. En attendant, prépare-toi, un mois difficile s'annonce et je ne peux que te conseiller de te familiariser avec nos coutumes.

— Il m'est interdit de sortir, lui rappela-t-elle en lui désignant les sortilèges présents sur les murs. Et tout ce que je veux, c'est sauver mon père, pas m'intégrer.

Elle croisa les bras, le regard lumineux de sournoiserie. Vallar souffla de désespoir. Il se rapprocha d'elle pour venir lui tirer la joue, pas méchamment, mais sans se montrer trop doux non plus.

— Arrête ça tout de suite, je sais que tu élabores un plan. Tu lui ressembles bien trop et chaque fois que j'avais droit à ce regard, j'en pâtissais des années durant.

— Lâche-moi, s'énerva-t-elle alors qu'il pinçait plus fort, de gestes répétés, si bien qu'elle finit par en avoir la peau irritée.

— À quoi penses-tu ? À quoi penses-tu, Azallu ? Vas-tu me torturer comme lui ? Je ne te laisserai pas faire, je te préviens, décréta-t-il en la libérant enfin. Cette fois-ci, dans cette vie, c'est moi qui te ferai souffrir !

La jeune fille recula, une main sur sa joue et le front plissé. Est-ce qu'il savait ce qu'elle était, ce qu'elle cachait ?

— Ne sois pas si surprise, tu es son portrait craché… Je connais tous ses secrets et je connaîtrai les tiens. Mais son sang coule dans tes veines et comme lui, tu regorges d'idées pour me rendre la tâche plus difficile. Mhor m'a bien paré et je ne serai pas dupe. Alors, dis-moi ce que tu prépares !

Azallu se mura dans le silence. Elle releva ses beaux et longs cils bruns, le troublant plus qu'il ne l'était déjà. Il recula et elle sourit gentiment.

— Que pourrais-je bien faire contre toi avec tout ce que tu as réalisé pour me contraindre à rester là ? Ne suis-je pas devenu ta femme avec ce livre de sang ?

Vallar secoua la tête, l'air foncièrement perturbé.

— Es-tu vraiment une jeune fille ? murmura-t-il lentement. Ce regard chargé d'histoire te rend si surprenante. En quelques heures à peine te revoilà une créature mystérieuse... Tu as vu quelque chose, n'est-ce pas ?

Son visage à présent si proche du sien obligea Azallu à se détourner. Son cœur endiablé s'accéléra et elle se renfrogna.

— Rien qu'un passé...

Vallar recula, lui permettant de souffler. Sa réponse inattendue le laissa perplexe. Il finit par lever la main droite, l'expression redevenue dure sous ses tatouages tandis que, élégamment, il effectuait un ample mouvement. Du bout de ses doigts, des symboles lumineux s'échappèrent, semblables à de la fumée. Ceux-ci se rattachèrent aux murs pour modifier les marques préexistantes.

— Maintenant, tu vas pouvoir sortir, révéla-t-il devant son air interrogateur.

Il rectifia néanmoins à la hâte les glyphes afin qu'elle ne se fasse pas d'idées.

— Enfin, pas très loin. Assez pour que tu puisses te laver...

Il l'observa de haut en bas. Elle eut l'impression qu'il la jugeait.

— Je reviendrai demain. Tu commenceras ta formation accélérée. Profite donc de cette dernière journée de repos, décréta le maître sorcier en ouvrant la porte.

Azallu le retint malgré le fait qu'elle ne soit pas mécontente de se retrouver seule.

— Tu ne m'expliques rien ? Je suis censée deviner où se trouvent les bains, les cuisines ? Je peux aller n'importe où ?

Devant le regard chargé d'or de la jeune fille, Vallar redressa les épaules. Il semblait mal à l'aise de la voir s'accrocher ainsi à lui, mais elle n'en avait cure et se montra insistante. Azallu n'avait pas mis les pieds en dehors de cette chambre, sauf pour aller à son bureau et voilà qu'il la laissait se débrouiller. Pas que cela la dérange vraiment, mais elle ne voulait pas tester ces satanés sortilèges. À la forme des sceaux, elle pressentait qu'ils pouvaient la torturer nombre d'heures, ce qu'elle souhaitait éviter à tout prix.

— Tu as accès à toutes les pièces de la tour. Et pour être plus précis, les douches se situent au rez-de-chaussée. Tu n'as pas à te soucier des cuisines, quelqu'un t'apportera à manger. Contente-toi de te laver et de revenir te reposer ici, le reste, je m'en charge !

Elle se raidit tout entière et lui lança le plus vénéneux de ses regards. Comme si elle avait besoin qu'il s'occupe de quoi que ce soit !

Qu'il aille au diable, songea-t-elle, *je ferai ce que je veux.*

Et elle était bien déterminée à n'en faire qu'à sa tête, comme trouver leur bibliothèque. Elle désirait commencer les recherches le plus tôt possible afin de sauver son père. L'idée même que sa mère se sacrifie pour lui la rendait folle et plus les jours passaient, plus elle se rapprochait de ce moment fatidique.

— Je dois partir, expliqua Vallar. Tiens-toi loin des membres du conseil, car même si tu es sous ma protection, certains n'ont pas froid aux yeux.

Après sa mise en garde, il s'éclipsa et à peine eut-elle effectué un pas pour le retenir qu'il lui échappait. Elle lâcha un soupir exaspéré. Frustrée, elle décrispa ses doigts serrés qu'après de longues secondes, puis sortit de sa chambre d'une humeur maussade.

Plus calmement et sans se presser cette fois, elle descendit les étages. Le comité était-il déjà parti ou existait-il d'autres moyens de s'en aller ? Elle rencontrait peu de monde et elle avait beau marcher de long en large au cœur des couloirs, saluer les sorciers présents, personne ne lui répondait jamais. Elle finit par se résigner à rejoindre le palier, incertaine quant à la suite. Azallu n'eut pas à chercher bien loin. Une odeur très séduisante, rafraîchissante, de pluie et de forêt lui chatouilla les narines et elle devina qu'il s'agissait des bains. L'arôme envoûtant l'attirait comme un aimant.

La jeune fille hésita tout de même devant deux entrées très similaires. Elle se doutait que l'une désignait l'espace des femmes et l'autre des hommes, mais n'avait aucune idée de comment les différencier. Elle regretta encore une fois que Vallar soit parti ainsi et resta perplexe un long moment. Puis elle se décida sur celle de droite en espérant faire le bon choix… Toutefois, avant même de se saisir de la poignée, elle recula.

La vision d'un superbe sorcier nu cerné de voix masculines graves et chaudes, sans aucun doute dues à un enchantement, lui fut aussitôt envoyée au cerveau. Ce n'était pas désagréable, juste surprenant. Elle poussa donc le battant de gauche où des chants de femmes sensuels prirent le relais. Azallu trouvait la chose assez érotique et c'est avec une curiosité non feinte qu'elle ouvrit la porte.

Dès qu'elle pénétra à l'intérieur de la salle, un doux parfum enveloppa son corps. Elle ne s'était pas attendue à se retrouver devant des douches si sophistiquées. Sur les parois, des fresques de fleurs embellissaient les lieux. Les lumières tamisées offraient un environnement propice à la détente. Elle repéra sur sa droite des genres de coffres empilés les uns sur les autres, dans un bois sombre usé et verni. Des bancs, magnifiques eux aussi, étaient disposés au pourtour de la pièce.

La jeune magicienne s'assit tout en étudiant chaque objet présent. Elle remarqua que sur chacun d'eux s'ornaient nombre de sortilèges perturbants. À quoi servaient-ils pour apparaître sur chaque mur, chaque étagère ? Elle en avait même aperçu dans les couloirs. Elle songea à retourner dans l'appartement de Mhor afin de questionner Minga. Elle ne voyait pas qui, à part lui, serait assez patient pour lui fournir des réponses claires.

Elle décida de se hâter et commença à se déchausser. Au moment où elle posa un de ses pieds nus sur le sol, elle s'arrêta dans sa lancée, étonnée ainsi qu'admirative. La jeune fille se pencha pour mieux analyser cette matière duveteuse qui agissait comme un baume sur sa peau. Elle n'avait jamais observé une chose pareille. Elle avait l'impression de marcher sur une douce neige chaude, sensation tout à fait invraisemblable.

— Comment font-ils ça ? s'émerveilla-t-elle.

Azallu termina de se déshabiller, puis plaça tous ses vêtements dans un des coffres, qui se ferma sans son aide. Un peu inquiète, elle tenta de le rouvrir sans y parvenir. Pourrait-elle récupérer ses affaires ? Elle connaissait mal cette sorcellerie qui apparaissait sur chaque objet qu'elle touchait. L'ancienne vie retrouvée ne lui permettait pas non plus d'en savoir plus. Elle devait tout réapprendre.

Dans la tour d'Arow, ou même dans la maison de son enfance construite par Mhor, elle n'avait jamais eu recours aux enchantements. Il n'y avait pas de sceaux comme ici, mais des sorts lancés à des endroits précis par la Suprême et rarement sur les ustensiles, sauf pour se battre. La façon de faire des magiciens et des sorciers différait de beaucoup, elle s'en rendait compte à présent avec une hantise grandissante. Le coffre ensorcelé se débloquait-il par une action quelconque ? Elle se sentait idiote à attendre ainsi, nue, en plus de cela.

Dans sa panique, elle ouvrit tous les casiers et tiroirs à la recherche d'autres vêtements. Elle trouva une pile de serviettes dans une armoire, ce qui la soulagea, car elle n'avait pas pensé à en emporter une avec elle. Devrait-elle sortir dans cette tenue pour quémander de l'aide ? Azallu se raidit à cette idée. Avant de se ridiculiser, elle examina plus attentivement les inscriptions. Peut-être fallait-il simplement qu'elle se nettoie pour pouvoir retrouver ses effets ?

Non sans soupirer, elle se délecta toutefois de l'eau sur son corps et du bien-être de se savonner. Au fond, elle espérait ne pas se tromper. L'écume qui s'échappait des douches scintillait et lui donnait une impression de fraîcheur étonnante sans pour autant la frigorifier. Une fois débarrassée de l'odeur des ordures, elle se sentit respirer à nouveau. Azallu s'empressa de se sécher, prise par cette angoisse grandissante de ne pas retrouver ses vêtements.

Elle détailla le coffre en se mordant la lèvre inférieure et tendit la main vers la petite porte. Le soulagement qu'elle ressentit délia ses muscles noués. Elle put récupérer ses affaires sans souci et se rhabilla non sans grommeler contre elle-même que la prochaine fois, elle ferait attention aux objets qu'elle utilisait.

La magicienne remonta bientôt les marches, mais elle ne s'arrêta pas devant la chambre qu'on lui avait assignée. Elle continua de s'élever et, quand elle fut parvenue à l'étage désiré, ralentit le pas. Des membres du conseil seraient-ils toujours présents ? Après une brève inspiration, elle s'avança, bien résolue à affronter quiconque se mettrait en travers de sa route.

Chapitre 28

Un jeu dangereux

Azallu ne rencontra personne en arrivant devant la vieille porte de Mhor, ce qui, elle devait l'avouer, l'empreint d'un soulagement certain. Orckar avait disparu et entrer dans cet appartement fut bien plus facile que la première fois, tout comme bien moins impressionnant, peut-être parce qu'elle l'avait quitté il y avait peu de temps. Lorsqu'elle s'empara de la poignée, rien d'étrange ne se produisit, pas d'images du passé ni de souvenirs de son ancienne vie. Elle retrouva l'odeur de renfermé sans oublier Minga, cet être entièrement fait de cordes noueuses. La silhouette, plus sombre que rassurante, errait parmi les rangées de livres.

Elle ressentit une vive admiration pour la personne qu'elle avait été. Les talents de Mhor lui permettaient d'aborder la suite avec sérénité. S'il avait pu accomplir de si belles choses, alors elle aussi en serait capable, mais son corps aussi bien que ses pensées différaient grandement. Elle ne devait pas s'imaginer pouvoir tout récupérer de ses connaissances même si elle le désirait. Elle s'approcha en tâchant d'apaiser les tensions de sa nuque. Elle se rappelait que Minga ne lui ferait aucun mal malgré son allure pour le moins hors du commun.

Mhor aurait tout de même pu le rendre moins monstrueux, songea-t-elle en son for intérieur.

Son moi d'avant avait un goût prononcé pour la bizarrerie, bien qu'elle saisisse en partie ce qui l'avait poussé à le concevoir ainsi.

Pour effrayer, réalisa-t-elle.

Il s'agissait d'un avertissement on ne peut plus cruel, car d'après Vallar, l'entité avait occis quelques innocents. La jeune fille arrêta son regard sur sa tête lugubre qu'aucun trait ne venait adoucir. Pourquoi une créature sans visage ?

— Dis, Minga, les sorciers peuvent-ils ensorceler tous les objets ? s'enquit-elle afin d'engager la conversation.

Elle espérait détendre l'atmosphère qui, à son sens, s'alourdissait à mesure qu'elle prenait conscience de son apparence.

— Tous sans exception, acquiesça-t-il.

— Est-ce que ces objets enchantés peuvent abattre quelqu'un si voulu ? questionna-t-elle, non sans ressentir une sourde angoisse lui enserrer l'estomac.

— Assurément.

Minga ne se souciait guère de ses réactions ni ne tournait autour du pot. Il répondait avec clarté. Elle aurait sans doute apprécié cette façon d'être si elle ne venait pas tout juste d'apprendre qu'un simple objet pouvait l'anéantir.

— Vraiment ? redemanda-t-elle d'une voix blanche.

— Oui, approuva-t-il à nouveau de son timbre grave, dénué de chaleur.

La gorge nouée, elle se rapprocha de lui pour murmurer :

— Lesquels d'entre eux peuvent donc me tuer ? Comment les différencier ? Peut-on s'en protéger ?

Toutes ces interrogations se bousculaient dans sa tête à en grincer des dents. Minga, stoïque, gardait son immobilité. De toute manière, sans figure, il était difficile d'interpréter quoi que ce soit. Ses questions parurent le concerner toutefois, il disparut afin d'illuminer un bouquin rangé sur une étagère. La jeune fille s'en approcha, puis le frôla avec une moue dubitative. Elle aurait préféré que Minga lui réponde de vive voix que de lui présenter un livre, énorme qui plus est. En marmonnant, elle finit par se saisir de l'ouvrage. L'épaisse poussière qui l'accompagnait lui chatouilla les narines.

Elle observa la couverture alors qu'elle se retenait d'éternuer à en pleurer.

« *Sorcellerie, cours de première année* », lut-elle dans sa tête.

Azallu renifla et éternua finalement. La poussière explosa en même temps qu'elle atterrissait sur la chaise du bureau. Elle trouvait que Minga avait décidément le sens de l'humour. Il lui présentait un ouvrage qu'elle devrait étudier dans les prochains jours !

— Pourquoi ce livre ? demanda-t-elle.

— Il répondra sûrement à vos questions.

— Tu ne peux pas juste m'en parler ?

— Je n'en connais pas le contenu, informa la créature alors qu'elle levait un sourcil.

— Ah…, soupira-t-elle, franchement déçue. Mais tu arrives à relier les réponses aux titres, ce n'est pas si mal.

Le passé ne lui serait d'aucune aide sauf pour lui offrir des impressions sur des lieux ou des gens. Il lui aurait été plus pratique de retrouver sa mémoire dans sa totalité, bien que sa vie lui apparaîtrait dès lors plus étrange encore. Wymi deviendrait davantage qu'une mère et ses sentiments anciens se mêleraient sans doute à ses pensées d'aujourd'hui, peut-être même qu'elles prendraient le pas sur ce qu'elle était.

— Mon vrai talent réside dans mes traductions, c'est pour cela que Mhor m'a conçu, afin que je puisse déchiffrer pour lui des ouvrages séculaires, précisa Minga de sa voix encordée.

— Alors tu connais le contenu des écrits, le contredit Azallu en lui lançant une œillade pétillante de malice.

— Je n'ai pas la capacité d'enregistrer leur contenu, seulement leur titre.

Azallu se doutait qu'il avait été essentiel pour Mhor que personne ne puisse se servir de Minga en son absence et l'utiliser pour de mauvaises intentions. Avec une tête vide, il minimisait les risques.

— Mais tu défends ce lieu et exécutes ceux qui l'approchent, rétorqua-t-elle en affichant une mine déconcertée.

— Il y a des moyens de faire parler une protection comme la mienne sans m'aborder directement. Cela a déjà été tenté, mais rien de bien intéressant n'en est ressorti, expliqua-t-il sans bouger, toujours en usant de ce timbre brut, presque jailli d'outre-tombe.

Azallu examina le tome avec dépit. Elle allait devoir s'y mettre, il n'y avait pas d'autre alternative pour obtenir ses réponses. Elle détailla le bureau devenu trop petit tant il s'emplissait d'anciens papiers oubliés, de livres et de tous documents dont elle comprendrait le sens plus tard.

— Pff…, s'exaspéra-t-elle en se levant de son siège et en allant s'asseoir sur le matelas.

Ça sera plus agréable ici, songea-t-elle après avoir glissé ses mèches de cheveux derrière ses oreilles. Azallu s'installa confortablement sur la couverture avant de s'apercevoir que celle-ci aussi s'enveloppait d'une pellicule grise terriblement chatouilleuse pour ses narines.

— Mince, souffla-t-elle en observant la tâche qui l'attendait.

La jeune fille abandonna le livre sur le lit. Que devait-elle laver en premier ? Tout puait le vieux, la poussière s'était incrustée partout et imbibait chaque recoin. Elle fut tentée de redescendre dans sa chambre toute belle et propre, puis se remémora les sceaux. Elle préférait être là, entourée de ses souvenirs que dans une pièce qui lui rappellerait sans cesse qu'elle n'avait pas le droit à l'erreur. Peut-être même y avait-il un moyen pour elle de récupérer ses connaissances perdues.

Elle commença par tirer les rideaux afin de retirer les panneaux obscurs qui obstruaient les fenêtres et toussota tandis que de fines particules blanches inondaient sa bouche. Elle détestait faire le ménage et sentait qu'une fois tout ça nettoyé, elle aurait fait son quota pour les prochaines années. Elle rêva alors d'obtenir un domestique humain comme la plupart des grandes familles. Son manque d'exploration de la ville d'Antanor et ses résidants la laissait dans le flou. Peut-être serait-ce l'un des rares points en commun qu'elle trouverait avec les gens d'Arow. Les sorciers étaient sûrement plus du genre à exploiter qu'à donner un salaire. Elle serra les dents, sa réflexion n'avait pas de sens après tout ce qu'elle avait vécu.

Je ne dois plus me baser sur les dires des mages, tous des menteurs, des traîtres, je les tuerai !

Elle s'échina donc à la tâche, astiquant, effectuant nombre d'allers-retours entre les douches – le seul endroit où elle avait trouvé de l'eau et de quoi récurer – et le dix-huitième étage. Bien sûr, elle se doutait qu'il devait y en avoir autre part, peut-être même dans cette pièce, mais sa connaissance dans les sorts lui faisait trop défaut pour comprendre comment s'en servir. Elle se contenta du minimum, la pièce était bien trop grande pour ses pauvres mains, sans oublier ces escaliers qui lui réclamaient un effort physique conséquent. Elle se focalisa sur le lit et le sol tout autour jusqu'au bureau encombré. Le reste, elle le découvrirait plus tard. L'immense appartement regorgeait de recoins sans nul doute chargés de sortilèges ainsi que tout un espace réservé aux livres. Alors qu'elle terminait et rassemblait les draps sales pour les rouler en boule, c'est à peine si elle se rendit compte que le soleil disparaissait à l'horizon.

— Tu fais du rangement ?

Elle sursauta et se retourna d'un bond. Vallar se trouvait à contre-jour devant la fenêtre, elle ne l'avait pas entendu entrer. Depuis quand l'observait-il ainsi ? Elle tenta de le dévisager, mais elle ne distingua qu'une sombre silhouette auréolée d'une vive lumière orangée.

— Tu es là, murmura-t-elle en se détournant et en outrepassant la politesse qui aurait voulu qu'elle y mette plus de formes.

Elle poursuivit ses tâches en espérant finir avant la nuit noire. Elle avait décidé que ce serait son espace de vie et il ne pourrait l'en dissuader.

— C'est la première fois que je viens ici, révéla Vallar. Mhor ne m'a jamais laissé entrer chez lui.

La jeune fille put aisément suivre son regard vagabonder d'objet en objet : du bureau en désordre aux étagères qui recelaient de secrets jusqu'à elle, perdue parmi tout ce chaos.

— Peut-être avait-il besoin d'intimité ? suggéra-t-elle.

— Hum…

Vallar ne commenta pas, mais se détacha de la fenêtre pour effleurer l'office du bout des doigts. Ses yeux brillaient d'excitation, un peu trop au goût d'Azallu.

Je sens qu'il va devenir agaçant, songea-t-elle.

— Es-tu là pour une raison particulière ? La journée n'est pas terminée et j'ai encore le droit de faire ce que je veux ! lâcha-t-elle, un ton plus grave que désiré.

Son estomac grondait de faim, faire le ménage lui avait réclamé beaucoup d'énergie. Elle devait aussi rajouter le fait qu'il l'ait laissée seule sans plus se soucier de son sort. L'Incomprise ne savait pas pourquoi ce point-là la mettait plus en rogne que le reste et malgré ses efforts, sa colère bourdonnait en son sein.

— Je t'ai apporté à manger, expliqua-t-il calmement sans paraître affecté par son humeur massacrante.

Peut-être avait-il souhaité qu'elle se retourne pour avoir ainsi utilisé ce ton chaleureux. Elle le trucida du regard, bien décidée à ne rien lui pardonner. Elle constata par la même occasion qu'il ne tenait aucun plateau de nourriture dans ses mains.

— Hum… Merci, grommela-t-elle alors qu'elle cherchait où il avait pu le déposer.

Il s'intéressait plus aux papiers de Mhor qu'à elle et le fait même qu'il s'apprête à les examiner intensifia sa fureur.

— Je serais toi, je n'y toucherais pas, marmonna-t-elle en croisant les bras.

Tout ce qui était ici lui appartenait et elle seule pouvait faire le tri.

— Pourquoi ?

Vallar pivota sur lui-même, la dévisagea de ses yeux sombres, au point que certains de ses tatouages s'animèrent.

— Pourquoi ? répéta-t-elle sèchement. Parce que c'est à moi !

Elle sentait qu'il devait en être ainsi et ne pouvait se l'expliquer.

— Ah oui ? En es-tu vraiment certaine ? Moi, je crois au contraire que tout cela me revient, riposta-t-il.

Azallu devina à sa posture raide qu'il espérait l'énerver en la provoquant. Dans quel but, elle l'ignorait, mais bien résolue à ne pas rentrer dans son jeu, elle le toisa.

— Minga, prononça-t-elle simplement.

Vallar haussa un sourcil, surpris de voir la créature se manifester entre eux. Elle était apparue en un petit crépitement sonore.

— Tu ne le sais peut-être pas, renchérit-elle, mais je ne suis pas du genre à me laisser faire.

L'homme plissa les yeux et s'éloigna du bureau, la mine tendue. L'aura mystérieuse qui l'enveloppait s'intensifia.

— Ça, je l'avais compris.

Il leva ses mains en l'air afin de lui prouver sa bonne volonté, mais Azallu ne pouvait pas s'empêcher de le trouver suspicieux. Elle fronça le nez, avant de murmurer :

— Minga, je veux que…

Elle n'eut pas le temps de poursuivre que le sorcier agitait les paumes. De redoutables sceaux s'échappèrent du bout de ses mains et les poignets d'Azallu se retrouvèrent attachés par une force supérieure à la sienne. Elle ne tenta pas de s'y opposer alors qu'il réduisait la distance qui les séparait. Maintenant à quelques centimètres d'elle, il pressa un doigt tendre, presque affectueux, sur ses lèvres.

— Ne joue pas à ça, Azallu. Retourne dans ta chambre !

Elle secoua la tête, prête à le mordre. Pourtant, il l'arrêta par de simples mots murmurés au creux de son oreille.

— T'ai-je jamais blessée ? demanda-t-il sans la libérer pour autant de son sort.

Son annulaire se décolla de sa bouche alors qu'elle se calmait. Sa proximité la perturbait, son corps contre le sien semblait déclencher un trop-plein de sensations difficile à masquer. Elle releva le visage, l'examina droit dans les yeux. Ils restèrent ainsi un instant, puis son regard dévia sur la courbure de ses traits.

Elle s'attarda sur les détails de ses tatouages, jusqu'au grain de sa peau avant de se sentir enveloppée par son odeur qui lui rappelait la terre et les arbres. Cette attirance était-elle due à Mhor ?

— C'est vrai, pas encore…, susurra-t-elle, hésitante.

Il se rapprocha si bien qu'elle se contorsionna, les mains bloquées dans son dos par son envoûtement. Les cheveux noirs du sorcier lui offraient une allure de mauvais garçon, ce qu'il était bel et bien. Ses iris pétillaient et même si elle savait se faire manipuler, son cœur s'emballa. Il lui apparaissait comme une figure inaccessible, une œuvre d'art qu'il ne fallait pas toucher de peur de tout détruire. Pourtant, il n'avait rien de fragile. Alors pourquoi se sentait-elle ainsi devant lui ? S'agissait-il d'une impression passée lui venant de sa précédente vie ?

— Je t'ai promis de te protéger, chuchota-t-il, je fais le serment de ne jamais rien dérober.

Il la libéra enfin de son maléfice, leurs regards demeurant accrochés et amenant des rougeurs à Azallu. Puis des larmes, sans qu'elle n'en connaisse la raison, se retrouvèrent au coin de ses paupières. Elle se retint du mieux qu'elle put, mais devinait qu'au moindre faux pas, le barrage céderait.

— L'histoire de Mhor est importante pour moi, murmura-t-elle d'une voix tremblante.

Elle redoutait tant de lui abandonner son trésor ! Vallar caressa ses joues et elle sut se faire manipuler, son cœur lui criait de faire attention, de ne pas se fier à ce trop-plein de tendresse. Pour ne pas se laisser emporter par ce doux mensonge, elle décida de jouer à son propre jeu. Vallar ne s'attendrait sûrement pas à sa manière si brute de venir à lui. Elle l'embrassa délicatement du bout des lèvres, comme une demoiselle éplorée. De surprise, il recula.

— Que fais-tu ? grommela Vallar, soudain soucieux.

Le sourire d'Azallu se tordit d'espièglerie.

— À ton avis ? Je m'amuse, comme toi !

— Je ne vois pas ce que tu veux dire, s'offusqua-t-il.

Ses tatouages s'animaient malgré son déni et son visage rosissait, autant qu'elle puisse en juger par-dessous ses traits obscurs.

Ainsi, il est sensible à mes charmes, songea-t-elle avec une lueur de satisfaction.

— N'essayais-tu pas de me séduire pour t'emparer de mes trésors ? Mes secrets t'obsèdent et tu sembles prêt à tout pour les obtenir, même à me tromper, grogna-t-elle, son regard d'or le plantant sur place.

— Hum… toujours si intelligente, mais qu'est-ce qui te fais croire que je ne suis pas sérieux ? J'étais prêt à attendre quelques années que tu sois plus mûre dans ton corps et ta tête, tu sais.

Il avait vite repris le dessus sur ses émotions et se redressa de toute sa hauteur, ses yeux ténébreux brillants. Elle savait qu'il pensait ses mots à la profondeur de son expression. Vallar, de sa main, frôla sa joue et se pencha pour l'embrasser franchement. Elle recula à la hâte, se cognant contre le battant de la porte, le souffle court, le cœur fou…

— A… arrête ça !

Il se rapprocha à nouveau, l'air amusé et la jeune fille sut avoir perdu. Elle ne pourrait pas rester là.

— Tu vois, tu ne sais pas ce que tu veux, mais je connais tes points faibles, puisque tu es comme Mhor, et l'un d'eux m'a toujours étonné. Il était un éternel romantique. Combien de fois a-t-il succombé devant les avances de jolies femmes ? Tu serais surprise et je suis certain que…

Azallu ne l'écouta pas terminer sa phrase, elle s'en fut à toutes jambes. La magicienne claqua la porte derrière elle, puis se laissa choir sur le sol. Du début à la fin, elle n'avait rien contrôlé. Vallar avait espéré l'éloigner, ce qu'il était parvenu à faire avec une facilité déconcertante. Maintenant, il pourrait s'emparer de tous ses secrets sans personne pour lui barrer la route. Énervée et frustrée de n'avoir réussi à s'imposer, elle chuchota le plus bas possible tout en pensant que ce serait inutile.

— Minga…

Elle ne s'attendait pas à obtenir de réponse ni à le voir apparaître à ses côtés. Elle manqua lâcher un cri de stupeur. Elle se situait pourtant dans le couloir. Ainsi, la créature pouvait sortir ?

— Maîtresse ?

Elle prit le temps de la réflexion, puis demanda en vérifiant autour d'elle que personne ne pouvait l'écouter, stressée de se faire surprendre :

— Rien ne peut s'échapper d'ici, n'est-ce pas ?

Il approuva par un hochement de tête à peine perceptible.

— Je ne croyais pas que tu pouvais te déplacer en dehors de l'appartement, fit-elle sans trop savoir si sa réflexion servirait à quelque chose.

— Mon rayon d'action ne dépasse pas Antanor, Mhor me confiait parfois certaines tâches, expliqua l'entité.

Azallu, qui s'imaginait tout de suite pouvoir l'envoyer prospecter pour elle, continua de l'interroger :

— Tu peux aller acheter des choses ?

— Seulement m'emparer de livres, rectifia-t-il.

Quelle était la différence ? La magicienne se raidit. Mhor avait-il ordonné à Minga de voler des livres sans que personne ne s'en rende compte ? Elle devait vraiment apprendre le fonctionnement de cette créature afin de, pourquoi pas, l'améliorer.

Si j'ai pu le faire avant, je peux le reproduire maintenant, se persuada-t-elle.

— Bien, rejoins-moi dans ma chambre, au septième étage, exigea-t-elle en s'engouffrant dans les escaliers pour redescendre.

Azallu craignait que quelqu'un surprenne leur conversation. Elle pressa le pas et une fois dans cette chambre pleine d'enchantements mortels, s'empressa d'appeler Minga. Elle avait toujours l'angoisse qu'il ne puisse pas la retrouver, bloqué par tous ces sorts. Mais l'être de corde apparut à ses côtés sans la faire attendre, comme si elle s'était trouvée dans le logis de Mhor.

— J'ai une mission pour toi, commença-t-elle tout bas. Peux-tu m'apporter discrètement le dernier livre que Mhor a consulté ?

— Il ne sera plus sous ma protection, notifia la créature.

Elle grimaça devant la nouvelle. Ainsi, l'ouvrage ne bénéficiait de protection que dans l'appartement, mais celui-ci en avait-il besoin ?

— Pff..., s'exaspéra-t-elle en se frottant la tête d'un geste rageur.

Elle refusait de prendre le risque de perdre quelque chose d'aussi précieux.

— Très bien, finit-elle par abdiquer. Alors j'aimerais que tu dissimules aux yeux de Vallar les secrets les plus importants de Mhor.

Cela ne parut poser aucun problème, car Minga répliqua presque aussitôt :

— À vos ordres.

L'illusion disparut et soudain, Azallu se retrouva seule. Elle s'assit sur son lit, puis aperçut avec amertume l'assiette apportée par le maître sorcier.

Il avait vraiment prévu que je revienne ici, remarqua-t-elle, contrariée.

En boudant, elle se plaça sur le matelas avec le plateau, puis se saisit des couverts. Elle constata combien sa famille lui manquait et combien la solitude pesait sur son cœur. Son père souffrait-il de mille tourments et sa mère survivait-elle à ses côtés ? Dumeur tuait-il souvent sous le coup de l'impulsion ? Comment avait-elle pu tout perdre d'un coup pour arriver là, au cœur de cette tempête inapaisable ?

La jeune fille s'étendit sur les édredons, puis posa sa tête sur l'oreiller. Elle songeait également au Cercle, qu'elle oubliait presque trop facilement près de Vallar. Ne l'avait-elle pas aimé ? Pourquoi tout lui semblait si différent ?

— Dis-moi, Mhor, ta vie était-elle toujours aussi mouvementée et triste ?

Elle demeura ainsi à réfléchir longuement. Tout ce qui importait pour l'instant, c'est qu'elle avait réussi à protéger les secrets de son ancienne histoire. Le reste viendrait plus tard.

Elle s'endormit sans s'en rendre compte, mais fut réveillée à grand renfort de coups de poing frappés contre la porte.

Chapitre 29

La terrible colère du maître

— Tu es une petite maligne, toi ! tonna Vallar en déboulant comme un ouragan dans la pièce.

Il ne lui laissa pas le temps de se redresser qu'il se jetait sur elle d'un pas fou.

— Moi, je t'héberge, te protège, t'offre même nourriture, vêtements à volonté et, j'oubliais le plus important, hurla-t-il à s'en arracher les cordes vocales, je te permets d'apprendre tout ce que tu veux, tout, TOUT, TOUT ! Et toi, comment me remercies-tu ? En faisant disparaître sous mes yeux les livres que j'attendais depuis tant d'années !

Il avait craché les derniers mots avec une hargne qu'elle ne lui connaissait pas. Ses veines pulsaient sous ses tatouages aussi noirs que l'orage. Azallu quitta le lit tandis qu'il la fusillait du regard. Elle aurait aimé devenir toute petite, s'envoler pour ne plus avoir à affronter la tempête qui menaçait de se déverser sur elle. Son instinct lui criait de se taire et malgré tout, elle s'entendit répliquer :

— C'est ta faute !

Sa repartie était sortie en une défense et il la foudroya sur place. Elle fixa bêtement le sol dans l'espoir vain que Vallar se détourne.

— Ne te moque pas de moi, jeune fille, gronda-t-il dans un grincement de dents.

Sa colère vibra dans la pièce et, de peur, elle se heurta au pied du lit, puis tomba à la renverse.

— Que…

Azallu voulut se rattraper au bord de l'armature en bois, mais au lieu de cela, se blessa les mains. Sa tête allait pour cogner une poutre attenante, quand Vallar réagit d'un coup vif. Le collier d'esclave apparut et, bien qu'inconsistant, ne se composant que d'une sorcellerie illusoire, il parvint à la sauver en tirant sur le lien qui les reliait. Elle ouvrit la bouche de surprise, car malgré tout, cela faillit l'étouffer. Elle se crispa, paniquée, alors que Vallar enroulait doucement la chaîne autour de ses doigts, puis soudain, tout s'arrêta.

Elle avait manqué de peu une commotion cérébrale idiote. La colère toujours tangible de Vallar n'avait pas disparu malgré sa profonde inquiétude. Azallu emplit à nouveau ses poumons d'air, aspirant encore et encore.

— Tu as le don, de me pousser à bout ! grogna-t-il.

Azallu, cette fois-ci, garda le silence. Elle s'en voulut de l'avoir ainsi cherché, et en même temps, elle réalisait combien il tenait à elle. Sans sa réaction, elle se serait peut-être brisé le crâne. Vallar paraissait complètement horrifié à cette idée.

— Orckar ! appela-t-il. Viens prendre soin d'elle !

Inspiration après inspiration, Azallu parvenait à apaiser sommairement les battements de son cœur. Le bras droit du maître sorcier surgit sans un bruit. Elle ignorait d'où il sortait, mais celui-ci s'exécuta sans attendre. L'albinos se pencha afin de caresser sa joue avec tendresse.

— Pourquoi dois-tu toujours tout compliquer ? demanda-t-il d'une voix étrangement chaude.

Accroupi devant elle, le garçon aux cheveux blanc l'examinait avec une attention toute particulière. Il réalisait une estimation des dégâts et son air préoccupé perturba Azallu.

Derrière lui, Vallar essayait apparemment de calmer ses nerfs, ruminant dans sa barbe et effectuant d'innombrables allées et venues. La jeune fille, la gorge en feu, gardait son regard attaché à la silhouette de son sauveur.

— Je... je ne voulais pas qu'on m'enlève ce que j'ai de plus précieux, articula-t-elle en un fin filet de voix, ne sachant comment lui demander pardon.

Le maître d'Antanor stoppa ses va-et-vient. Il la considéra un instant sans rien dire, le corps sous pression puis, enfin, ses traits furieux s'adoucirent. Bien entendu, sa rage n'avait pas disparu, mais la tension violente qui l'enveloppait diminua assez pour le rendre moins monstrueux.

— Bien, abdiqua-t-il, suis-nous. Orckar, charge-toi de la porter !

Son ton autoritaire n'acceptait aucune objection et le garçon réagit vite afin de ne pas le faire attendre. Il passa ses mains sous les genoux ainsi que le dos d'Azallu puis la soutint sans éprouver la moindre difficulté. Elle aurait pu marcher par elle-même bien que la peur continue de la faire trembler.

Gravir les onze étages lui permit de retrouver un semblant de sang-froid. La magicienne s'accrochait instinctivement au cou du sorcier. Sa tête lourde reposait sur l'une de ses épaules. Elle leva discrètement les yeux vers son visage. Il ne montrait aucun signe de fatigue et son expression gardait cette indifférence qu'elle lui connaissait. Mais il la serrait contre lui, assez fort pour lui laisser penser qu'il tenait un tout petit peu à elle.

Elle admirait ses muscles secs, sa peau douce et blanche ornée de ses tatouages d'animaux énigmatiques. Plus il la plaquait contre lui, plus elle voulait que cette ascension s'éternise. Il ne disait rien, restait concentré sur sa montée, le regard rivé droit devant lui. Dans ses bras, sa terreur disparaissait lentement. Son odeur la domptait et plus rien ne semblait avoir d'importance. Lorsqu'ils entrèrent dans l'appartement de son ancêtre, elle en fut presque surprise. Orckar ne la libéra pas pour autant, il s'approcha du lit avant de la déposer délicatement sur le matelas. Il lui rappelait le Cercle, tant qu'elle ne parvenait plus à faire le tri dans ses émotions.

Le maître sorcier l'examina d'un œil furtif avant de se tourner vers les étagères désertes. Au moins ses tatouages avaient-ils repris leur couleur normale.

— Tu as peur que je te retire ce que tu as de plus précieux, c'est bien ça ! répéta Vallar, presque absent. Si cela t'inquiète tant, tu peux rester ici, mais je ne veux pas t'entendre.

Sa voix vibra de colère et Azallu se raidit inconsciemment. Orckar demeurait près d'elle, lui maintenant le dos droit comme s'il s'attendait à la voir s'écrouler à tout moment.

— Que tout réapparaisse ! exigea Vallar.

Il pivota brusquement vers elle pour planter ses prunelles noires dans les siennes. Azallu se détourna bien vite afin d'éviter la joute visuelle et jeta un coup d'œil aux étagères. Minga avait réellement tout fait disparaître, même l'ouvrage de première année qu'il lui avait conseillé d'étudier.

La créature avait-elle mal compris ses mots ? Tous les livres représentaient-ils vraiment les secrets de Mhor ? L'appréhension la gagna tandis qu'elle ouvrait la bouche.

— Minga, appela faiblement la jeune fille.

Mais l'être de corde ne surgit pas devant elle, et Azallu en fut terrifiée de l'intérieur. Et si l'illusion refusait de lui obéir ?

— Minga, répéta-t-elle, les mains moites, que les livres reviennent.

Elle avait l'impression d'avoir perdu sa voix, car seul un fin murmure s'échappa de sa gorge. Les larmes aux yeux, elle se demanda comment s'excuser.

Orckar plaqua soudain un linge humide sur son cou, l'amenant à sursauter. Il commença à nettoyer sa peau.

— Le collier t'a meurtrie, notifia-t-il. Mais tu sais bien que même fâché, il ne t'aurait pas blessée.

Les gestes du sorcier l'apaisèrent et Azallu hésita un instant avant de croiser son regard. Elle craignait de n'y découvrir rien d'autre qu'un voile d'indifférence. D'abord, elle étudia ses propres doigts égratignés, pour ensuite se tourner vers lui.

Elle s'était attendue à tout sauf à cette vision, à ce visage perturbé et ce sérieux capable de la faire frémir. Elle n'osa s'enquérir de son état. En garderait-elle des marques ? La réponse semblait évidente.

— C'est si grave que ça ? demanda-t-elle tout de même de sa petite voix.

— Non, ça va, mais il vaut mieux ne prendre aucun risque. Je reviens !

Avant qu'elle ait pu le retenir, il s'évanouit et la peur de rester avec Vallar la statufia sur place. Elle jeta un coup d'œil à sa posture, persuadée qu'il la détestait à présent, mais celui-ci s'était déjà perdu dans la lecture d'un ouvrage. Il l'ignorait superbement.

Je dois m'excuser et le remercier. Je me sens si bête.

Orckar lui saisit tout à coup la main afin de la nettoyer et s'assurer qu'elle parvenait à bouger ses doigts sans souffrir. Il reposa son poignet de gestes tendres à côté de sa cuisse, lâchant sur le lit des bandages, puis s'occupa patiemment de son cou.

— Presque tous les livres sont écrits dans une langue étrangère, s'exaspéra soudain Vallar. Je ne comprends rien.

Ses tatouages s'obscurcirent à nouveau. Azallu serra les lèvres, incapable d'ouvrir la bouche. Elle se crispa lorsqu'il s'approcha d'elle tandis qu'Orckar s'écartait pour lui laisser la place.

— Je vois, tu as toujours peur de moi, remarqua-t-il. Je ne suis pas fou au point de blesser une jeune femme, mais tu dois bien avouer que ton attitude ne peut amener que de la colère.

Droit comme un roi, son regard froid la toisait. Plus grand qu'elle, il en imposait. Un long tremblement parcourut Azallu, dévalant le haut de son crâne jusqu'au bas de son dos.

— Je...

Hésitante, elle referma sa bouche, incapable de continuer.

— Minga a dû dicter les règles, en déduisit Vallar. Je te promets de ne jamais sortir les livres. Je me débrouillerai pour les traduire sur place, alors pas la peine de te montrer si inquiète.

De honte, Azallu évita toute confrontation. Était-ce si mal

de vouloir protéger ses affaires ? Certes, elle s'y était mal prise, mais il ne se mettait pas à sa place.

Vallar souffla bruyamment et elle n'osa pas se redresser pour le considérer. Après des secondes qui parurent durer une éternité, il finit par se détourner :

— Très bien. Si tu ne veux toujours pas parler, eh bien, soit. Reste ici, je t'en donne l'autorisation, mais ne te retrouve pas en travers de mon chemin.

Il énonça cela en ouvrant la porte puis la claqua derrière lui d'un geste sec.

— Tu l'as vraiment mis en colère, commenta après coup Orckar.

Azallu releva faiblement la tête, sans pour autant desserrer les lèvres.

— Oui, je sais…, répondit-elle de sa voix à peine audible. Il s'est déjà fâché contre toi comme ça ?

Le sorcier la scruta de ses prunelles sanglantes avec un certain amusement.

— Je ne suis pas assez fou pour le défier comme tu viens de le faire. Et puis, il ne se risquerait pas à me faire ses gros yeux, parce que je suis bien plus redoutable, décréta-t-il avec sérieux.

Azallu grimaça.

— Sur le moment, il m'a fait penser à Dumeur… J'ai paniqué et…

Elle avait de nouveau baissé le visage. Orckar lui souleva le menton et leurs regards se mêlèrent. Ses iris à lui brillaient d'intelligence. Il ressemblait tellement au Cercle.

— Ne dis pas ça, Vallar est bon, bien que trop habitué à ce qu'on lui obéisse en tout temps. Je ne crois pas qu'il imaginait te faire peur à ce point. À tous les coups, il attend maladivement que je lui fasse un rapport sur tes blessures. Tu dois bien être la seule à avoir osé le provoquer ainsi. Les autres font cela plus insidieusement, il a donc le temps de se calmer…

— Et toi ? Jamais tu ne le défies ?

Les pupilles du garçon luisirent de plus belle et elle ne rata pas la délicatesse de son rire. Quelque chose en lui avait changé, il se montrait plus ouvert. Peut-être que savoir qu'elle était réellement la petite-fille de Mhor avait brisé une barrière ou alors, il s'agissait d'autre chose qu'elle ne comprenait pas encore.

— Je n'ai jamais eu besoin de le défier ! Il est honnête et juste, rares sont les fois où j'ai dû m'opposer à ses choix.

— Hum... Tu... tu crois qu'il me pardonnera ?

Azallu se détourna, le rouge profond de ses iris la perturbait trop.

— Il finira par le faire, mais tu sais, ces livres lui permettront de nous défendre. Ce n'est pas uniquement tes secrets, Azallu, mais c'est aussi pour notre bien qu'il se comporte de la sorte. Affronter les mages demandera une très grande préparation, qui passe par la connaissance.

Le sérieux de sa voix l'amena à l'observer d'un nouvel œil.

— Je... je ne pensais pas qu'il agissait ainsi pour protéger Antanor.

Mais il ne m'explique jamais rien, songea-t-elle, anxieuse.

— Tu es vraiment son portrait craché, murmura Orckar.

Azallu plissa les yeux. Voilà qu'il parlait encore une fois comme s'il avait rencontré Mhor. Elle se rehaussa, les traits tirés de douleur, puis se repositionna sur les coussins pour mieux le considérer. Sous son insistance, l'albinos parut gêné et se redressa.

— Je vais te chercher des draps. Si j'ai bien compris, tu préfères rester ici.

— Je... je...

— Je te rapporterai ton plateau-repas par la même occasion, décida-t-il en se dirigeant vers la porte.

Elle ne manqua pas l'air soucieux sur son visage, qui réussit bien trop à l'intriguer. Une fois seule, son cœur continua un moment à un rythme effréné. Elle tenta de refouler ce sentiment qui s'insinuait doucement, la peur profonde que lui avait fait ressentir Vallar, sa rapidité afin qu'elle ne se blesse pas.

— Va-t-il me pardonner ?

Son regard tomba sur tous les livres. Elle avait une mission à effectuer et devait s'y tenir, car quoi qu'il arrive, la fin ne serait pas heureuse. Ses épaules s'alourdirent alors qu'elle repensait à sa famille.

Je dois récupérer mon passé, songea-t-elle, les dents serrées. *Ainsi, je trouverai une solution pour sauver mon père...*

Avec sa puissance actuelle, elle ne pouvait espérer rivaliser avec Dumeur et encore moins avec Vallar. La jeune fille tourna son attention vers la fenêtre, d'où elle apercevait le ciel. Les lunes rayonnaient de toute leur beauté. Elle se leva, se sentant plus forte que tout à l'heure.

Les astres sont-ils réellement des dieux ? s'interrogea-t-elle.

Lui revint alors en mémoire ce petit paragraphe sur la création du monde, dans la grande bibliothèque des mages.

— Minga, appela-t-elle.

Il surgit à ses côtés et elle fronça les sourcils. Pourquoi tantôt ne s'était-il pas manifesté quand elle l'avait convoqué ?

— Je... je, j'aimerais..., hésita-t-elle, peinant à trouver ses mots. Mhor possède-t-il un écrit sur la création du monde ?

L'être de corde demeura quelques secondes immobile avant de disparaître afin de lui illuminer un recueil ancien. Sa voix résonna autour d'elle :

— Il s'agit du dernier volume consulté, révéla l'illusion sans pour autant se matérialiser.

Sa curiosité piquée à vif, Azallu s'approcha :

— Pourquoi n'es-tu pas apparu tout à l'heure, lorsque je t'ai nommé ?

— Cela ne vous aurait pas aidée, maîtresse, affirma-t-il de son ton caverneux.

Ainsi, il était tout de même doué de réflexion. Même si aucune émotion ne le parcourait, il avait su interpréter la situation.

— Hum...

Azallu garda ses pensées pour elle, puis se saisit de l'ouvrage posé sur le bureau, là où elle l'avait laissé. Quand tous les livres étaient reparus, ils avaient regagné leur place initiale, comme s'ils n'avaient jamais bougé. Lorsqu'elle ouvrit la première page, elle trouva sans surprise des écrits dans une langue ancienne, exactement comme l'avait décrit Vallar.

— Peux-tu le décrypter ?

Minga reprit forme devant elle, puis demeura immobile, attendant ses ordres.

— Voulez-vous comprendre ?

Elle répondit par un faible hochement de tête. Alors, il tendit le bras au point de toucher son front. Il fallut tout son courage à Azallu pour ne pas reculer tandis que les membres encordés, terrifiants, la frôlaient. Comme un bourdonnement, son crâne l'ébouillanta. L'illusion passa à travers elle jusqu'à atteindre son cerveau. Elle le sentit bientôt s'activer, la brûler, elle ne pouvait plus remuer et crispa chacun de ses muscles, retenant un hurlement de douleur.

Puis, sur le point de s'évanouir, incapable d'en supporter davantage, Minga s'éloigna enfin, la libérant de sa poigne.

— Maintenant, tonna-t-il toujours de cette même voix grave, vous verrez à travers mes yeux.

Chapitre 30

VAMIELLE

La jeune fille se redressa, le corps lourd. Le mouvement de Minga ressemblait de très près à une violente attaque. Même s'il n'avait pas la force physique de Vallar, celle-ci se situait davantage dans l'ordre psychique. Sa puissance l'estomaquait tout autant. Azallu sentit la créature s'emparer de son énergie. Elle ne comprenait pas ses actions et déchiffrait encore moins ses paroles. Il avait parlé de voir à travers lui. Traduisait-il les ouvrages de la sorte ? N'était-il finalement qu'un réceptacle ? Venait-elle de pénétrer dans son corps, ou simplement d'emprunter ses yeux ? Plus elle découvrait l'étendue de ses facultés, plus elle aspirait à devenir aussi redoutable que Mhor.

Grand-père, songea-t-elle, *tu en auras laissé, des choses bizarres derrière toi.*

Elle avait de plus en plus de difficulté à tenir sur ses jambes et préféra s'asseoir au bureau de son ancêtre. Lorsqu'elle s'effondra sur son siège, l'impression d'avoir gravi une montagne ne la quittait pas. Azallu se sentait tellement épuisée qu'elle aurait pu s'endormir sur place. Malgré tout, sa curiosité l'amena, de ses doigts tremblants, à tourner les premières pages du vieux grimoire. L'appréhension s'intensifia à mesure qu'elle s'emparait des feuilles. Ses mains moites se figèrent d'un coup. Elle avait beau l'avoir pressenti, l'effet n'en restait pas moins surprenant.

Les lignes, les mots, tout lui apparaissait de façon claire. Un sentiment d'euphorie saisit son cœur. Elle y arriverait, elle pourrait suivre les traces de son passé, tout connaître de lui et enfin rattraper son ignorance. Grâce à Minga, elle pourrait aider son père et se venger de Dumeur. Elle se crispa sur l'ouvrage en même temps qu'Orckar revenait les bras chargés de draps. Celui-ci la découvrit avec cette expression démente sur le visage et s'arrêta sur le seuil. Il leva un sourcil, se gardant bien d'émettre le moindre commentaire. Il se rapprocha puis laissa tomber le linge sur le lit.

— Je vais envoyer quelqu'un pour la nourriture, alors ne sois pas surprise si l'on frappe à la porte. Tu as l'air assez en forme pour t'en sortir seule, remarqua-t-il.

Azallu soupira avant de refermer le livre en un clap sonore.

— Je ne devrais pas ? s'enquit-elle, les yeux en lame de rasoir.

— Si, bien sûr, mais ce regard noir n'est pas beau sur ton joli visage.

Azallu haussa les épaules, puis détourna son attention sur l'ouvrage qu'elle tenait entre ses mains. Lui apparaissait-elle hideuse ? À son air dégoûté, il lui en donnait l'impression. Ses parents n'avaient-ils jamais souhaité exercer des représailles ? Son père sans aucun doute et sa mère aussi, parfois. Et pourtant, elle ne les avait jamais trouvés laids, juste effrayants. Mais s'agissait-il réellement de vengeance ? Non, il y avait davantage de tristesse, un désir intense de se défendre, mais jamais pour blesser quelqu'un de leur entourage. Son père n'assouvissait pas sa haine sur Dumeur alors que celui-ci l'avait assurément agressé d'une manière ou d'une autre. Azorru se montrait plus fort malgré les plaies béantes enfermées en son âme.

— Tu ne devrais pas penser à rendre les coups ainsi, souffla Orckar.

De gestes secs, agacés, il étira les draps sur le matelas en voyant qu'Azallu restait sur sa chaise. Celle-ci ne cessait de s'interroger : comment faisait-il pour la comprendre avec autant de facilité ? Il devinait exactement ce qui lui passait par la tête. En deux jours à peine, il battait presque sa mère à plate couture.

Comme le Cercle, il sait tout !

— Pourquoi ? Pourquoi devrais-je pardonner aux personnes qui m'ont blessée ?

Elle serrait les dents si fort que sa voix en ressortit toute déformée.

— Parce qu'alors plus rien de bon ne s'échapperait de toi. Je ne sais pas qui tu vises, mais ne te transforme pas en monstre à cause de cette personne.

— Je ne pourrai jamais être plus abominable que *lui* !

La jeune magicienne grimaça de douleur alors qu'elle sentait son cœur la pincer. Ça lui faisait toujours si mal. Dumeur méritait la mort.

— Je ne te dis pas d'ignorer ce qu'on t'a fait, mais songer à te venger n'améliorera pas la situation. Tu as des choses plus importantes auxquelles penser, comme à ton père.

En une moue dubitative, Azallu reporta son attention sur le livre.

— Et puis, tu crois vraiment que je ne connais pas ton secret ? continua le sorcier d'un air réprobateur. Les protections que Mhor avait placées auraient pu être levées depuis ta rencontre avec Minga, mais tu en as décidé autrement !

Orckar s'était soudain redressé. Il croisa ses bras secs, puis la contempla de ses yeux rouge écarlate. Elle se renfrogna. Ainsi, il savait qu'elle les avait menés en bateau. En avait-il parlé à Vallar ?

— Pour tous les mensonges que tu as proférés depuis que tu es arrivée, je trouve que toi et le maître êtes quittes. Lui est un gamin pourri gâté, mais toi également. Si je ne vous arrête pas, je sens que tout cela finira dans un bain de sang. Je n'ai pas envie de recoller les pots cassés. Alors, Azallu, vas-tu continuer à agir comme une enfant capricieuse qui ne veut rien prêter ? Je pense que Vallar a été assez franc avec toi, il t'a tout de même offert un refuge.

— Je sais. Mais il m'a aussi mis un collier d'esclave, rappela-t-elle, la gorge nouée.

Et sans lui, tu te serais ouvert le crâne en deux, imbécile ! se fustigea-t-elle.

— Et toi ? N'as-tu pas menti tout du long, n'as-tu pas joué de sa gentillesse pour n'en faire qu'à ta tête ? Il risque gros en te gardant, ne l'oublie pas. Si jamais Dumeur apprend que tu es ici, ce n'est pas seulement lui qui risque sa vie, mais toute la communauté.

— Je ne l'oublie pas, marmonna-t-elle entre ses dents. C'est juste que je voulais parcourir les livres de mon grand-père avant lui, je ne pensais pas que…

— Azallu, tonna Orckar en s'avançant d'un pas, Vallar ne te retirera jamais ton collier si tu refuses d'y mettre du tien.

— Mais que peut-il me prendre de plus ? Je lui ai déjà donné ma liberté ! Ce que Mhor a laissé m'appartient. Et puis, je ne sais rien de ton maître.

Orckar se tenait droit. Le corps tendu, il dardait toujours sur elle un regard mauvais.

— Il te protège d'une alliance mortelle, mais très bien, j'ai compris… Ça vaut pour tous les deux, à partir de demain, vous devrez vous serrer les coudes. Tu vas faire partie intégrante des sorciers, entrer dans la classe la plus avancée et tu seras présentée comme étant sa femme, vous serez contraints de vous montrer conciliants.

— Est-on vraiment obligé de l'annoncer ? demanda Azallu qui se redressa si rapidement qu'elle en eut le tournis.

— Oui, je commence à croire que c'est le seul moyen de vous entendre, en vous forçant un peu.

— Pourquoi ? insista-t-elle, ses doigts se crispant sur le bureau.

— Tu as très bien entendu, Vallar m'a donné carte blanche et votre manège, à tous les deux, m'exaspère. C'est votre punition ! Vous apprendrez ainsi à vous connaître. Ton nom deviendra donc Vamielle, cela se mêlera parfaitement à celui de ton mari.

Azallu trembla de plus en plus fort à mesure qu'elle voyait Orckar dévoiler son atroce stratégie.

— Ce… ce n'est pas possible, tu ne peux pas, contredit-elle en le dévisageant d'un air horrifié.

Elle avait le sentiment alors qu'elle ne pourrait jamais s'enfuir, que cela l'enchaînerait à cet homme.

Et en même temps, c'est ce que j'ai choisi, songea-t-elle, agacée. *Je veux la tête de Dumeur au bout d'une pique.*

— Il faut bien ça pour que vous compreniez que ce n'est pas un jeu. Ainsi, aucun de vous ne pourra se défiler ! Vallar ne ferait pas l'erreur de m'affronter. Il m'a donné carte blanche quant à ton histoire et c'est celle qui vous ira le mieux à tous les deux. Vamielle ! Une vérité qui masquera bien facilement tous vos autres petits non-dits.

La jeune magicienne s'emporta :

— De toute manière, je ne suis qu'un pion.

Elle effectua un pas dans sa direction, seulement Orckar recula vers la porte.

— Minga, appela-t-il, les yeux brillants d'une colère glacée.

Azallu ne l'avait jamais imaginé aussi intraitable. Elle ne pensait pas que l'illusion lui répondrait et pourtant, elle fut stupéfaite de le voir apparaître devant le sorcier sans hésiter.

— Vamielle, je vais t'apprendre quelque chose de très important aujourd'hui : tu ne dois te fier à personne.

Elle l'observait sans comprendre.

— Minga, reprit l'homme, tu serviras autant Vallar qu'Azallu, tu leur offriras la même attention à l'un comme à l'autre. Je serai ton unique maître.

— À vos ordres.

La bouche de la jeune fille s'assécha d'un coup.

— Comment as-tu fait ça ? hurla-t-elle, sidérée.

Orckar s'appropriait le seul atout dont elle disposait encore. Et Minga, comment pouvait-il approuver sans même sourciller ?

— Quelques gouttes de ton sang et le tour était joué.

Elle écarquilla les yeux et toucha son cou d'un air désemparé.

Il avait usé de sa faiblesse, de ses peurs. Une colère sans précédent s'empara d'elle.

— Minga, s'affirma Orckar en redressant les épaules, garde-la enfermée jusqu'à demain matin. Lorsque je viendrai la chercher pour sa nouvelle vie, déverrouille la porte.

— Bien, maître.

Sur ce dernier ordre, le sorcier sortit de la pièce, laissant derrière lui une Azallu tout à fait hors d'elle.

— Comment a-t-il pu me faire ça ? s'écria-t-elle en pleurant. Il m'a tout pris !

Elle se découvrit un côté si rancunier qu'elle aspira à l'écrabouiller sous son poing, ou même à l'attacher et à le tourmenter des heures durant. Elle poussa un cri de frustration avant de se jeter sur le lit pour le taper de toutes ses forces. Après un temps, elle se calma enfin, trop épuisée pour continuer.

Allongée sur les draps propres qu'Orckar avait malgré tout placés sur la paillasse, elle apercevait le ciel par la fenêtre restée ouverte. La jeune fille frissonna alors qu'un vent frais l'enveloppait. Elle enfouit sa tête dans ses bras, tâchant de trouver une solution à son problème, à ses sentiments contradictoires.

— Comment m'en sortir ? murmura-t-elle.

Encore une fois, elle s'était laissé berner, n'avait rien vu venir. Orckar avait su la manipuler à sa guise. Elle réprima de nouveau son envie de les tuer, lui et son maître.

Pourquoi se montrent-ils si horribles avec moi ? se plaignit-elle à nouveau.

Contrariée, elle rechercha l'essence de son âme, cette silhouette toujours présente en son sein. Son besoin si grand de puiser du réconfort l'amena à rejoindre l'essence de son être, là où les arbres chantaient sur le destin et la vie. Il lui avait suffi de fermer les yeux pour le retrouver.

L'entité, plus nette que la dernière fois, demeurait au centre du lac et la jeune fille s'empressa de regarder sous ses pieds sans distinguer de trou noir. Le soulagement qu'elle ressentit allégea le poids de ses épaules.

— Tu t'es encore blessée, remarqua l'être d'une voix chargée d'intensité.

— Oui, souffla-t-elle.

Elle se frotta les bras alors qu'un frisson la parcourait de haut en bas.

— Comment ne faire qu'un ? questionna-t-elle d'une faible voix.

— Avec le temps.

Azallu baissa la tête, découragée, mais l'être n'en était pas affecté, il ordonna :

— Plonge la main dans l'eau et tu cicatriseras.

Elle ne savait même plus pourquoi elle l'avait cherché. Pour guérir ? Elle n'en était pas certaine et releva la tête en douceur afin de le dévisager. L'être, toujours si majestueux, lui apparaissait bien plus grand que sa propre personne, plus fort aussi, plus malin, imposant. Elle se doutait que le jour où elle pourrait le détailler dans son intégralité, elle changerait radicalement. Déjà son instinct se développait plus vite. À pas lents, elle avança au bord de la rive puis se pencha sans quitter des yeux son guide.

— Je comprends ce que je suis, mais pourquoi sommes-nous ainsi, séparés, incomplets ?

L'être se rapprocha. Il devenait de moins en moins flou.

Quand je distinguerai ses traits, lui et moi ne serons qu'un, songea-t-elle.

— Lorsque tu m'accepteras, tout te reviendra, expliqua-t-il de sa voix en dehors du temps et de l'espace.

— Mais je t'accepte, pourtant, contredit-elle.

— Non, tu comprends seulement. Quand tu accepteras ce que nous sommes, ce lieu disparaîtra ! Pour l'instant, tu as peur.

Azallu grogna en réponse et reporta toute son attention sur l'eau dans laquelle ses doigts trempaient à présent. Son corps réagissait à sa fraîcheur au point de grelotter. Le liquide étincelant remonta le long de sa peau, s'infiltra dans ses veines, longea son bras pour ensuite se propager partout. Elle eut l'impression de renaître, son cœur s'apaisa, ses muscles cicatrisèrent, ses tissus se reformèrent et son esprit s'éclaircit.

Azallu observait les abords avec davantage de sérénité. Les

arbres bleus continuaient de chanter leur mélodie, submergeant l'univers silencieux de magie. Cela lui permit d'admirer les étoiles et de laisser ses poumons s'emplir d'air pur. La jeune fille examina à nouveau son guide, cette présence qui, elle devait bien l'avouer, la rassurait chaque fois un peu plus. Il réchauffait une partie de son âme. Azallu savait que sans lui, elle ne vivait pas vraiment.

— Ferme les yeux et dors, enjoignit l'être.

Elle s'exécuta sans protester et le sommeil l'emporta dès que ses paupières se fermèrent. Elle ne perçut rien lorsque la porte de l'appartement s'ouvrit en un mince grincement.

Vallar, revenu lui apporter un plateau-repas, espérait s'excuser de l'avoir effrayée et, par ce biais, blessée avec le collier d'esclave. Il le déposa près de son lit d'un air détaché, mais ne put s'empêcher de s'attarder sur le visage assoupi de la magicienne. Ses beaux et fins cils clairs le fascinèrent un temps et il s'étonna de voir ses cheveux prendre une teinte dorée.

— Pourquoi ce changement ? se questionna-t-il dans un murmure.

Il la contempla longuement et alla jusqu'à s'asseoir à ses côtés.

— Me pardonneras-tu de forcer le destin ?

Le sorcier se rapprocha, étudia le grain délicat de sa peau, la douceur de ses lèvres, puis s'éternisa sur son cou. Cou tout à fait guéri. Il ne put retenir ses doigts de frôler l'endroit où le collier avait mordu la chair et fait couler le sang. Comment s'était-elle soignée ?

— Tu es si surprenante, chuchota-t-il. Tu lui ressembles un peu trop. Si bien que je m'y perds.

Le maître l'observa encore un temps avant de se reculer avec froideur, puis de sortir de la pièce. Dernièrement, ses pensées aimaient le rendre fou. Cette femme prenait trop de place dans son cœur, au point qu'il commençait à redouter le moment où il devrait la sacrifier.

CHAPITRE 31

L'ÉCOLE DU VERRE BRISÉ

Azallu se réveilla sous les gestes brusques d'Orckar, qui la secouait. Il avait poussé la porte sans prendre le temps de cogner, ne se souciant guère de la surprendre. Le visage glacé, ses cheveux enneigés dansaient autour de son corps blafard, le rouge de ses yeux n'en demeurait que plus sanglant. Azallu rouspéta, exaspérée par sa façon sans gêne de se présenter.

— Tu es obligé d'entrer sans frapper ? grogna-t-elle en le toisant de toute sa stature.

Il ignora sa réplique d'un mouvement d'épaule, tout à fait indifférent à son intonation et même à son air farouche.

— Je constate que tu es en forme, c'est une bonne chose !

Son ton ferme, catégorique, lui fit bien comprendre qu'insister était inutile. Elle croisa les bras sans rien ajouter, même si au fond, elle enrageait. En plus de lui avoir volé Minga, il ne respectait rien de son intimité.

— Tu veux vraiment que je te haïsse, s'écria-t-elle en forçant la note.

— Ne le prends pas ainsi, souffla-t-il. Des affaires plus urgentes t'attendent. Habille-toi et suis-moi ! Les cours vont bientôt débuter et tu ne dois pas être en retard !

— Hum… Je n'ai pas envie de me mêler aux sorciers. Je suis sûre que ce lieu a de bien meilleurs secrets, alors laisse-moi tranquille.

— Vallar l'a exigé ! Malgré sa colère, il tient sa promesse, déclara l'albinos en la voyant tempêter, certain qu'elle agirait n'importe comment. Cela ne ferait qu'empirer les choses que de lui désobéir à nouveau.

Azallu se pinça les lèvres si fort qu'elles se réduisirent à une fine ligne.

— Va t'habiller ! répéta Orckar comme un père impatient.

La jeune fille, crispée au possible, finit par se détourner non sans serrer les poings.

— Tu veux bien sort…

Elle n'eut pas à terminer sa phrase qu'il s'éclipsa sans l'écouter. Au bord de l'explosion, elle s'observa dans le miroir et soupira devant son apparence très moyenne. Elle portait toujours ses vêtements de la veille, ses cheveux emmêlés lui conféraient une allure de pouilleuse et elle gardait des traces de son oreiller sur ses joues blafardes. La journée commençait bien mal.

Orckar avait déposé sur le lit une pile de linge propre, mais enfiler ce qu'il avait choisi la mettait doublement en rogne. À la place, elle décida de fouiller les placards de Mhor ; il devait bien y avoir quelque part d'anciens habits oubliés. Elle ne pensait pas réellement pouvoir s'en vêtir, mais voulait se faire une idée de son style.

Dans un réflexe surprenant, elle tira plusieurs des tiroirs encastrés dans le mur. Elle trouva sans même y réfléchir tout ce qu'elle cherchait, découvrant dans ce même temps d'antiques bijoux. Leur forme inhabituelle ne servait pas juste à la décoration, il s'agissait sans conteste d'artefacts dangereux et elle préféra ne pas y toucher. Chaque compartiment lui dévoilait des objets vaguement familiers, mais dont elle ne comprenait pas l'utilité. Elle sourit devant un espace rempli de ceintures, puis s'arrêta sur les chemises et les braies.

Azallu haussa un sourcil appréciateur. Les vieilles toilettes faites de cuir gardaient un charme certain. L'usure accrochait le bout de ses doigts, mais ce qui retint le plus son attention fut toutes ces poches capables de dissimuler des armes. Assurément, ces habits avaient été conçus pour combattre, exactement ce dont elle avait besoin et qui plus est, ils avaient été conservés de la poussière par un sortilège.

Bien que le pantalon soit trop grand pour sa délicate silhouette, les sangles présentes un peu partout lui permirent d'ajuster la taille. Azallu identifia dans d'autres tiroirs de fins couteaux gravés qui se couvraient de sceaux. Elle préféra les laisser, ne se trouvant pas encore assez instruite pour comprendre ce qu'ils cachaient. Plus tard, elle oserait peut-être en emporter quelques-uns.

Orckar, qui commençait à s'impatienter derrière la porte, frappa trois coups vifs désagréables contre le battant. Azallu grommela, s'empressant de réaliser un chignon épars. Rien ne devait entraver ses mouvements. Le sortilège que Vallar avait placé un jour plus tôt sur ses cheveux s'était vite dissipé. Elle s'observa dans le miroir de **plain-pied** dissimulé près du bureau et remarqua, dans un souffle étonné, son cou intact. Elle palpa sa peau, le cœur chargé d'appréhension, ne sachant si elle devait craindre cette capacité à se régénérer. Sa mère pouvait guérir aussi, bien que le fonctionnement de sa magie soit différent.

La jeune fille déglutit, ajusta quelques mèches et enfin se sentit prête à affronter la journée. Elle poussa la porte et se retrouva face à face avec le sorcier. Celui-ci, d'abord inexpressif, l'examina des pieds à la tête. Son regard affichait une surprise non feinte et elle ne put déchiffrer le fond de ses pensées alors qu'il pivotait sur lui-même en silence. Il s'engagea dans les escaliers d'un pas vif.

— Décidément, tu lui ressembles de plus en plus, déclara-t-il sans pour autant se retourner.

— En même temps, ce sont ses vêtements, marmonna-t-elle.

— Tu vas faire fureur, soupira l'albinos en la menant au bas de la tour. Retiens bien le chemin, car Vallar ne te laisse pas libre de t'éloigner à plus de quelques mètres. Si tu ne veux pas souffrir, emprunte ce même itinéraire !

Azallu le prit au mot et se concentra sur ce qui l'entourait alors qu'ils sortaient dans la rue. La jeune femme, au contact de l'extérieur, même si elle n'avait été captive rien que quelques jours, eut la sensation de respirer à nouveau. Toutes les tensions accumulées dans ses épaules parurent s'évaporer tandis qu'elle posait un pied sur les pavés et que l'air de la ville s'engouffrait dans ses poumons. Il n'y avait pas encore beaucoup d'animation à cette heure-ci, les commerçants installaient tout juste leurs étals.

— Ça me donne envie d'aller voir, avoua-t-elle avec des yeux pétillants d'excitation.

Son engouement arriva à arracher un petit sourire à Orckar.

— Tu ne peux pas, l'école est juste là !

Cette interdiction tout à fait abusive, dite avec une pointe de moquerie, l'amena à bouder derechef, mais le sorcier l'ignora. Il lui désigna un bâtiment atypique. L'exaltation qui l'avait envahie se transforma en déception poignante.

— Mais c'est…

— Oui, c'est à côté, pas de quoi s'extasier, en effet.

Il lui jeta un bref coup d'œil d'abord compatissant avant de regagner cette sombre expression.

— Je serais toi, je ne tenterais pas de faire trois pas de plus dans cette direction. Vallar se montre assez dur donc fais attention à ne pas trop t'éloigner du mur, *Vamielle* !

Elle se rembrunit à l'évocation de cet affreux prénom. Combien de temps devrait-elle le garder ? Elle espérait presque secrètement que l'un des sorciers du conseil délie sa langue.

— À quoi ça sert de changer de nom ? Ils connaissent déjà tous mon histoire, maugréa la jeune femme de son air farouche.

— Qu'est-ce que tu crois, que les élèves assistent au comité ? Les participants ne parleront pas de ton identité, il en va de l'honneur de chaque famille. Pas un membre ne se risquerait à trahir Vallar… Il se montrerait redoutable sur ce point.

— Un règne par la terreur, grommela Azallu de sa mine butée.

— Terreur ou non, c'est lui qui te soutient, alors sois un peu plus reconnaissante.

Orckar ne savait même pas pourquoi il s'échinait à argumenter avec elle. Il n'aimait pas quand elle faisait la tête et supportait encore moins sa façon de voir les choses. Elle ressemblait beaucoup trop à une enfant gâtée. Bien sûr, il ne pouvait pas le lui reprocher, Vallar n'avait pas aidé avec toutes ses conditions. Lui aussi s'était comporté avec cruauté. À présent, la jeune femme ne semblait guère se soucier de ses mises en garde alors qu'elle ne devait se trahir sous aucun prétexte. Il en allait de sa vie. Et à sa manière de parler, il craignait qu'elle n'en saisisse pas le danger.

Peut-être que *Vamielle* l'incommodait, mais il était trop tard pour le changer. Vallar serait de toute façon vexé puisqu'il avait choisi ce prénom lui-même.

— Vamielle, appela-t-il pour renforcer l'importance de ce nom, bienvenue à l'école du verre brisé.

— Du verre brisé, répéta la magicienne, sur la défensive.

Elle avait bien du mal à masquer sa stupéfaction. Il approuva puis la laissa admirer l'édifice bien différent de tout ce qu'elle avait déjà vu. Le bâtiment ne se composait, en effet, rien que de vitres teintées aux couleurs brunes, pourpres et noires par endroits. Azallu ouvrit la bouche, pantelante devant une telle réalisation.

— Pourquoi brisé ? demanda-t-elle, trop curieuse pour rester muette.

— Parce que beaucoup ont cherché à démolir cet édifice, mais tu te rendras vite compte que c'est impossible.

Sur ces paroles énigmatiques, il s'assura qu'elle entre en premier. À peine poussa-t-elle la porte qu'une odeur de sorcellerie lui chatouilla les narines.

— Pourquoi des gens tentent-ils de le détruire ?

— Il fut un temps où cette école n'était autre qu'une prison.

Abasourdie, elle écarquilla les yeux sans émettre aucun commentaire.

— Mais par la suite, les sorciers furent incommodés par sa présence en ville et décidèrent de déplacer les détenus à l'extérieur de la cité. Depuis, les étudiants s'amusent à y trouver des brèches. Ils testent ainsi leurs sortilèges, mais pas un seul ne parvient à l'ébranler.

La jeune fille sentit une boule d'angoisse lui vriller les tripes alors qu'elle observait l'édifice.

CHAPITRE 32

LA CONFRONTATION

Azallu poussa la porte, mais s'arrêta sur le seuil. Le hall qu'elle découvrait avait des allures de palais. Les parois de verre miroitaient sous les chaleureux rayons du soleil et, incapable de masquer son émerveillement, elle laissa Orckar la devancer.

De l'extérieur, l'édifice terne, sombre, ressemblait vraiment à une prison, rien ne permettait de présager sa beauté intérieure. Les sorciers avaient transformé un décor de désolation en une œuvre incroyable. Se dégageait du lieu une atmosphère réconfortante. Les nuances à peine visibles de rouge, de brun et de noir donnaient un charme certain à la bâtisse. Les faisceaux de lumière perçaient les vitres et réchauffaient le sol avec douceur. Le contraste amena la jeune fille à cligner des yeux.

En analysant un peu mieux ces épais murs de glace, elle remarqua qu'à certains endroits, ceux-ci gardaient les stigmates de chocs. Les fragments brisés, recollés de façon aléatoire, intensifiaient l'étrangeté du monument. Qui se chargeait donc de recoller les morceaux ? La tâche devait être un travail fastidieux.

Toutefois, la consistance du verre la surprenait davantage, elle ne distinguait rien de l'extérieur. Seules des masses mouvantes floues lui indiquaient la présence d'un individu proche de la façade. L'Incomprise s'étonnait également du silence environnant, pas un des sons de la rue ne venait perturber la quiétude de ce hall de lumière.

— Bien, soupira Orckar en examinant à son tour la vaste salle. Je vais te mener à ta classe, nous sommes légèrement en retard, ajouta-t-il en jetant un coup d'œil à l'horloge murale.

— C'est normal qu'il n'y ait personne ?

Azallu le suivait au pas, les prunelles grandes ouvertes.

— Bien sûr que non, nous sommes en retard, je viens de le dire ! râla-t-il sans masquer son irritation.

Orckar s'engagea d'un pas ferme au centre des escaliers à la texture très similaire aux parois. Dès qu'elle posa le pied sur le bas des marches, un craquement sinistre retentit. Elle ne se sentit pas rassurée, mais n'osa questionner Orckar. Il semblait déjà bien trop agacé.

— Dans la classe, on t'a attribué un bureau que toi seule pourras utiliser, alors pas la peine d'essayer d'en changer, précisa le sorcier dont les cheveux flottaient après chaque mouvement.

Elle l'écoutait à peine, trop absorbée par l'étage qu'elle découvrait. Sur la grande mezzanine, le hall, de la hauteur de l'édifice, lui apparut dans toute sa splendeur. L'albinos l'obligea à se détourner alors qu'il la tirait vers l'arrière. Ils empruntèrent un couloir plus sombre le long duquel le sol translucide devint opaque.

— Tu vas te retrouver avec les meilleurs, continua Orckar de sa mine imperturbable.

Ils s'engagèrent dans un autre corridor, puis se dirigèrent tout au fond.

— Je pense qu'il est vain d'expliquer que tu auras beaucoup de travail à rattraper, notifia-t-il sur ce ton froid. J'ai demandé spécifiquement pour toi à ce qu'on change le programme afin que tu puisses plonger dans le vif du sujet, bien qu'il soit presque sûr que tu ne comprendras rien.

Il la considéra de son air fermé, on ne peut plus inexpressif. Comme elle ne le contredisait pas, il ajouta :

— Retirer des sortilèges et des malédictions, ça ne s'apprend pas en un claquement de doigts. De toute façon, tu t'en rendras compte assez vite.

La jeune fille retint mal une grimace, elle n'aimait décidément pas son intonation. Il ne la regardait pas et avançait d'une démarche rapide sans lui permettre de s'habituer aux lieux ni même d'essayer de saisir ses propos presque comme s'il souhaitait la décourager.

— Si tu crois que je vais abandonner l'idée de secourir mon père, alors tu te trompes lourdement ! se rebiffa-t-elle, aussitôt sur la défensive.

Orckar redressa les épaules, le visage toujours aussi dur.

— Je n'ai jamais dit...

— Mais c'est le pacte, coupa-t-elle. Sauver mes parents est tout ce qui m'intéresse.

— Vamielle, tu te braques sans même me laisser le temps de...

— Je ne me braque pas !

Il souffla tandis qu'elle croisait les bras. Azallu écumait de l'entendre utiliser ce prénom affreux pour la réprimander.

— Ne m'appelle pas Vamielle, je hais ça, grogna-t-elle un cran en dessous, les yeux brillants de rage contenue.

— Tu vas devoir t'y faire, soupira-t-il sur le même ton crispé. Nous sommes arrivés !

Le sorcier n'attendit pas avant de frapper à la porte tandis qu'Azallu rongeait son frein afin de garder son calme. Elle avait l'intuition qu'il se fichait de ses sentiments. Il voulait seulement se débarrasser d'elle au plus vite.

En cela, il ne ressembla pas au Cercle !

Elle dut se détourner tandis que la porte de vitre épaisse produisit de légers cracs inquiétants. La paroi pouvait-elle se fendiller au moindre impact ? Le panneau s'ouvrit avec fracas et le verre se craquela tel que redouté, mais celui-ci se resolidifia aussitôt. Il en faudrait davantage pour ébranler les solides sortilèges qui l'ornait.

— Entrez ! gronda un homme.

Azallu frémit à l'intonation grave de sa voix. Orckar n'hésita pas une seconde à avancer tandis qu'elle sentait son cœur se précipiter dans sa poitrine. Devant un pupitre l'attendait un sorcier robuste aux cheveux noirs et à la carrure imposante. Son visage à moitié brûlé la troubla au point de ne voir que celui-ci un moment. Elle s'arrêta sur le seuil de la porte, incapable de faire un pas de plus. Pouvait-elle véritablement apprendre ici et sauver son père ?

Un nœud dans sa gorge lui bloqua la respiration. Cet instituteur l'intimidait, tout comme cet avenir qu'elle ne contrôlait plus depuis longtemps. D'un seul coup, réussir lui parut impossible. Son corps sua soudain au point d'en trembler, puis son attention se tourna vers les étudiants, qui examinaient Orckar des pieds à la tête.

Azallu ne put dire ce qui la choqua le plus : leurs têtes bariolées ou les affaires désordonnées entreposées sur leurs bureaux. Personne ne portait la même chose et pour la première fois, tant de dissemblance l'effraya. Couleurs, peaux, vêtements, cheveux, pas un sorcier ne ressemblait à un autre. De plus, leurs tatouages aux formes et aux nuances incroyables terminaient de la perturber tout à fait.

La présence d'Orckar apportait stupeur, interrogation et divers sentiments mitigés. L'unique point positif à ces réactions, c'est qu'elle demeura au second plan. L'homme à la tignasse enneigée les inspecta de ses iris pourpres acérés et c'est à peine si les élèves osèrent respirer.

— Je vous présente Vamielle, épouse de maître Vallar, annonça-t-il de ce ton glacé d'indifférence. Elle n'a pas reçu d'éducation, donc soyez indulgents !

Sur ces derniers mots, il se courba, puis pivota sur ses talons et claqua la porte dans son sillage. Azallu sursauta face à ce comportement encore plus brusque que d'habitude. Elle se retrouva au cœur de toutes les attentions, se sentant plus seule que jamais.

— Vallar est marié ? s'étonna soudain un garçon.

Ses paupières se plissèrent tandis qu'il la dévisageait.

— Elle n'a pas de tatouage, constata un second.

— Mais depuis quand ? interrogea une autre.

L'instituteur à la figure brûlée se racla la gorge alors que certains curieux se redressaient pour mieux la voir. Dans cet espace où une lumière diffuse traversait le verre brisé par intermittence, Azallu étouffa. Que devait-elle répondre ? Elle espérait juste qu'on la laisserait s'asseoir au fond de la salle.

— Vamielle, l'appela son professeur, usant de sa voix caverneuse, je suis Ollam, ton enseignant principal.

Il se tourna vers la classe qui ne la quittait pas des yeux.

— Elle n'a pas encore subi la marque, mais cela ne saurait tarder. Il est prévu de lui faire passer l'épreuve dans un mois, vous aurez le droit d'y assister, si cela vous intéresse. Ainsi, nous pourrons découvrir qui elle est !

Azallu sourcilla en même temps qu'un brouhaha s'élevait. Pourquoi personne ne lui avait-il parlé de cette marque ? Elle ne comprenait même pas ce que cela représentait et demeura interdite tandis que les autres s'excitaient. Son expression s'assombrit.

— Silence, silence, ordonna tout à coup Ollam gravement.

Une accalmie s'abattit soudain sur la salle. Qui était cet homme pour que tous le respectent de la sorte ? Azallu lui jeta un regard inquisiteur puis s'arrêta sur son visage en partie brûlé et ses tatouages géométriques. Ils formaient des fresques impressionnantes. À quoi ces motifs pouvaient-ils bien servir ?

Ollam se racla la gorge, un mince sourire se dessinant sur ses lèvres.

— Bien, Vamielle, va t'asseoir au bureau libre du premier rang. De ce qu'on m'a expliqué, tu n'as jamais étudié la sorcellerie, mais Vallar veut que tu rattrapes ton retard le plus vite possible. Il a parlé d'un mois, souffla-t-il, gêné.

— Hum…

Elle ne sut que répliquer et approuva par un geste de tête bref, n'osant encore s'exprimer. La jeune fille se dirigea vers son pupitre d'un pas ferme. Elle s'installa sans faire de bruit, rougissant à mesure qu'on la dévisageait. Elle se garda bien de dire qu'elle aurait préféré le fond de la classe pour s'y terrer. En constatant que les élèves continuaient de la fixer, elle se tendit davantage.

L'enseignant, troublé, se racla de nouveau la gorge. Il fronça les sourcils, lui adressant un message, semble-t-il. À son tour, elle se concentra, mais comme elle ne comprenait pas ce que signifiaient ces incessants plissements de paupières, il se vit obligé de parler :

— Vamielle, peux-tu soulever ton pupitre et te munir d'un carnet ainsi que d'une plume ? Tout comme il est d'usage de se présenter avant d'aller s'asseoir.

Les mains tremblantes de stress, Azallu se redressa.

— Je... je suis Aza... pardon, je suis Vamielle, enchantée.

Une goutte de sueur perla sur son front, elle avait failli dès le premier jour se dévoiler. Elle se ressaisit, incapable d'émettre un son. Elle s'imaginait mal décrire sa vie. Ollam, d'une patience à toute épreuve, secoua le visage.

— Ce n'est pas ainsi qu'il faut faire. Ruhi, appela-t-il, montre-lui, s'il te plaît.

Un jeune garçon, impeccable des pieds à la tête, se leva du fond de la salle. Il ressemblait de beaucoup à la tête de classe avec ses lunettes sur le nez, ses cheveux plaqués sur le crâne et son pantalon à carreaux un peu trop court. Il posa sa main contre sa poitrine et récita :

— Je suis Ruhi, passionné de vérité, j'aime entendre les bouches se délier devant mes sorts, fils de l'importante lignée Satya !

Il se rassit en gardant la tête haute et snobant ses congénères.

Ollam se tourna vers elle à nouveau :

— Voilà, à ton tour !

Azallu se redressa, son sang affluant dans ses veines.

— Je suis Vamielle, passionnée... de... de liberté, improvisa-t-elle en pensant à ses parents qu'elle désirait délivrer. J'aime...

Elle hésita, forcée à la réflexion par une simple phrase dont elle ignorait la réponse.

— J'aime... apporter la paix grâce à mes sorts, souffla-t-elle avec un pincement au cœur.

Elle s'humecta les lèvres, perturbée plus qu'elle ne le voulait.

— Petite-fille du grand maître sorcier Mhor, acheva-t-elle enfin.

Ollam, maintenant intrigué, plissa les yeux.

— C'est très bien, confia-t-il avec respect. Tu es la première de mes élèves à souhaiter la paix… Tes paroles sont les bienvenues.

Azallu esquissa un petit sourire et se rassit, se gardant bien de spécifier que sa magie semait chaos et destruction sur son passage. Ses propos se rapprochaient de ce qu'elle aurait bien aimé être : quelqu'un qui résout les conflits et non pas celui qui les provoque.

— Bien, reprenons où nous en étions…

Azallu souleva la cache de son bureau pour y découvrir nombre de cahiers avec crayons d'encre en tout genre ainsi qu'un compartiment vide. Elle saisit de quoi écrire.

Ollam frôla le mur de verre aux nuances changeantes, comme des reflets dans une lentille. Il l'effleura du bout des doigts puis des symboles et des formes apparurent dans des couleurs chatoyantes. L'éclairage s'assombrit d'un seul coup afin que les formules et les dessins luminescents demeurent bien visibles à l'œil. Azallu retint une exclamation de surprise alors qu'elle admirait à nouveau le prodige de la sorcellerie. Serait-elle un jour capable de créer de telles choses ? Elle en mourait d'envie et s'excita de toutes ces nouvelles expériences. Elle en oublia presque ses problèmes.

Elle resta dès la première heure absorbée par les propos de son professeur qui, de par sa voix rauque, enflammait son audience. Azallu fut très agréablement étonnée, elle connaissait beaucoup des préceptes énoncés grâce au vieux grimoire de Mhor et donc ne se sentait pas perdue. Quand la sonnerie retentit, son cœur sursauta, elle aurait bien continué ainsi pendant des heures.

— Une courte pause ne vous fera pas de mal et Vamielle, il serait bien que tu consignes la leçon dans un de tes cahiers !

La jeune fille fronça les sourcils et souleva son pupitre. Elle avait déjà tout inscrit grâce à une formule discrète appartenant à Mhor. Cela lui permettait d'en dissimuler le contenu aux yeux de ses voisins. Il était hors de question qu'on puisse lui piquer ses notes, mais elle n'avait pas pensé qu'Ollam aurait pu en être perturbé. De plus, Azallu savait qu'elle retiendrait toutes ses explications tant il était parvenu à la passionner.

Elle avait aussi bien remarqué le sortilège redoutable qui empêchait quiconque à part elle de se servir de son bureau et l'avait simplement renforcé. Aucun des élèves ne lui inspirait confiance pour le moment. Elle préférait demeurer sur ses gardes au risque de passer pour une fainéante.

Azallu suivit donc les autres étudiants, qui se dirigeaient vers le grand hall. La plupart sortirent tandis que d'autres restaient pour discuter. Voir l'établissement bondé lui laissait une drôle d'impression. Elle se sentait un peu perdue au milieu de cette foule.

Ruhi, le garçon aux vêtements impeccables, s'approcha d'elle, escorté par un camarade au torse développé.

— C'est elle, l'épouse de Vallar, dit-il d'un ton dédaigneux en la désignant du doigt.

Sa mine hautaine l'amena à grincer des dents tandis que celui qui l'accompagnait l'examinait de pied en cap.

— Elle doit être forte alors, commenta le blondinet baraqué.

Il joua de ses muscles d'un air narquois. Azallu sut qu'elle ne s'entendrait jamais avec eux. Elle se força à sourire, les vieilles habitudes avaient la peau dure. Les élèves commençaient à s'attrouper autour d'eux, ce qui ne l'aidait pas à apaiser ses nerfs. Ses paumes la démangeaient terriblement.

— Tu veux te battre ? demanda-t-elle en redressant les épaules. Ça ne me dérange pas, je m'inquiète seulement pour toi. Vallar te pardonnera-t-il d'avoir posé la main sur moi ? Car, tu vois, même si je ne lui répète pas, il apprendra bien vite qui m'a provoquée… et il n'est pas de ceux qui gardent leur calme !

Elle bluffait, jouait la carte de l'épouse qu'on chérissait, ce qu'elle exécrait. De plus, Vallar ne viendrait jamais la défendre, mais cela, tous l'ignoraient et elle n'avait pas envie de se fatiguer contre des sorciers stupides.

— Alors comme ça, tu es une femme qui se cache derrière son mari, Vamielle ! se moqua Ruhi en tirant sur sa chemise pour qu'elle n'ait pas de plis. Ça en dit long sur ta personne. Tu as peur de nous affronter ? Sache que tes menaces ne nous font rien, n'est-ce pas, Knogola ?

Le blond avait toutefois reculé. Ses lèvres se courbèrent fébrilement sur son visage carré et il passa une main dans ses cheveux pour se donner un genre décontracté.

— Bien sûr que non, mais bon, je ne vais pas non plus frapper une fille, expliqua-t-il. Je crois que tu as mal compris, Vamielle, il y a toujours pour les nouveaux un petit challenge à effectuer afin d'être acceptés.

Azallu plissa le nez, incertaine.

— Et qu'est donc cette « épreuve » ? demanda-t-elle en essayant de ne pas montrer combien tout ceci l'angoissait.

Beaucoup gloussèrent au point de lui déclencher un torrent de battements de cœur.

— De la liqueur, c'est tout, décréta Knogola.

Le blond narcissique haussa les épaules puis joua à nouveau des muscles afin d'attirer le regard.

— Est-ce que tu tiendras le coup ? s'interposa Ruhi, une lueur de malice dans les yeux. Il faut en boire cinq pour être des nôtres et marcher droit par la suite !

Azallu détourna la tête, laissant s'échapper un long soupir désespéré. Elle n'avait jamais fait partie d'un groupe et n'avait pas envie d'entrer dans le leur. Elle s'apprêtait à répliquer vertement qu'elle ne se souciait guère de leur épreuve et préférait rester seule, mais si elle parvenait à s'intégrer, peut-être apprendrait-elle plus de choses sur les sorciers.

— Très bien, grogna-t-elle à contrecœur. Mais je vous préviens, si je passe cette foutue épreuve, vous me ficherez la paix !

— Si tu réussis, décréta Knogola, je deviendrai ton esclave !

— Tu es bien sûr de toi, remarqua-t-elle. Si je réussis, ce ne sera pas la peine de me supplier, je t'utiliserai !

— Hum…, souffla Ruhi, Knogola ne craint pas la liqueur de Bonz !

— De Bonz ?

Mais personne ne lui répondit, les élèves se dispersaient déjà, la cloche sonnait la fin de la pause.

— Tiens-toi prête en fin de semaine, lui signifia Ruhi avant de s'engouffrer dans la cohue.

La jeune fille le suivit en classe en marmonnant. Elle interrogerait Minga sur cette boisson nommée Bonz. Elle détestait rester dans l'ignorance. Il devait bien y avoir un livre qui en parlait quelque part.

Ce doit juste être un alcool fort, songea-t-elle, *pas de quoi avoir peur !*

Avec satisfaction, elle retrouva donc Ollam ainsi que son bureau. Une fois qu'elle fut assise, elle prit le temps de bien observer cette classe au premier abord banale. Les murs de verre seuls lui donnaient un aspect original, avec quelques touches végétales. Les plantes suspendues au plafond, dont les petites feuilles vertes tombaient vers le bas comme des rideaux, ajoutaient un vrai plus à l'endroit.

Comment avait-elle fait pour ne pas les remarquer ? Leur présence lui paraissait d'un coup nécessaire. Azallu se promit d'être plus attentive à l'avenir. Elle décelait aussi les sceaux qui recouvraient toute la pièce. En plissant les yeux, elle arrivait à distinguer des tracés imposants sur les parois. Ceux-ci, à peine visible, ne lui permettaient pas de connaître leur forme entière. Azallu devait rester sur ses gardes. Et si ces sortilèges se retournaient contre elle ?

L'Incomprise fut rapidement détournée de son expertise au son de la voix du professeur Ollam. Très différent des enseignants qu'elle avait eus à Arow, il se montrait beaucoup moins clinquant, moins imbu de sa personne, et surtout, il semblait se soucier de ses étudiants. Enfin, c'est l'impression qu'il lui donnait. Il se tournait toujours vers eux avec le regard de celui qui désire partager.

La matinée se parsema de quatre pauses de quinze minutes

avec, à midi, un repas qui rassembla toutes les classes. Elle avait suivi le troupeau d'élèves s'engouffrer au cœur d'une immense véranda. Fleurs, arbres, oiseaux et vue sur un grand jardin tropical réussirent à l'éblouir. Toute cette vie enflamma son cœur qui se nourrit de ces nuances et de ces étudiants qu'elle venait à envier soudain.

Ils avaient le droit de porter ce qu'ils voulaient, d'être libres de parler, personne ne leur reprochait jamais rien. Azallu, de ses prunelles d'or, les dévisagea un long moment. Serait-elle capable de s'exprimer sans craindre d'être jugée, ce qu'elle avait toujours expérimenté dans la tour d'Arow ?

Elle se plaça à une table à l'écart et une élève l'imita. Celle-ci s'assit en face d'elle dans un silence lunaire. Azallu considéra sa peau sombre qui s'ornait de tatouages azurés un brin pailletés en accord avec ses cheveux qui, au lieu d'être noir, brillaient de blanc, de bleu et d'argent. Azallu la trouva énigmatique. Elle aimait les dessins qui parcouraient ses bras, ils lui donnaient l'impression d'être devant des éléments sauvages.

— Tu es une sorcière bien étrange, décréta l'inconnue qui ne se gênait pas non plus pour l'observer. Tes yeux ont la couleur du soleil, comme le mage Azorru, et ta peau scintille un peu à la manière de celle de l'Incomprise...

Azallu se ratatina sur place. Sa couverture venait de tomber si facilement.

— Jadis, elle manqua de nous anéantir, poursuivit l'élève en ponctuant ses mots avec attention.

Azallu ne sut que répondre. Elle rougit tout en priant pour que quelqu'un la sorte de ce mauvais pas.

— Mhor est mon grand-père, croassa-t-elle.

Sa voix avait tremblé, si bien qu'elle fut certaine que sa nouvelle camarade ne serait pas dupe.

— Oh, je comprends... Des théories ont été émises, tu veux les connaître ?

Azallu fit non de la tête, mais cela n'empêcha pas son invitée de continuer :

— Vallar aurait charmé une magicienne dans le seul but de

lui faire un enfant ! Et c'est toi qu'il aurait envoûtée…

Azallu pouffa, amenant un sourire à la nouvelle venue.

— Ça n'existe pas ça, s'amusa-t-elle. Et puis, à quoi cela lui aurait-il servi d'envoûter une *sorcière*. Consentante, qui plus est ?

La fille tapota la table du bout des doigts.

— Je n'imagine pas Vallar avec une simple sorcière. Tout bon sorcier est le fruit d'expériences plus ou moins recommandées, et notre maître fait partie de cette vieille génération obsédée par la nouveauté. Mhor fut lui-même conçu par une alliance avec une humaine, rappela la jeune femme, le regard vissé au sien.

Azallu serra les poings entre ses cuisses. Elle avait l'impression que cette élève faisait exprès de la chercher, de la tester. Son père lui avait révélé les origines de Mhor. Elle avait pourtant cru comprendre que peu de monde connaissait son histoire.

— Pourquoi tu parles de lui comme ça ? marmonna-t-elle, ennuyée. Tu ne t'es même pas présentée !

— C'est vrai, pardonne-moi, s'inclina l'étudiante aux yeux profonds. Je suis Izodinne, fille d'un grand marchand. Ma famille ne fait pas partie du conseil, mais je suis la première de ma génération à me retrouver dans ce groupe de surdoués. On attend beaucoup de moi !

— De surdoués, répéta Azallu dans un murmure.

— Et je suis dans ta classe, Vamielle, précisa l'intéressée, un peu mécontente d'être passée inaperçue.

— Comme je suis assise devant, je ne me suis pas encore bien familiarisée avec tout le monde, s'excusa Azallu, qui se mordilla la lèvre inférieure.

Izodinne se détendit face à sa réflexion qu'elle approuva par un faible hochement de tête, puis reporta son attention sur une servante qui leur apporta à chacune un mets fabuleux. Une fois qu'elles furent de nouveau seules, la sorcière releva les yeux pour la pointer du bout de sa fourchette.

— Je vais t'expliquer pourquoi je me trouve derrière. Toi, tu fais partie des moins avancés, parce que tu es devant, et moi, des plus forts ! C'est ainsi que nous sommes disposés : ceux qui ont des difficultés sont amenés à l'avant et ceux qui réussissent sont à l'arrière... Les pupitres bougent en fonction de tes résultats, mais ça ne veut pas dire qu'Ollam nous délaisse, ce serait une grave erreur que de le croire... En plus, tu ne prends pas de notes, tu risques fort de mettre notre prof en colère juste pour cette raison, il t'a d'ailleurs déjà fait des remarques.

Azallu ignora son regard persistant. Elle ne lui dirait sûrement pas qu'elle recopiait tout, mais qu'elle le dissimulait aux autres. En jouant quelques tours de passe-passe, mouvoir son stylo pour qu'il retranscrive ses pensées requérait peu d'efforts, tout comme masquer ses écrits grâce à des sorts. Elle trouvait toutefois de plus en plus étrange que personne ne s'en soit encore rendu compte. Il était vrai cependant qu'elle se montrait très discrète et réalisait tout cela du bout des doigts, en usant un peu de magie, aussi. Au moins pouvait-elle se concentrer sur les paroles de son enseignant.

— Hum... Izodinne, puisque tu en sais autant, tu peux certainement me dire ce qu'est la boisson de Bonz ?

Azallu plissa les yeux tandis que la jeune fille à la peau d'ébène croisait les bras. Elle fit la moue et sembla peu disposée à aborder le sujet. Sa bouille grognonne la rendait attendrissante, même si l'Incomprise se doutait qu'il valait mieux ne pas la sous-estimer.

— Tu n'y vas pas par quatre chemins, toi ! remarqua Izodinne, toujours une grimace sur les lèvres.

— Toi non plus, rappela Azallu.

— Même si j'aimerais t'aider, je ne peux rien te révéler, surtout que Ruhi est celui qui a pris l'initiative. Je préfère ne pas me le mettre à dos.

Sur ces paroles, la sorcière au regard noisette se leva en emportant son assiette et Azallu se retrouva seule avec ses questions.

Chapitre 33

Un cœur solitaire

Les jours s'enchaînèrent trop vite au goût d'Azallu. Et durant tout ce temps, ni Orckar ni Vallar ne s'enquirent d'elle, ce qui la soulageait et en même temps la rendait exécrable. Aucun des deux ne se souciait de savoir comment elle se portait. Qui plus est, malgré ses recherches effectuées sur cette boisson nommée Bonz, elle n'avait rien trouvé et en avait conclu que celle-ci s'appelait différemment en réalité.

Elle avait fini par redouter cette petite épreuve qui se présentait trop vite à son goût, surtout qu'Ollam l'avait prise en grippe, convaincu qu'elle ne retranscrivait pas ses cours. Il l'interrogeait dès que possible et la rembarrait même vivement si ses réponses manquaient d'exactitude. De plus, si Ollam était leur enseignant principal, elle avait rencontré d'autres professeurs et l'ambiance n'avait fait qu'empirer. L'école était devenue un enfer. En à peine quelques jours, tous étaient persuadés qu'elle ne mettait aucun effort dans ses études alors que c'était tout le contraire.

Ce matin-là, tandis que les premiers rayons du soleil caressaient ses paupières, Azallu avait observé l'horizon d'un air ronchon, sans bouger d'un centimètre. Elle avait attendu un petit moment pour se rendormir juste après, rêvant de voir la porte s'ouvrir sur une figure rassurante, telle que celle de sa mère. Cette dernière approcherait délicatement pour lui toucher les cheveux et lui enjoindrait de déjeuner avec son père. Elle s'imagina percevoir sa voix et sentit ses larmes affluer sur ses joues.

Il n'y avait pas un chat pour la réveiller, personne pour lui demander si les cours se passaient bien et encore personne pour manger avec elle. La jeune femme demeura inerte dans son lit, incapable du moindre mouvement. Elle n'avait, en plus, pas du tout envie de subir l'épreuve de Ruhi avec sa boisson bizarre.

Le cœur lourd, elle se laissa aller à la tristesse. Tant pis si elle s'affamait, tant pis si elle disparaissait de la surface de Travel, tant pis si le monde la haïssait, elle resterait ici, dans son petit cocon. Vers midi, toutefois, la porte grinça et Azallu se pelotonna sous la couette. Orckar venait-il enfin la voir ?

— Qu'est-ce que tu fais ?

Elle se crispa en constatant qu'il s'agissait de Vallar.

— Rien, assura-t-elle en retenant un sanglot.

Il s'approcha et elle le sentit s'asseoir au bord de la couchette. Que lui voulait-il ? La dernière fois, il s'était fâché. Allait-il revenir sur sa décision et la jeter dehors ou l'obligerait-il à travailler ? Il recherchait sûrement la tranquillité afin d'étudier les ouvrages de Mhor. Il lui avait répété assez souvent de ne pas se mettre en travers de sa route. Inconsciemment, tout son corps frissonna, mais au lieu de réprimandes, le sorcier caressa ses cheveux. Elle fut si surprise qu'elle en arrêta de respirer quelques secondes. Cette façon de la toucher lui rappelait trop sa mère.

— Tu te caches comme une enfant, remarqua-t-il d'une voix trop douce.

Azallu n'aurait su dire pourquoi elle était si sensible d'un seul coup à ses mots, mais ses larmes continuaient d'affluer.

— Tout le monde me déteste, avoua-t-elle en un souffle.

— Tu as un sale caractère, se moqua-t-il gentiment.

— Personne ne m'attend quand je rentre, poursuivit-elle sur

ce même ton plaintif.

Elle se sentait si seule qu'il devenait difficile de formuler ses pensées. Vallar suspendit un instant son geste.

— Azallu, tu ne peux pas te terrer ici éternellement...

Elle s'agrippa au duvet pour y enfouir sa tête au point de presque étouffer.

— Je sais, tu vas me jeter dehors de toute façon, lâcha-t-elle, la voix tremblante.

— Bien sûr que non !

La réponse si vive de Vallar lui perça le cœur et elle crut pleurer à nouveau. Il tira sur la couette afin d'apercevoir son visage et se pencha pour enfin la trouver. Ses larmes imbibaient les draps. Il hésita avant de la serrer dans ses bras. Azallu se laissa choyer, puis à son tour l'enlaça. Doucement, il lui tapota le dos.

— Puisque tu réagis si fort, je viendrai te chercher tous les matins et j'essaierai d'être là le soir quand mon emploi du temps me le permettra... comme le ferait un vrai mari ! Je ne pensais pas que tu étais si sensible à la solitude. J'avais l'impression, au contraire, que tu préférais être seule, un peu à la manière de Mhor.

Azallu secoua la tête contre son torse et finit par se calmer. Elle ne l'avait pas encore remercié de l'avoir sauvée de sa chute, et aujourd'hui, sa présence soulageait son cœur. Elle voulait juste compter pour quelqu'un.

— Tu n'es pas obligé de te forcer, dit-elle dans un couinement rauque.

— Tu es ma femme pour la vie, rappela-t-il. Je ne te déteste pas.

— Mais c'est..., souffla-t-elle.

Vallar plissa les paupières.

— Je pensais que tu me haïssais depuis la dernière fois ! Pleures-tu réellement parce que tu te sens seule ? J'ai l'impression qu'autre chose te perturbe...

Azallu se frotta les yeux avant de baisser le visage sur les draps.

— Je crois que je viens de saisir, la calma Vallar d'un geste tendre. Tu aimerais révéler ton nom, n'est-ce pas ?

Azallu secoua la tête par la négative.

— Je ne te comprends pas, un coup tu te fâches, et aujourd'hui, tu te montres complaisant ? Est-ce un mensonge comme tous les autres dans l'espoir de me blesser ? demanda-t-elle.

Il lui releva le menton afin de lui déposer un baiser innocent sur les lèvres.

— Je m'excuse de m'être énervé de la sorte, de t'avoir effrayée au point de t'amener à te blesser ! Je le regrette sincèrement. Nous avons fait cet arrangement sans sentiments, mais cela ne veut pas dire qu'il n'y en aura jamais.

Il attendit qu'elle trouve son regard qui s'était chargé d'une lueur tendre.

— L'amour peut se construire. Nous pouvons créer quelque chose à nous deux. Je t'offrirai la tête de Dumeur s'il faut cela pour capturer ton cœur. Je le ferai, assura-t-il alors que les prunelles d'Azallu brillaient à nouveau.

— D'accord, concéda-t-elle en un chuchotement. Je te donne ma confiance.

Il se pencha derechef pour l'embrasser plus fort. Cette fois-ci, la jeune femme répondit à ses avances, laissant même leurs langues se croiser, leurs salives se mêler. Un baiser affectueux au goût sucré. Azallu se surprit à se relâcher dans sa totalité, presque comme si son corps approuvait.

L'amour peut se construire, répéta-t-elle dans sa tête.

Vallar recula, le regard si chaleureux qu'elle lut en lui une réelle tendresse.

Que cache-t-il ? s'entendit-elle penser malgré tout.

— C'est doux, murmura Azallu en se touchant les lèvres du bout des doigts.

Elle put voir Vallar s'empourprer. Pourtant, il devait en avoir vécu, des expériences, mais il réagissait avec innocence. Et puis, tout à coup, chaque tatouage qui parcourait sa peau s'estompa. Il lui sourit alors qu'il lui dévoilait son véritable visage. De ses longs cils noirs à son nez aquilin, en passant par ses cheveux en bataille, elle découvrait presque une autre personne. Il lui parut bien plus jeune ainsi, plus beau.

— C'est...

— C'est pour toi, juste pour toi, précisa-t-il en lui saisissant la main.

Il lui embrassa le bout des doigts, amenant de vives rougeurs sur les joues d'Azallu.

— Devant toi, je serai transparent, je ne masquerai rien, de cette façon nous pourrons apprendre à nous connaître et peut-être nous aimer...

Azallu le trouvait attendrissant et la part ancienne d'elle rayonnait de chaleur pour lui. Mhor l'avait chéri comme un frère et les sentiments qui la traversaient se transformaient, s'enracinaient. Elle ne résista pas à son envie d'effleurer sa mâchoire.

— Alors, je me reposerai sur toi.

Elle baissa les yeux de culpabilité.

— Pardon de m'être ainsi opposée à toi et d'avoir déclenché ta colère... et merci d'avoir dévié ma chute.

— À nous deux, nous serons plus forts. J'ai l'intime conviction qu'ensemble, nous pourrons tout surmonter, souffla le maître. Mhor me donnait également cette impression, c'est un peu étrange, non ?

— Pas tant que ça, sourit Azallu. Après tout, lui et moi sommes très proches.

Vallar sourcilla, mais tint sa langue. Il demeura seulement là à l'observer comme si elle était le plus grand mystère de sa vie. Il gardait sa main au creux de la sienne, sans se départir de son regard intense.

— Tu peux me parler de ce qui te perturbe ? lâcha-t-il après un temps.

Azallu hésita d'abord, mais sa paume dans la sienne lui transmettait une douceur extraordinaire capable de briser toutes ses barrières. S'ils devaient apprendre à se connaître, alors elle devait aussi faire des efforts de son côté.

— Ça ne se passe pas bien à l'école, avoua-t-elle enfin. Je ne veux plus y retourner.

Elle sentait de nouveau le stress la paralyser et son cœur l'oppresser. Vallar se détendit, bien qu'étonné de la voir s'exprimer si ouvertement. Il avait cru devoir se montrer plus patient, conciliant, mais quelques paroles avaient suffi. Il demeurait incertain quant à la manière de se comporter. Parfois, il avait l'impression d'affronter une femme intrépide et d'autres fois, comme en cet instant, une simple jeune fille.

— Pourtant, c'est le seul moyen pour aider ton père... et t'intégrer semblait être ta priorité.

— Je sais, s'empressa de répondre Azallu, au bord de la panique. C'est juste que...

— Sauver Azorru n'est pas tout ce qui t'importe ? insista gentiment Vallar, se rappelant ses propres mots.

Elle sentit son cœur se resserrer dans sa poitrine si violemment qu'elle peina à ne pas afficher sa détresse

— Bien sûr que si...

Ses larmes affluèrent d'un coup sans qu'elle ne parvienne plus à se contrôler, la culpabilité prenant le pas sur le reste.

— Écoute, je ne suis pas très doué pour remonter le moral, mais je sais reconnaître les talents. Tu es capable de tout affronter.

Son regard bienveillant ne transmettait qu'assurance.

— Enfin, vois tout ce que tu m'as fait subir en à peine quelques jours ! Tu es bien digne de Mhor.

— Mmm...

Azallu frotta ses yeux à plusieurs reprises, séchant ses larmes

— Montre-moi tes cahiers, je vais te dire si tu es au niveau, proposa Vallar, de plus en plus intrigué.

Azallu renifla une dernière fois et partit les chercher. Elle les lui donna sans grande conviction et il demeura interpellé alors qu'il ne distinguait que des pages blanches. Remarquant qu'elle n'avait pas retiré le sortilège, elle s'empressa de supprimer ce qui rendait son écriture invisible. Pendant tout ce temps, Vallar haussait un sourcil. Il étira ses lèvres avec tendresse :

— C'est de la paranoïa à ce stade.

Il gardait néanmoins son sourire.

— Mais c'est... c'est important que personne ne puisse voir

ce que je fais…

— Tu es bien comme ton grand-père. Je me souviens de l'époque où nous allions en cours ensemble, il était si têtu que tous les profs s'arrachaient les cheveux.

Azallu se rapprocha de lui. Sa fine chemise de nuit opaline laissait apparaître par transparence quelques bouts de peau. Vallar dut se forcer à détourner les yeux.

— Tu as le même âge que lui ? s'enquit-elle avec grand intérêt.

— À quelques années près, oui…

À présent captivée, la jeune femme le colla plus encore.

— Et comment était-il ?

Vallar se frotta le menton et réfléchit sérieusement alors qu'il sentait le buste d'Azallu s'appuyer un peu contre lui. Cela lui demanda de gros efforts sur lui-même pour ne rien laisser paraître.

— Du genre à se battre et à n'en faire qu'à sa tête. Il était toujours en colère, prêt à tout pour s'affirmer et ne pas être considéré comme une expérience.

Vallar se tourna afin de la contempler et lui retira une mèche de cheveux pour la glisser derrière son oreille.

— Tu lui ressembles beaucoup ; tant que c'en est troublant. Parfois, je crois le retrouver dans tes gestes, même tes expressions sont…

Il ne termina pas sa phrase et resta ainsi à l'observer.

— Tu l'aimais ? interrogea Azallu.

— Oui, je l'aimais, avoua-t-il, non sans se sentir un peu nu.

Elle approuva d'un léger mouvement de tête, puis lui sourit timidement. Elle s'entourait de charmes, de couleurs. La jeune femme rayonnait devant lui.

— Je ressens cela. Tu voudrais le récupérer ? s'enquit-elle en relevant les yeux.

Vallar secoua son visage, le regard rivé à ses mains.

— Il a choisi sa vie loin de nous et tu es là maintenant. Je ne te laisserai pas m'échapper, je suis certain que tu trouveras ta place autant que n'importe qui. Et je t'y aiderai. Lui y est bien parvenu, alors toi aussi. Mais, je ne te conseille pas d'emprunter la même voie. Mhor a opté pour la guerre, la haine, la colère et ce n'est qu'après de nombreuses années qu'il s'est enfin calmé. Tu n'aurais pas aimé le croiser à cette période.

Azallu en doutait fort. Si elle l'avait rencontré, elle aurait suivi son exemple et écrasé les mages de la tour d'Arow. Son manque de combativité l'avait menée à la fuite, à la trahison, puis à la mort de Breese.

Mhor a dû apprendre à se battre. Ses conditions étaient différentes, mais au final, rien ne change vraiment. Je dois récupérer ce savoir qui me fait défaut. Je dois me fortifier.

— Quoi qu'il en soit, reprit Vallar en tournant les pages de son carnet d'un air fasciné, tu te débrouilles très bien, je ne m'inquiète pas du tout pour toi. Même si ce n'est pas facile, affronte ces gens. Tu as plus à gagner qu'à perdre, pour ta famille et surtout pour toi !

Son expression transmettait une telle confiance qu'il lui redonna courage. Vallar devenait plus que sympathique à ses yeux, presque captivant.

— Je vais te raccompagner en classe et te trouver une bonne excuse, décida-t-il en lui rendant son petit cahier.

Azallu acquiesça et se dirigea vers les tiroirs de Mhor pour se dénicher une tenue plus adéquate que sa chemise de nuit. Elle sentait qu'aujourd'hui serait un moment crucial pour la suite. Une fois qu'elle fut prête, Vallar la mena comme il l'avait promis jusqu'à son cours. Là, il l'abandonna en prétextant une demande personnelle. Sa présence avait amené un blanc étrange et des regards intrigués, mais au moins, personne ne lui reprocha quoi que ce soit. Ollam, toutefois, avait plissé le front, légèrement irrité.

— Bon, Vamielle, Izodinne a bien voulu recopier les cours de ce matin pour toi, mais ce n'est pas une chose dont tu dois avoir besoin, fit-il remarquer avec sarcasme.

Azallu ignora sa réflexion tandis que sa camarade se levait pour lui tendre d'une mine un peu hautaine quelques pages volantes. La magicienne révéla alors ce qu'elle avait caché depuis le début et, devant tous, disposa son cahier sur la table, puis se pencha sur les notes, qu'elle étudia. Nonchalamment, elle se débrouilla pour que son professeur puisse apercevoir ses pattes de mouche afin qu'il se rende compte qu'elle se souciait de ses leçons.

Elle attrapa son stylo ensorcelé par ses soins, puis le plaça bien en vue. D'habitude, elle préférait qu'il demeure sous le pupitre à se mouvoir en silence. La présence de Vallar lui avait ouvert les yeux sur une chose : pour le moment, ses analyses n'avaient rien d'extraordinaire et ce qu'elle inscrivait n'avait rien de mystérieux. Elle l'avait saisi à son petit air amusé. Non, ce qui devait rester secret, ce serait ses conclusions propres, pas ce qu'elle recopiait d'Ollam.

L'enseignant se racla d'ailleurs la gorge, interpellé et quelque peu perturbé, mais se ressaisit bien vite. Il reprit le cours et Azallu, le regard rivé au tableau, laissa la plume se démener tandis que les élèves, au lieu d'écouter, la fixaient avec grand intérêt.

— Vamielle, souffla Ollam, j'ai compris, tu as ta façon bien personnelle de prendre des notes. Peux-tu mettre ta plume hors de vue ? Tu déconcentres tout le monde !

La jeune femme haussa les épaules, mais obéit.

— C'est une méthode de chez moi, expliqua-t-elle. Ce n'est pas si difficile à exécuter.

Elle désirait le provoquer pour ces heures désagréables passées en sa compagnie. Ollam soupira et se frotta vivement le crâne avant de la dévisager.

— Très bien, si c'est si facile, viens nous montrer la technique au tableau ! exigea-t-il, les bras croisés sur sa large poitrine.

Azallu ne s'attendait pas à une telle demande et rougit avant de se redresser, mais eut un temps d'arrêt en cours de route. Cela allait être plus compliqué que prévu, puisqu'elle pouvait accomplir ce prodige parce que la magie et la sorcellerie lui étaient accessibles. Un sorcier se fatiguerait très vite à l'imiter, mais au fond, ce n'était pas son problème. La seule chose qui la chagrinait était le fait qu'on puisse la trouver bizarre de réussir sans effort.

Elle se plaça à côté d'Ollam et une fine lumière s'accrocha à son doigt, qu'elle bougea. Un trait éclatant le suivit. Peu habituée, elle mit un petit moment à comprendre le fonctionnement, puis recopia le sort comme elle l'utilisait.

— Ce doit être très épuisant, remarqua son instructeur. Tu devrais supprimer cela et ceci...

Il améliora la formule pour que tout le monde puisse en profiter avec une grande satisfaction. Beaucoup tentèrent l'expérience sur-le-champ et ravis furent ceux qui y parvinrent du premier coup.

— Tu aurais dû nous montrer cela dès le départ, la sermonna Ollam. Il n'y a rien de plus désagréable que de garder ses idées pour soi. Tu as dû te fatiguer pour rien tout le long. Je dois avouer que recourir à cette formule pour faire bouger une plume ne m'avait jamais traversé l'esprit.

Content de sa découverte, il la convia à s'asseoir, puis reprit où il s'était arrêté. À la fin du cours, toutefois, Ollam lui demanda de le rejoindre. Sa mine soucieuse déplut fortement à Azallu qui craignait de nouvelles remontrances.

— Vamielle, c'est un sort complexe que tu as créé, comment t'es venue une idée pareille ? Ton tuteur devait être puissant et...

— Je n'ai jamais eu de tuteur. Là où je vivais, ils utilisaient cette méthode et...

— Je n'y crois pas une seconde, décréta-t-il en la regardant de biais.

Ses yeux noirs la sondaient et son visage de grand brûlé intensifia son malaise.

— C'est l'Incomprise qui m'a fait ça ! répondit Ollam à sa question muette.

— Ah, je...

— Je vois que tu es gênée, mais il ne faut pas. Ce jour-là a marqué un pas décisif. Nous n'avons eu que ce que nous méritions, et les séquelles ont eu de graves conséquences. La ville a failli y passer, de nombreux sorciers sont morts, des innocents, des coupables... Nous avons tous subi !

— Je suis désolée...

— Pourquoi le serais-tu ? Depuis, il n'existe plus d'arène et nous avons dû nous serrer les coudes. Les relations entre les uns et les autres ont changé, nous avons saisi l'importance de notre unicité, car c'est tout ce qui nous a sauvés ! La dévotion de chacun a apaisé les flammes.

— Pour la plume… c'est une formule de mon grand-père, je la lui ai piquée, avoua-t-elle.

— À Mhor ?

Ce n'était pas vraiment une question et Ollam se frotta le cuir chevelu.

— Ça ne m'étonne pas de lui, il concurrençait Walim avec bien des sorts. Si tu en as d'autres, des comme ça, n'hésite pas !

Il lui sourit avec chaleur tandis qu'Azallu fut toute surprise d'entendre ce nom.

— Walim ? interrogea-t-elle.

— Le père de Vallar. Tu ignores qui il est ?

Ollam semblait profondément choqué qu'elle n'ait pas encore été présentée comme il se doit. Azallu déglutit sans rien ajouter, au fond un peu déçue.

En même temps, nous n'avons pas tant discuté, avec Vallar, réalisa-t-elle.

Son professeur principal voulut la questionner davantage, mais elle s'éclipsa avant même qu'il n'ouvre la bouche. Elle s'engouffra dans le couloir et se retrouva nez à nez avec Knogola. Ruhi l'accompagnait, comme toujours.

Knogola avec son allure de Monsieur Muscle lui offrit un sourire ravageur, certainement le meilleur de sa panoplie, tandis qu'à l'inverse, Ruhi la fusillait des yeux.

— Tu pensais pouvoir te défiler ? demanda celui-ci d'un air supérieur en ajustant sa chemise.

Il détestait les plis.

— Je viens à peine de quitter la salle de classe, soupira Azallu, et tu te jettes direct sur moi, comme un malotru ?

Knogola ricana, dévoilant ses dents alignées à la perfection, comme s'il se trouvait à un concours de beauté :

— C'est vrai qu'elle n'a pas tort, pouffa-t-il.

— Ça t'arrive de faire autre chose que sourire ? bougonna l'Incomprise, déjà épuisée par son comportement.

Le garçon joua de ses muscles, puis passa une main dans ses cheveux avant de répondre d'un ton très sérieux :

— Très rarement, avoua-t-il, assez fier de lui.

Azallu haussa les épaules, ses yeux agacés tournés vers le ciel. Ruhi prit les devants, semble-t-il aussi exaspéré qu'elle :

— Suis-nous, tout est prêt !

La jeune femme grommela, mais lui emboîta le pas, bien décidée à se battre et à user de tous les stratagèmes possibles pour parvenir à ses fins.

CHAPITRE 34

La boisson de Bonz

Azallu s'était attendue à beaucoup de choses, mais certainement pas à retrouver la moitié des élèves de l'école dans les sous-sols. Elle trouvait étrange ce lieu de réunion où tous buvaient, écoutaient des chants, chahutaient sans se soucier du regard des autres. Elle demeura un instant captivée par la présence de boîtes cubiques. Celles-ci, ornées de gravures luminescentes, diffusaient une musique exotique dont elle ignorait l'origine. Des sortilèges enjolivaient les objets, mais Azallu n'en comprenait pas la fonction véritable. Et puis, cette mélodie rythmée qu'elle découvrait la laissait admirative : s'enchaînaient des sons graves pour remonter ensuite dans les aigus, accompagnés de voix harmonieuses. Cela donnait envie de se trémousser. Si elle ne craignait pas autant qu'on se moque d'elle, Azallu aurait aimé savoir d'où venait cet air et quels instruments produisaient de tels sons.

L'ambiance différait des autres étages. Le verre terne presque noir des murs donnait au tout une atmosphère lugubre. De petites lampes accrochées contre les parois éclairaient très mal, ce qui l'empêchait de voir avec précision son environnement. Le lieu ancien dégageait une odeur vieillie qui, mêlée à la sueur, aux herbes et à l'alcool, lui tira une grimace. Ici, l'absence de décorations et de fleurs rendait l'enceinte austère.

— C'est une fête ?

Ruhi haussa les épaules. Il n'arrêtait pas de remettre ses lunettes sur son nez en un tic nerveux. Il observait tous les élèves présents, une lueur mauvaise dans les yeux. Ses habits un peu trop courts et sans plis apparaissaient en décalage complet avec ceux qui les entouraient.

— Je ne pensais pas qu'autant de gens participeraient, avoua-t-il.

— Bien sûr que tout le monde est venu, qu'est-ce que tu crois ? répliqua Knogola. (Son regard pétillait chaque fois qu'il croisait une fille.) Tu l'as provoquée à la pause. Si tu voulais agir discrètement, tu aurais dû choisir un autre moment.

Izodinne perça la foule afin de se présenter devant eux, essoufflée par les efforts fournis pour les atteindre. Elle dut même les bousculer pour rester à leur hauteur. Ses cheveux de glace et les tatouages sur sa peau sombre ressortaient au point de lui conférer une prestance sans pareil.

— C'est bondé, plus personne n'est sobre, s'écria-t-elle pour se faire entendre par-dessus le brouhaha.

Azallu s'impatienta. Toute cette mise en scène n'avait eu d'autre but que de boire à s'en rendre malade. Elle laissa échapper un soupir franc.

— Bon, je peux retourner chez moi maintenant ? grogna-t-elle. C'est pas que, mais j'ai un programme à rattraper, moi ! Et puis, ta stupide épreuve n'est qu'une excuse pour boire…

— Arrête de faire ton intello, s'énerva Ruhi, ses sourcils broussailleux rehaussés par la colère.

Il la tira vigoureusement par le bras et l'obligea à le suivre. Knogola ainsi qu'Izodinne durent lui emboîter le pas. Il les mena à une table qu'étonnamment, personne n'avait prise d'assaut. Cinq petits verres les y attendaient. Azallu afficha une moue dubitative devant la bouteille à l'allure peu recommandable. Un reptile en acier l'ornait. Son réalisme si bien retranscrit lui donna de redoutables frissons. Elle étudia le liquide brun, la lèvre retroussée.

— Tu veux m'empoisonner ? demanda-t-elle à Ruhi sans détour.

Ce nectar hideux n'apporterait rien de bon à son corps. Ruhi la transperça du regard. Sans peur, il se saisit de la carafe, laissant le serpent s'enrouler autour de sa main. D'un air indifférent, il se servit une rasade qu'il s'enfila d'une traite, toujours sans la quitter des yeux. Azallu ne put qu'être impressionnée par sa volonté à la voir boire cet affreux breuvage.

— Ce n'est pas empoisonné, promit-il tandis qu'il retenait bien mal une quinte de toux.

Pas empoisonné peut-être, mais de mauvais goût, assurément, pensa la jeune femme.

Knogola s'empressa de venir soutenir son ami tandis que le reptile relâchait son emprise pour retourner s'entortiller autour de la bouteille. L'animal ensorcelé planta par la suite ses crocs dans le verre, libérant un liquide douteux.

— Cette chose est vivante ? s'enquit Azallu d'une voix blanche.

Elle y croyait à peine, jamais elle n'avait imaginé pareille créature. Décidément, elle détestait ne rien savoir et redoutait de plus en plus les effets qu'aurait ce liquide brunâtre sur son corps.

— Bien sûr que non, c'est de la sorcellerie, Vamielle, d'où sors-tu ? grogna Ruhi, les joues roses.

— De la campagne, répliqua-t-elle, insupportée de le voir sombrer dans cet état après une seule rasade.

— Ha, ha, ha, pouffa-t-il en se redressant. Écoutez tous, Vamielle vient d'un coin perdu où Vallar nous l'a dissimulée pendant de nombreuses années… Et cette belle menteuse, qui n'en est pas moins charmante, va s'emparer de BONZ !

Son cri retentit et tout le monde hurla de concert. Tous se ruèrent vers eux, avides de découvrir si elle oserait le suivre.

— Quel imbécile, souffla Izodinne qui, incommodée par le

bruit, se frotta les tempes.

Knogola approuva d'un mouvement de tête.

— C'est un bon sorcier, mais très irresponsable par moments, bien qu'il fasse partie des meilleurs ! marmonna-t-il en le retenant maintenant, parce qu'il chancelait.

Les élèves, à moitié ivres, s'attroupèrent autour de la table, se bousculant les uns les autres.

Dois-je vraiment me taper cinq verres ? paniqua Azallu.

Ruhi, après un seul shot, tenait à peine debout ! De plus, l'effet semblait immédiat.

— Cette épreuve est-elle nécessaire ?

— Tu ne vas pas pouvoir y échapper, murmura Izodinne d'un air désolé. Bois-en au moins un, ils vont se lasser après.

— Bonz, bonz, bonz, hurla bientôt une bande de joyeux soûlards.

Azallu, à contrecœur, se saisit de la carafe de la même manière que Ruhi et commença à remplir le premier verre. Elle se raidit quand le reptile s'entortilla autour de son avant-bras. Sa texture froide lui amena d'effroyables frissons. Elle fut contrainte de se concentrer sur le récipient qu'elle inondait, car certains s'amusaient à soulever le fond de la bouteille. Elle qui voulait ne verser que quelques gouttes… Elle perdit le contrôle tandis qu'on la forçait à faire déborder un verre après l'autre.

Bon sang, songea-t-elle. *Je ne m'en sortirai jamais…*

Les cinq rasades regorgeaient de ce nectar opaque à l'odeur et aux effets terribles, lui semblait-il. Elle déglutit alors que ses doigts se crispaient sur l'un des shots. Izodinne attrapa le bras que le reptile avait choisi d'emprisonner, la bloquant avant qu'elle ne porte la liqueur à sa bouche.

— Le serpent te lâchera quand tu auras bu, tu n'aurais pas dû tous les remplir d'un coup.

Azallu se décomposa. Pourquoi ne la prévenir que maintenant ? Puis, à son air, elle comprit qu'Izodinne était saoule elle aussi. L'Incomprise décida de se débarrasser de cette tâche le plus rapidement possible et amena le premier verre à ses lèvres qu'elle siphonna cul sec. Le liquide avait un goût affreux, visqueux, mais elle ne s'arrêta pas là. Elle engloutit le second avec la même rapidité bien que sa gorge la brûlait à présent, puis passa au troisième et au quatrième sans souffler. Arrivée au cinquième, son estomac se soulevait, mais elle tint bon. Elle porta l'ultime rasade de ses doigts gauches et crut s'étrangler dans cette dernière goulée.

Un silence entier s'abattit soudain sur la salle. On la considérait avec de grands yeux ahuris. Knogola, devenu blafard, relâcha Ruhi qui s'écroula, pour venir lui prendre délicatement le bras.

— Va… Vamielle, est-ce que ça va ? Cinq verres d'un coup, personne n'a jamais été assez fou pour faire ça !

— Ça… va, assura-t-elle en percevant néanmoins des gouttes de sueur rouler sur ses tempes. Mais maintenant, vous ne pouvez plus me rejeter et tu es mon esclave !

Malgré sa fausse aisance, ses veines commençaient à l'ébouillanter. Knogola se redressa, abasourdi.

— Qu… quoi, mais…

Il ouvrait grand ses yeux, si surpris qu'il ne trouvait rien à redire.

— C'est ce que tu avais promis ! insista-t-elle en essayant de masquer la chaleur qui l'accablait de plus en plus.

— Oui, mais…

Il répétait inlassablement les mêmes mots, incapable de se détacher de sa silhouette, examinant chacune de ses réactions avec une inquiétude croissante.

— Alors, puisque c'est comme ça, ramène-moi tout de suite chez mon mari ! exigea-t-elle en le pointant du doigt.

Azallu ne savait pas comment elle arrivait à aligner deux mots sans bafouiller. Ses pensées s'alourdissaient, son corps l'ébouillantait, sa vision se déformait et le peu de conscience qui subsistait lui hurlait de se sauver.

— Maintenant ! ordonna-t-elle alors qu'il conservait son immobilité.

Knogola passa nonchalamment une main dans ses cheveux. Il se tourna vers Ruhi, qu'il remit à la verticale et qu'il assit sur une chaise, puis saisit le poignet de la magicienne et la tira sans douceur.

— Comment restes-tu encore debout après cinq verres ? C'est impossible…

Azallu luttait comme une forcenée pour garder les yeux ouverts. Elle se laissa guider, même si ses jambes s'enfonçaient dans un rêve et que sa peau la brûlait. Il lui fallait de l'air frais tout de suite.

— Rentrer, je dois rentrer, répétait-elle sans cesse, se crispant sur les doigts de son camarade.

— Eh, ne t'endors pas, s'exaspéra Knogola en voyant qu'elle ralentissait. Continue de marcher !

Mais ses pieds s'engourdissaient et elle finit par glisser à terre. Les étudiants l'observaient toujours, personne n'osait intervenir. Azallu avait si mal à la tête qu'elle se retenait de hurler, puis une fois la douleur passée, le sol se tordit jusqu'à ramollir.

— La terre coule, je ne peux plus avancer. Je n'arrive même pas à le toucher !

Les belles mèches de la jeune fille se teintèrent d'or. Elle essaya malgré tout de se relever, mais ses tremblements l'en empêchèrent.

— Vous savez où est mon père ? demanda-t-elle, brusquement très sérieuse, mais aussi avec cette profonde tristesse dans la voix.

Le désespoir qu'elle retranscrit affola Knogola dont la sensibilité exacerbée l'amenait à tout ressentir avec plus d'intensité.

— Si je ne fais rien, il va mourir…, coassa Azallu.

Ses camarades fixaient sa tignasse sans bouger, trop perturbés. Le grand blond gardait cet air idiot tellement rigolo qu'Azallu ne masqua plus son hilarité, changeant d'humeur du tout au tout. Elle rit soudain si franchement que Knogola comprit que la soirée serait interminable. Vallar lui ferait payer ce spectacle, il se vengerait sans aucun doute sur sa famille. Le garçon ravala un sanglot discret tandis qu'Azallu ne cessait de modifier la couleur de ses cheveux au gré de ses sentiments. Son identité ne faisait plus de doute et une terreur non feinte marqua le visage de chacun. Incapable de prendre une décision, Knogola se mit à trembler.

— Azallu ? demanda-t-il naïvement, la gorge nouée.

Tout le monde connaissait le prénom de la terrible fille de Wymi, dont les flammes ravageaient tout. Combien de sorciers avaient sombré par sa faute ? Il s'aplatit devant elle de crainte que la jeune femme n'agisse comme sa mère.

— Quoi ? Quoi ? Quoi ? interrogea Azallu. Je veux rentrer ! Je veux rentrer...

Elle couinait comme une enfant de cinq ans. Knogola pinça ses lèvres, les traits crispés. Il n'aurait pas dû lui poser la question, elle n'était même pas en état de lui répondre.

— Cela confirme mes suspicions, s'interposa Izodinne devant le silence de chacun. Vallar veut le sang de l'Incomprise !

Le garçon se redressa afin d'affronter Izodinne, dont le regard intelligent le percutait de plein fouet.

— Mais, c'est dangereux !

Knogola n'avait pas trouvé d'autres mots que ceux-ci et se sentit un peu sot.

— Ça l'est si elle se retourne contre nous, mais...

— Si elle est de notre côté, alors nous gagnerons notre indépendance, termina le jeune sorcier.

Tous pivotèrent vers Azallu.

— Elle dit être la petite-fille de Mhor, reprit Izodinne. Du sang ancien coule en elle, ses pouvoirs sont puissants.

Knogola déglutit. Ils étaient trop nombreux pour que tous gardent leur langue, mais Izodinne, malicieuse, leva la main en l'air, ses doigts crépitants d'énergie.

— Regardez, appela-t-elle afin d'attirer l'attention.

Celle-ci prononça quelques paroles qui se fichèrent dans le cœur de chacun. Les lignes et les mots s'ancrèrent puis, d'un geste sec, elle resserra son poing.

— Bande d'imbéciles, ricana-t-elle, vous êtes si crédules ! Mais ainsi, personne ne pourra plus parler de cette soirée.

— Une restriction ? s'offusqua Knogola.

Par réflexe, il toucha la base de son cou, sans rien sentir, bien sûr.

— Un sort peu demandant et qui empêchera les bouches de s'ouvrir. C'est sans grand péril, ne t'inquiète pas. Le sujet est délicat et dangereux. Si Vallar l'a choisie, c'est qu'elle nous servira. Elle vient d'ailleurs de prouver sa force. Qui aurait cru qu'elle irait jusqu'au bout ?

— Oui, réalisa le jeune homme. Elle nous a tous surpassés…

Il se rapprocha d'Azallu pour tenter de la redresser, mais celle-ci s'amusait à lui échapper des mains.

— Aide-moi plutôt à la ramener, tempêta Knogola qui s'en voulait de l'avoir mise dans une telle situation. Vallar va nous tuer s'il apprend qu'elle a bu du Bonz à l'école !

Tandis qu'il essayait de la ramasser avec le soutien d'Izodinne et de quelques autres, le garçon finit par s'arrêter net. Honteux, celui-ci baissa aussitôt la tête, imité par ses camarades. Ceux qui avaient repris la parole se turent, on n'entendait plus que les chants des boîtes venir troubler l'air ambiant.

— Qui l'a fait boire ? demanda Orckar d'un ton sec. Vous serez tous punis, soyez-en certains ! Mais je veux savoir qui l'a fait boire !

Sur le seuil de la porte, ses iris rouges perçaient l'obscurité avec bien trop de facilité. Ses cheveux enneigés lui tombaient sur les épaules, et son corps de muscles promettait une mort dans la douleur. Knogola et Izodinne, suivis de beaucoup d'autres, se prosternèrent en guise d'excuse. Azallu, elle, ne réagissait plus. La jeune femme continuait son cirque, loin de sentir la sombre atmosphère, et lorsqu'Orckar dut la porter, ils comprirent tous combien ils regretteraient cette fête à jamais.

— Je veux rentrer ! Je veux rentrer… Vallar, sanglota soudain Azallu.

— Je te ramène, marmonna Orckar, assassin.

— Elle n'est plus consciente, l'informa Knogola. Ruhi a bu du Bonz aussi et il s'est écroulé après un verre seulement… Elle en a pris cinq…

Le garçon ne savait plus où se mettre et Orckar lâcha un long soupir. Sans rien ajouter, il pivota vers la sortie, emportant l'Incomprise d'un pas excédé.

— Nous pouvons dire adieu à nos soirées, souffla Izodinne, les mains tremblantes.

Épilogue

Les lunes d'argent

Les bras croisés, à attendre près de l'entrée, Vallar se contenait à grand-peine. Ses tatouages prenaient une teinte noirâtre, présage d'un accès de colère. Orckar espérait secrètement qu'il en resterait là.

— Qu'est-ce qu'ils lui ont fait ? explosa le sombre sorcier en voyant Azallu se laisser porter sans réagir.

Elle demeurait maintenant presque inerte dans les bras de son second. L'albinos, au fond, s'apaisa devant l'attitude de Vallar. Pour lui, malgré leurs différends récents, le maître de la tour appréciait la magicienne plus qu'il ne voulait bien le faire croire.

— Du Bonz, expliqua simplement Orckar.

Azallu eut soudain un regain d'énergie et se redressa, le visage rayonnant.

— Mon mari, observa-t-elle, les yeux chatoyant d'or.

Devant le comportement imprévu de la jeune femme, le grand homme afficha une moue de surprise avant de s'attendrir et de tendre la main.

— Viens à moi ! exigea-t-il.

Orckar réagit sans attendre, la plaçant dans ses bras. L'Incomprise, plus molle qu'un mollusque, n'aurait pu tenir sur ses jambes. Vallar se mordilla les lèvres comme si, après tout, la situation ne le dérangeait plus autant. Il examina son second dont le regard pourpre restait impénétrable.

— Je vais la ramener, informa-t-il.

Orckar approuva dans le silence de la nuit.

— Ils savent tous qui elle est, avertit-il avec une pointe de reproche.

— Cela serait arrivé tôt ou tard.

Vallar s'engagea en direction de la tour sans un mot tandis que la jeune femme dans ses bras fermait les yeux.

— Vallar… Ce n'est pas ce qui était prévu. Dumeur…

— Orckar, je sais ! Arrête d'insister, ronchonna-t-il, tandis que son corps se raidissait. Nous réunirons le conseil demain.

L'homme aux lourds habits et à la démarche digne des plus grands rois n'aspirait qu'à écourter cette discussion.

— Je me charge de les prévenir, déclara l'albinos. Le nombre de ses ennemis va s'accroître drastiquement.

Orckar observa le maître sorcier d'un air empli de sous-entendus. Il s'imaginait le pire, forcément, et Vallar serra la magicienne contre lui.

— Je la défendrai, ne t'inquiète pas.

Azallu releva le menton au même instant et Orckar s'inclina avant de disparaître.

— Ça va être compliqué maintenant, souffla-t-il. Je sais que tu ne comprends rien, mais demain, ton mal de tête sera le moindre de tes soucis. Heureusement, tu as un mari en or !

Vallar perdit de sa bonne humeur alors qu'il entrait dans la tour d'Antanor et empruntait les longs escaliers.

— En or, répéta l'Incomprise en un chuchotement tendre.

Vallar se servit de sortilèges pour lui permettre de la soulever sans encombre. Quand ils passèrent enfin le palier et qu'il la déposa dans son lit, il crut s'écrouler aussi. Ce n'était pas si facile décidément de raccompagner une personne ivre. Néanmoins, pour la première fois depuis un moment, il prenait soin de quelqu'un et se tourna vers la magicienne endormie. Elle ne cillait plus. Son visage détendu par le sommeil lui rappela combien elle était jeune.

— Bon sang, j'ai l'impression d'être le pire des hommes.

Mhor n'aurait jamais approuvé ce qu'il entreprenait. Qu'il touche de cette manière à sa petite-fille l'aurait enragé de tout son être.

— Il m'aurait tué pour ça, frémit le maître d'une voix à peine audible. Mais c'est tout ce que je peux faire pour la garder ici, loin de Dumeur.

Azallu grommela comme si elle avait pu l'entendre et il la contempla longuement. Étendue à ses côtés, il se plaça sur les coudes pour mieux la dévisager. Certaines mèches de ses cheveux s'accrochaient à ses lèvres. Elle était si jolie, ainsi endormie. Il repensa à son comportement qui l'avait effrayée au point de la blesser.

Plus jamais, se promit-il, *je ne la terroriserai de la sorte.*

Il descendit du lit pour s'asseoir au bureau de Mhor. Maintenant, il devait punir tous ces étudiants. D'un geste nerveux, il adressa par message à Orckar le châtiment qui s'abattrait sur ces irresponsables.

— Ils vont souffrir, ça, j'en fais mon affaire, grogna-t-il.

Une fois sa missive envoyée par le biais de sortilèges, Vallar retourna près de la ravissante magicienne. Ses cheveux brillaient de leur éclat doré et il se devait bien d'avouer que son charme s'en voyait décuplé. Alors qu'il s'apprêtait à s'éloigner, Azallu l'attrapa par le poignet et le tira vers elle de toutes ses forces. Ils se retrouvèrent bientôt nez à nez. Il ne réagit pas aussi vite que souhaité, trop surpris, car elle se saisissait déjà de son autre main, lui coupant toute retraite.

— Vallar, tu veux savoir, n'est-ce pas !

— Quoi ? s'entendit-il répondre d'une voix grave.

— Si tes actions méritent la mort ?

Vallar réalisa soudain que l'intonation de la jeune femme se déformait un peu. Il ne la reconnaissait presque pas. Sa poigne trop ferme l'amena à la redouter. Collé à elle, le scintillement de son regard lui apparaissait dans toute sa délicatesse au point de s'apparenter à un rêve.

— Tu la protégeras vraiment ? demanda-t-elle sans cligner une seule fois ses beaux cils d'or.

— Qui ça ?

Incapable de voir de quoi elle parlait, il la scrutait intensément.

— Qui d'autre qu'elle ?

La magicienne tourna sa douce figure vers le miroir afin de s'observer. Vallar mit un temps à comprendre qu'elle se désignait elle-même.

— Je te soutiendrai, assura-t-il d'une voix solennelle. Mais pourquoi parles-tu comme si ce n'était pas toi ?

— Vallar, souffla-t-elle en s'agrippant plus encore à ses poignets, je te fais confiance, mon ami.

De stupeur, le maître ouvrit la bouche.

— Mhor ? interrogea-t-il, la gorge sèche.

— Nous avons passé tant d'années à guerroyer, toi et moi, et la bataille qui s'annonce sera décisive. Si tu m'es fidèle, si tu me protèges comme il se doit, alors je t'offrirai un pouvoir dont tu n'aurais jamais pu rêver.

Vallar sentit son cœur battre si fort qu'il crut mourir.

— Comment savoir que tu n'oublieras pas ? s'enquit-il, tendu et curieux.

La jeune femme sourit, mais pas de n'importe quelle manière. Vallar reconnaissait là une expression qu'il avait apprise à connaître par cœur, à redouter et à aimer aussi.

— Je me souviendrai, je t'en donne ma parole.

Le maître sorcier fit la moue avant d'oser à nouveau ouvrir la bouche :

— De quel pouvoir parles-tu ?

Mais les paupières d'Azallu se refermèrent, tout son corps se détendit. Vallar la secoua par les épaules avec douceur sans obtenir de réaction et il demeura quelques secondes inerte avant de se laisser retomber à ses côtés.

— Mhor est en elle, chuchota-t-il. J'avais raison.

De nervosité, il passa une main dans ses cheveux. Il avait cru retourner des années en arrière, retrouver le garçon malin de son enfance.

Mais ce n'est pas vraiment lui, n'est-ce pas ?

Pourtant, son instinct lui criait le contraire, bien que cette fois-ci, il n'était pas sûr de pouvoir le suivre.

— Si tu es lui, tu repartiras aux confins du monde pour trouver je ne sais quelle relique. Mais pour une fois, j'aimerais te garder près de moi.

— Alors, garde-moi, murmura Azallu.

Il se tourna pour la considérer, seulement elle n'avait pas bougé ni rouvert ses beaux cils dorés et il pensa un instant avoir imaginé ces mots.

— Tu ne voudras jamais d'une vie simple !

Il se rapprocha, masqua ses tatouages par un sort, puis caressa discrètement son visage. Il se pencha, ses joues rouges de honte, mais poursuivit malgré tout jusqu'à toucher ses lèvres.

— C'est un pacte, affirma-t-il tout bas, que l'on scelle toi et moi par ce curieux baiser. Ton cœur, je l'emprisonnerai. Mhor, Azallu, je ne vous laisserai jamais repartir !

Cette nuit-là, Orckar s'éveilla en sursaut. Des souvenirs, antiques, puissants, étranges, de différents destins se manifestèrent au point de le rendre aveugle. Il eut l'impression que d'un seul coup, un barrage d'émotions cédait, que le mystère de sa création s'ouvrait et qu'enfin il comprenait ce qu'il était. Et parmi tous ces rêves, une tour brûlait, des gémissements retentissaient. Jamais il n'avait observé tant de désolation, tant de cadavres, des hommes partout venaient détruire chaque personne qu'il aimait.

Il crut étouffer, voulut tendre la main, quand, au cœur de cette mêlée, il rencontra une femme. Celle-ci, attachée par des sceaux anciens, était rendue esclave. Vallar, à ses pieds, se consumait. Il le savait, car inconsolable, elle criait son nom encore et encore à s'en briser la voix. Puis, parmi toute cette cacophonie, elle releva le visage…

Au fond de ses yeux le percuta de l'or, du feu et de l'agonie, qu'il ressentit jusqu'au plus profond de son être. Elle lui transmit tout son chagrin. Il désira hurler son désespoir quand sa vision s'arrêta net. Mais il savait. Il savait à présent ce qui les guettait.

— Non, s'époumona-t-il.

Orckar tenta de se lever, mais s'écroula au bord de son lit. Tout son corps tremblait, sa peau transpirait la peur, il comprenait, et souffrait.

— Aterra, Aterra, souffla-t-il. Et Dumeur…

Sa voix disparut dans un soupir de douleur. Qui était-il ? Qui l'avait créé ? Qui l'appelait et le prévenait ainsi ?

— Les lunes, les lunes, répéta-t-il, elles me parlent.

Sans plus attendre, il se redressa, courut si vite qu'il manqua de s'effondrer, puis s'introduisit dans les appartements de Vallar… vides.

Bien sûr, songea-t-il dans un grincement de dents. *Ce sont eux.*

Il se précipita quelques étages plus bas, dans les quartiers de Mhor, et trouva enfin son maître à contempler Azallu, l'enfant des lunes. Ils ne devaient pas s'aimer, il devait les séparer par tous les moyens.

— Elle…, souffla-t-il, en nage, alors qu'il pénétrait à peine dans la pièce. Elle mourra et toi aussi.

Vallar posa sur lui un sinistre regard, ses tatouages vivants se ternirent à le rendre noir comme la nuit, mais Orckar ne le craignait pas.

— Les… les lunes m'ont parlé. Un grand danger approche. Il nous détruira tous !

Vallar ne le questionna pas sur le « il » tant la réponse semblait logique.

— Quand ? interrogea-t-il froidement.

Orckar, impressionné par son apparence, hésita. Même le blanc de ses yeux s'assombrissait. L'albinos réfléchit, se remémora sa vision et se focalisa sur le ciel, les étoiles et leurs emplacements.

— Un an, soupira-t-il. Un an, nous avons un an.

— Les lunes sont cruelles, se moqua Vallar, si cruelles avec moi.

— Elle ne peut pas rester, chuchota Orckar, où nous périrons tous.

Vallar se tourna vers la jeune fille, le chagrin modifiant ses traits, ses tatouages, tout ce qui le composait.

— Mais où ira-t-elle ?

— Elle doit apprendre à user de ses pouvoirs, à les contrôler, à ne faire qu'un avec son moi intérieur et elle devra partir pour un lieu de désolation.

— Mais alors, elle mourra seule, non ? murmura Vallar, dont les poings se serraient discrètement.

— Pour son bien et le nôtre, il le faut !

Remerciements

À tous ceux qui m'ont soutenue et sans qui tout ça n'aurait pas été possible. C'est pour mon mari, qui est le premier à m'encourager et à croire en ce que je fais. Il me pousse toujours à aller plus loin et à m'améliorer. Merci à toi d'être là, je t'aime !

C'est pour ma mère, ma sœur et mon père et le reste de ma famille qui me soutiennent toujours dans toutes les décisions que je prends.

C'est pour mes bêta-lectrices à qui je voulais réserver un petit espace particulier afin de mettre en avant leur travail si fabuleux.

Je vous présente d'abord Iléana Métivier, autrice elle aussi de série fantastique. Je suis tombée amoureuse de sa plume avec Terre noyée, une série en trois volumes. Vous y rencontrerez des créatures mystiques, un monde dystopique et une véritable réflexion sur l'environnement. C'est un très beau coup de cœur pour moi que je vous recommande.

À Cindy Coste pour son super retour qui m'a permis de faire évoluer l'histoire comme jamais je n'aurais pu le faire seule. C'est aussi une autrice de talent. Voici un petit extrait de son roman « Mon petit chat » véritable beaume pour le coeur.

Voici un petit extrait :

J'espionne mon protégé depuis plus d'une semaine maintenant. Normalement, je dois rester encore un petit moment à l'écart, néanmoins, j'ai un mauvais pressentiment. L'urgence m'étreint. Et il s'agit de ma dernière mission, je ne peux pas la rater.

Il est tellement en colère que la maison dégage des ondes. Malgré ses crises fréquentes qui rythment toute la famille, il n'arrive pas à s'en libérer, à exprimer vraiment ce qu'il ressent. Je crois avoir déjà perçu plusieurs raisons qui peuvent l'expliquer, cependant, il me manque quelques informations avant de pouvoir émettre une hypothèse solide. Je n'ai pas encore fouillé son esprit, je dois attendre un peu.

J'étire mes pattes et quitte l'abri du transat qui me protège de la pluie. Il est temps d'entrer en scène, mon moment préféré, je m'en délecte d'avance. De ce que j'ai pu observer, la plus grande résistance viendra sans doute de la mère, qui a du mal à gérer l'imprévu. Elle perd tellement pied que sans son organisation quasi militaire, elle serait noyée et elle en a conscience, ce qui explique qu'elle s'y raccroche comme si sa vie en dépendait. Désolé, Sandra, il va falloir compter sur moi à partir de maintenant, mais tu verras vite que je suis de ton côté. Là pour lui. Je m'approche de la baie vitrée du salon et observe quelques minutes la scène. Les deux garçons sont en train de goûter en regardant une vidéo sur le téléphone d'Alexandre. Ils rigolent en chœur. La mère a été retenue au travail, elle ne va toutefois pas tarder à rentrer. C'est le moment idéal. Je passe chez les voisins pour atteindre le devant de la maison et d'un bond léger et gracieux, me hisse sur le rebord de la fenêtre de la cuisine.

— Miaou, miaou, miaou.

Rien, aucune réaction. J'ai pourtant pris ma voix la plus attendrissante. Celle à laquelle personne ne résiste. En des centaines d'années de carrière, c'est bien la première fois que ça m'arrive. Bien, je vais un tantinet monter le son.

— Miaou ! Miaou ! Miaou !

Ils se bidonnent tels deux abrutis devant leur machin démoniaque. Jamais on ne m'avait traité ainsi. Ils ne savent pas à qui ils ont affaire, foi d'ange !

— MIAOU ! MIAOU ! MIAOU !

— T'as entendu ? s'exclame – enfin ! – Alexandre.

— Nan, quoi ? demande mon protégé sans lever le nez de l'écran.

Bon sang !

— MIAOU !

J'éructe, mais cette fois-ci, même lui a perçu mon appel. Leurs têtes pivotent de concert à la recherche du bruit suspect. Si je n'étais pas aussi agacé, je serais ravi de cette complicité sous-jacente.

— Oh, un chat ! s'écrie Léo, qui m'a repéré.

— Où ? Oooooh ! Il est trop beau.

Les deux enfants – parce qu'ils ne sont encore que ça malgré les quelques poils sur la lèvre supérieure d'Alexandre – accourent et ouvrent la fenêtre.

Prestement, je saute dans l'évier et je suis immédiatement cajolé. Enfin ! Je ronronne à qui mieux mieux et ils poussent des petits cris de joie. Je passe de bras en bras et me saoule de tendresse.

Ça faisait si longtemps !

Et c'est sans oublier Sandra Vuissoz pour ses super corrections, sa patience et sa gentillesse.

Je suis vraiment heureuse de vous offrir ce livre qui j'espère, aura su vous surprendre. Le dernier tome ne tardera pas, je vous le promets ;)

Et en tout dernier lieu, je vous remercie, lecteurs/lectrices, de m'avoir donné ma chance, c'est grâce à vous que le rêve devient réalité, en traversant l'espace pour arriver dans vos mains. N'hésitez pas à me laisser un commentaire sur n'importe quelle plateforme, comme Amazon, Booknode, Kobo… cela ne pourra que m'aider, vos avis comptent à mes yeux.

À très bientôt avec la suite, et que les lunes veillent sur vous !

www.facebook.com/MyOrmerod

Du même auteur aux éditions Dreelune :
À pas de Loup

Guerrier est une bête, un monstre de muscles et de puissance. Il est le danger. Un seul regard de sa part et vous frémissez.
Le mystère de cette créature attire et passionne.
Quelle est-elle ? Un chien ? Un loup ? Ou bien plus...

Royal Cat

L'inspecteur Arik vient d'être transféré à un nouveau poste. Son supérieur est formel: c'est sa dernière chance dans les forces de l'ordre. Son tempérament fougueux et irresponsable lui a presque valu une mise à pied définitive. Alors, cette fois-ci, il s'est promis de ne plus faire de zèle. Mais voilà que la belle Aneria et son chat disparu débarquent dans sa vie et bouleversent tous ses plans.

Ce qui ne devait être qu'une banale histoire de chat perdu se transforme vite en véritable cauchemar.

Il s'engouffre dans les rues noires de la ville, se perd dans ses plus sombres travers.

Sur les traces d'une menace terrifiante, l'inspecteur Arik arrivera-t-il à protéger Aneria ?

Un roman trépidant qui plaira aux amoureux des chats et aux amateurs de polars.

Manufactured by Amazon.ca
Bolton, ON